欧茨作品集

失去影子的男人

THE MAN WITHOUT A SHADOW

〔美〕乔伊斯·卡罗尔·欧茨 著

辛红娟 毛艳华 译

THE MAN WITHOUT A SHADOW
Copyright © 2016 by The Ontario Review, Inc.
Published by arrangement with Ecco, an imprint of HarperCollins Publishers.
Simplified Chinese translation copyright © 2021 by People's Literature Publishing House Co., Ltd.
All rights reserved.

图书在版编目(CIP)数据

失去影子的男人/(美)乔伊斯·卡罗尔·欧茨著;辛红娟,毛艳华译.—北京:人民文学出版社,2021
(欧茨作品集)
ISBN 978-7-02-016799-9

Ⅰ.①失… Ⅱ.①乔…②辛… ③毛… Ⅲ.①长篇小说—美国—现代 Ⅳ.①I712.45

中国版本图书馆 CIP 数据核字(2021)第 253502 号

责任编辑　冯　娅　张海香
装帧设计　黄云香
责任印制　任　祎

出版发行　人民文学出版社
社　　址　北京市朝内大街166号
邮政编码　100705

印　　刷　三河市鑫金马印装有限公司
经　　销　全国新华书店等

字　　数　266千字
开　　本　880毫米×1230毫米　1/32
印　　张　11.5　插页3
印　　数　1—3000
版　　次　2021年10月北京第1版
印　　次　2021年10月第1次印刷

书　　号　978-7-02-016799-9
定　　价　49.00元

如有印装质量问题,请与本社图书销售中心调换。电话:010-65233595

前　言

素有"女福克纳""作家中的作家"等盛誉的乔伊斯·卡罗尔·欧茨(Joyce Carol Oates,1938—)是美国当代著名作家、文学评论家和图书编辑。自1963年出版首部短篇小说集《北门边》(*By the North Gate*)以来,在近六十年的文学生涯中,出版各类作品达一百四十余部。虽已届八十高龄,欧茨仍笔耕不辍,仅2021年就有两部长篇小说、一部短篇和一部诗集问世。欧茨文学创作体裁涉猎极广,含长篇小说、中篇小说、短篇小说、诗歌、散文、儿童文学、剧本、评论等,获得过美国国家人文科学奖章、美国国家图书奖、欧·亨利奖、法国费米娜奖以及耶路撒冷奖(2019年)等数十项大奖。凭借她多年来非凡的文学成就,欧茨还多次获得诺贝尔文学奖提名。

在一次接受杂志采访探讨关于"记忆"的问题时,欧茨曾说:"我最感兴趣的写作风格是詹姆斯·乔伊斯式的(James Joycean):抓住一丝回忆细细玩味——在特定一天的特定时间都柏林的光线是什么样子的——然后通过一个角色意识的棱镜进行折射,由此这段回忆就有了那个意识的色彩。我们每个人就是一层一层的回忆。如果有一天你开始失去回忆,那你就失去了自己。甚至更残忍地说,你整个人就被蒸馏了……"此后不久,欧茨果然拓展写作疆域，开始关注科学界至今尚未能够充分理解的人类大脑工作机制问题，关注失忆症病人的生活、情感、意识空间。基于她本人多年来对心理学尤其是精神分析的持续关注，在第二任丈夫、神经科学家查理·格罗斯的影响和指导下，她参照神经科学史上最著名的失忆症病人 H.M.（亨利·莫莱森）的生平故事，为读者创造了一位博学多识、风趣幽默，却又饱受顺行性并逆行性失忆症困扰的病人 E.H.（伊莱休·霍布斯）。由于她长期在大学任教，深谙象牙塔内的游戏规则，将对失忆症病人的考察置于学术竞争与发展的背景下，不仅通过小说揭示学术竞争中存在的非公正与残酷，也透过失忆症病人的过去与现在，审视美国的种族问题和阶级差异问题，生动反映出美国社会各个阶层的现实生活。

白人男子伊莱休·霍布斯出身费城上流富裕家庭，祖辈在费城布劳得大街创立了全美最早、最宏伟的一家百货商店——霍布斯百货商店。正值壮年的伊莱休·霍布斯英俊潇洒、精力充沛，是一个健康而有活力的男人，在一次户外露营时意外感染单纯疱疹病毒导致脑炎。救护车将这位神志不清、浑身抽搐的患者送到奥尔巴尼医疗中心，然而，一切都已经太晚了。他大脑的海马体及其邻近区域遭到严重损伤，从此无法形成新的记忆。用临床术语来说，伊莱休·霍布斯患上了部分逆行性遗忘症和完全顺行性遗忘症。尽管他在国际标准智商测试中得分依然很高，尽管他的外表和举止看起来都很正常，但他"记住"新信息的时间最长不超过70秒。也就是说，他被困在了当下，活在永远的现在时中。他生病后所有的新信息无法被存储、被构建，而生病之前的信息，在他脑海中仍有清晰的记忆，却因为缺乏评估这些记忆的现在时能力，他无法将这些记忆存储起来或驱除出去，这些模糊了边界的真实记忆、准记忆或虚假记忆磨蚀了他对患病前那个自己的身份认同。疾病夺去的不仅是他的记忆能力,更有他对自身身份的探寻。

伊莱休·霍布斯年轻时在阿默斯特学院念本科,读过奈特·特纳领导的美国黑人奴隶起义,感受到灵魂深处的痴迷,决定与家庭决裂,积极投身民权运动。虽然最终回到家族企业,在金融方面也有不俗表现,然而他坚持认为"赚钱是灵魂的死亡"。遭遇意外脑炎,手术痊愈后的数十年中,他定期前往位于达文公园的神经科学研究所接受测试,以帮助神经科学家了解大脑与记忆之间的生理学关联。这一对社会和人类知识有益的尝试,却带来了一个遭到公众乃至同行质疑的问题:记忆实验室是否不道德地"利用"伊莱休的身体缺陷?利用他的"记忆缺失"?这位不同寻常的失忆症患者令其中一名科学家玛戈特·夏普震撼,也激发了她的研究兴趣,她把自己的职业生涯奉献给了他,玛戈特因此在迅猛发展的神经科学领域取得了卓越成就。玛戈特毕生的事业都与这位失忆症病人紧密相连,二人之间的关系也在长期的接触中最终谱写出一曲人类情感史上最动人、最无望的恋情——每一次见面都是初见,每一次恋爱都是初恋。

伊莱休力图通过参与反抗白人种族中心主义的民权运动对抗其所出身的家族。与其相对应的是,玛戈特·夏普,一直尝试割断与过往、与中西部耽于"日常生存斗争"的工人阶级家庭的联系,开启其作为严肃科学家的未来与事业,将自己全身心投入对伊莱休的研究,以此为借口完全切断与家庭的关联。因为他无法记住她是谁,她只好一次次重新将自己介绍给他,充当他的医生、他的妻子,甚至某位曾见证过他少年时生活的"朋友的朋友"的角色。在她看来,"大多数的生活就是一场假面舞会,尤其是性生活。所谓爱,其实是一场最盛大的假面舞会"。在与伊莱休无数次凭借着气息和感觉搭建起来的爱的关联中,她深切认识到"爱,做爱——既不是什么观念,也不是科学理论。是一种身体行为,纯粹的身体行为"。人类真正意义上的两性吸引,真正的爱之关联能够抛开过往、抛开一切附丽和社会差异,因为做爱不需要语言,不需要记忆。这是一部极不寻常的爱情故事,在一定意义上与人们在所爱的人面前扮演的种种角色有关,欧茨以最敏感的笔触揭示出,即便是最密切的关系也可能快速灰飞烟灭。

　　对于伊莱休的研究始于二十世纪六十年代,因此不难理解故事发生的工作背景——记忆实验室大部分研究人员都是男性。如同在欧茨的其他作品《泥巴女人》(2012)和《金发女郎》(2000)以及《玛雅的一生》(1986)中一样,女性的职业往往取决于她的性别而非她的能力、智慧和技术。玛戈特·夏普深知这一点,她说,"如果你是女人,光有才华是不够的。你要比男性对手更优秀——而这种'优秀'就是你身上的男性特质。同时,你还必须用自身的女性特质适当地进行平衡与调和。'女性特质'并非意味情感丰富、多愁善感、撒娇'示弱',而是指性格沉静、谨言慎行、机智敏锐、行事不极端、不抢风头"。玛戈特因此能够在大学乃至神经心理学领域保有自己的学术地位。但也正因为她的女性身份,她很容易被她的男性同事利用,特别是她的导师米尔顿·费瑞斯——一位获得诺贝尔奖的"卓越"科学家。米尔顿俘获了她,她心甘情愿地成了他的情人和他大量科学成果的真正写手。然而,令人震惊和不解的是,即便导师已经移情别恋,猎获和利用其他更年轻的同行女性的身体和学术成果之后,当学界其他科学家发起对费瑞斯学术不端行为的指控时,为情所伤的她仍然狂热地维护导师。玛戈特因其对于女性身份的解构和颠覆获得事业上的成功,然而,长期在男性为主导的工作环境中让她内化、消弭了两性之间的差异,当玛戈特自己取得十分尊崇的学术地位后,人们对她的评价却是"她是位狂热的女权主义者;或者,不如说,她是位狂热的反女权主义者"。欧茨在此想要探讨当职业女性将学术成就凌驾于人类平等概念之上可能会形成的不自觉负面意识。

从表现形式上看,美国文化传统对欧茨的影响显而易见,在继承马克·吐温、德莱塞、斯坦贝克等作家的批判现实主义传统的同时,欧茨也深受福克纳的意识流和哥特式风格的影响。在这部关于记忆和意识的书作中,欧茨将意识流写作手法发挥运用到了极致,一方面继承前辈们的心理表现手法聚焦人物心理,同时又有效借助失忆症病人的"虚构症""似曾相识""识旧如新"等症候凸显想象与真实、记忆幻觉、记忆错觉和(半)意识心理等,在书中自由挥洒地运用有限视角,采用心理描写、内心独白、意识流、梦魇、象征等文学技巧,对人物心理和精神世界进行深入挖掘和呈现。欧茨沿袭经典哥特小说的做法,书作一开始就通过意识流手法呈现湖边溺亡的小女孩,此后全书直接、间接地反复出现这一来自主人公伊莱休童年时期,长期纠缠、困扰着他,在他心头挥之不去的"强迫性记忆"场景,欧茨成功营造了一种悬谜的氛围,激发起读者对于潜在危险焦虑紧张的心理。书中悬念迭起、暗流涌动,作为两条平行推展的线索,探索了一位高智识白人男性罹患失忆症之后(有意识和无意识)的自我克制和暴力释放,以及一位高智识女性(有意识)的内心压抑和(无意识的)暴力释放,展示出当代社会中人们的身份迷失,阐释了人们由于无法透彻认识自身及所处环境而产生的困惑与焦虑。

本书具有欧茨一贯鲜明的哥特式创作特征——广泛的互文性。首先,全书主人公 E.H. 所经历的神经心理学测试及其生活,是对世界著名脑科学历史人物 H.M. 生平的互文投射,是对苏珊娜·科金教授所著《永远的现在时:失忆症患者 H.M. 的难忘人生》的文学礼敬。其次,欧茨对美国社会生活的多个领域,如学术界、法律界、宗教界、政坛,乃至拳击、足球等体育运动的熟谙,以及她对文学、艺术、哲学的百科全书式的造诣,使得全书随处可见她对美国政治学、经济学、哲学经典著作及相关人物话语的援引,和她对《圣经》赞美诗句,惠特曼、狄金森、阿诺德等人诗句的信手拈来。此外,在全书的意识流动中,文本自身话语信息和表达的重复使用,也形成增强读者阅读张力、在语言和意识上引导读者的文本内在互文。

除整体互文修辞的使用外,欧茨像一位语言的魔术师,在书中大量使用戏仿、隐喻、拼写变异、短句等创造性修辞手法。文学书写于敏感的作者而言,宛如修辞运用的试验田,能够有效调动读者积极参与解读与建构,创造性的修辞表述有利于营造陌生化的"间离"效果,从而产生作者期待的巨大审美张力。然而,作为一种特殊类型的读者,译者在文本细读的过程中,不仅要紧随原作和原作者,还需要积极建构、再现作者的创造性修辞手法,力争能够让译语读者在阅读译文时产生与原文读者阅读原文时大体相同或相等的审美体验。在此期间,译者还要时刻提防、警醒自己,不可一味追求复现自己读解出来的审美体验,毕竟任何阅读都只是阅读者带有个人前见(偏见)的个性化阅读体验。负责任的译者在承担创造性职责的同时,还必须保持高度的克制意识。译者应尽可能忠实于原作和原作者,尽可能保留原作中的"空白"和"未定点",在译文中保持原作营造的审美空间和阅读张力,建构一个大体一致的开放性文本空间,邀约译语读者的审美参与和修辞建构。在具体语言修辞的使用上,不难看出欧茨对诗人艾米莉·狄金森的模仿,除了大量超常规使用破折号,还有大量拼写变异和短句,一如余光中对狄金森语言特质的评价,"没有修辞的装饰,有骨而无肉,一切皆如用利刃削成",是一种类似"电报体"的语言表述。因此在全书的翻译中,在最大限度地忠实原作信息与原作风格、尽可能便利读者阅读的前提下,向中文读者推出此书的过程,对我们而言更是一次秉持克制的创造性书写理念,与原作、原作者开展的一次跨语际对话与书写实践。

辛 红 娟

二〇二一年九月于宁波大学

谨以此书献给我的丈夫,我的第一读者,查理·格罗斯。

毁灭并不可怕。
可怕的是过程。

——伊莱休·霍布斯

第 一 章

失忆症笔记:E. H. 项目(1965—1996)

她遇见他,她爱上他。他忘了她。
她遇见他,她爱上他。他忘了她。
她遇见他,她爱上他。他忘了她。

终于,在他们初次见面31年后,她和他说再见。临死之前,他彻底忘了她。

他站在低洼沼泽地的木板桥上,两腿微分,脚后跟用力蹬地,以抵御突如其来的狂风。

他站在木板桥上,周围风景秀丽,却十分陌生。他知道自己必须站稳,他用双手抓住桥栏杆,紧紧地。

站在这个陌生、风景秀丽的地方,他却不敢转身去看:在他身后,桥下浅浅的溪水中,躺着溺亡的小女孩。

……全身一丝不挂,大约11岁,尚未发育。两眼圆睁,空洞无神,在水中泛着光。水波晃动,看上去像小女孩的脸庞在抖动。小女孩浑身发白,身材瘦长,两条腿在水中颤动,光着双脚。阳光斑驳,水黾的影子放大了数倍,投落在女孩的脸上。

她不会告诉任何人:"临终前,他不记得我是谁。"

她不会告诉任何人:"临终前,他没有认出我,但他跟我打招呼时,却有着一贯的热切,仿佛我是唯一能给他带来希望的人——'哈——啰?'"

她会勇敢地向外界承认——E.H.是我的生命。失去E.H.,我的生活将毫无意义。

如果没有E.H.,我不可能取得这些科学成就,也就不可能受邀来此接受嘉奖。

作为一名科学家,一名女性,我所说的都是事实。

她情绪亢奋,说得上句不接下句。她似乎喘不上气来,把事先准备好的演讲稿放在一边,望着观众席,眼睛湿润——灯光刺着眼睛,她什么都看不见,神情迷茫,不停眨着眼。观众席模糊成一片,她似乎在人群中看到了他的脸。

我以他的名义,接受这份荣誉。谨以此纪念伊莱休·霍布斯。

这位年度美国心理学会终身成就奖获得者的演讲终于结束了,听众们悬着的一颗心也随之放下来,大家长舒一口气。掌声急促、短暂,散落在偌大的圆形会场里,好像微风中猎猎飘动的小旗子。随后,获奖人转身离开领奖台,神情茫然、不知所措,像是出于同情,掌声开始汇聚起来,一浪高过一浪,如雷贯耳。

她受到惊骇。有一瞬间,她害怕极了。

他们在嘲笑她吗?他们——什么都知道了吗?

她跌跌撞撞地走下领奖台,忘记拿走上面刻着她名字的奖杯。那是一座18英寸金字塔形状的切割水晶奖杯,十分笨重。很快,一位年轻人过来帮她拿起奖杯,扶住她。

"夏普教授,小心台阶!"

"哈——啰?"

怪事一:伊莱休·霍布斯与玛戈特·夏普打招呼时,格外热情,仿佛很多年前就认识她。仿佛他们之间感情深厚。

怪事二:伊莱休·霍布斯跟玛戈特·夏普想象的完全不一样。

1965年10月17日上午9点7分。玛戈特·夏普迎来她生命中最重要的拐点,也是她职业生涯的重要拐点。

❝❝

非常巧合,第二天就是玛戈特·夏普的24岁生日——(在宾夕法尼亚州达文公园没有人知道。玛戈特刚刚从美国中西部过来,这里没有谁认识她)——米尔顿·费瑞斯教授向失忆症患者伊莱休·霍布斯介绍时,说她是费瑞斯神经心理学实验室的一名学生。玛戈特是著名"记忆"实验室最新、最年轻的成员。她在众多申请者中脱颖而出,被费瑞斯录取为研究生一年级学生,想到即将开启的生活,她十分紧张。一连好几个星期,她都在阅读跟 E. H. 项目有关的材料。

然而,失忆症患者 E. H. 非常友好,也非常绅士。玛戈特立刻感觉没那么紧张了。

E. H. 个头特别高——至少6英尺2英寸[①]。他身姿挺拔,充满活力。皮肤散发出健康的光泽,眼睛看起来与常人无异(玛戈特知道他左眼视力很差)。他跟玛戈特预想的病人完全不同。15个月前(当时他37岁),E. H. 大脑遭受到毁灭性的创伤,不得不重

---

① 约188厘米。

新开始学习一些最基本的身体技能。

玛戈特觉得 E.H. 身上散发着一种超凡的男性魅力——一种让人不由自主受到吸引的神秘气质。他衣着考究,有常青藤学院风:干净的卡其裤、长袖亚麻衬衫、牛血色软帮皮鞋露着花纹棉袜。他跟玛戈特见过的研究所其他患者形成强烈对比。那些患者通常穿着病号服或皱巴巴的便服闲荡。玛戈特听说,E.H. 是费城显赫世家霍布斯家族的后代。霍布斯家族是贵格会①教徒,美国内战前"地下铁路"②组织的核心力量。E.H. 在当地有很多亲友,但没有妻儿和父母。

玛戈特还听说,伊莱休·霍布斯很有艺术天分。他有一个素描本,还有一个笔记本。患病之前,他在费城的家族投资公司担任合伙人,再之前,他在纽约协和神学院读书,是民权运动的积极参与者与追随者。伊莱休·霍布斯年近 40 岁,却仍孑然一身,这一点很令人费解。玛戈特觉得,或许这位有着贵族气质的男人发现交往的女性只是爱慕他的钱财,于是就断然分手了——他可能从未料到,恋爱、婚姻和为人父的机会竟然这样仓促画上了句号。

去年夏天,E.H. 独自去纽约州东北部乔治湖③的一个小岛上露营,感染了一种毒性特别强的单纯疱疹病毒,该病通常表现为口

---

① 贵格会(Quaker),又称"教友派"(Religious Society of Friends),基督教新教的一个派别,成立于 17 世纪的英国。贵格会反对任何形式的战争和暴力,主张和平主义和宗教自由,现在主要聚居地是美国宾夕法尼亚州。
② "地下铁路"(Underground Railway),所谓的地下铁路,实际上并不真的在地下,也不完全是铁路,而是一个较为抽象的概念。它是十九世纪南方黑奴在同情者和废奴主义者的帮助下,由南方的蓄奴州向北方的自由州逃离的一系列道路网络的统称,其方式包括了铁路、公路和水路。
③ 乔治湖(Lake George),位于阿第伦达克(Adirondack)山脚,为普罗斯佩克特山和布拉克山等低山环绕,自乔治湖村向北延至泰孔德罗加(Ticonderoga),以景色宜人闻名。

唇疱疹,会在数天内消退;在 E.H. 的病例中,病毒感染沿着他的视神经传播到大脑,导致长时间高烧,继而严重损害了他的记忆。

最糟糕的是,E.H. 寻求救护之前耽搁的时间太久。他像一位好奇心强到病态程度的科学家一样,用铅笔在笔记本上记录自己的体温变化(最高体温 103.1 华氏度①)——一直记录到他昏迷过去。

这真是太讽刺了:一种勇武的自我毁灭。像极了英年早逝的画家乔治·贝洛斯②。贝洛斯患阑尾炎,却不愿意离开画室寻求救护,最终付出了生命的代价。

在广袤的阿第伦达克地区,没有一流的医院,也没有足够的设备治疗这种罕见的危重感染。救护车将这位神志不清、浑身抽搐的患者送到奥尔巴尼医疗中心,为他施行急诊手术以消除脑部水肿。然而,一切都已经太晚了。他大脑中一些重要的东西已经遭到破坏,损伤似乎不可逆转。(米尔顿·费瑞斯教授猜测,受损区域是被称作海马体的小型海马状结构,位于脑干正上方,与大脑皮层相连。人们对该区域所知甚少,但它似乎对人类记忆的整合与存储具有非凡的作用。)因此,E.H. 无法形成新的记忆,对过去的记忆变得十分模糊。用临床术语来说,E.H. 患上了部分逆行性遗忘症和完全顺行性遗忘症。尽管 E.H. 在国际标准智商测试中得分依然很高,尽管他的外表和举止看起来都很正常,但 E.H. "记住"新信息的时间最多不超过 70 秒;通常情况下不足 70 秒。

70 秒!简直是一场噩梦!

---

① 103.1 华氏度,约为 39.5 摄氏度。
② 乔治·贝洛斯(George Bellows, 1882—1925),美国现实主义画家,以对纽约城市生活的大胆描绘而闻名,是"垃圾箱画派"(Ashcan School)主要发起人之一。

玛戈特觉得,唯一令人欣慰的是,E.H.为人十分友善,似乎也很喜欢得到陌生人的关注。至少他不会遭受精神层面的痛苦(玛戈特这么认为)。他对遥远过去的记忆有时候生动细致,充满梦幻色彩,而对稍近时期(患病前18个月左右)的记忆则模糊不清。这两种情况都属于"轻度解离性(分离性)"——似乎属于另一个人,不应该发生在E.H.身上。患者很容易受到情绪影响,不过情绪范围十分有限;患者的情绪已经扁平化,就好像漫画是人类复杂性格的扁平化写照一样。

(不可思议的是,E.H.总是选用同样的词汇,用同样的方式回忆过去发生的事情;然而,他从来都不确定自己的记忆是否准确,即使外部证据显示他记忆正确,他自己也无法确定。)

虽然E.H.并不总是能够记得他的某些亲人(亲人们的面容会随着时间推移发生改变),却能够认出照片中的名人面孔(在他生病之前的那些名人)。有时,他会在背诵方面表现出非凡的、天才般的记忆力:统计数据、历史日期、歌词、连环画人物对话和电影对白(据说他能背出默片《战舰波将金号》[①]的全部内容),在学校读书时背诵过的诗歌段落(惠特曼诗篇《当紫丁香最近在庭园中开放的时候》是他的最爱)以及美国著名演讲(亚伯拉罕·林肯的《葛底斯堡演说》、富兰克林·德拉诺·罗斯福的《我们唯一恐惧的就是恐惧本身》和《论四大自由》、小马丁·路德·金的《我有一个梦想》)。他痴迷"新闻"——观看电视新闻,每天必读《纽约时报》和《费城询问报》——却什么也记不住。他每天都会做《纽约时报》的填字游戏,然而(他的家人证实)他患病前只是偶尔花时

---

① 《战舰波将金号》(*Potemkin*)系1925年苏联电影艺术大师爱森斯坦执导的默片,受到各国人民和各国电影艺术家、电影理论家的交口称赞,世称默片时代的巅峰之作。

间做这个游戏。("伊莱①可耗费不起那个时间。")

E.H. 似乎能够不假思索地背诵乘法表;能够心算解决代数问题,完成一长串数字的加法。因此,伊莱休·霍布斯能够在竞争激烈的商界脱颖而出,也就不足为奇。

玛戈特觉得,人们很难对一位外表看上去健康的人产生像对(身体)残疾人的那种由衷的怜悯,毕竟他看起来没什么大碍。事实上,虽然 E.H. 被一再告知自己患有严重的神经功能缺损,他自己似乎也没有觉得这个病有多严重——比如,为什么患病后,他就得随身带个笔记本。

玛戈特·夏普自己也准备了一个笔记本,记录一些准私人文档:主要关于科学研究,也会有部分私人日记或日志。从参加米尔顿·费瑞斯的记忆实验室开始,她就有了这个想法。在未来的职业生涯中,她将从笔记本(肯定会有很多本)中提取资料,撰写科研论文或学术专著。记录在很多笔记本上的"失忆症笔记:E.H.项目"将会被转录成计算机文件,一直记录到 E.H. 去世(1996 年 11 月 26 日),还会跟踪记下失忆症患者去世后大脑被从头骨中小心翼翼取出。

1965 年 10 月的这天早上,位于宾夕法尼亚州达文公园的大学神经科学研究所里,玛戈特·夏普的科学家生涯拉开帷幕。被介绍给 E.H. 时,她紧张得浑身颤抖,就像被人带到悬崖绝壁旁望着令人眩晕的景色。

我的生命终于要开始了吗?我真正的人生。

我们知道,科学领域存在着超大物质和微小物质。

---

① 对主人公"伊莱休"的昵称。全书多次出现。

人生也是如此。

一个尚未被普遍认可、尚未被公开承认的事实是:我们都会过真正的人生,也会过苟且的人生。

或许有的人毕生都过不上所谓的真正人生。或许,通常情况下,多数人都只是苟且度过一生。对社会或后辈而言,苟且的人生几乎毫无意义。

然而,这并不是说,苟且的人生就等同于琐碎的生活。苟且的生活也可能愉快而有成就感:我们都希望爱和被爱,跟家人和一小圈朋友在一起的时候,我们会感到无比开心。但这样的人生终结时,稍大一点的世界毫无感知。几乎掀不起一点涟漪,也不会留下任何痕迹。苟且的人生留不下任何记忆。

玛戈特·夏普的家人就过着这样的苟且生活。她的家乡位于密歇根州奥吉布韦县中北部的城乡接合地区,那里的人都过着苟且的生活。然而,玛戈特12岁的时候,就下定决心不像周围人那样过着得过且过的生活。她要去寻找属于自己的真正的生活,只要有可能,她会第一时间离开家乡奥瑞恩瀑布镇,离开她的家人。

奥瑞恩瀑布镇的年轻人也会离开家乡——应征入伍、考进州立大学在各地的分校、入读护理学院等等。但他们都会重回家乡。玛戈特·夏普知道自己不会再回去。

玛戈特从小就有很强的好奇心,喜欢刨根问底。她人生中最喜欢的第一本书是11岁时在图书馆书架上发现的彩绘版《物种起源》,这本书讲述了一个神奇的故事——进化。她童年时喜欢的另一本书是《"科学女神"居里夫人》。中学时,偶然读到一篇关于伯尔赫斯·斯金纳和"行为主义"的文章,激起了她的浓厚兴趣。她一直在追问那些没有现成答案的问题。玛戈特认为,要成为一名科学家,就应该知道追问哪些问题。

从伟大的达尔文那里,她知道,可见的世界是由结果构成的,而结果则是事实与条件的叠加。要理解这个世界,需要有逆向思维的能力,从结果出发,反推过程。

只有通过逆转时间(姑且认定),才能够获得驾驭时间的能力(姑且这么说)。你将发现自然"法则"并不神秘,而是像贯穿密歇根州南北的 75 号州际公路出口一样可知可感。

一个人的生活灾难(E. H. 的毁灭)却给他人带来了希望与期待(米尔顿·费瑞斯的"记忆"实验室)?让他们拥有事业发展和成功的可能性?这太不公平、太具讽刺意味了吧?

这就是科学之道,玛戈特想。科学家寻找研究被试①,就像捕食性动物寻觅猎物一样。

至少,没有谁像纳粹医生那样,为了研究脑炎病毒的可怕后果,将病毒注射到伊莱休·霍布斯的大脑中去;也没有谁为了某种假定的利益对他施行可怕的神经外科手术。黑猩猩、狗、猫和老鼠被大量用作实验对象。20 世纪 40—50 年代,曾一度十分盛行的前额叶切除手术,往往造成灾难性后果(幸亏有那些精确的记录)。

有时候,脑叶切除术引起的剧烈变化,至少会被患者家属认为"有好处"。曾经叛逆的青少年突然变得温顺起来。在男女关系上很开放的青少年(通常指女性)变得被动、温顺,甚至性冷淡。顽固、易怒、暴躁的人变得像孩子一样听话、乖巧。不过。对家庭和社会"有好处",对患者自身而言,却未必如此。

就伊莱休·霍布斯的病情来看,疾病似乎彻底改变了他的性格,因为没有哪个像他这样有身家地位的男人会那么单纯、那么容

---

① 被试,指心理学实验或心理学测验中接受实验或测验的对象。

易信任他人,那么执拗而天真地满怀希望。在 E.H. 面前,你会隐隐感到不安,因为他总是那么热切地推销自己——想要讨好。据说,E.H. 的变化太大,患病几个月后他的未婚妻就与他解除了婚约;他的家人、亲戚、朋友探访的次数也越来越少。如今,他住在费城城郊的富人区格拉德温,与一位"富孀"姑母(他先父的妹妹)生活在一起。

从玛戈特本人的经历,她知道,接受身体疾患病人比接受记忆缺失病人容易得多。爱患有身体疾病的人比爱患有记忆缺失的病人容易得多。

尽管玛戈特小时候非常爱她的曾祖母,心里却十分排斥家人带她去养老院看望老太太。玛戈特认为,这并不是什么值得骄傲的事情,因此她选择遗忘。

然而,E.H. 与患阿尔茨海默病(去世后才诊断出)的曾祖母情况完全不同,若非事先知道 E.H. 的具体情况,你不会很快清楚他神经缺陷的严重程度。

玛戈特很想知道:E.H. 的脑炎是蚊子叮咬引起的吗?是某种特殊种类的蚊子吗?又或者,只是普通蚊子,感染了脑炎病毒的普通蚊子?单纯疱疹性脑炎还可以通过什么方式传播?纽约州乔治湖以及周边地区,是否还有其他类似感染病例?在阿第伦达克山区呢?她认为,奥尔巴尼医疗中心的研究员应该在调查这个病例。

"太可怕了!可怜的人……"

每个见到 E.H. 的人,一走到他听不见的地方,准会这么感慨。

至少,玛戈特·夏普就发出了这样的感叹。相比玛戈特,实验室其他同事对此已稍适应,毕竟他们与 E.H. 已经接触了一段时间。

玛戈特紧张地朝这位病人笑笑,可对方却并没有觉得自己生病了。她对他微笑,他回她一个微笑,带着一种似曾相识的感觉。(她想:他不确定自己是否认识我。他正在从我这里寻找线索。我千万不能给他任何误导性信息。)

玛戈特从未经历过这样的场合。她第一次面对一个活的被试。她不由自主地同情 E.H.,对他所陷的困境感到恐惧:一位英俊潇洒、精力充沛、健康活力的男人,正值壮年却突遭重创,体重锐减二十多磅,白血球数急剧下降,重度贫血,神志失常。像 E.H. 这样由单纯疱疹病毒感染导致的脑炎非常罕见,比被雷击中的可能性还小。

然而,E.H.却并未表现出一丝戒备、警惕或不礼貌的态度;像一位在自己家待客的主人,只是一时记不起客人的名字罢了。事实上,他在研究所一直都很自在——至少,从未表现过烦躁不安。每当需要接受检查或测验时,都会由一名工作人员开车到费城郊区 E.H. 的姑母家中,把 E.H. 接到研究所。E.H. 起初在研究所住院治疗,出院后定期来研究所接受门诊护理。尽管 E.H. 认不出研究所的任何人,但他发现大家都认识他,这一点让他非常开心。

由于丧失了自我反思的能力,他似乎没什么烦恼。他念她名字"玛—歌"①的方式让她十分感动——仿佛这是一个美丽而独特的名字,而不是那个总让她感到别扭的扬扬格音节。

尽管米尔顿·费瑞斯只是例行介绍一下这位最年轻的实验室成员,E.H.却郑重其事。他礼貌地握住她的手,轻轻摩挲着。他俯身靠近玛戈特,像是要闻她身上的味道。

---

① E.H. 将玛戈特(Margot)的名字读作 Mar-go,不仅从读音上将原来音调较强的扬扬格变为了较柔和的扬抑格,且 Margo 的英文名翻译是"珍珠",适合用作女性的名字,通常认为叫 Margo 的人聪明、美丽、有趣、开朗、特别。

"欢迎——'玛戈特·夏普'。你是——新来的医生?"

"不是,霍布斯先生。我是研究生,费瑞斯教授实验室的研究生。"

E.H.赶紧自动更正,"'研究生——费瑞斯教授实验室的研究生。'没错,我知道。"

E.H.用热情高昂的调子重复着玛戈特的这句话,似乎那是个需要破解的谜语。

有记忆困难的人,能够通过重复或"默诵"事实或一串句子来克服障碍。但玛戈特不知道E.H.的重复能否帮助他理解,抑或只是机械地重复。

对于脑损伤病人来说,日常生活中每时每处都充满需要破解的谜团——自己在哪里?这是个什么地方?周围这些人是谁?在这些困惑之外,还有一个更大、更费解的谜团,那就是在鬼门关走过一遭后,自身的存在和生存问题。(玛戈特觉得)这个问题对他来说太过深奥。这位短时记忆十分有限的失忆症患者像极了将脸紧紧贴在镜子上的人,因为太近,压根无法"看见"自己。

玛戈特很好奇,E.H.照镜子的时候能够看到什么。镜子里的那张脸是否每次都会令他惊讶?这是谁的脸?

同样令人感动的是——(尽管这可能归因于他的神经缺陷,而非他的绅士风度)——E.H.对这些来访者,无论是最微不足道的(玛戈特·夏普),还是最举足轻重的(米尔顿·费瑞斯)一律无差别对待。他已经失去了划分等级的能力。不知道E.H.如何区分费瑞斯的其他助手或"同事"(费瑞斯习惯称他们"同事",虽然他们实则只是"助手"。这些人E.H.之前全都见过):一位年龄较长的女研究生,几位博士后研究员,还有一位杰出的年轻助理教授,据说是费瑞斯的得意门生,两人已联合署名在神经科学杂志上发表过数篇重量级学术论文。

E.H.迟迟不肯松开玛戈特·夏普的手。他紧紧挨在玛戈特身边,好像在偷偷闻她的头发和身体散发的味道。玛戈特很不自在,她不想惹米尔顿·费瑞斯教授不高兴;她知道导师一直在等着开始今天上午的测试。测试在研究所测试室里进行,需要持续好几个小时。然而,E.H.却被这位年轻、可爱的黑发女子深深吸引住了,他完全忘记了这些人来访的目的。

(玛戈特突然想到,脑部受损的人是否可能通过增强嗅觉补偿记忆缺失?玛戈特想,这是一种合理而令人兴奋的可能,将来有机会她要开展研究。)

(这位失忆症被试对玛戈特的兴趣明显大于对其他人——她希望这种兴趣不是单纯的性吸引。她突然又想到,这位被试的性行为是否受失忆问题影响,影响程度如何……)

然而,E.H.跟她讲话时亲切、和善,完全拿她当成一个小女孩。

"'玛—歌。'我猜你是我在格拉德温念小学时的同学——'玛—歌·麦登'——还是'玛格丽特·麦登'……"

"恐怕不是,霍布斯先生。"

"不是?真的?你确定吗?应该是20世纪年代末。斯卡拉特老师班上,六年级,你坐在前排,最左边靠窗的位置。你头上总别着银色的发卡。玛吉·麦登。"

玛戈特感觉自己的脸发烫。她非常不自在,倒不是因为E.H.说话时的温情脉脉,而是觉得自己与在场的人共同合谋,向E.H.隐瞒了他的真实情况。

费瑞斯教授应该坦白告诉他;或者,再告诉他一次。(事实上,他们已经告诉E.H.无数次了。)

"我,恐怕我……"

"嗨!你就叫我'伊莱'吧!"

"'伊莱。'"

"谢谢你!这就对了。"

E.H.从卡其裤口袋里掏出一个小笔记本,快速做着记录。他稍稍倾斜地拿着笔记本,不想让别人看见自己在写什么。但他的这种姿势又很自然,不会让玛戈特感觉受到冒犯。

玛戈特听说,从生病痊愈能够握住笔开始,他就时刻随身携带笔记本。迄今,他已经用完几十个同样大小的笔记本,和一些48英寸×36英寸①的素描本。每次来研究所,他都必带这两样。这两个本子显然用途不同。E.H.常常把一些琐碎信息、人名、时间与日期等写在笔记本上,有时候,他会把从四楼休息室报纸杂志上撕下的专栏,夹在笔记本里。(那些使用四楼男厕所的员工说,只要E.H.来研究所,就能在厕所里看到一些撕破了的报纸、杂志。他们说,据此就能断定,是"您那位宝贝失忆症患者"干的。)素描本则主要用来画画。

E.H.生病后,阅读、写作和数学计算等所需要的复杂神经技能并未受到太大影响,这些技能都是他在大脑受病毒感染前习得的。E.H.流畅地朗读笔记本上的内容:"伊莱休·霍布斯曾就读于阿默斯特学院②,以最优等成绩毕业,获经济学和数学双学位……伊莱休·霍布斯曾就读于纽约协和神学院,曾就读于沃顿商学院并获学位。"E.H.大声朗读,似乎在向人证实自己的身份。

---

① 规格相当于全开本,约为122厘米×91厘米。
② 阿默斯特学院(Amherst College),位于美国麻州中西部的先锋谷,始建于1821年,是美国精英教育的典型代表,与维思大学、威廉姆斯学院并称为"小三杰",跟哈佛、耶鲁、普林斯顿"三巨头"相呼应。

看到这群人极力克制微笑的表情,这才感到尴尬,明白自己做了一件傻事儿,赶紧请求大家谅解。对不起。这位失忆症患者已经能够读懂听众的情绪变化,知道如何化解尴尬:"我知道这些信息。我也知道我是谁。但我们需要经常查看自己的身份,这样才能确保身份还在那里。"E.H.大笑着把小本子合上,塞回裤子口袋。大家跟他一起笑起来。

玛戈特却笑不出来。她总觉得这一幕有些残忍。

他笑,大家也笑。然而,笑声却各不相同。

笑声也有记忆——对从前笑声的记忆。

费瑞斯教授时常提醒他的年轻同事,他们的被试E.H.可能会成为神经科学史上最著名的失忆症患者之一;有可能成为菲尼亚斯·盖奇①第二,比之后者,E.H.生活的时代神经心理学实验更先进了。事实上,就神经科学而言,E.H.比盖奇更具研究价值,左额叶被铁棍刺穿的脑部重创并未严重影响盖奇的记忆。

费瑞斯教授还告诫这些年轻同事,不得跟实验室之外的任何人随意讨论E.H.,至少现阶段是如此。他们应该明白,能够成为这个研究团队中的一员自己是"何其幸运"。

尽管玛戈特只是一名研究生新生,她已不需要别人提醒自己是"何其幸运",也不需要别人告诫不与外人谈论这位失忆症患者。她决心不让费瑞斯教授失望。

费瑞斯和他的助手正在准备对E.H.进行一套全新测试。被试的名字必须保密——E.H.是他在研究所内外的代号。研究人

---

① 菲尼亚斯·盖奇(Phineas P. Gage),25岁在美国佛蒙特州铁路工地工作时发生意外,被铁棍穿透头颅,从颧骨下面进入,从颅骨上方出来,但却依然存活,被誉为"十大起死回生事件",盖奇在严重脑损伤后奇迹般地存活了13年,成为世界上最著名的脑损伤患者之一。

员和护理人员一律要求保密。霍布斯家族已向宾夕法尼亚大学医学院捐赠数百万美元,授权达文公园神经科学研究所对 E.H. 进行相关测试与研究。前提条件当是 E.H. 本人愿意并配合——事实也确实如此。据玛戈特观察,高贵的伊莱休·霍布斯出身名门望族,但其热切配合的程度,比之遭到唾弃、渴望人类的认同与爱、渴望与人类建立"正常"连接的狗更甚。当然,这个比喻并不恰当。

玛戈特知道,伊莱休·霍布斯被困在时间里,仿佛在暮色苍茫、昏暗不明的树林中兜圈子——找不到自己的影子。

能够被人从昏暗不明中拖出来,成为关注的焦点,即使他无法弄明白原因,也依然会为此感到兴奋。否则,失忆症患者如何确认自己还活着?没有这些陌生人不停发问刺激他,暮光终会消失,而他也将会彻底迷失。

"玛歌—不·麦登?——是你的名字?"

玛戈特一开始没有听明白。后来发现 E.H. 是想跟她开个玩笑。他掏出小笔记本,煞有介事地在上面画着逻辑图表。一个圆圈,代表"MM",另外一个圆圈则表示"M 不 M"。两个圆圈中间(也可能是两只气球,因为圆圈下面飘着带子)是一条虚线。

"我擅于符号逻辑的光辉岁月似乎一去不复返了,"E.H. 笑着说道,"一去不复返了。"

"哦——是啊……"

他尝试拿自身的缺陷开玩笑。玛戈特明白,失忆症患者,和盲人、聋哑人一样,身上都有一种对抗生命的力量,力量强弱取决于个体的意志力。

玛戈特不知道该如何回应。E.H. 的幽默中交织着不确定与大胆尝试。她不愿意违心地鼓励这位失忆症患者——不用任何人提醒，她也清楚地知道，其他同事和米尔顿·费瑞斯教授也都不会批准她那么做。

与此同时，房间内的社交气场变得有些尴尬：由于E.H.对（作为下属的）玛戈特格外关注，令她风头盖过了（作为主导者的）费瑞斯。也有可能，这位脑部损伤患者（故意、狡猾地）设法"忽视"站在他身旁、随时想打断他说话的费瑞斯教授（"忽视"是一个神经病学术语，指的是由大脑损伤引起的病理性识别力丧失）。眼下，玛戈特必须设法从E.H.身旁离开，以便费瑞斯重新成为这个房间的焦点。玛戈特小心翼翼地，不能让这位脑部损伤的男人和那位德高望重的神经心理学教授察觉。

玛戈特不想伤害E.H.的感情，即使他的感情十分短暂；玛戈特也不想冒犯米尔顿·费瑞斯，他是同时代人中最有作为的神经科学家。她的科研前途完全掌握在这位年近六旬、面容严厉、髭须花白的人手中。关于费瑞斯教授，玛戈特早有耳闻：米尔顿·费瑞斯是神经科学研究所最受景仰的卓越科学家，但为人也最自我，绝不允许任何人僭越，哪怕是无心之失造成的僭越，也绝对不行。作为密歇根大学心理学系为数不多的年轻女性科学家之一，玛戈特清楚地意识到，在这样的环境中，一定不能过于崭露头角；玛戈特在密歇根大学读本科时，就对实验认知心理学产生了浓厚兴趣，她从文献阅读中汲取了这一生存智慧。

此外，一个不争的事实是：心理学系几乎没有女教授，整个密大神经科学领域则完全没有女教授。

玛戈特知道，自己算不上漂亮。那种传统意义上的漂亮，她不觉得有什么好——中学班上那些漂亮的女孩受男同学关注，通常情况下她们的生活被大大改变（早恋、早孕、仓促完婚）。玛戈特自认为十分谨慎,绝不会因为单纯幼稚而犯错。如果说 E.H. 是一条急切想要讨好人的狗,玛戈特则是一条刚刚被仁慈的主人从收容所救出来的狗——哪怕主人丝毫没有察觉,她也必须时刻效忠。

米尔顿·费瑞斯以一种看似轻松,却不容置疑的方式向 E.H. 解释说,玛戈特"太年轻了",不可能在30年代末是他同学——"这个姑娘,来自密歇根,才来学校不久,是研究所新成员,将会协助参与'记忆研究项目'。"

E.H. 若有所思地皱起眉头,似乎在努力理解费瑞斯教授的这句话。他讨好似的重复着:"'密歇根。'哦——那就不可能是我在格拉德温的同学了。"

E.H. 还用同样讨好的方式表示他对"记忆研究项目"这个术语也十分熟悉。(玛戈特想知道,他这种努力讨好的性格是否在患病后无意识习得的。她还想知道研究所是否已经对这种无意识习得进行了相关测试。)

米尔顿·费瑞斯详细介绍"测试"时,E.H. 表现出极大的渴望与热情。过去的18个月中,神经学家和心理学家对他进行了无数次测试,但他似乎并没有记住其中任何一次。他保留着大脑损伤前对"测试"的基本认知——他知道"智商"测试指什么。他也可能记得大脑损伤前他的 IQ 值一度高达153,当时他18岁;但他不知道大脑损伤后,他也多次接受过智商测试,IQ 值在149到157之间。他仍然具有超乎常人的高智商,至少理论上如此。

还有一点也让玛戈特十分惊奇:E.H. 大脑损伤前习得的词汇、语言能力与计算能力基本没变,但是(据说),他记不住新的词汇、概念或事实,哪怕这些词汇、概念或事实被巧妙地嵌入熟悉的信息中他也记不住。有人看到,E.H. 经常摘抄他最喜欢的报纸金融板块,但几分钟后,当你问他刚才抄写了什么,他总会不以为意地耸耸肩——"现代人不是'赚钱'就是'赔钱'。哪还有什么新鲜东西?"他已经忘记了刚才专注在做的事情,却能随口编一套说辞,来掩饰记忆缺失。

有时候,E.H.似乎知道约翰·肯尼迪总统最近(两年前)被暗杀了,而另一些时候他说起"肯尼迪总统",却像是在谈论一位活人——"肯尼迪总统需要改变他在古巴问题上的态度。他应该想办法领导这个国家走出越战的泥潭。"

说着说着,他开始激动起来:"我们中有些人想要去华盛顿,求见肯尼迪总统。形势越来越严峻了。"

要不是费瑞斯教授透露过,费城霍布斯家族长期与州和联邦政客保有联系,大家肯定都觉得E.H.讲的是天方夜谭。

和许多其他大脑受损的患者一样,E.H.随身携带词典和其他词汇书;他在笔记本上按字母表顺序写下一长串单词——分A、B、C等部逐一排列。(E.H.做《纽约时报》填字游戏时喜欢查看自制单词表,而他的家人证实,患病以前他做填字游戏从不需要查阅词典。)他的数学能力惊人,对世界地理的了解程度同样让人佩服。他精熟观点相互抵牾的经济学理论——凯恩斯经济学、古典主义经济学、马克思主义经济学等;他喜欢阐述冯·诺伊曼的《博弈论与经济行为》,对其中的主要观点了如指掌。可一旦有人发问,他就只能大致重复刚刚讲过的几句话;他的观点一成不变,使用的词汇也一成不变。他的大脑已经无法吸纳关于过去的新观点,也不能修正对过去的看法。如果有人挑战他的这些想法,E.H.会一改之前的友善态度,变得暴躁、刻薄。他擅长棋类游戏和年少时熟谙的拼图游戏,但却很难学会新游戏。

玛戈特觉得,要是E.H.能够进行理性分析,他没准会认为自己接受的重复性测试是在给自己治病,能够减轻他的病情。然而,尽管跟他解释过很多遍,他还是不知道自己的"病情",不知道这些测试已经"重复"过多遍,也不知道这些"测试"只是用于实验研究——也就是说,这些测试是为了神经科学的利益,而不是为了被试的利益。

费瑞斯一字一顿地对E.H.说:"霍布斯先生,伊莱,请允许我再重申一下,我是一名神经心理学家,在宾夕法尼亚大学任教,他们都是我实验室的成员。在过去15周里,我们每周三都跟你在达文公园研究所合作,我们取得了一些令人兴奋的初步发现。你以前见过我,我们相处得十分愉快! 我叫'米尔顿·费瑞斯'——"

E.H.不停地点头,甚至有点不耐烦,似乎这些东西他早知道了。"'米尔顿·费瑞斯'——好的。'费瑞斯医生。'"

"我不是'医生'——我是教授。当然,我有医学博士学位,但那不是重点! 请直接称我——"

"'费瑞斯教授。'好的。"

"我已经解释过了——我不是临床医生。"

这是向被试传达一个信息:我不是医生。你不是我的病人。

但E.H.似乎故意曲解费瑞斯教授的意思,并笨拙地开起玩笑:"好吧,教授——咱俩一样。我也不是临床医生。"

E.H.微微提高了音量。这是在表明他生费瑞斯教授的气吗? 恼火费瑞斯强行把自己的注意力从黑发姑娘玛戈特·夏普身上移开吗?

(玛戈特又想,E.H.语速这么快,似乎是在暗示他对费瑞斯教授提供的信息不感兴趣吗? 是不是尽管患有严重失忆症,但他从以往的多次交流"记住"自己记不住那些信息,因此对费瑞斯教授的话表示出不耐烦?)

E. H. 旁若无人地翻看笔记本,停在要找的那一页,笑着拿给玛戈特(不是费瑞斯)看——上面画着两个人在打网球,其中一个人正疯狂地挥舞着球拍,球从他头顶飞过。(这个人是 E. H. 吗?头发和身材都像。另外一个人面庞模糊、笑容夸张,意味着——死亡?)

"这是——'网球'。我过去经常打。我在阿默斯特队打得相当好呢。咱们现在去打'网球'吧?"

"伊莱,我知道你是最佳球手。改天再去打网球吧。现在,你能不能先坐下,然后……"

"'最佳'?真的吗?可我太久没有打过网球了。"

"伊莱,你上周刚刚打过网球。"

伊莱瞪着费瑞斯。这不是他想要听到的回答,他似乎无法理解费瑞斯的意思。费瑞斯用令人振奋的声音接着说道,"伊莱,你每次都能赢我。据说,你和我们团队里网球打得最好的人过招,每局都是你赢。"

"'据说'——千真万确!"

E. H. 笑了,似乎有些不敢相信。

玛戈特明白:这位可怜的人发现,只能借助外部世界——通过陌生人,才能获得对自己最全面的认识,这让他十分不安。

玛戈特知道,发现自己对自己的了解,还不如一个陌生人,这一点确实令人难过。

米尔顿·费瑞斯耐心地向 E. H. 解释他上午来研究所的原因,以及团队为什么要像以往那样对他进行"测试"。E. H. 一开始很有礼貌地听着,接着,他再次发现了玛戈特,再度被她吸引:黑色半身裙下面配着黑色紧身裤,黑色针织套头衫紧贴着她娇小的身材,黑色平底芭蕾鞋——学校女生跳舞穿的服装,不是医务人员的白大褂,也不是护理人员的绿制服。翻领上没有佩戴姓名卡牌。

费瑞斯发火了,厉声说道:"霍布斯先生,伊莱,你到底打算什么时候开始测试?我们来这里的目的是做测试。"

"医生,那是你们来的目的。但我为什么要来这里?"

"伊莱,你曾经非常喜欢我们的测试。我想你会继续喜欢的。"

"我来这里——就是为了喜欢测试?"

"我们希望收集一些关于记忆的数据。我们正在攻克记忆能力是分布在大脑各个区域,还是特定区域的问题。伊莱,你一直在帮助我们完成这项研究。"

"他们把我赶出办公室了吗?——有人取代我的位置了?我哥哥埃弗利尔,我叔叔——"E.H.停住了,好一阵子,好像怎么也想不起他那位担任霍布斯联合公司高管的叔叔名字。接着,他满脸迷惑地问:"要是我得去个地方,我能去哪里?"

米尔顿·费瑞斯让 E.H. 放心,说他此刻就在"合适的地方,合适的时间,参与缔造历史。"

"我有没有告诉过你?我听过马丁·路德·金的演讲。听过好几次。那才是缔造'历史'。"

"告诉过。金牧师,非常了不起⋯⋯"

"他在费城自由图书馆台阶上发表过演说,在阿拉巴马州伯明翰的黑人教堂也发表过演说,这座教堂后来被白人种族主义者炸成灰烬。他是一个非常勇敢的人,一个圣人。他是勇气之神。我打算等我病情好转,继续跟他一起游行——他已经答应我了。"

"当然,伊莱。没准我们也能帮忙安排。"

"在阿拉巴马州,他们拿棍棒打我的头,打得很重。我给你们看过吗?头上有个大疤,不能再长头发⋯⋯"

E.H.低下头,用手扒开浓密的黑发,让大家看他头皮上依稀可见的弯弯曲曲的疤痕。玛戈特突然有一种伸手触摸的冲动——她想去摸一下这个可怜人的脑袋。

她理解他——他感到十分孤独。

"没错。伊莱,你给我们看过你头上的大疤。能够捡回一条命,你真是太幸运了。"

"是吗?医生,您真觉得我'捡回了一条命'?"E.H.笑了,神情怆然。

米尔顿·费瑞斯继续与E.H.谈着,迁就他,甚至可以说是安抚他。在玛戈特看来,费瑞斯像是在安抚一只即将"牺牲"、情绪焦躁的实验动物(比如猴子),毕竟这只猴子是实验的"牺牲品"。

"牺牲"是实验科学中的委婉说辞。人们没有"杀害"实验动物,更不会"谋杀"实验动物,只是"牺牲"它们。

盯着E.H.的脸,很快你就会发现,他的微笑并非童真或热望,其中流露着绝望和乞怜。像一个溺水的人,急切想要抓住一个人,不管什么人,只要能救他就行。

他在我身上看到了——某种东西。获救的希望。

尽管E.H.脑神经损伤严重,仍可能会有一些孤立的记忆岛,会在不经意间突然出现;玛戈特想,是否自己的面容、声音,或是身上的味道唤起了E.H.受损大脑中的某种模糊记忆,让他对自己产生一种莫名的情感?所以,他一边努力听费瑞斯教授说话,一边忍不住热切地望着玛戈特。

玛戈特曾观察过实验动物:这些动物被切除部分大脑组织后,会继续存活,也有会知觉,但整体上变得无助而可怜。她也曾读过手头所有关于人类失忆症的文献资料。然而,亲眼看到这样一位失忆症患者,仍然令她感到紧张不安,即便这位患者远看正常——

023

实际上,充满魅力。

"伊莱,这样很好。坐到这张桌子旁。"

E.H.挤出一丝笑容。很明显,他并不想坐下。站着会让他更自在,那样就可以在房间里自由走动。玛戈特能够想象,这位身形健硕的男子在网球场上奔跑腾挪,不会站着不动任人扣杀。

"来。到桌子这边来。拿把椅子……"

"'拿把椅子'——哪儿有椅子?"E.H.笑了,眨着眼睛。他手指屈伸,做出要搬椅子的样子。费瑞斯夸张地大笑起来。

"我是让你拿把椅子坐下!这把椅子。"

E.H.叹了口气。他本想跟这位陌生人开个玩笑。这个人面容严厉,花白的髭须剪得很短,眼镜片闪烁着光芒,跟自己说话,一副很相熟的样子。

"嗨——好,好的——医生!"

E.H.笑容和善,永远不会给人带来伤害的感觉。

大家准备好了上午的第一个测试,E.H.的注意力从玛戈特身上挪开了。玛戈特尚未直接参与测试,只是前来观摩。玛戈特从被试的视线范围内消失了,成为一个幽灵般的存在。她敢说,E.H.早就忘记了刚才给他介绍过的房间里的另外几位:柯普朗、梅尔茨尔、鲁宾、舒尔茨。再也不用担心抢了失忆症病人对米尔顿·费瑞斯的注意力,玛戈特如释重负。

记忆能力测试显示,E.H.患病后短时记忆能力受损严重。测试人员要求他记忆一串数字,5 到 7 个数字之间,他就会显得游移不决。现在,也就是几个月后,他再次接受类似测试时,能够连续记住 9 个数字;有时,能达到 10 或 11 个数字。这个表现属于正常范围,人们也许会认为 E.H. 本人也很"正常"——举止沉着、有条不紊,虽然有些刻板。然而,一旦条件复杂,比如,数字列表变长,或者穿插干扰,E.H.的反应立刻就变得混乱起来。

一旦延长数字间隔,要求被试在停顿时"记忆"数字以免遗忘,测试实验就变得难以进行下去。玛戈特想象着,自己能够感受到这个可怜的人是如何绞尽脑汁想记住,不停地"默诵"。她很想走上前握住他的手,安慰他、鼓励他。我会帮助你。你会好的。你不会一辈子都这样!

玛戈特暗想,缺陷让人平等。18个月前,伊莱休·霍布斯还没生病的时候,绝不会多看玛戈特·夏普一眼。而现在,她被他感动,想去保护他、同情他。她相信,她的抚摸会让他感激。

紧张的40分钟后,休息10分钟,然后进行强度更大的测试。E.H.态度急切,满怀希望,也很配合,但随着测试难度加大、速度加快,E.H.很快就陷入混乱(他以非凡的勇气竭力保持和善可亲的"绅士"风度)。随着时间间隔延长,他像溺水的人一样慌乱挣扎。他的短期记忆严重下降——短至40秒。

经过两个小时的测试,费瑞斯宣布延长休息时间。测试者和失忆症被试全都精疲力尽,疲惫不堪。

E.H.接过一杯橙汁。橙汁是他最爱喝的饮料,此时他才意识到口渴极了,几大口就喝得精光。

给他递橙汁的是玛戈特·夏普。E.H.冲她笑笑,眼神格外温暖,玛戈特因此非常开心。

玛戈特感到一股轻微的眩晕感。毫无疑问,这位失忆症患者在注意她。

E.H.站在窗前,望着外面,焦躁不安,感到莫名的疲惫。他是在努力判断自己身处何处?还是在判断"测试"他的这些陌生人的身份?E.H.内心是个骄傲的人,他不会去问这些问题。

过了一会儿,E.H.开始在房间里绕着圈子走来走去,活脱脱一个被长时间困缚在促狭空间里的运动员,或一个桀骜不驯的叛逆少年。这样走来走去着实招人厌烦——也许这正是他的本意。E.H.旁若无人,手指做屈伸抓握动作,甩动臂膀,拉伸小腿筋膜,伸手碰触天花板拉伸椎骨。他嘴里嘟嘟哝哝——(是在骂人吗?)——表情却保持着和善。

"霍布斯先生?想要您的素描本了吧?"研究所一位工作人员问道,把素描本递给他。

E.H.看到素描本很高兴,(也许)还有些惊讶。他皱着眉头翻看,生怕让别人看到里面的内容。

随后,他从衬衫口袋翻出他的小笔记本,迫不及待地翻开,专注地看着,快速记了点什么,又把本子重新塞回口袋。他接着翻看素描本,发现有不喜欢的东西,就随手把那一页撕下来,在手心揉搓。玛戈特好奇地看着他的这一连串动作:这些动作,他自己会觉得连贯吗?这些动作是否有什么目的?不知道他患病前是否也总随身携带这种小记事本和超大规格的素描本。没准他过去就有这些习惯。如果是这样,那也就容易理解刚才的一连串动作了。

一旦他确信自己是一个人,周围没有人看着他,E.H.就会敛起笑容。他就会眉头紧锁,似乎在专注地思考,想要费尽心力把事情弄个水落石出。

玛戈特不由得又开始同情起这位失忆症患者,他连自己在这里进行测试了多长时间都记不住。他也许在这里待了几分钟,也可能待了几个小时。他好像知道自己不住在这儿。但他也并不清楚现在是跟姑母一起住在格拉德温,而不是生病前他一个人住在费城中心。

无论重复进行多少次机械记忆测试,E.H.的情况都一样。无论给过E.H.多少遍指令,每一次测试时都得再重复一遍。

失忆症患者的大脑像个漏筐,水源源不断地渗漏,永远无法蓄积。患病前的那些年,构成他38年人生经历的绝大部分,宛若塞尚印象派风景画作中透过浓密树叶瞥见的一泓静止、遥远的清水。

玛戈特想知道,在E.H.大脑受损的区域,是否还残留一些幽深的记忆?在受损神经的外围,那些邻近组织中,是否还有某种类型的神经发生,或脑修复?这种神经发生是否可以被激发?

数千年来,人们对人类大脑所知甚少!大脑是唯一需要通过观察外在行为才能进行功能定义的身体器官,其基本生理学特征迄今(1965年)鲜为人知。只有动物(主要是猴子)大脑能够接受"活体"实验。严禁对(活的、正常的)人脑进行侵入性探查。玛戈特很想知道:复杂的人类记忆是分布在整个大脑皮层,还是局部皮层?如果分布在局部皮层,又是如何分布的?目前已知E.H.脑部海马体和邻近组织因病毒感染受到损伤,能否确认其他部位未受损伤?玛戈特想,如果不对E.H.施行脑部手术,或发明一种精细的大脑扫描仪对他的大脑进行"透视扫描",就只能通过他死后的尸体解剖获取他的脑结构分布信息。

那一瞬间,玛戈特感到一丝恐惧,同时也有兴奋。她似乎看见E.H.躺在停尸间的大理石板上:尸体静静地躺在那里,头骨已经被锯开。病理学家会取出他的大脑,交给神经科学家进行取材和固定、制作切片、染色、研究观察和分析。

而她将会是那位神经科学家。

E.H.不安地看了她一眼,好像能读出她的思想。玛戈特脸上一阵灼热,那种感觉就像正在跟人亲热,被抓了个现行。

但是,霍布斯先生,伊莱,我愿意成为你的朋友!

我会成为让你信任的人。

"解锁记忆之谜"——玛戈特·夏普将会成为该领域的先驱。

E. H. 竖起食指,吸引玛戈特注意,他同时还翻着小笔记本,似乎在找什么重要的东西。他用欢快、温和的声音读道:

"无途即无路,无智亦无得。世间本无无。"他停顿了一下,接着读,"这是东方佛祖的智慧。没有智慧,就没有佛祖。"读完,他莫名其妙地笑起来。

房间里的其他人全都望着他,不明就里。

测试重新开始。E. H. 再一次显得热切、充满希望。

真是匪夷所思:对这位被试而言,上午的测试才刚刚开始。他已经忘记了自己的"疲劳感"。

"疲劳感"和"饥饿感"一样依赖于记忆。若非亲眼所见,玛戈特简直无法相信——这太不正常了。

作为一位科学家,她很快就会认识到:自然界"不正常"的东西太多了。

测试还没进行到一半,米尔顿·费瑞斯就提前离开了。他要赶去赴约——也许是赴宴。他让手下这些助理独立完成他设计的测试。

玛戈特严格遵守指令:即使知道下一步该怎么做,她也会等费瑞斯的得意弟子艾尔文·柯普朗下达指令后再行动。测试 E. H. 耗时费力,工作高度重复,却也充满挑战与惊喜——各种听觉、视觉记忆测试,强度不断增大。

其中一个测试似乎故意想要挫败和打击被试。柯普朗要 E. H. 数数字:"能数到多大就数到多大,不要停。"E. H. 于是开始数,持续时间相当长,超过 70 秒;数得有条不紊,明显是靠机械记忆。数到 89 的时候,柯普朗突然打断 E. H.,给他看一张卡片,让他描述上面的复杂几何图案——"像三个倒金字塔,也可能是菠萝?"

继而,柯普朗让 E.H.接着数。E.H.完全不知所措,不知道接下来该怎么做。

"'数数'——什么数数?我刚才在'数数'?"

"你刚才在数数,让你'能数到多大就数到多大'——然后,让你停下来描述这张卡片上的图案。现在,伊莱,你可以继续了。"

"'继续'——继续什么?"

"你不记得刚才在数数吗?"

"'数数'——?不。我不记得。"

E.H.盯着那张分散他注意力的卡片,意识到卡片是个陷阱。

"我小时候玩过纸牌。我还会下跳棋和国际象棋。"E.H.四处张望,似乎想要找纸牌或棋盘。

E.H.的手指抽搐着。他一贯和善的眼睛里喷着怒火。像是要把那张印有金字塔或菠萝的愚蠢卡片撕碎!

看到 E.H.的表情,玛戈特感到一阵内疚。她不确定这个测试对他是否太过折磨——精神折磨。尽管到现在为止,E.H.都很享受这种被人瞩目的感觉。

玛戈特继而想道——好在他不会记得!他很快就会忘记。

她想起,数十年前人们常会切除实验动物(猴子、狗和猫)的声带,以防它们发出痛苦和恐怖的嚎叫。实验人员听不到,自然也就不需要记录它们的痛苦。那些都是更人道的新动物实验时代到来前的事情,不过玛戈特相信,米尔顿·费瑞斯肯定没有忘记。

费瑞斯经常拿这个新"人道"动物实验时代开玩笑——嘲笑他们限制动物实验,嘲笑"动物权利极端分子"狂热抗议他不久前取得非凡成就的实验。

玛戈特不愿意设想自己在传统实验室会如何表现。对实验动物遭受的痛苦,她会提出抗议,还是会默然同流合污?如果站出来反对,她势必会被赶出这位学界泰斗的实验室,断送她在神经科学领域的职业生涯。

玛戈特告诫自己:科学的本质在于探索真理,而真理往往晦暗不明、深藏不露。

真理不会简单、直接地摆在你面前,也不是找几块散落的化石碎片简单拼凑在一起。真理深藏不露,错综复杂。多数人可能只看表面——表象的东西,科学家却需要深度挖掘和钻研。

E.H. 一脸茫然,四处打量这间测试室,不知道这是什么地方。好像是拆除了舞台布景的光秃秃的几面墙壁。平日里那种明亮而热切的笑容从他脸上消失了。伊莱休·霍布斯像遭遇到重创一般孤立无援;言谈举止中的迷人魅力被绝望取代。玛戈特想要安慰这个孤立无援的人,轻声说道:"霍布斯先生,您刚才数到 89 了。被打断之前,您数得很棒。"玛戈特压根顾不上柯普朗等人的眼神,她知道他们在责怪她插话。

听到玛戈特温和、坚定的声音,E.H. 惊讶地转过身。他所有的注意力都在柯普朗身上,已经完全忘记了玛戈特的存在。他吃惊地发现,屋子里还有其他人,玛戈特坐在他身后的角落里,像个中学生,一边观察,一边做记录。

"哈——啰!——哈——啰!"

显然,这是 E.H. 第一次见到玛戈特·夏普:她身材瘦小,年龄不大,皮肤异常白皙,黑色的眉毛和睫毛,乌黑亮泽的刘海遮住了额头;那双因为思考眯缝着的杏核眼应该很漂亮。

她的衣服跟其他人不同,黑色叠穿造型像个跳舞的。笔记本放在膝盖上,手里拿着笔,皱着眉头,脸上却又带着笑意,(很可能)是个年轻医生?医学院的学生?(不是护士。这一点他很肯定。)可她并没有穿实验室的白大褂。她的翻领上没有姓名卡牌,这一点让 E.H. 感到费解和好奇。

E.H. 无视柯普朗和屋里的其他人,伸出手想要跟这位年轻女子握手。"哈——啰!我想,我们是老朋友——小学同学,对吗?在格拉德温?"

黑头发姑娘愣了一下。随后,她优雅地从座位上起身,迎着他走过去,握住他的手,微笑着。

"你好,霍布斯先生——'伊莱'。我叫玛戈特·夏普——我们以前没见过。"

女孩苍白的脸在水波下晃动,上面映着蜻蜓和水黾的影子。很奇怪,影子竟比昆虫本身大得多。

他发现了她,在小溪里。其他人都不知道——这个地方只有他一个人。

但他没有看,他没有见过那个溺水的女孩。他当时不在那里,所以他没见过。他当然不记得自己没见过的东西。

这么多年后,站在这个陌生的木板桥上,他不会转头去看。他没有四处张望。他双手紧紧抓住栏杆,勇敢地抵御突如其来的大风。

第 二 章

"霍布斯先生?伊莱?"

"哈——啰!"

"我叫玛戈特·夏普。我是费瑞斯教授的同事。我们之前见过面。我们今天上午想占用您一点时间……"

"好的!欢——迎。"

他眼中闪烁出明亮的光芒,是充满希望的光芒。

"欢迎,玛戈特!"

他紧紧握住她的手,一种熟悉的感觉。

他确实记得我。无意识的记忆——但他记住了。

她现在还不能这么写。因为还没有任何科学依据。

失忆症患者能够发现自己的"记忆"方式。这是一种非陈述性记忆,完全避开大脑中负责意识的区域。

人类有陈述性记忆,当然也有情感记忆。

人类身体中也隐藏着记忆——两性激情产生的记忆。

玛戈特·夏普心里溢满了幸福,像一只快速充盈起来的氦气球。

"霍布斯先生?伊莱?"

"哈——啰!哈——啰!"

他从未见过她。他朝她热切地微笑,俯身靠近她,握住她的手。

他大而有力的手握住玛戈特·夏普的小手。

"你可能不记得了,我们以前见过面,我叫'玛戈特·夏普',是费瑞斯教授团队的助理研究员。我们已经一起工作过——呃,一段时间了。"

"'玛格—特·夏普'。没错。我们已经一起工作过——一段时间了。"E.H.笑容可掬,好像真的知道他们在一起工作过多长时间,但不会告诉其他人。

今天,E.H.随身带着一本尺寸更大的素描本。他已经做完了《纽约时报》上的填字游戏——那页报纸又已经被随意丢在地板上了。

E.H.坐在四楼测试室前面的窗户旁,用炭棒在本子上作画。他似乎没有察觉外面平板玻璃窗上密集的雨点声,也没有察觉自己身处医院这个环境;E.H.的全部注意力都在他自己的画作中,那是他的内心世界,他从不喜欢与他人分享。

(偶尔,玛戈特·夏普是个例外。)

(当然,玛戈特知道,不能主动向E.H.提要求,只能等他主动分享。这种分享常常突如其来。)

"伊莱,你知道我们一起工作多长时间了吗?"——玛戈特常常会问。

E.H.的笑容总是有些飘忽。他总是会考虑一下,然后认真地回答。

"嗯——我想——大概——六个星期。"

"六个星期?"

"可能会多一点,或少一点。你知道,我的'记忆'出了问题。"

"伊莱,你的记忆出问题多长时间了?"

033

"多长时间？嗯，我想——也许——六个星期吧。"E. H. 冲玛戈特笑笑，带着明显的恳求。此时，他还紧紧握着玛戈特的手，她轻轻地把手抽出。

"伊莱，你知道是什么原因导致的吗？"

"嗯，是'神经'出了问题。我猜他们给我做过 X 射线检查。我想，我记得头发被剃光。在阿拉巴马州伯明翰，我的头骨被打裂了——当时没有人发现。是'发丝状'裂缝。后来，几个月前，也就是刚过去的 7 月份，在湖边发生一场大火灾。没错，他们告诉我说——是火灾。我竟然那么粗心，壁炉里留着没有烧尽的木炭——大火就烧起来了。"E. H. 停下来，皱着眉头，好像正努力从深井里向外拖拉一个很难拖的重东西，身上每一块肌肉都绷得紧紧的，"一场大火，我的脑袋就这么烧坏了。"

"也可能是发烧？"

"发烧就是起火，脑袋里起火。"

他们的这次对话发生在 1969 年 3 月的一个上午，天气阴沉，潮湿多风。

她觉得，他的名字带着一种可怕的预兆——霍布斯（火—不—思）。

过去四年半的时间里，伊莱休·霍布斯始终生活在一个难以定义的现在时中。像一种时空圈环，一个单向度无限朝向自己的莫比乌斯环带①。

---

① 莫比乌斯环带（Möbius strip），由德国数学家莫比乌斯（Mobius, 1790—1868）在公元 1858 年发现，是一种单侧、不可定向的曲面——将一个长方形纸条 ABCD 的一端 AB 固定，另一端 DC 扭转半周后，把 AB 和 CD 黏合在一起，得到的曲面就是莫比乌斯环带。莫比乌斯环中的时间保持了单向度的特性。

只是,这个"无限"不足70秒。

伊莱休·霍布斯的生活中没有"过去"的概念,只有"现在"。

他永远地停留在37岁。他永远弄不明白自己身处何方,也不清楚过去经历了什么。

火灾?我记得是起火了。也有可能是,祖父的两座单引擎小型飞机坠落在岛上,燃起了大火。后来,在医院里,我记得也起过火。我的衣服和头发湿漉漉的,仍然冒着烟。我闻到头发烧焦的味道。我可能还吸进了一些烟火,烧伤了肺。

他们说我发高烧了,但——其实是起火了,我亲眼所见,还闻到了味道。

那个小女孩失踪了。好几拨人出去找她。去乔治湖周围的树林里找。到各个小岛上找。

要是有人把她带走了,一定是带到其中的某个小岛上。要是带走她的人自己有船。要是当时没有人看见。

祖父驾驶他那架小巧、轻盈的比奇飞机①飞越乔治湖上空。机身是明亮的铬黄色,像一只大鸟。祖父在湖区上空飞过很多次,你一定听到过螺旋桨在房顶低空飞行发出的突突声。

祖父说道,伊莱,走!咱们一起去找你堂姐。

当然,这不是小伊莱第一次乘坐祖父的飞机,但却成了最后一次。

E. H. 又开始用他那欢快、和善的声音朗读笔记本上的东西:

"无途即无路,无智亦无得。世间本无无。"他停顿了一下,接

---

① 比奇(Beechcraft),是一个美国通用及军用飞机生产商,其生产范围上至商用飞机及军用运输机,下至单引擎小型飞机。

着读,"这是东方佛祖的智慧。没有智慧,就没有佛祖。"

他笑起来,神情怆然。

"没有测试,也就没有测试对象。"

说完又笑起来。笑声中夹杂着忧伤。

她曾被反复教导:要想有新的发现,必须得先"狠心"破坏。

要想进行大脑行为功能定位,就必须先摧毁大脑组织。

比如,毁坏猴子、猫和老鼠的大脑,以探索隐藏的神秘记忆现象。几年,几十年,成千上万的动物大脑,数十万小时的脑部外科手术。有系统、有条理地推进。一丝不苟的实验记录。对于这些执拗狠心的实验科学家而言,(活体)标本绝不是他们的目的,只是他们破解大脑奥秘的(可能)手段。成千上万只动物就这样被牺牲掉,只为了获取"印迹"——大脑中的记忆痕迹。

这就是实验神经科学研究。

任何人不得对(活的、正常的)人脑施行手术开展实验,只能采用动物大脑。数十年来,人们并没有形成决定性的结论。玛戈特·夏普在自己的失忆症文献阅读日志中,摘录了伟大的实验心理学家卡尔·拉什利[1]被后世褒贬不一的论断:

关于人类记忆痕迹的定义与分布,我们开展了一系列研究实验,但并未能够形成定论。我有时觉得……定论就是——(记忆)不可能有定论。

忠贞的女儿。玛戈特·夏普是何其幸运!她常常忍不住

---

[1] 卡尔·拉什利(Karl Lashley, 1890—1958),美国生理心理学家,行为学派的服膺者,也是最早尝试从大脑区域化的观点探究学习神经生理基础的人物之一,有"神经心理学之父"的称号。

想——我的事业——我的人生——大幕已经拉开。

1969年,科学界陆续知道失忆症患者E.H.。

一个完全顺行性失忆症的独特案例!被试身体健康、智商超群、高度合作、神志清醒——是脑病变研究的罕见案例。以往的受试对象要么是健康恶化的精神病患者,要么是严重的酒精中毒性脑损伤患者。

达文公园大学神经科学研究所米尔顿·费瑞斯教授关于失忆症患者E.H.的文章陆续刊发在神经科学界的权威杂志上。通常情况下,费瑞斯会把研究所全体助理研究员列为共同署名作者,玛戈特·夏普也在其中。看到自己的名字印成铅字,跻身这样的著名团队,玛戈特无比感激,这一切来得太快了。

《病毒性脑炎导致近期记忆损失研究》《失忆症患者的"陈述性"与"非陈述性"记忆残留研究:对E.H.的历时研究》《失忆症患者语言、视觉、听觉和嗅觉短时记忆保持研究》《顺行性失忆症患者信息编码、储存和检索研究》等论文相继问世,文中提供了大量的数据、图表、统计分析和引证。这些论文是团队成员在米尔顿·费瑞斯指导下,齐心协力、经年累月投入烦琐准备工作的产物。不管是谁实际设计并实施了实验,也不管是谁主导完成了研究和论文写作,没有费瑞斯同意,任何人不得擅自投稿论文。最近,玛戈特得到费瑞斯批准,独立设计关于感觉形态,以及"非陈述性"学习与记忆的可能性的实验。不久之后,米尔顿·费瑞斯与玛戈特·夏普联合署名的文章将在权威期刊《美国实验心理学杂志》上发表,这篇长达40页的学术论文摘取玛戈特学位论文《并有顺行性和逆行性失忆症[1]患者的短时记忆与记忆再巩固研

---

[1] 有时也称作"全脑失忆症"。

究:一项基于 E.H. 的研究》的核心内容。费瑞斯亲口告诉玛戈特说,这是他迄今看到的女研究生,"或致力于该领域研究的女同事"文章中最有潜力、研究最深入的一篇论文。

(费瑞斯的赞美十分真诚,绝无任何讽刺意味。1969 年,科学领域没多少女性,更不存在从事科研工作的女性主义者,因此并不存在性别讽刺。令玛戈特羞愧的是,听到米尔顿·费瑞斯在其他同事面前夸赞她,大家纷纷表示钦佩的时候,她竟然欣喜若狂。可是,只要想到学校心理学系仅有两位女性教授,且历来是被实验心理学、神经科学研究者嗤之以鼻的"社会心理学者",导师的这个赞扬自然也就打了折扣。)

玛戈特知道,《美国实验心理学杂志》能在论文提交后这么短的时间里就录用,一定是因为费瑞斯的缘故。她留意到,该杂志的一位编辑是费瑞斯在 40 年代末指导过的一位学生;同时,期刊发行人栏目的一长串姓名中,费瑞斯的名字赫然在列,身份是"编委"。

不管在什么时候,她都十分感激费瑞斯。

她在各种场合感谢过费瑞斯。

玛戈特深知自己的运气非常好。她渴望能够一直保持这种好运气。

如果你是女人,光有才华是不够的。你要比男性对手更优秀——而这种"优秀"就是你身上的男性特质。同时,你还必须用自身的女性特质适当地进行平衡与调和。"女性特质"并非意味情感丰富、多愁善感、撒娇"示弱",而是指性格沉静、谨言慎行、机智敏锐、行事不极端、不抢风头。

玛戈特想——对于长相平平的她,不抢风头很容易做到。

"哈——啰!"

"嗨,霍布斯先生——伊莱,你好吗?"

"很好,谢谢。你好吗?"

和 E.H. 在一起,很容易有被困在时间里的局促感。

靠近 E.H.,难免会感到焦虑,张望着想要去寻找自己的影子,生怕弄丢了似的。

玛戈特一直非常孤独——和 E.H. 在一起她不会有这样的感觉。费瑞斯实验室要是有人发现,在他们面前性格冷僻的玛戈特跟 E.H. 讲起话来那么有激情,一定会非常震惊。他们单独在一起的时候,或者在其他人听不见的地方,她会向他倾吐心事,把他当作最信任的亲密朋友。

她主动申请带 E.H. 到研究所后面的公园里散步。她还自愿包揽带 E.H. 到一楼餐厅用午餐的任务。如果 E.H. 被安排做医疗检查,她也会主动提出陪他去。

跟 E.H. 在一起,玛戈特总是很快乐,有她做伴,E.H. 也很开心。她会跟 E.H. 历数自己取得的学术成就,那口气就像在博取长辈(也许是父亲)夸赞一般。(玛戈特从没有把 E.H. 当作父辈看待,只把他当成是自己喜欢的男人。)她向他诉说,孤身一人生活在东部(宾夕法尼亚州),她时常感到孤独。在这里,她举目无亲——"我只认识你,伊莱。你是我唯一的朋友。" E.H. 听完这番话,露出微笑,像平时接受测试那样,附和着说,"是啊,'我唯一的朋友'。你也是。"玛戈特知道,E.H. 和姑母住在一起,她猜测他肯定会经常跟家人见面。她还知道,他手术痊愈几个月后,他的未婚妻与他解除了婚约,自然不会来看他。那其他的朋友呢?他们全都抛弃他了吗?难道是 E.H. 主动抛弃了他们?这位脑损伤病人想要逃避,避开那些加剧他的压力和焦虑的场合。待在研究所会让E.H.感觉最安全、最放心,他一定知道自己会一直是大家关注的焦点。

玛戈特想知道,如何才能让他不把这些谈话当作测试?生活本身不就是一个巨大的、持续不断的测试吗?

不知道,在这些亲密的交谈中,E.H.是否记住了玛戈特的名字——(他经常把她的名字与他小学同学搞混)——但不可否认的是,他记得她。

他判断得出她是位有权威的人,是个"医生"或"科学家"。他尊敬她,玛戈特发现,他跟自己相处的方式不同于对待医护人员。

当然,你可以放心地跟E.H.说任何事情。不到70秒,他就会忘得干干净净。

即便身为"科学家",玛戈特也很难理解:为何她向E.H.倾诉过的话会成为她记忆的一部分,而她却无法成为他的记忆。

玛戈特跟E.H.说:自己精力过于旺盛,常常夜里失眠。每两三个小时就醒过来,精神亢奋、焦虑。脑子里不断涌出新想法,跟测试相关的新想法,还有人类大脑研究的新理论!

她告诉E.H.,她是多么想让米尔顿·费瑞斯喜欢自己,又多么害怕费瑞斯会对自己失望——(费瑞斯常会对年轻同事和助理失望,外界盛传他一旦对谁不满,就会随便找个理由打发了事。)她真心希望,费瑞斯夸奖她有"科学头脑"是出于客观评价,没有夸大其词。可她却又害怕因为自己乖巧、凡事顺从,会让费瑞斯把她当作亲信。

玛戈特向E.H.坦陈,自己是如何衣服不脱倒头就睡的——"也不洗澡。带着一身臭味睡觉。"

(听到这里,E.H.插话说:"亲爱的,你的气味很好闻!")

她承认,她像跟自己怄气似的在实验室工作到筋疲力尽——

好像不把自己变成工作机器。就会对自己不满;因为如果她不出众,就不会有人爱,而除了努力工作和让长辈满意(比如米尔顿·费瑞斯),她也没有别的办法出众。她回想起在密歇根大学文学课上读到的一部令人毛骨悚然的小说,讲述一个犯人身上被刻了字,刻的是他违反的法律条款,临刑他被要求"读"自己身上刻印的文字——她不记得作者的名字了,但永远也忘不了这个故事。

E.H.嗔怪道:"忘记弗朗茨·卡夫卡的《在流放地》,不应该。"

他在阿默斯特学院念本科时也读过这篇小说。

玛戈特很惊讶,有些感动。"伊莱,你记得这个小说?那——当然,那是……"很正常,也很自然,对 E.H.来说,记得他患病之前很多年读过的小说,是件完全正常且自然的事情。然而,玛戈特读这部作品还没几年时间,她竟然想不起书名。

E.H.开始背诵。"'这是一架奇特的机器。'军官对带着几分赞赏眼光看这个装置的旅行者说。……很显然,旅行家只是出于礼貌才接受军官的邀请,来观看处决一个顶撞、辱骂了上级的士兵。……罪责无可置疑。"

E.H.突然怪异地大笑起来。玛戈特完全摸不着头脑。

听到这位失去影子的男人背诵小说中的段落,让她不寒而栗——我不想听。哦,快停下!——我不想听。

他们从未告诉他——你堂姐死了。你堂姐失踪后就死了。

没有人看到。也没有人知道。

快醒醒,伊莱!傻伊莱,你做梦了。

伊莱那个夏天看到的一切,都只是个梦。

她在沉闷的研究生宿舍区租了一间单人卧室,位于空旷的校园一角,能俯瞰满是石头的老溪谷。(达文公园大学神经科学研究所就在几英里外的费城富人区。)她从不跟邻居来往。他们不像她那么严肃,喜欢大声播放音乐,高声交谈、喧闹。玛戈特也不跟已婚夫妇来往,一想到夫妻关系、家庭生活琐碎以及为此所要耗费的时间,她就发晕。交朋友对她来说是件奢侈的事情,她早已不再给大学时期的朋友写信,他们似乎与她渐行渐远,只剩下小小的身影。费瑞斯实验室里有一两位男士——(她感觉是这样,但并不十分确定)——拐弯抹角地向她示爱。玛戈特以同样拐弯抹角,或者说更令人尴尬的方式回绝了他们——不,我觉得没有必要。我——我觉得——在实验室外见面不合适……对这些每天跟自己在一起工作好几个小时的男同事,玛戈特实在产生不了浪漫的感觉,她也无法与其他女同事建立友谊,她们就像家里相互竞争的姐妹,很容易起争执,也很容易被挑起嫉妒心,因为她们始终都在暗中较劲(多累人啊!),以获得米尔顿·费瑞斯的赞赏、认可和喜爱。

工作让她上瘾,工作也是她的避难所。复杂的人际关系并不完全能由个人决定;然而在工作中你却能够清楚地知道自己的进步,你的进步也最终会被他人(那些杰出的前辈们)看见。

玛戈特有些羞于承认,似乎自己是在为米尔顿·费瑞斯的表扬而活!低声一句"玛戈特,表现不错!"都会令她顿时浑身舒坦。

有时,她确信自己和费瑞斯之间有个(无言的)约定,迟早会说破。

而另一些时候,看到费瑞斯对自己的兴趣时有时无,起伏不定,她又变得很不确信。

他,费瑞斯教授,蓄着浓密、硬挺的白胡子,精神焕发,鼻梁上架着一副熠熠闪光的眼镜,言谈中流淌着风趣、讽刺、洞见和卓尔才智(跟他共事过的人无一不服膺他的过人天才),这一切都令玛戈特深深(也许得深藏起来)迷恋。他57岁,在神经心理学领域享有盛名。多年前已入选美国国家科学院院士。据说,他家庭幸福,至少婚姻稳固。然而——我们都是彼此特殊的存在。

　　费瑞斯每次在实验室单独表扬玛戈特时,她都会有种晕眩、虚脱的感觉。被巨大的幸福包围,她的脸涨得通红,心跳加速。玛戈特对这种感觉并不陌生,因为她从小到大都是模范学生,也是模范女儿。

　　她是忠贞的女儿。她是那种得到你的信任就永远不会背叛的人。
　　玛戈特心里想——我没有爱上米尔顿·费瑞斯。
　　那么——我永远不会让他知道。
　　深夜,她一个人躺在床上。在床上,在奇异的黑暗中。有时候,她伸出臂膀环住自己的腰,模仿拥抱的样子。有时候,她用手抚摸身上的肋骨,在这般亲密的(没有威胁的)触摸中获得一种隐秘的快乐。她紧闭双眼,努力让自己入眠。她仿佛看见伊莱休·霍布斯站在她面前,笑容热切、充满希望,眼神哀伤——玛戈特?哈——啰。

　　E.H.说——玛戈特吗?我很孤独。

　　(玛戈特知道,在现实生活中,E.H.永远不会说这些话。他们见过无数次,E.H.却永远记不住她。)

∽∽

　　"这是我们的'失忆症患者'——他的身份必须绝对保密。"

米尔顿·费瑞斯轻声说道。说到"我们的失忆症患者"时,他的语气里甚至流露出一丝开玩笑的意味。不过,他当然是认真的。研究所里每一位跟伊莱休·霍布斯有过接触,知道他身份的人,都要宣誓保密:出于法律上的考虑,绝不向任何外人透露他的真实姓名。

自费瑞斯发表"令人兴奋"而"颇具争议"的 E.H. 研究以来,其他大学的科学家纷纷与他联系,想要访谈这位失忆症患者。费瑞斯断然拒绝了其中的大多数请求,理由很简单,他和他的研究团队目前正在进行这项研究,E.H. 不可能再接受其他测试。

"他是我们的研究被试,独家研究。有协议保证。"

米尔顿·费瑞斯在这个问题上,态度无比坚决。明确宣布这是"独家研究"。

夏普教授,您是否认为,您和您的研究团队一直都在"利用"研究对象 E.H.?

不,没有过的事。

您确定吗?夏普教授,在您研究他的 31 年里,您从来没有觉得自己可能会不道德地"利用"他的身体缺陷?利用他的"记忆缺失"?

我已经说过了。从来没有。

您的立场能代表您的研究团队吗?能代表神经科学界吗?

我代表我自己。其他人什么立场,他们自己会表达。

可 E.H. 不能为自己表达——对吗?E.H. 理解自己病痛的真相吗?

我已经说过了,我代表我自己。该说的全都说了。

"该说的全都说了"——夏普教授?31 年的研究,就这些?

他没有被利用,相反,他被保护起来免遭利用。

玛戈特·夏普很想这么回击。将来,玛戈特·夏普一定会公开回击。

E.H.的确是神经学研究史上的奇迹:能记许多琐碎、出人意料的东西,却记不住那些"熟悉"的面孔,记不住午餐刚刚吃了什么,甚至不记得是否吃了午餐。他会在机械记忆测试过程中突然停下来,开始挨着次序背出1935年他在格拉德温小学念书时班上每一桌同学的名字,令研究人员大为惊奇。在其他一些场合,E.H.还背诵过美国职业棒球大联盟的统计数据,他喜欢的连环漫画《侦探特雷西》《特里和海盗》《小孤女安妮》①中的对话,以及美国著名音乐剧制作人奥斯卡·汉默斯坦的不少音乐剧歌词。他能背诵林肯、罗斯福、约翰·肯尼迪、马丁·路德·金等人的演讲段落。他对美国《独立宣言》的全部内容烂熟于心,也能背诵出托马斯·潘恩的《人的权利》中的一部分。他熟知梭罗的《瓦尔登湖》、惠特曼的《草叶集》以及吉恩·图默的《甘蔗》中的一些段落。在研究所的网球场上,他打起网球激情四溢、动作娴熟;经典钢琴曲、美国流行歌曲、《车尔尼钢琴八级练习曲》等,他能够见谱即奏。他在拼图、填字游戏、玩魔方等方面有惊人的天赋。(玛戈特尤其不喜欢那些该死的魔方游戏!——她从来都玩不赢她那几个读书不如她的哥哥。所以,E.H.递魔方给她玩,她就会一把推开。)要是记者们听说过E.H.,玛戈特能够想象得出那些铺天盖地的电视报道,以及《人物》杂志、《时代周刊》、《新闻周刊》、《费城询问报》和

---

① 《侦探特雷西》(*Dick Tracy*)、《特里和海盗》(*Terry and the Pirates*)、《小孤女安妮》(*Little Orphan Annie*)等都是美国大萧条时期刊印发行的连环漫画,如今已经成为美国家喻户晓的经典。

其他地方媒体上的专访文章。所有认识 E.H. 的邻居、熟人、医务工作者和研究人员都会被要求接受采访。幸运的是,霍布斯家族并不缺钱,所以 E.H. 被自己的亲戚利用的可能性很小。

玛戈特暗暗想道——我发誓,我将保护伊莱休·霍布斯,不让他被人利用。

∩∩

"伊莱休·霍布斯。"

他听到有人大声念叨这几个字。声音似乎从他头顶发出。

这几个字,这些音调,这些奇怪的组合,构成了一个"名字",竟然是"他"的名字。他没法把这些联系在一起。

他的身体,他的大脑。他的名字。但是,他是在哪儿呢?

这种组合方式很特别。还在他很小的时候,高烧还没有烧坏他的大脑之前,他就听到过。为什么大家都说"伊莱休·霍布斯是我的名字"。

他又听到有人念那几个字,声音嘶哑,略带几分嘲弄。

"'伊莱休·霍布斯'——谁是伊莱休·霍布斯?"

这里是乔治湖吗?这是湖区哪个地方?肯定不是在湖区那些岛屿上,那里没有路;此处的小路清晰可见,消失在松树林深处。

据他回忆,岛上也没有一座这样的湖畔木板桥。

他脑子里一团乱麻!他不知道自己的年龄,不知道其他人去哪儿了。他不知道自己是否感觉饿,是刚刚吃过东西,还是很久没吃过东西。其他人。不知道父母、祖父母、长辈、快要成年的表兄(姐)这些"其他人"是什么意思。小孩子对这些"其他人"只有模糊的概念。除了十分亲近的家人,在小孩子看来,成年人的长相、名字没有太多可识别性。甚至连年龄看起来也都差不多。

在小孩子的生活中,成年人太多,不容易区分辨认。但对那些与自己年龄相仿的孩子,例如上下相差不了几岁的表兄弟姐妹,则可以区分清楚,名字也都叫得准。

格雷琴在哪儿?——她走了。

你什么时候能够再见到格雷琴?——可能要一段时间了。

他努力想区分这是在"搜索团队"之前还是之后,(树林里怎么会有"搜索团队"?为什么小女孩走丢了,这个"团队"和其他那些大人都那么伤心?)此刻比祖父坚持驾驶比奇飞机、迫降在小岛上早还是晚?

他竭力回忆:自己脑袋里"发烧"是飞机迫降起火所致,还是医院里那场火灾所致。

木板桥围栏外是一条浅浅的小溪。他听着潺潺的流水声,听了好长一段时间,想不起那是什么声音。直到他看见那条小溪,才知道自己听到的是水流的声音。

他双手紧紧抓住栏杆。两脚分立,以便在狂风中站稳身体。(其实并没有风。)面前的沼泽地里生长着水草、高大的芦苇、褪色柳和香蒲。树皮脱落,暴露出里面的树干,缠满了藤蔓,像佝偻蜷曲的老年人。空气中有潮湿、腐烂的味道。周围漾动的水波,像黑暗中用作警示的一道道磷光。

木桥板缝隙很宽,透过脚下的木板,能看到浅浅的溪水,水流得很慢,很难辨别出水流的方向。

他在水面上看到一些奇怪的东西,脸上露出了笑容:是"蜻蜓",小小的,长着奇怪的翅膀。

直到此刻,探身趴在桥栏上,他才看到这些光闪闪的小蜻蜓。

还有一些其他东西——"水黾"。(他怎么知道这些名字的?"蜻蜓"和"水黾"这两个名字,就像蜿蜒流动的小溪,几乎自动跳入他的脑海。)

他以前听说过"蜻"这个昆虫科目——也听说过"蜓"这个科目。把这两个字放在一起,指一种新的昆虫"蜻蜓"。他想,给蜻蜓定名,自己没这个能力。一定是其他人。

他一直趴在木板桥围栏上,向下看。他的嘴微微张开,呼吸急促。他面临着一件事关重大,却又琢磨不透的事情——这件事让他觉得自己年龄一定非常小。不是后来那个长大了的伊莱休,他还没长大。

想到这一点,他松了一口气!(松了一口气?该来的总是要来,人总要长大。)

他发现:有意思的是,昆虫的影子投在水面下几英寸的河床上,被放大了。如果仔细看,那些圆圆的影子,形状柔和,让人无法相信是那些翅翼尖尖的昆虫投射下来的。

如果只看下面河床上的影子,你就无法观察昆虫。如果观察昆虫,你就看不到河床上的影子。

他感觉胸口开始有隐隐的焦虑——但他想不出为什么。

沼泽地尽头,他看到一些低矮的轮廓——"山丘"。也有可能是舞台布景画出"山丘"的形状。

他还没有转身去看周围,去看身后是什么。他提醒自己千万不要转身去看。他双手紧紧抓住木板桥围栏,两脚分立稳住身体。

他不会去看。他(还)没有看到浅水里小女孩的尸体。

"伊莱,谢谢你!"

玛戈特小心翼翼地将 E.H. 最近的画和炭棒素描展开在桌

子上。

这几十张全都来自E.H.的超大素描本。

整体基调灰暗、模糊——让人分辨不了画作的主题——是内景、树林，还是洞穴？几乎每一张都有一个无法辨认的人，蜷伏在暗影中。

玛戈特盯着E.H.素描本中的这些画看了好一会儿。铅笔素描一丝不苟，炭棒素描光影灵动。玛戈特早就学会小心翼翼对待E.H.的这些画作——这个一贯和善的人有时会突然变脸。（很少有人看到E.H.性格行为的另一面：突然发怒，脸部肌肉抽动，双拳紧握。）事实上，玛戈特·夏普是包括米尔顿·费瑞斯在内所有人中，唯一被E.H.允许看素描画的人。这一点让玛戈特很开心——说明他信任她。

时间一长，研究所的其他人对这个性情古怪的失忆症病人早已司空见惯；而玛戈特则不然，她经常能够从E.H.身上看到一些令她无比敬佩的东西，即便有时也会增强她跟他的距离感。玛戈特更愿意把自己当作E.H.的朋友，而不仅仅是他的研究者。她觉得，自从他们第一次见面，两人之间就有一种特殊的默契，这一点再明显不过，如果其他人敷衍他，几乎不听他颠来倒去的那些话，玛戈特总会用心地听E.H.讲，时不时回应一下。全天测试结束，其他实验人员离开后，玛戈特经常会留下来跟他说说话。她从未对他感到不耐烦，也从未对那些不必要重复着的实验测试感到疲倦。

实验心理学本身就具有重复性，总体来说不会像玛戈特刚进研究所时想象的那般有趣、充满魅力。科学"真理"的探求往往是一个非常缓慢的过程，而不是人类的灵光一现。"进行实验—采集数据—寻找证据"，实验室全体成员通力合作，准备各种数据报告,交由总负责人费瑞斯教授分析、评估和确认。

　　玛戈特发现,E.H.失忆前的画作所表现出的技巧与自信,如今似乎已经丧失殆尽,当然,曾经丰富的艺术选题也不复存在。E.H.曾经是一位优秀的业余摄影师,在费城举办过摄影展,还曾参加过费城艺术博物馆1954年举办的"年度青年摄影师"联合摄影展。他的摄影题材十分广泛——肖像和特写、街景、江河、民权运动游行示威、穿防暴服的警察。虽然他从未以艺术为业,却已形成鲜明的绘画、素描和油画风格。据说,E.H.患失忆症之后,对摄影失去兴趣,似乎已完全忘记自己曾经是一名摄影师,(玛戈特觉得)或已经拒绝了一种需要技术精度和对外界持续兴趣的艺术。(玛戈特曾自主设计了一次测试:她复制了E.H.在50年代到60年代初拍摄的照片给他,后者漫不经心地说,"这是什么?看起来还不错。"他似乎认为这些照片是故意用来试探他的——"不知道是什么人拍的"。他对玛戈特带给他的摄影类书籍兴趣更大,书中有安塞尔·亚当斯、沃克·埃文斯、伊莫金·坎宁安等著名摄影大师的黑白作品展示。当然,这个兴趣也只是倏忽即逝,玛戈特发现这些价格不菲的书籍被他随意丢在测试房间里。米尔顿·费瑞斯并不知道这次测试。)

　　生病后,E.H.的艺术天赋似乎迅速消失了。如今,他的铅笔画充满激情,但质量很一般:一张画纸,画得满满当当,完全不留白,不给观赏者留下一丁点想象的空间。得花费一番大功夫才能看懂E.H.画的是什么。E.H.在素描上花费不少时间,甚至可以说花了太多时间。从前,伊莱休·霍布斯的画明快、娴熟、克制,他如今大面积使用阴影,似乎阴影中还有阴影,类似以前流行的交叉影线画法。有些素描画线条又淡又密集,玛戈特几乎无法明白那些线条具体代表什么。(玛戈特给过E.H.几套素描专用铅笔、铅笔刀和素描定型喷雾,但不清楚他是否用过。)炭棒素描水平高得多,不像是重新画的,更像是E. H. 生病之前的画作,但保管不善,上面到处都涂抹了手指印。玛戈特觉得,他简直就像是在催眠状态下完成了这些作品,一觉醒来就忘得一干二净。

玛戈特对这些画作从来不吝啬赞美——"伊莱,这些画太棒啦!你这一周都在忙着画画。创作力惊人!"

"创作力惊人"也许并不确切。准确地说,是"创作力吓人"!

玛戈特把这些画慢慢从桌子左侧掀到桌子右侧。E. H. 目不转睛地盯着这些画,眼神中有困惑,也有骄傲。玛戈特知道,他并不太记得这些,却竭力想要掩饰自己的惊讶。

炭棒素描里画着沼泽地,天空低垂、阴沉。图上的大树扭曲变形,枝干断落,草很深,溪水很浅,水面泛着波纹。在其中一幅画中,似乎能看到湖面上漂躺着一个人——苍白、一丝不挂,也许是个小孩子,长长的头发漂荡着,两眼圆睁,空洞无神。(看到这个,玛戈特感到紧张,有些口干。)E. H. 发出不耐烦(不屑)的声音——他笨拙地想要抓住那张画,掀过去看其他的画。玛戈特发现画作模糊不清了,E. H. 显然没有使用定型喷雾。玛戈特装作一切如常,沿着桌子慢慢掀画作……(E. H. 呼吸急促。玛戈特并不确定自己刚才看见的景象。躺在溪水里的那个人体非常模糊。)这组画中的最后几幅与前几幅几乎完全相同——沼泽地、小溪;水面上的昆虫在河床上投下小小的、柔和的阴影。最后一幅是一个巨大的湖泊或内陆海,四周长满松树,天空高远辽阔,看起来像个大峡谷。湖面上水波荡漾,波光粼粼。画面静谧祥和,但如果凑近看,又会有一种诡异的感觉。

"伊莱?画的是乔治湖吗?"

"可能是吧。"

"这湖太漂亮了！我从来没有去过。"

玛戈特跟 E.H. 说话,语调总是那么轻快。这是她的职业素养,已经成了一种习惯。

"我只见到过乔治湖的图片——照片。伊莱,其中有一些是你拍的,好多年前拍的……"玛戈特小心翼翼地说,但是,伊莱没有任何反应。

"伊莱,湖边发生过什么事？这里是不是发生过什么事？"

E.H. 弯下腰,凑近去看那些画,盯着画一动不动。仿佛在努力回忆。他的眼中流露着痛苦。突然说道:"那件事还没有发生。"

"什么事'还没有发生'？"

E.H. 摇摇头。眼睛里乞求:还没有发生的事情,他怎么会知道呢？

玛戈特已经看完了全部画作。她很想翻回去重新看看溪水中的(苍白、一丝不挂的)那个人体。她并不能确定自己是否看清楚了。她感到很不自在,E.H. 紧挨着她站立,他的呼吸落在她的脸颊上。

每次见面,除了紧握住玛戈特的手摩挲之外,E.H. 从没有触碰过玛戈特·夏普。(她注意到)除了握手,他不会触碰任何人,他对护理人员的触碰很敏感。然而,玛戈特心里常常觉得,E.H. 想要触碰她。

她似乎回忆起他碰过她。他确实碰过她。

很可能是在梦中。无数关于达文公园的梦境中,一定有过。深夜里,她常常被这些梦攫住,醒来后梦境却又像缕缕青烟飘散了。

每当这个时候,她都会有一种似曾相识的感觉。最神秘的准记忆活动。

她听见 E.H. 说:"那件事还没有发生。是发生之前的'安全时刻'。"

"什么事发生之前,伊莱?"

E.H. 脸色猛地一沉,就像商店橱窗前的栅栏猛然拉下。玛戈特·夏普陡然被粗暴地关在了外面。

"伊莱?在——在什么事情发生之前?"

E.H. 一把抓过那些画和素描——粗暴地堆叠起来——塞回画夹。动作很快,又急又快——似乎并不在意是否会把画撕烂。玛戈特失声叫道:"哦!伊莱!我来帮你……"她想从他手中接过画夹,把他的画仔仔细细重新摆放好。下次她一定要带些蜡纸来,插在炭棒素描中间。但 E.H. 已经收拾好当天画画的所有东西。

他爆出一阵粗野的笑声——"该死的混蛋,不管是谁,干了就完蛋!"

测试室里只有玛戈特和 E.H.。外面走廊上有说话的声音,可是门关着。

玛戈特想——他可能会伤害我。他的手,动作那么快!力气那么大!

玛戈特想——这样的想法太荒唐了!伊莱休·霍布斯是我的朋友,他永远不会伤害我。

她为自己的想法感到羞愧。她无法相信,自己竟然会这么想。

《患失忆症前后的艺术行为分析:一项基于 E.H. 的研究》。

1970 年 12 月,美国心理学会将在旧金山召开大会,玛戈特将就如上主题(已经获得米尔顿·费瑞斯允准)做幻灯陈述。费瑞斯读过这篇论文的初稿,并不十分鼓励——他担心,他的博士生玛戈特·夏普有点"操之过急"。

玛戈特很想反驳这种荒谬的说法。她曾不止一次听到过类似说辞,费瑞斯实验室的其他年轻科学家也曾被告诫"操之过急"。

显然,一个女人要是"操之过急"就更不可饶恕。

完成这个博士候选人条件已经花了玛戈特·夏普太长时间!差不多五年时间!

每当她觉得自己完成了的时候,导师就会进一步提出批评和建议。他总是(有保留地)鼓励她的研究,看上去,他喜欢她,也信任她,(也许是)喜欢她在实验室不多话、不生是非,喜欢她勤勉严谨地做实验,喜欢她鲜少像其他人(比如柯普朗)一样质疑他的判断。(费瑞斯与柯普朗之间有一种近似父子的关系,让玛戈特·夏普很羡慕。她知道柯普朗对费瑞斯很忠诚,他们在一起共事近八年。)费瑞斯是她博士学位论文答辩委员会主席,自从她进实验室就像长辈(即便不像父亲)一样关爱她。玛戈特知道,她必须满足他的要求,不仅满足,她还必须让他满意。

盛传米尔顿·费瑞斯会始终推动、提携他从前指导过(精挑细选的精英)的学生,想到这一点,玛戈特觉得,跟着米尔顿·费瑞斯读博士学位,五年时间也就不算特别长了!

特殊的案例。"我们将来会非常出名,伊莱!你和我。"

"真的?!"E. H. 冲玛戈特·夏普笑了,眼神似讨好,也似困惑。

"你是一个'特殊的案例'——这一点你必须记住。正是因为你特殊,我们才跟踪研究这么多年。我们一起挑战那种认为'人类的复杂记忆遍布在整个大脑皮层而不是一个小的专门区域'的传统看法。伊莱,我们认为,你证明了'记忆是大脑特定区域功能'!"

"'记忆'——'大——脑,皮——层。'"E.H.重复着这几个字,像是第一回听到。好像这些是他无法弄懂的外语。他冲玛戈特大笑起来,充满孩童般的快乐。这一点很让玛戈特费解。因为她知道,E.H.本质上拥有常人不及的高智商,喜欢挖苦人。

他是在和我们玩一个游戏吗?持续不断地发明出一种像盾牌一样的保护性人格?

一种不会冒犯的人格。激发同情,拒斥残暴。

E.H.仿佛读懂了玛戈特的想法,皱起眉头,眨着眼睛说:"好吧——医生,如果你这么认为——我为你高兴。我为神经科学的未来感到高兴。"

当然,他们一般不允许与被试谈论他们参与的实验的性质。刚才这番谈话令玛戈特不安地想起了脑部手术:颅骨被锯开,活生生的大脑暴露出来,但由于无痛(怎么会无痛?——这是人类的创举),病人需要全程保持清醒,确保能够听清外科医生的话。

玛戈特想知道:这种脑部手术的规程是什么样的?外科医生和助手们会和施行了局部麻醉的病人交谈吗?是严肃的话题吗?像伊莱休·霍布斯这样有自我意识的病人可能会用滑稽的独白,或模仿吉米·杜兰特、杰克·本尼和埃迪·安德森(又叫罗切斯特)、席德·西泽和伊莫金·古柯等喜剧明星来活跃气氛。他最近在研究所参加测试的间隙常会这么干……

听到E.H.神秘莫测的话,玛戈特报之一笑。她想轻轻扯一扯E.H.条纹棉衬衣的袖子。轻轻地,轻到失忆症患者本人,甚至碰巧在观察的人,都察觉不到。

"伊莱,你真是太风趣了!"

一向彬彬有礼的伊莱休·霍布斯当然察觉到了她的轻轻触

碰，但他并没有表现出来——这就是他绅士风度的体现。

玛戈特知道，70秒之内，在他回到费城郊区与姑母一起生活的那栋房子之前，E.H.就会完全忘记他们之间的谈话，也会忘记玛戈特最最轻微的触碰。

1973年冬末/1974年春初，新一轮测试。

在这一系列测试中，E.H.被要求记忆彼此之间无关联的列表。列表长度不断加长。总的来说，E.H.的表现在"正常"区间范围，测试者为此多次高度表扬他。

到目前为止，进行的大多是常规测试。大家经常夸赞E.H.表现得好。E.H.则会眨着眼睛问，"'测试人'要接受测试吗？是个小小的'测—试'吗？"

玛戈特和大家都笑了，有些尴尬。E.H.是在模仿痴呆症患者吗？是在拿自己的脑损伤（主动）开涮吗？

这就好比一个瘸子故意跛着腿走路，逗人发笑，是不想让他人同情。

测试重新开始。E.H.表现得很好。

接着，在E.H.正常背诵列表时，被突然打断，给了另一张列表。这张列表只有短短三个条目。然而，当E.H.被要求重新背诵第一张列表时，他完全忘记了。短短数秒之内，他的脆弱的记忆力彻底崩溃了——E.H.不仅记不起刚才背诵的条目，就连在这个测试之前有过一次测试也都忘得一干二净。

玛戈特觉得——这就像一头鲁莽的驴子，拉着一辆堆满笨重货物、摇摇晃晃的手推车，爬陡峭、不平的山坡——结果，手推车翻了，货物全都滚回地面上。

"伊莱，咱们再试一次。深呼吸。放松……"

这种干扰测试重复了数次。E.H.每一次的表现都很差。虽然他的记忆时长不超过70秒,但很明显,每一次测试,他都会变得比前一次更加沮丧和灰心。测试员发现,失忆症患者能"记住"一种焦躁的情绪,虽然他可能不记得焦躁的确切原因。

该系列的测试结束时,E.H.脸色灰白、冷然。脸上惯常的笑容早就消失了。

这种测试简直就是施虐。想到自己参与了这项测试的设计,玛戈特感到一阵羞愧。

"伊莱?霍布斯先生?"

"嗯?哈——啰……"

"你今天表现得非常非常棒!可以说,非常出色。谢谢你!"

E.H.不解地看着玛戈特·夏普。实验设计中,由她负责告诉被试,在连续多个小时的严重记忆丧失测试中,他表现得很好。

E.H.露出一丝笑容,揉搓着下巴,他的下巴已不如那年他刚来研究所时候刮得那么干净了。"哦——谢谢你!"他满怀乞求地望着玛戈特,仿佛他还有话要对她说——想请她为自己做些什么——但一下子又没了信心,也就没有开口。

残酷的握手。上午10点30分,艾尔文·柯普朗准时进入测试室。玛戈特·夏普已经在此对失忆症被试E.H.进行了连续好几个小时的视觉线索测试,她向他介绍柯普朗(旁边,一名研究生正在用一台小型摄像机悄悄拍摄这次会面)。

"伊莱,这位是我的同事艾尔文·柯普朗,费瑞斯教授实验室的成员,神经心理学教授。"

E.H.站起身来,露出灿烂的笑容。眼睛里充满希望的光芒——玛戈特总能被这光芒打动。

E.H.大胆地伸出手。"您好,教授!"

"您好,霍布斯先生。"

当然,E.H.已经多次见过艾尔文·柯普朗——(玛戈特猜差不多得有 50 次?)——但 E.H.对这个人完全没有印象。

这本来是一次普通的打招呼,但柯普朗与 E.H.握手时,用力攥紧对方的手指。E.H.流露出了惊讶和痛苦的表情,急忙把手抽了回去。

然而,柯普朗没有流露故意导致 E.H.疼痛、发现 E.H.疼痛反应的任何社交线索。这一刻,旁人都会觉得:柯普朗跟 E.H."正常"握手,而 E.H.反应"不正常"。

可怜的 E.H.受过良好的教养,想要表现得一切正常,竭力掩饰自己的疼痛。通过观察柯普朗和玛戈特(E.H.认为,玛戈特是他在测试室里的"朋友")表现出的线索,他(错误地)"得出理解"——这个攻击了他的年轻人柯普朗并非想故意弄痛他,而且他也没有注意到弄痛了自己。握手后,柯普朗表现得很正常,继续与 E.H.交谈,仿佛没有任何不妥;玛戈特·夏普朝他们两位微笑,说明她也没有发现。

我怎么能这样对伊莱?这是可怕的背叛。

很快,E.H.从残酷的握手疼痛中恢复过来。即使他的手指还在疼,几秒钟后他也会忘记手指为什么疼;当然,因为他记不得疼痛的原因,他的手指很快也就不觉得疼了。

其实,柯普朗的握手实验是效仿神经学研究史上的一个经典案例。最初,法国神经科学家爱德华·克拉帕雷德手指间夹着一根大头针,和失忆症患者握手——以明白无误地让人知晓实验者的目的在于激发疼痛。然而,柯普朗和玛戈特共同完成的这个升级版实验更隐蔽,也更残酷一些,其中还同时涉及了一个与疼痛

"记忆"同样值得关注的社交量度问题。

仅仅过了一分钟,E.H.就与他的测试者玛戈特·夏普和艾尔文·柯普朗说笑起来。只要他们一直站在E.H.面前,他就能够一直知道他们是谁。(让玛戈特感到惊奇的是,这位失忆症患者的70秒短时记忆时限可以用这种方式延长,就像水流一样不可停顿、不可切分。)过了几分钟,另一位实验室成员走过来,分散被试E.H.的注意力,柯普朗借机悄悄离开——从E.H.的意识中"消失"。

玛戈特亲切地问:"伊莱,可以继续测试了吗?你的表现太棒了!"

"是吗?谢谢你的表扬——你的名字叫'玛—歌特'吗?"

"玛戈特,对,我叫玛戈特。"

"'玛—歌特。'记住啦!"

E.H.朝玛戈特眨眨眼。有时,他会带着一丝狡黠的亲昵望着她;如果附近没有旁人,E.H.还会朝她吐舌头,这让玛戈特感到震惊和困惑。

这是——性暗示吗?又或者——只是E.H.笨拙的开玩笑方式?

据说E.H.的大脑损伤极大影响了他的性冲动。通常说来,失忆症患者会出现情感"扁平化"——好像一个天生敏感、机智的人,被迫只能通过网眼布或通过面具上坏掉了的窥视孔感知世界。他努力想表现得正常,却不时会露出破绽。据观察,E.H.对年轻女医护人员十分热情,但那种热情往往只是"父亲般的关爱",没听说有过任何过分的性表达成分。当然,也就更谈不上什么性攻击了。

玛戈特一直认为,这位失忆症患者身上有一种基本的克制,一种情感的善良。

然而,玛戈特·夏普并不能把这一点"记录"下来。

70分钟后,这一轮测试终于结束了,E.H.坐在窗边的椅子上休息,认真地在他的笔记本上写着什么。这时,有人敲门,玛戈特·夏普前去开门,艾尔文·柯普朗走了进来。

"伊莱,这位是我的同事艾尔文·柯普朗,费瑞斯教授实验室的成员,神经心理学教授。"

E.H.站起身来,露出灿烂的笑容,收起他的小笔记本。眼睛里充满希望的光芒——玛戈特的心猛地一缩。

E.H.大胆地伸出手。"您好,教授!"

"您好,霍布斯先生。"

1965年,刚刚入读研究生的玛戈特第一次见到艾尔文·柯普朗。那时,他是大学心理学系的一名助理教授;年轻,非终身职,最受米尔顿·费瑞斯"青睐"——已经获得一项人人羡慕的国家科学基金会研究基金。在随后的这些年里,柯普朗晋升很快,如今已经拿到了终身教职。虽然体重增加了15磅,整个人看起来还是那么精瘦,也依然喜欢挖苦人。他结了婚,有了孩子,在各种杂志上发表多篇学术论文,然而身上却少了从前的自信。玛戈特从未想过要跟艾尔文·柯普朗一争高下,她知道他非常聪明,非常敏锐。但是,她能感觉到柯普朗把自己当作竞争对手,因为费瑞斯也很器重自己,她是他在这个实验室的最强劲对手,他们都希望得到那位老科学家的赞美、偏袒和喜爱。在柯普朗面前,玛戈特总是表现得谦虚恭谨,不失时机地赞美他。柯普朗也确实非常有见地。她知道,得罪他会十分麻烦。

虽然E.H.见过柯普朗很多次,但他今天跟往常一样,看上去对他没有印象。

或者,跟往常不一样?柯普朗伸手与E.H.握手时,后者犹豫了一下,他以前可从未犹豫过。很显然,他对跟这个陌生人握手十分警觉,他在评估形势,似乎最终下定了决心跟柯普朗握手。然而,柯普朗再一次格外用力地攥住他的手。E.H.再一次流露出惊讶和痛苦的表情,痛得龇牙咧嘴,迅速把手抽出去。

然而——柯普朗依然没有流露出故意导致E.H.疼痛、发现E.H.疼痛反应的任何社交线索。这一刻,旁人依然会觉得:柯普朗跟E.H.“正常”握手,而E.H.反应“不正常”。

过了几分钟,柯普朗开口说话,意味着这次见面结束,同时也是给在旁拍摄的研究生一个提示。

“很高兴见到你,霍布斯先生!我经常听人说起你。”

E.H.笑笑,有些戒备。没有接下话头问这位来访者听说过他什么。

柯普朗和玛戈特交换了一下眼神——事实上,这位失忆症患者对待每一次握手的反应并不一样。“残酷的握手”改变了他的行为,尽管他可能忘记了握手时的具体情形。

玛戈特飞速跑到女盥洗室,因为这一发现兴奋得浑身发抖。这个发现的意义不可估量!

失忆症患者在以某种方式“记忆”。

就像一个貌相上失明的人可以用某种方式“看见”。

大脑的某个部位具有记忆的功能。这事听起来匪夷所思,但却真真切切地在发生。

突然,玛戈特感到一阵恶心。因为巨大发现带来的极度兴奋,竟然让她想要呕吐。

她弓身趴在水槽边,拼命干呕,却什么也没吐出来。

这种感觉反复了好几次。她拼命干呕,却什么也吐不出。对着镜子里的自己,她喃喃说道:"哦,上帝!我们在对他做什么。我在对他做什么。伊莱!愿上帝饶恕我!"

按照实验设计,柯普朗再次来到测试室。随后一周星期三上午11点8分,距上次他跟 E.H. 见面整整一周。

玛戈特·夏普和另外两名研究人员上午已经对 E.H. 进行了好几个小时的测试。他们对这位失忆症被试进行了视觉、听觉、嗅觉和停顿等多种记忆干扰测试。玛戈特几乎整个上午都和 E.H. 一起待在测试室,他似乎没有"忘记"过她。不过,当她快速出去上厕所再回来时,她有些怀疑 E.H. 看到她这位陌生人出现在身边,冲着他像熟人一般微笑,只是假装并不惊讶而已。

他已经学会如何应对周围神秘变幻的事物。失忆症患者能够做到见"怪"不怪。

玛戈特·夏普把她对 E.H. 的行为观察和判断都记录在笔记本的研究日志中。将来有一天,这些日志会作为附录出现在她的宏论《记忆的生理学研究》里。

"霍布斯先生,我们以前见过吗?"柯普朗问道。

E.H. 摇头否认。他转头望着他在实验室的"朋友"玛戈特·夏普。玛戈特迟疑了一下,说:"教授,我认为,没有。我认为,您和霍布斯先生之前并没有见过面。"

柯普朗扫了玛戈特·夏普一眼。"夏普女士,霍布斯先生和我之前有没有见过面——这不是你怎么认为的事情,而是我怎么知道的事情。"

柯普朗似乎甩了玛戈特一耳光,想给她一个教训。玛戈特不由得怒意上涌:信口雌黄的混蛋。冷酷无情、毫无人性的混蛋。

当然,他们共同设计了这个"残酷的握手"实验。这个实验并不难。如果还得要做"实验",玛戈特知道自己接下来该如何做。

说实在的,这又有什么关系呢?不过短短几秒钟,E.H.就会忘记发生的一切。

"伊莱,这位是我的同事艾尔文·柯普朗教授……"

然而,这一次,当柯普朗像往常一样微笑着走近 E.H.时,失忆症患者站着一动不动,能够看出他身体僵硬。E.H.努力挤出一个大大的微笑,眼中甚至有怒意划过。

突然,他勇敢地伸出手,打算与对方握手——赶在柯普朗前,E.H.抢先攥住了对方的手,狠狠攥捏。

柯普朗痛得龇牙咧嘴,迅速把手拽出来。一时间,他震惊得说不出话来。

他满脸涨得通红,忍着眼里的泪水,笑了起来。他瞟了玛戈特·夏普一眼,发现她也惊呆了。

"霍布斯先生,你握手用劲太大了!伙计,真的很痛!"

失忆症患者猝不及防的反应让柯普朗惊骇得无法正常说话,他嘴巴里竟然蹦出大学生演讲时会用的套词。玛戈特偷偷笑了起来,有一种如释重负的感觉。

E.H.神情漠然,丝毫看不出刚刚干过出格的事。他脸上的笑容不像刚才那么勉强,似乎是一种克制的、胜利者的微笑。

房间里响起 E.H.克制而略带讥讽的话,"'教授',我想那是因为我们中有一位网球手。所以你会觉得我握手用劲太大。"

玛戈特与柯普朗都对 E.H.的这次握手反应感到震惊。这位失忆症患者似乎能够不经过有意识记忆进行学习;他能够反射反应。被试"记住了"疼痛。他的行为显示为非陈述性记忆。

玛戈特与柯普朗将联合发表题为《论失忆症患者的非陈述性

记忆:基于 E.H. 案例的研究(1973—1*74)》的学术论文。但是,这项实验远未完成。

一星期后,"来访者"(柯普朗)再一次来跟 E.H. 握手,失忆症被试似乎"信任"对方,鼓着勇气伸手去握,手指被攥痛了也没有龇牙咧嘴。

玛戈特认为,这证明 E.H. 保留了一些关于握手经历的记忆;柯普朗则不这么认为。

令玛戈特吃惊的是,柯普朗对 E.H. 的反应竟然不屑一顾。玛戈特确信自己看到了 E.H. 记忆的微妙变化,并将之仔仔细细记录在日记本中,而柯普朗则表示他压根儿没觉察到所谓的微妙变化。(令玛戈特丧气的是,研究生提供的颗粒感视频[①]中 E.H. 这个微妙变化并不清晰。)

柯普朗直截了当地说:"被试的表现十分机械。他的反应就像是设定好的程序。每一次的反应几乎都一模一样。只有当我们把测试间隔缩短到 24 小时,他才能'记住'一些东西。否则的话,他大脑中的神经元每次都用完全一样的方式点火[②]。他就是一个麻木迟钝的人——还不止,他就是个机器人。他不会有变化。"

玛戈特听到这番话,十分惊愕,忍不住反驳:"或许是因为他对环境的尊重,伊莱才努力克制他的反应。他知道研究所是个什么地方——他也知道你是位'教授'。他可能也很想咒骂你、痛打你,至少像上次那样狠狠报复,攥痛你的手,可是他不敢这样做。

[①] 颗粒感视频(grainy video):颗粒感就是字体、图片或视频显示的线条不够圆滑,有锯齿状;颗粒感视频则指代所有制作比较粗糙、像素不高的影片,看上去像是有很多颗粒、雪花。

[②] 在大脑神经元的工作机制中,细胞体向与轴突连接的其他神经元传递信号,称为点火。点火时神经元输出的信号大小是固定的。

因为他的教养,他才默默忍受你捏痛他的手。他年轻时参加过民权运动,支持非暴力行为。他已经把礼貌当作一种习惯。"

"一派胡言!那可怜的混蛋就是个机器人。背上插着的钥匙要有人去拧才会动。他对伤害的'记忆'最长不过一两天。即便如此,他也没有真正'记住'什么。"

"他有预感。那就是一种记忆。"

"'预感'——那是什么东西?那玩意儿没有神经学依据。"

"我说的不是字面意义上的'预感'。你明明知道。"

玛戈特突然举起手,似乎想要扇柯普朗一记耳光。柯普朗立刻向后躲,同时抬起一只手臂保护自己。玛戈特得意地说:"你发现了吗?你刚才做了什么?你保护自己——这是一种条件反射。E.H.之前一直就是这么做的——保护自己不被你伤害。"

玛戈特·夏普的行为让柯普朗十分震惊。事实上,柯普朗可能永远也不会忘记,"属下"玛戈特·夏普为了证明无意识条件反射现象,竟然敢对自己"动手"。

"请注意,被试是个脑损伤患者。我们拿他做实验,是想确认失忆症患者是否存在另外的'记忆'途径。你为什么要这么护着那个可怜的家伙?难道你爱上他了?"

柯普朗纵声大笑,似乎没有什么比这更荒唐、更不可思议。

但是,玛戈特·夏普已经转身,径直走开了。

去死吧。我们恨你。我们希望你去死。

玛戈特一口喝下恋人给她倒的一杯威士忌。

她的喉咙里立刻像着了火似的。她的胸口似乎涨满欢喜,涨满绝望的激情。

在这个男人面前,我已经把自己放到尘埃里。我就这样彻底沉沦了。

她脸上洋溢着笑容。她从恋人的眼里看到,他想要她——毕竟,在这个年长她32岁的男人眼中,她很年轻。

两人在床上草草结束,好像一只走得很快的手表。他向她讲述自己早年在科学领域的奋斗史:不满于行为主义的局限,与哈佛大学同事发生龃龉(包括了不起的伯尔赫斯·斯金纳),最终他获得了胜利。这几个人曾经都是他的导师,但他们处处诋毁他,想毁了他的前途(再次提到"暴虐的"斯金纳)。他讲到自己在神经心理学领域的第一次伟大发现。他的学术兼职,荣获的各项研究资助与奖励,讲到他32岁就入选国家科学院,成为心理学界有史以来最年轻的当选者之一。他跟她说他几个儿女的成就,说他妻子是个善良、正派的好女人,堪为女性"楷模",然而自己却伤害过她,还在继续伤害着她。他告诉玛戈特,他爱她,一定不会愿意伤害她。

这是他的承诺?誓言吗?这话能当真吗?

再来一杯威士忌?——那位狂热的恋人又给她倒了一杯。玛戈特没有拒绝。

第 三 章

"哈——啰!"

"伊莱,你好。"

(他还记得她吗?玛戈特开始相信,这位失忆症患者肯定记得她。)

"伊莱,我们今天要进行一些有趣的测试。我想你会喜欢的。"

"'测试'——好的。做测试,我似乎很拿手。"

E.H.揉搓着两只手。他对玛戈特十分讨好地笑着,眼中流露着希望的光芒。

确实,他十分擅长测试!如果他哪次测试未能通过(就测试活动本身而言),那就意味着通过和不通过的研究意义都同样重大。

然而,在他们开始测试之前,E.H.坚持让玛戈特试一试他最喜欢的"烧脑"魔方游戏:能够放在掌心,由不同编号和颜色的塑料小方块组成,需要用拇指不停转动小方块,直到转出你想要的数字组合和颜色搭配。在整个研究所里,E.H.玩魔方最厉害,无人能及,就连那些年轻的男研究员都无法赶超 E.H.的速度;其他人,主要是女性,当然包括玛戈特·夏普在内,全被这小小的魔方给弄得晕头转向;用拇指转动这些小方块时,她们感觉自己像个十足的傻瓜。这时,E.H.就会把魔方接过来,不置可否地笑笑——"瞧我!像这样。"

没几秒钟工夫,E.H.就把那些小方块完美归位。

玛戈特恳求 E.H.不要让她尝试这令人抓狂的小把戏。她想这里面一定有窍门可循——(显然有,但"窍门"是什么?)——她没工夫玩这种傻乎乎的游戏。可是,E.H.像个充满热望的孩子,坚持把魔方塞给她。玛戈特叹了口气,接过巴掌大小的魔方,开始用拇指转动小方块——一次、两次、三次——每一次都失败了——她简直被那小东西折磨得快哭了,E.H.才又把魔方接过去,不置可否地笑笑——"瞧我!像这样。"

没几秒种工夫,E.H.就把那些小方块完美归位。

他露出胜利的笑容,像个玩世不恭的叛逆少年。

"哈——啰!"

"伊莱,你好。"

他还记得她吗?玛戈特确信他记得自己——以某种说不清的方式。

他不知道自己是个实验被试。他是数据。他认为——

(E.H.究竟是如何认为的呢?即便私下里对自己,玛戈特都不愿意承认——这位可怜人认为他跟我们大家一样。)

E.H.多次听人说他是个非常"重要"的人。他相信这个事实(如果是"事实"的话):患病前他就是位重要人物(在家族企业担任重要职位,积极参与民权运动),他患的这个病也很重要(他只是把它当作"生病"而不是"终身状况")——但他不确定这个病重要意味着什么。

"过去的"那位智商超群、成就卓然,有明确自我意识的男人伊莱休·霍布斯,与知道自己的缺陷却对之束手无策的"现在的"伊莱休·霍布斯不安分地共居在一个身体内。

"好在我们的猎枪都放在湖边了,"E. H. 对玛戈特·夏普说,狡黠地眨眨眼睛,"好在这些武器都没有上膛。"

他想表达什么?玛戈特感到一阵恐惧。

这位失忆症患者不止一次对玛戈特·夏普说过这些神秘的话,但当她追问什么意思时,E. H. 只是微笑着摇摇头——"医生,你是医生。该你告诉我才对。"

玛戈特跟米尔顿·费瑞斯汇报时说:"我觉得——有时候——E. H. 会毫无预兆地'记住'一系列碎片式的事情,就我们目前的研究结果,他应该不能记住这些。例如,上周我们一起看一部关于西班牙的短片,后来 E. H. 忘记看过这部电影,也忘记我,但他似乎还记得电影中的某些片段。他会突然冒出一句,说他'想起了西班牙'。我发现,他还记住了影片中的一些西班牙音乐,我们后来在一起工作的时候我听到他哼唱过。他还在素描本上画一些以前没画过的东西。他会说,'医生,我就突然想起画这些了。你知道这是些什么吗?'那些场景看起来有些西班牙风格。比如,一栋有异国特色的楼,或一座像阿尔罕布拉宫①的神殿……"

每次跟米尔顿·费瑞斯讲话,玛戈特都会像走钢丝绳表演那样紧张。

---

① 阿尔罕布拉宫(Alhambra),是西班牙的著名故宫,为中世纪摩尔人在西班牙建立的格拉纳达埃米尔国的王宫。为摩尔人留存在西班牙所有古迹中的精华,有"宫殿之城"和"世界奇迹"之称。

玛戈特的意思大致如此,但她讲的时候十分紧张。

"很好,玛戈特。做得不错。继续记录你的观察,看看会有什么新的发现。"

他的手轻轻搭在玛戈特肩上,谢谢她,同时也示意她可以离开了。米尔顿·费瑞斯很忙,他有很多事务要处理。

玛戈特怔了一下,感觉有股电流穿过她的身体。玛戈特喉咙发紧,嘴巴发干。

二人之间,有片刻的温馨——隐秘的、不能为外人道的性。

让人沮丧的是,E.H.似乎很快就忘掉了西班牙。玛戈特再也没有听到他在身旁哼唱西班牙风格的曲调,他又重新画起自己熟悉的素描画题材。玛戈特会一字一顿地说"西班牙"——"西班牙人"——"阿尔罕布拉宫",而 E.H. 听到后,只是礼貌而又诧异地冲她笑笑,不会有更多别的关联。当玛戈特给他拿来一些西班牙风光照片时,他会说:"不是西班牙就是南美的哪个国家——不过我看着像阿尔罕布拉宫。"

"伊莱,你以前去过阿尔罕布拉宫,所以你才记得吧?"

"呃!我总不能说,我以前去过阿尔罕布拉宫,所以我不记得吧。"

E.H.愉快地笑起来。玛戈特发现他眼中闪过一丝不自然。

事实上,玛戈特知道 E.H.并没有去过西班牙。对 E.H. 这个教育程度、社会阶层和艺术兴趣的人而言,没有广泛的国外游历体验,确实令人惊讶。他年轻时的大部分时光都是在美国本土度过。

"你跟我一起去的?我们一起拍的照片?"——E.H. 突然问道,让玛戈特吃了一惊,也让人想不明白,这算是调情、挑衅、讽刺还是打趣?

玛戈特将此看作是：失忆症患者试图通过反问提问题的人，来找到问题的合理答案。每当这个时候，他的声音里总带着孩子气的调皮与嘲讽，似乎（玛戈特推测）他知道你看穿了他的小计谋，但如果你喜欢他，就不会戳破。

"是的，伊莱。我们一起去过那里，你和我。在西班牙待了三个星期，那时……"

玛戈特·夏普突然意识到，自己这样顺着他说不妥。但话已出口，收不回来了。

"真的吗？跟其他人一起，还是——"

E.H.望着她，眼中流露出忧伤与怀念。

玛戈特很后悔自己的冲动，庆幸四周没有旁的人听见。

"——你是我的'未婚妻'吗——我们就是因为这，才一起去西班牙的吗？"

"是的，伊莱。正是因为这样。"

"我们是去度蜜月，对吗？"

"是的，去度蜜月。"

"我们玩得开心吗？"

"嗯，非常开心！"——玛戈特感到眼泪在眼眶里打转。

"我们现在结婚了吗？你是来接我回家的吗？"

"很快，伊莱！你从这儿——医院出去……当然，我会带你回家。"

"你爱我吗？我爱你吗？"

玛戈特被自己冲动、大胆的回答吓住了，忍不住浑身颤抖。她越界了！她不知道自己为什么会说出这些话。

玛戈特安慰自己说，这就是个斯金纳式的心理学实验：刺激/反应。行为/奖励/强化。

在这个斯金纳实验中,玛戈特·夏普将自己变成了被试。

显然,她应该及时阻止这个实验:当 E.H. 以一种性暗示的方式朝她微笑时,玛戈特内心感到一阵兴奋,一种幸福至极的感觉,她无法抑制地回他以微笑。

本能地——无意识地——这位失忆症患者一步步引导她,一位著名的神经心理学家,去回应他对她的感情;而当玛戈特作出自己的回应时,她又反过来进一步引导了他。

当玛戈特进入 E.H. 的意识世界时,她感觉到自己的心区涌动着强烈的兴奋与渴望。他看到的不是玛戈特·夏普,那个名字他记不住,他看到的是她:一个年轻女人,长相吸引人,部分或主要因为跟他少年时的某张面孔相似,对于身处失忆症孤独的他是个安慰。他热切地望着玛戈特,绝对让人觉得,他是,或曾经是,她的爱人。

"你爱我吗?我爱你吗?"——他问得很真诚。

玛戈特感到一阵内疚。她也担心,要是米尔顿·费瑞斯知道了她这种有违职业道德的行为,知道她迷恋 E.H.,她该怎么办?

她必须主动打破这个话轮,这个如——"魔咒"附体般的话轮。她借口自己要去洗手间,叫来一位护理人员照看 E.H.。当她回来时,她看到 E.H. 正与护士助理热烈地交谈着。年轻的女护理被这位英俊、睿智的失忆症患者逗得大笑不止,好像从未听到过这么有趣的事情。

当然,他已经完全忘记了玛戈特·夏普。

当玛戈特走近时,他转过身来,礼貌地对她微笑了一下,俨然已经习惯了成为焦点。他理所当然地享受着成为人们关注的中心,讨厌那些时不时打断他的"你好""哈——啰"的寒暄。

"哈——啰!"

"伊莱,你好。"

他记得她吗?玛戈特·夏普多么希望答案是肯定的,他记得她。

当然,她也能够接受事实。作为一名大脑科学家,她知道这位大脑严重受损的男人不可能真正记得她。

这一天,玛戈特·夏普独自开着自己的沃尔沃轿车来到研究所。她没有像往常一样与实验室其他同事一起搭车过来。一整夜的梦令她起床后心烦意乱,自己驾车就不用强打精神跟人说话、跟人联系。

她特别高兴的是,那天的安排是由她独自跟失忆症患者一起工作。跟失忆症被试在一起,安排他做各种各样的测试,既不像跟另一个人相处,也不像完全独处。

(玛戈特·夏普今天很不开心。事实上,这一个星期,这一个月,她都十分不开心。但玛戈特·夏普不是那种会把个人情绪带到工作中去的人。)

最近几年,米尔顿·费瑞斯越来越频繁地让玛戈特·夏普全权代表他开展 E. H. 项目研究。费瑞斯"无条件地"信任玛戈特·夏普——(他亲口告诉她的,这一点让她特别开心)——他的表现让其他人也都觉得,玛戈特是他在学校里最得意的学生。在他的大力举荐下,玛戈特获得了心理学系的终身教职和优厚薪酬。艾尔文·柯普朗离开后,在众多年轻同事中,玛戈特·夏普似乎最得米尔顿·费瑞斯信赖。

大学记忆实验室也有好消息——他们的联邦政府拨款项目再次获得立项,研究经费大幅度上涨,详细的论证报告主体由玛戈特完成。自从米尔顿·费瑞斯担任美国公共电视台热门科学节目的顾问以来,他经常待在华盛顿特区的国家卫生研究院;他也经常要出国。因此,实验室里特别需要有一位像玛戈特这样让他放心的人,做他的心腹,全权代表他。眼下,米尔顿·费瑞斯正在参加赴中国的巡回学术演讲,该项目由美国新闻署资助,时间比较长。

米尔顿·费瑞斯最得意的男弟子柯普朗最近离开大学,受聘成为洛克菲勒大学实验心理学教授,如此年轻就得到这个职位实属罕见。与现在的心理学、神经科学助理教授玛戈特·夏普一样,柯普朗也曾经跟费瑞斯教授联名发表了无数篇学术论文。

艾尔文·柯普朗与玛戈特·夏普都在最近一次在旧金山召开的美国实验心理学协会会议上宣讲了研究论文,两人的论文都是关于失忆症研究的开创性成果。

在报纸上看到你名字啦!——时常会有人(家人、亲戚、密歇根大学的老朋友)打电话给玛戈特·夏普说。你研究的东西,听起来很有意思!

有时候,玛戈特也会接到这样的电话或信件——玛戈特,怎么那么久没有你的消息了?我是不是弄错地址了?

有一次,玛戈特忍不住给E.H.看一份权威期刊《美国实验心理学杂志》,里面有她的重头文章——《失忆症患者E.H.的分心物干扰、工作记忆和记忆保持》。E.H.带着一丝惊讶,微笑着开始阅读文章,玛戈特心跳得特别快。

(她这么做是否违反了职业道德?要是被同事发现了,她一定会有大麻烦。)

E.H.表现得很绅士,没有反感,只是疑惑不解地问——

"'E.H.'指的是我吗?我可从来没料到自己会这么重要。"他问玛戈特能不能把杂志带回家,细细阅读——好"弄明白'混乱的大脑'到底是怎么回事"——玛戈特回答说当然可以。因此,玛戈特将杂志放在测试室的桌子上,方便E.H.带回家去。

(她确信这位失忆症患者会在70秒内忘记这本杂志,到时候她就可以趁他不备,轻松地把杂志塞回自己包里。)

从那次之后,玛戈特又给E.H.看过很多次跟E.H.研究相关的期刊论文——有些文章是米尔顿·费瑞斯与团队六七名成员联合发表的,自然也包括玛戈特·夏普,还有一些文章作者署名只有米尔顿·费瑞斯和玛戈特·夏普两位。

渐渐地,他们都成了科学家。这些联合署名作者。

已经过去好多年了。可不是很多年了吗?

在记忆实验室里,时间是一种非常奇怪的存在。

(似乎)前两天,玛戈特才被介绍跟"伊莱休·霍布斯"认识。他望着她,眼神里有似曾相识,也有欲望与渴盼,他握住她柔软的小手。

我认识你。我们认识,对吗?

我们是小学同学……

E.H.用他那只干燥有力的大手握住玛戈特的手。她一直期盼着有这一刻——她没有像往常实验室有其他人在场那样匆忙把手抽走。

"霍布斯先生,伊莱,我很高兴见到你。"

"我也很高兴见到你。"

玛戈特感觉,今天上午跟平常有些不一样。

玛戈特暗暗告诫自己:不行,我不能那样做。那样不道德。

他们依然握着彼此的手。测试室没有其他人观测,他们之间少了社会性约束。没有社会性约束,他们之间就只剩下人的本能。

"伊莱,你记得我吗?我是'玛戈特'。"

"记得——是'玛戈特'。"

"我是你的朋友。"

"是的。我的朋友——'玛—歌特。'"

E.H.一个字一个字地念出她的名字——玛—歌特。E.H.向来敏于模仿,如此认真,却还是念成了"玛—歌特",只能让人觉得这是某种记忆。

"我想,我们是——在学校认识的?小学吧?"

"是的,在格拉德温。"

上大学前我们关系一直都很好。后来,你去了阿默斯特,我去了安娜堡。

我们曾经相爱过,但——发生了一些事,我们分手了。

(伊莱难道没发现,玛戈特·夏普比自己年轻得多吗?至少比他小17岁?)

(但是:E.H.永远定格在37岁,而玛戈特·夏普现年34岁。要是E.H.能够进行数字运算,没准他会神奇地认为,这位年轻女心理学家快赶上自己的年龄了。)

"从上周三开始,我就一直期盼着今天。伊莱,我们的工作无比重要……"

"是的,玛—歌特,我们的工作无比重要。"

他们的距离很近,让人兴奋。没有旁人打扰。他俯身向她,玛戈特脸上能感觉到他的呼吸。

E.H.似乎在闻玛戈特身上的气味。她知道,他已经很熟悉自己身上的气味。(她曾自主设计并开展了对E.H.的嗅觉记忆测试。结果表明,比起其他感官线索,E.H.更容易记住气味;他对几十年前的气味记忆没太减弱。)

E. H. 至少比玛戈特高五英寸,所以她需要抬起头来看他,这种姿态让两人都很舒服、愉悦。

E. H. 现在快满 47 岁了吧?这些年过得真快!(然而对 E. H. 来说,时间早已停滞。)

他的发际线向后移,露出高高的额头,满头锈啡色头发也慢慢变成了好看的蜡灰色。然而,E. H. 保持着青春、挺拔的身姿。皱眉的时候,额头上会有浅浅的皱纹,对人微笑时,皱纹就会消失。

"伊莱,你过得好吗?"

"我过得很好,谢谢。你怎么样?"

E. H. 问得十分真诚,他确实很想知道。

整个世界都是失忆症患者的线索。就像一盒被打翻、散落在地上的拼图碎片。只有通过某种努力——(超出正常人能力范围的超人般努力)——才能将数不清的碎片重新组合成一个连贯而有意义的整体。

E. H. "过得很好"吗?玛戈特知道,那年冬天,这位可怜的人得了好几个星期的支气管炎。他咳嗽得很厉害,有时候测试都无法正常进行下去。不仅短时记忆像从大网眼罗筛中那样从他大脑中迅速溜走,剧烈的咳嗽似乎加重了他的记忆损失。

(最近几年,玛戈特非常关注 E. H. 的身体健康状况。她确保他在研究所接受各项身体检查,定期检查血液、血压和其他生命体征。就拿玛戈特自己来说,她常常会忘记预约牙科、妇科和眼科检查;对一个有记忆障碍的人来说,那就太容易忽略自己的身体了。)

E. H. 已经忘记了支气管炎给他带来的不适。E. H. 已经忘记了他最初得的那毁灭性的疾病。E. H. 很快忘记了所有的身体不适与病痛。E.H.也许容易受到情绪影响——但他很快就会忘记所有情绪。

他瘦了,玛戈特估计体重至少减轻五到八磅。他的面容依旧英俊。他身上还保留着运动员般的机敏和警觉,如今却只能用来预判痛苦。

今天他穿着熨烫整齐的卡其裤,英式条纹衬衫,外面套一件深绿色的毛衫。脚上穿着一双深紫色带黄色小方格的短袜。他所有的衣服都是在普莱诗、拉夫劳伦、阿玛尼等大牌男装店买来的。玛戈特感觉,她之前见他穿过这身衣服,但有一段时间没穿了。(谁帮他打理衣柜?确保他的衣服洗干净、熨烫好?玛戈特猜想一定是那位和他一起住,悉心照顾他的姑母。)即使遭受失忆症的痛苦,E.H.仍然保持着难得的儒雅风范。玛戈特总是夸赞他的衣着品位,而 E.H.也总是会回她一句"谢谢!"——顿一下,似乎想说什么却又记不起来了。

玛戈特·夏普做了一件科学界同行很少会有人做,或很少有人认为科学家做了不算出格的事情——她竟然像调查报道记者或侦探一样,调查了失忆症患者 E.H.病前的生活情况。她在费城花了好几天时间去见从前跟伊莱休·霍布斯打过交道的人,包括那些 50 年代末和 60 年代认识他的黑人社区领袖。他们介绍说,E.H.是为黑人解放事业、为美国有色人种协进会和马丁·路德·金的南方基督教领袖会议提供资金支持的极少数白人之一。她了解到,在有些社区,伊莱休·霍布斯被当作"英雄"——他"英勇地"参与民权运动积极分子围攻市政厅的活动,抗议费城警察的暴行和恐吓,呼吁政府在南费城建立更好的学校、提供更好的医疗保健设施、终止市政部门的雇佣歧视。他还在宾夕法尼亚大学设立专项奖学金,用来资助"家境贫困的青少年"。他赞助过 60 年代不定期发行的《费城询问报》,当时该报堪称当地版的《琼斯夫人》杂志①。(前编辑拿出其中的一份杂志让玛戈特·夏普看,上面刊登着伊莱休·霍布斯的一篇个人自述,题为《藏身神学院和来世》——这是一篇煽动性的回忆性文章,伊莱休·霍布斯在自述中谈到了他在纽约协和神学院的生活经历以及他为什么会在两年后退学。"我觉得我生活在一个享有特权的茧里。是一名黑人基督徒让我睁开双眼,他告诉我,私刑在二战后的南方依然猖獗盛行。")

为了表示友好,也为了赢得失忆症被试 E. H. 的信任,玛戈特好几次主动问起他参加民运积极分子活动和在神学院的生活。E. H. 每次谈起这些过往都异常兴奋。他似乎知道这些都是"过去的"事情了,至于自己是如何记得,以及其间发生过什么事情,他却不得而知。比如,他隐约觉得有一段时间没有见过玛戈特提到的那位黑人社区领袖了;然而,由于他认为自己 37 岁,仍然生活在费城,他想不明白为什么没有见过那位领袖,也不知道费城民权联盟是不是解散了。(玛戈特犹豫着想告诉 E. H. 联盟没有解散;但她担心他会因此无法理解为什么不能与联盟重新取得联系。)E. H. 对神学院的记忆时而清晰,时而模糊,好像电影镜头的淡入、淡出表现手法一样。他对近期生活的记忆丧失得很彻底,几乎是一片空白。他开始忘记一些名字,这是玛戈特不愿意见到的症状——失忆症病人不可避免地大脑衰老。

玛戈特知道,现在最明智的做法就是尽量让 E. H. 参与一些不需要唤起情绪或激发记忆的日常活动。这天上午,玛戈特引导

---

① 《琼斯夫人》杂志,美国政治双月刊,由密歇根社会人文政治文化机构"琼斯母亲"主办,被称为稍稍左倾的研究和思想的杂志。

他完成"工作记忆"的第一个测试。一开始,E.H.表现不错,就像一个聪明的12岁孩子;是非常复杂的自编测试(全部为玛戈特自主设计)。然而,玛戈特今天的情绪不如往常那样高涨。

她竟然忘记表扬 E.H.的表现,而他一向特别渴望被表扬,当然,如果没表扬,他也不会想起缺少了什么。泪水在她眼眶里打转,随时可能会滑落下来。她是那么不开心!

终于,E.H.问她出了什么事?

没什么!当然,没出什么事。

玛戈特继续进行测试,眼睛怔怔地盯着前方,不敢向两旁看,好像稍不留神就会发生危险似的。

"对不起,我不该跟你说这些。"

这应该是种策略。在玛戈特的记忆中,类似这样的东西都该是个策略。

然而事情就这么发生了。伊莱休·霍布斯是那么绅士,那么温柔,那么关切。玛戈特逐渐放松下来,开始向他倾诉。可她从来没有想过这样做。

玛戈特觉得——这个男人天生是个牧师。他的灵魂比我宽广得多。

玛戈特听到自己告诉她的失忆症被试 E.H.,说自己非常不开心……她擦了擦泪水,陷入了沉默。

E.H.立刻说,是的,他知道她非常不开心,他替她难过,想知道是否需要帮助她。

不需要,玛戈特说。没有人可以帮助她。

确定不需要帮助吗?——E.H.又问。

这间安静的测试室,与外界隔绝,没有人会进来打扰。他们低声说着话。测试被暂时放在了一边。

如果(测试室外)有人听到他们的谈话内容,一定会掀起轩然大波。

玛戈特从未想过要把她生活中唯一的不快告诉任何人,当然也没有想过会告诉 E.H.。她知道这完全是她自己的错,是她咎由自取。然而,玛戈特听见自己向 E.H. 坦白,说她不可饶恕地——爱上了一个不爱她的人。

她爱上了一位已婚男人——一个比她大 32 岁的男人。

她感到非常羞愧。她不相信这样的事情竟然会发生在自己身上。

看到 E.H. 脸上的惊讶、关切,还有同情,玛戈特忍不住笑起来。这一切简直——太荒唐了!

好吧,她会跟 E.H. 坦承——她以为自己是在恋爱。她天真地以为那个男人爱上了她。

她错了,错在不该跟这个男人发生关系。她太愚蠢,太盲目了。

是的,这个男人是她的同事。是的,他在各个方面都是她的上级——她的导师,她的论文指导教师。

在她的这个考虑欠妥、飞蛾扑火般的所谓激情中,玛戈特·夏普犯了太多错。在他学校的办公室里,他们一起工作到很晚的时候,或者她以请教为由故意留到很晚的时候,发现他的目光在自己身上游移,感受他若即若离的感情,都令她无比兴奋,又备受煎熬。玛戈特·夏普从来都不是一个幼稚的人,从来不会把男人偶尔对自己的兴趣当真,甚至发展下去。恰恰相反:她一直都记得小时候听到两个哥哥非常粗俗地谈论女孩子,当时他们以为没有人会听见,或者听见了也不会有人在意。女生就是少脑子。长大了也注定被人嘲笑。完全取决于她对男人听不听话。

中学和大学期间,玛戈特也经历了一些事情,虽然谈不上创伤或屈辱,但也总会让人感到尴尬和难为情(少女和年轻女性都会有的类似性行为的经历),强化了玛戈特对人的戒备与疏离心理。

然而,米尔顿·费瑞斯从一开始就对玛戈特有着巨大的吸引力。她曾近距离与他一起工作,她竭力不去跟他有任何眼神接触,可是,仅仅靠近他,听到他的声音,听到他那干巴巴、滑稽、亲切、戏谑、深沉的男中音,都是会令她分神,令她无法抗拒。当她独自一人时,她竭力忽略那个男人音容笑貌的种种努力顿时化为乌有。她会去想跟他有关的一切,会去想他在科学领域的巨大建树,会去想他的一切一切。

当然,她也听说过米尔顿·费瑞斯的传闻:他与女同事、女助手的关系,他"利用"她们的天真和信任。玛戈特对类似传言从来都嗤之以鼻。

是她先爱上他的吧。也许吧。

她没有爱上米尔顿·费瑞斯!肯定没有。

然而,她曾经向这位长辈暗示过,承认自己被他吸引。或者说,她并没有阻止他对自己的兴趣。

一旦这些信号被发送、被接收,一旦某些反射作用被触发,玛戈特似乎再也无法回头。导师曾邀请她陪他去亚特兰大参加神经科学会议,这个决定一旦做出,就无法更改。当然,你不用自己支付路费,玛戈特。费用全包。

她接受了。她没有拒绝,而是接受了。

接受了就意味着同意。接受以后如果不同意,她的事业就会彻底完了。

后来,他把手搭在她肩上。虽然他没用力,可玛戈特明白——

他正在提出要求。

一种意乱神迷的感觉将她淹没。一个从没习惯男人尤其是那些有身份的男人关注的年轻女人,一个不能够欣然接纳自我的年轻女人——她如何抗拒得了? E.H.只是静静地听着,并不发表评判。他出奇地安静。玛戈特再一次感觉到自己对他的依恋,眼泪忍不住流下来。她在想,自己上一次哭泣是什么时候?在父亲的葬礼上?——在公墓,下葬的时候?——这样真切的记忆令她感到可怕。

玛戈特本不该说出米尔顿·费瑞斯的名字。但她听见自己问E.H.是否记得米尔顿·费瑞斯。当然,玛戈特确信他不会记得。然而,E.H.了然地点点头,鼓励她继续说下去。他们隔着桌子面对面站着,紧紧地靠在一起,这种姿势让玛戈特感到背部酸痛。

E.H.笨拙地握住她的手,试图安慰。

玛戈特任由他握着自己的手……

玛戈特告诉 E.H.,自从她十年前来到这个研究所,米尔顿·费瑞斯既是她的博士学位论文指导教师,也是她的导师。作为一名科学家,他对她的帮助不可估量。他安排她受邀在学术会议上宣讲论文。她的博士学位论文能在宾夕法尼亚大学出版社出版,她能受聘成为大学认知神经心理学专业的第一位女研究员,费瑞斯教授都起了至关重要的作用。

然而,在过去的 11 个月里,他们的关系变了。彻底变了。

眼下,米尔顿·费瑞斯正在中国进行为期六个星期的巡回学术演讲。他曾语焉不详地提过,要玛戈特·夏普这位从事失忆症开创性研究的新秀随他一同前往。但这个提议后来莫名地就搁浅了。再后来,玛戈特鼓起勇气问费瑞斯教授,她是否要陪他一起去,是否需要做旅行安排,他却闪烁其词地说计划有变。

您是什么意思？她问。

您说"计划有变"是什么意思？

她既没有提高声音，也没有掉眼泪。她只是觉得——觉得震惊，像病了一样，舌根发苦。她尝到了羞耻。

她告诉 E.H.，她竭力保住自己的体面。

她让满脸同情望着她的 E.H. 放心，她没有继续让自己难堪。

然而，她一直还在等那个男人给她打电话。他们至少应该最后见一面，做个了断。

她猜想，他们以后不会再做爱了。她必须接受这个事实。

他们还会见面，在某个地方。他们会一起喝一杯。喝酒。

甘甜、浓烈的威士忌。米尔顿·费瑞斯的最爱。玛戈特后来也逐渐喜欢上了这个味道。

她满脸泪水，向 E.H. 倾诉着，她记不清她与费瑞斯的关系到底是怎么结束的。她的记忆污浊而斑驳。似乎她一直在泥泞中奔跑。她的身体沾满泥泞，脸上溅满泥浆。

她的舌根发苦。她没有胃部不适，也没有呕吐。

她告诉 E.H.，她不是一个脆弱的女人。她不会依靠其他人，更不会向人乞求。绝对不会。

她告诉 E.H.，米尔顿·费瑞斯目前在中国，出发后就没再跟自己联系过。在他离开前的那天晚上，给她打过一个很短的电话，电话里他们不欢而散。

她告诉 E.H.，米尔顿·费瑞斯不是独自一个人在中国。她感觉得到，他不是一个人。

（玛戈特知道，他妻子并没有陪他一起去。）

一个错误，一个可怕的错误。我那么感激他对我的关心。我那么奋不顾身，那么愚蠢！

玛戈特告诉E.H.:被拒绝是天大的耻辱。

玛戈特告诉E.H.:她想到过自杀——来洗清这个耻辱。

玛戈特告诉E.H.:在失忆症项目开始阶段,米尔顿·费瑞斯亲自设计所有的测试和实验,认真监督每一个操作环节。最初,他来研究所,亲自操作对E.H.的各种实验测试。"伊莱,你还记得他吗?'米尔顿·费瑞斯':白头发、白色短胡子,著名神经科学家,已经被提名诺贝尔奖……"

E.H.不知道谁是"米尔顿·费瑞斯",但他频频点头,鼓励玛戈特继续说下去。他一直握着玛戈特的手,满脸同情,听她断断续续、语无伦次地说着。

E.H.的同情不带有任何评判的意味。玛戈特无比感激,感激他不对她进行评判。

这样的私情! 她感觉大脑像一块板油裂开了很多缝隙。

丢脸的是,玛戈特崇拜米尔顿·费瑞斯。

玛戈特受制于米尔顿·费瑞斯。

现在,那个男人中断了跟她的关系,中断了他们之间扯不清的私情(实验室其他人肯定知道,至少怀疑过),令人羞耻的是,玛戈特却无法断了跟他的关联。

她深知,米尔顿·费瑞斯是她见过的最杰出的科学家。米尔顿·费瑞斯是真正关心过她的最有身份的人。

她十分害怕会失去他。

想到会失去他,她内心充满恐惧。

她是忠贞的女儿。她从没有违背过米尔顿·费瑞斯的意见,甚至连违背他的念头都不会有。

她羞愧万分! 她情绪激动,羞愧难当。

即便是现在,生平第一次向一个陌生人袒露自己的灵魂,谈到这份感情,她除了羞愧,仍然情绪激动。忏悔这种隐秘的爱、卑微的爱,就等于承认他们之间有过"爱",有过"性欲之爱"(从某种角度来说,他们二人的关系中,玛戈特对性的体验并不明确)。想到跟费瑞斯之间的爱,玛戈特·夏普充满骄傲。即便现在也如此。

　　E. H. 用心地听着。他不评判她,他善良、有耐心——而这些品质都是米尔顿·费瑞斯不具备的。

　　玛戈特说,她错在不该把米尔顿·费瑞斯当作她生命的一切。她完全失去了理性。如果从女性的视角讲述这个故事,她可以说他利用了我的脆弱,我是他的属下,他懂得如何控制我。

　　然而,有些事实不容否认:她过于顺从这个男人。他最初对她有所表示的时候,顶多只是轻佻或暧昧,并没有勉强或对她进行身体胁迫(这一点必须承认),她本可以断了他的念头。他轻轻抓握她的手腕、下大雨时他主动提出开车送她回到幽深溪谷畔的住处。他下车陪她一起走,共同撑着一把巨大的黑伞,像比利时画家勒内·马格利特作品的画面,一直送到公寓后门——她摸索着掏钥匙,他紧挨着她,他温热的呼吸洒在她脸上……(每一个细节都惊人地清晰,让她有股心跳停止的窒息感。)他总是称呼她:"玛果·莎朴。"

　　很多时候他似乎对她十分专注。她一直在想,对于一位年近七十、跟许多女人有过亲密关系的男人,米尔顿·费瑞斯是否凝视过那些崇拜他、对他带着些许敬畏的眼神?他是否看到了真实的"玛戈特·夏普"?

　　过去这一年。他们的联系若断若续。经常会一连很多天,她都见不到费瑞斯,也听不到他的任何消息。按照他们之间的约定,她决不能主动给他打电话。

　　她知道:她从来没有在任何基本问题上违背过他的意愿,如果有,也只是一些小儿女情长的撒娇罢了。在实验室里,她从不反驳他。即使她发现他错了,也不会说。她会等着让其他人去指出他的错误,去冒险激怒这位厉害人物。她那么依赖米尔顿·费瑞斯,根本不敢去想失去他自己该怎么办。

"伊莱,他为我做了这么多!他成就了我的事业。他引导我,处处提醒我。当然,如果不是米尔顿·费瑞斯,我也当不了这所大学的助理教授。没有米尔顿·费瑞斯,我不会认识你,也就根本没有机会参加 E.H. 项目。也就不可能有《记忆的生理学研究》这本著作。我的一切都是他给的。"

费瑞斯对玛戈特·夏普的引导,就像人们用脚轻轻地踢一下轻盈的浮船——推助小船顺利下水,驶向远方。

然而,一个不争的事实是,米尔顿·费瑞斯同时也将实验室里大量不属于自己的学术观点据为己有。将玛戈特·夏普的学术观点据为己有。玛戈特与研究所一位研究生通过长时间、多轮实验完成的 E.H. 测试研究报告《记忆缺失与嗅觉补偿》,发表在米尔顿·费瑞斯名下。玛戈特·夏普变成了联合署名作者。

费瑞斯似乎一直把玛戈特·夏普当作助手。很可能,只是当作一名研究生。

她一直告诉自己——在他眼中,这是公平的。没有他的帮助,我不可能写出这些论文——不可能完成研究。

玛戈特告诉 E.H.,最初,米尔顿·费瑞斯确实是实验室的主要研究者。他亲自撰写研究报告初稿,深度参与每一个实验环节,包括提供图表、数据和注释等。他认真评阅助手们的研究报告,核对其中的每一项数据。通常情况下,要花费好几个星期的时间,才能写出一篇研究论文。论文发表时,参与实验的每一位成员都是联合署名作者,米尔顿·费瑞斯作为主要研究者,名字排在最后。

后来,米尔顿·费瑞斯来研究所与团队一起工作的次数渐渐变得越来越少。他总是"外出",总是"出差"。他在纽约与电视制片人商讨拍摄一部关于人类大脑的纪录片。他在华盛顿跟总统的特别顾问委员会商讨生物伦理学问题。

费瑞斯当时最信任的助手艾尔文·柯普朗因此成了论文初稿的撰写人。玛戈特·夏普负责第二稿的修订或改写。有时候可能会有第三、第四、第五稿——全都是由柯普朗与夏普共同完成。整个过程中,实验室的其他人或多或少也都有参与。

现在,米尔顿·费瑞斯极少会来实验室,即便来了也只是像皇室巡访一样匆匆露个面。当然,费瑞斯也极少亲自参与 E. H. 项目研究。但是,他(坚持要求)继续阅读年轻研究者撰写的所有论文。他会给出详细的批评意见,会有删减和增添,返回给作者的稿件上会标出有疑问的地方,会给出具体的修改意见和建议。每篇论文只有通过费瑞斯教授审定,才能算"完稿",才能投稿给一两家主编与费瑞斯关系过硬的专业期刊。实验室的每一项研究成果,必须经过费瑞斯教授审定才能公开发表。没有他的批准,任何人都不敢擅自投稿。

后来这些年,米尔顿·费瑞斯并未亲自设计 E. H. 项目研究的任何实验,设计全部是由年轻助手们自主完成。自然,所有实验数据和资料证据也都是由年轻助手搜集和整理的。

然而,无论是谁设计的实验,无论是谁花费大量时间记录 E. H. 测试过程,也无论是谁撰写的文章,米尔顿·费瑞斯最后总会出现在联合作者的显著位置。

有时候,也会出现这种情况,权威期刊上关于 E. H. 的论文仅署名米尔顿·费瑞斯一人。

有一次,艾尔文·柯普朗把一份《美国实验心理学杂志》扔到玛戈特·夏普的办公桌上,没说一句话转身就走了。玛戈特翻开杂志,发现一篇题为《论记忆障碍者的构建记忆、记忆扭曲和虚构症》的论文,作者是米尔顿·费瑞斯。这篇论文是柯普朗与夏普共同撰写的,内容源自他们俩联合设计、实验室全体成员共同实施的测试。

在实验室里,玛戈特从不跟人谈论这些事情。

她与记忆实验室里的其他人关系都不亲近。玛戈特刚来实验室时的那位女研究生早就离开了,勉强在普渡大学获得一个长聘职位。导师米尔顿·费瑞斯不仅没有提供推助,还戏谑地称普渡大学为"偏远西部"高校。

忠贞的女儿不会背叛学术父亲。即使这位父亲已经背叛了她,忠贞的女儿做不到背叛。

直到此刻,玛戈特都没有意识到这个耻辱会给她多大伤害,让她多么无助。直到此刻,玛戈特都没明白她其实可以对他进行学术指控。

他在窃取我们的成果。他在榨取我们的血汗。

他是个窃贼,必须揭露他。

绝对不行。忠贞的女儿绝对不能揭露父亲。

如果玛戈特·夏普胆敢跟导师谈及这些事情,如果玛戈特·夏普胆敢询问任何一篇费瑞斯并未实际参与的学术论文,他一定会大为震惊。当然,他也一定会断然矢口否认。他会立刻收回对她的爱。

他现在不爱我了,对吗?

有一天,他还会再爱我——会吗?

惹怒父亲是件可怕的事情。费瑞斯一定会对她勃然大怒。

他们之间的一切都会在瞬间彻底破碎。这么多年来,玛戈特·夏普苦苦经营,就像一个想在玻璃瓶里建造大船的疯子。

他会把她当作叛徒,当作忤逆的女儿。更糟糕的是,他会把玛戈特·夏普视为他科学声誉的巨大威胁,会把她驱逐出实验室。

费瑞斯性情乖张、喜怒无常。在许多场合,他会没有任何征兆、毫无来由地批评那些仰慕他的年轻女学者,会变得毫不客气、出言尖刻(翻脸之快,简直无法想象)。稍微听到点不同意见,他就会觉得是在反驳或质疑他的权威,就会大发雷霆。(玛戈特一直都很想知道,柯普朗是不是因为这个才离开。想摆脱他崇拜而又憎恨的强势导师的控制。)费瑞斯会否认她的指控(如果这些算指控的话),他会把这些指控悉数反扣到她头上,而玛戈特·夏普将会百口莫辩、一败涂地。

我跟他说法不同。但我绝不会指控米尔顿·费瑞斯。

E.H.一直紧紧握着玛戈特的手。他的手大而有力,她的手纤细柔弱。他们俩头靠得很近,像是在密谋着什么。玛戈特感觉到一阵眩晕,身体虚弱。眼前的男人尊敬她,是她真正的朋友——而米尔顿·费瑞斯永远不会把她当朋友。

当然——她都在胡思乱想什么呢?米尔顿·费瑞斯永远不可能是她的朋友,他只是她的导师。

他不是她的爱人,尽管玛戈特·夏普很爱他。

费瑞斯不过是偷偷摸摸、三心二意地跟玛戈特·夏普有过性关系而已。"性关系"这个粗俗、原始的表达,不会带有任何情意成分。这对他来说没什么,对她就意味着一场劫难。

玛戈特带着哽咽,笑着告诉 E.H.:她刚才说的话不是真的,她肯定不会自杀。永远不会。

她绝不会为一个男人自杀。更不会为那样的男人。

然而,E.H.的反应却让玛戈特·夏普大吃一惊。他一直在认真听她倾诉,无比同情地望着她,玛戈特从没见过他这样——

"肯定有人会去杀了他。"

玛戈特盯着 E.H. 严肃的脸。这位失忆症患者脸上没有一丝笑容。玛戈特怀疑自己听错了。

"如果那个……那个人……对你撒谎,剽窃你的东西,利用你,让你那么伤心,肯定有人会去杀了他。"

E.H. 说得十分镇定。玛戈特很清楚,E.H. 并不知道"米尔顿·费瑞斯"是谁,只知道这个让她伤心的人必须受到惩罚。

"不,伊莱!绝对不行——不行。"

玛戈特震惊不已。这样的话不应该从温和、善良的伊莱休·霍布斯口中说出!

"伊莱,求你了!我不应该告诉你这些……不行。"

她离他那么近,她的泪水,她的无可抑制的痛苦,所有这些激起了失忆症患者某种不安的记忆。他对她流露出来的感情,是他患病之前某种记忆的移情表现。玛戈特想,那个时候的他年轻气盛、血气方刚。

E.H. 再次重复道:"告诉我他是谁。他在哪里。我一定要找到他。"

"伊莱,别这样。这样不好。"

"告诉我。我要替你杀了他。"

玛戈特震惊了。一阵恐惧袭上心头。

伊莱休·霍布斯说得那么坚定,那么不容置疑。

这位失忆症患者眯起眼睛。孩童般的稚气荡然无存。

玛戈特突然想知道——E.H. 杀过人吗?他失忆之前杀过人吗?

没有人知道?E.H. 本人也可能只依稀记得?

失忆症患者的大脑中时常会毫无征兆地出现过往经历的记忆岛。

记忆岛。一个美丽的表述,她记得这个说法是米尔顿·费瑞斯首创的。

玛戈特觉得浑身累透了。她从没有一口气说这么长时间的话,也从没有像这样把自己的灵魂袒露给另一个人。尽管米尔顿·费瑞斯是她的恋人,或者曾经是她的恋人,玛戈特从没有这么坦诚地跟他谈论过任何事情。她闭上眼睛,看到黑暗中漂浮着什么东西,是岛屿,内陆湖的岛屿。一座座小岛,漂浮在波光粼粼的湖面上。湖面宽广,一眼望不到边。水面起伏不定。在(看不见的)日光/月光的反射下,水面泛着银光。眼睛看不见连接岛屿的陆地部分(湖床)。如果事先不知道波光粼粼的水面下有连接岛屿的湖床,这景象会让人觉得诡异。

E. H. 紧紧抱着玛戈特,安慰她。从来没有人像这样拥抱着玛戈特·夏普。

玛戈特·夏普和伊莱休·霍布斯从没有如此亲密接触过。他们也从来没有单独相处过这么长时间。玛戈特心跳得特别快,她清楚地知道自己刚才和此刻的所作所为十分不理性,她还是不可抑制地将自己的脸紧紧贴在男人的胸膛上,贴在柔软的羊绒衫上。她能感觉到,数英寸之隔,失忆症患者的心脏也在热烈地跳动着。

玛戈特想——他是一个出色的男人。拥有一颗美丽善良的灵魂。这才是我爱的男人。另外一位不是。

她都讲了些什么,做了些什么!真让人羞愧!

就职业规范而言,她这么做会令自己蒙羞。要是被人知道,绝对是这样。

她不可遏制地想要找个人倾诉。可又能对谁倾诉?

"米尔顿。对不起。我把我们的事情告诉了陌生人……"

(令玛戈特·夏普感到羞耻的是,即使现在她都还期待那位有家室的恋人能够回到她身边。即使他不能真正"回到"她身边——事实上,他从来没有真正跟她在一起过,她也甘愿保持从前那样的关系——只要他愿意,随时可以联系她,而她绝不能主动联系他。)

她的眼睛哭红了。苍白、憔悴的脸上遍布泪痕。

她用卫生间的凉水洗了脸——当然,她还能辨认出那是自己的脸。

最严重的失忆症是脸盲症——无法在镜子里识别自己的面容。

但严格说来,脸盲症并不是失忆症。它是一种感知缺陷,而非记忆缺陷。

玛戈特回到测试室,发现 E.H. 坐在窗前,双肩微驼,用炭棒在他的素描本上飞快地画着。玛戈特走进房间时,E.H. 惊愕地抬起头,迅速合上素描本。

"哈——啰!"

她发现失忆症患者的笑容彻底改变了他的面庞,像戴上一张提拉皮肤的面罩。

玛戈特一口喝光杯中的威士忌。她喝得很急,这样手就不会抖。

液体流入喉咙,像着了火。胸口和心脏也都着了火。

我竟然在两个男人面前如此轻贱。脸面全都丢尽了。

有人会去杀了他。没错!

说完,她笑了。嘴角奇怪地撇着,笑容带着嘲弄,或者绝望。

又灌下一杯威士忌,足够让她昏睡一夜了。

大脑里有一团火!——起初缓慢地燃烧,接着变成了熊熊燃烧的火焰。

从那以后他就病了很长时间。他们是这么告诉他的。

他是什么样的人,全都来自于别人的说法。他真正的"自己"消失了,像轻烟一般飘散了。

真正的"自己"只剩下素描本上那些狂热的画和一张长长的、不开心的脸。(素描本是他父亲的妹妹,他的姑母拿给他的。他能记得姑母的面容,却想不起她的名字了。)素描本里画着溺水的孩子,几个小女孩和一个头发吓得竖起来的小男孩(头发直立,像一条条小蛇)。他的脸酷似一种有蹄动物的脸。这是什么?这是谁,伊莱?——总有人问他这样的问题。

他无法回答,只能拼命摇头。

你知道这是谁。这是伊莱休·霍布斯。他死了。

惊喜:网球场上的 E.H.!

玛戈特·夏普多次看到过失忆症患者 E.H. 在研究所的网球场上打球。他经常和研究所的工作人员打球,虽然这些对手大多都比他年轻很多,尽管他一只眼睛视力很弱,他却几乎每次都能赢他们。

"发球棒极了,伊莱!"

"天哪,伊莱,你打得太棒了!"

在这个时候,E.H. 总是浑身洋溢着幸福,也充满自信。他是个十足的网球老手,(玛戈特听说)他很小就开始打网球,曾是预科学校①联盟的网球冠军,在阿默斯特学院念本科时,曾在全国比赛中获奖。

他天生腿部肌肉发达,能够身手敏捷地跑遍全场。他天生右手臂强健有力,可以轻松挥舞球拍。他的反手击球很威猛。他的发球速度快得惊人,这些无疑都弥补了他单眼视力不佳的劣势。中场休息停下来的时候,E.H.会去想问题,会去思考,这时候你会发现他满脸疑惑的表情,仿佛刚被人从梦中粗暴地唤醒。

这是在哪里?我的对手是谁?

比分多少?

愚蠢的错误。玛戈特和E.H.约了一起打网球。玛戈特参照E.H.的样子,穿上一身打网球的行头:纯白的T恤、纯白的短裤和网球鞋。

他们隔着球网朝对方笑笑。E.H.非常绅士,让玛戈特先发球,但玛戈特冲着E.H.喊道:"你先来!你先发球!"

她曾经听很多人说过,她有打网球的"潜质"。

在密歇根州欧瑞恩瀑布镇读高中时,玛戈特·夏普各项体育成绩都只勉强通过及格线,幸亏她学业成绩出众,在同龄人中不苟言笑,才使她免遭同学耻笑。

另一方面,由于她思维敏捷、智力超群,也使得她免遭同学的荤段子打趣,至少保护她不去面对那些荤段子。

E.H.发球又快又狠。第一个球玛戈特就没接住。

当然,玛戈特也没接住第二个球,那只球像导弹一样从她头顶掠过。

---

① 预科学校(prep school),美国为准备升入大学者开设的私立学校。

E.H.开怀大笑,当然笑得毫无恶意。(玛戈特知道:他现在已经忘记了她的名字,忘记了她是谁,但她确信他并没有忘记她。他们一个星期前才拥抱过,他肯定还没有忘记她。)轮到玛戈特发球,E.H.并不扣杀,而是缓缓地回了一个和平球。当玛戈特渐渐打上手,开始发狠球的时候,E.H.自动调整击球力度。E.H.打球绝对经验丰富,整套动作如行云流水一般:击球又准又稳,场内奔跑身手敏捷,反手击球轻松自如。他一会儿迫使玛戈特跟跄后退,击球时差点摔倒;一会儿逼得玛戈特全速向前,差点一头栽进球网里。E.H.的网球技巧,几十年前就已经能够做到内化于心、外化于行。这些技巧,像跑步、骑自行车、游泳、开车一样,刻印在他的大脑深处。但多次观察发现,如果 E.H. 练习发球,尽管严格来说他"记不住"这些练习过程,但他的发球技法还是会有提升。

　　玛戈特知道,这是非陈述性记忆。她写过《论失忆症的非陈述性记忆》的文章,已经想出了对 E.H. 开展进一步实验测试的方案。

　　她开始剧烈地出汗,非常狼狈。油腻腻的汗水从她的脊背和身体两侧滚落。乌黑的头发向后束成一根马尾辫,此刻已经松散,卷曲着贴在汗淋淋的面颊上。她有些走神,想起不久前伊莱休·霍布斯曾拥抱着她,无比同情地听她语无伦次,而她把脸紧紧地贴在他胸口听着他的心跳……

　　他们当时并没有接吻。但玛戈特感受到了这个男人的性唤起,连同她自己的性唤起。她快速挣脱,感到无地自容。

　　要是被人看到了!要是被研究所的同事看到了!

　　更糟糕的是,要是实验室的同事将此事汇报给学校!

　　最最糟糕的是,要是米尔顿听说了她的作为……

　　这些念头纠缠在玛戈特脑中,仿佛汗淋淋的脸和头发上叮满无数小虫子。

"得分啦!"——E.H.得意地叫起来。

这个男人在网球场上的凌厉攻势,带着一丝在其他场合并不明显的危险意味。

玛戈特决定自嘲一下,冲着球网对面保持微蹲姿势的白衣男子高声喊道:"伊莱,你打球太野蛮了!难怪大家都说,你每次都要杀个痛快。"后者双手握拍,神情漠然地望着她。

杀个痛快。玛戈特的心颤了一下,懊恼极了。她怎么能说出这么愚蠢的话?

E.H.却似乎并没有听清楚她说什么,或没有听懂她开的玩笑,轻声笑了一下,算是回应。他依然保持半蹲姿势,膝盖弯曲,双脚分立。玛戈特发现,他现在看她的眼神不像是看着对手,而像是看着一个陌生人。他试图想弄明白——这个人是谁?她跟我什么关系?

玛戈特再发球的时候,E.H.不再用力扣杀,而是模仿玛戈特发球的样子击球:像接球网对面飘过来的气球,或慢动作打过来的排球。最后,E.H.索性停下来,不接球了,眨着眼睛站立不动,看着球滚到球场外面去。

"伊莱,出了什么事?"玛戈特焦急地喊道。

穿着一身炫目的白T恤、白短裤、白网球鞋,E.H.站在那儿,神情茫然,仿佛眼前笼罩了一团迷雾。玛戈特知道,都怪自己打破了刚才的状态。她不该愚蠢地跟他说话,分散他的注意力,导致失忆症患者的注意力从网球转移到她。

这个气喘吁吁、目光焦虑、隔着球网望着他的女人,她是谁?他怎么从来没有见过?

玛戈特·夏普没有将这件事记到日志中。当天的实验室笔记中,没有跟失忆症被试打网球的任何记录,也没有用代码提及。

玛戈特希望研究所的其他工作人员不会注意到。如果注意到了,他们肯定会有别的想法。

她下定决心——这类事情不会再发生了。绝不会再发生。

玛戈特喝了一杯威士忌。

啊!——灼热的液体流下去,她的胸口猛地一紧。

她的喉咙里传来馥郁的灼热感。性爱之火渐渐升腾起来。我喜欢这样的感觉。

第 四 章

"伊莱,这条领带真漂亮!你穿得总是这么得体。"

伊莱休·霍布斯每次来研究所接受测试,衣装都十分整齐。用心打理他衣着的人,一直期待着能有好的消息。

日复一日,就这样,三十多年时间过去了!玛戈特·夏普见证着这些年岁月的流逝。

E.H.每次出门前都会刮胡子,日渐稀疏的头发总是修剪、梳理得整整齐齐。他每三个星期修剪一次头发。他的手指甲整齐干净,玛戈特猜想,他的脚指甲也一定如此。

为了确保容貌整洁(至少在公共场所),E.H.一丝不苟地做了一份日历。那张大日历挂在床边的墙上,他在上面标记了理发、看牙医、预约就诊以及研究所"测试日"的时间等。每天晚上临睡前,他都会认真划掉当天完成的事项。

他的日子就这样,一天一天向前推移。

(要是这位失忆症患者想起来去翻看前几个月、前几个星期被认真划掉的那些日期,一定会像看着陌生人的生活,会好奇过去的日子里都发生了些什么。)

E.H.的衣服也全都做了标记。他用五颜六色的便利贴标记衣服,这样就不会太频繁地重复穿同一件。伊莱,你今天真帅!这条领带真漂亮！尽管 E.H. 无法理解,他大概能感觉到,研究所是他现在唯一的"公共"场所。

E.H. 将他的很多双鞋子轮换着摆放在步入式雪松木衣帽间地板上。来研究所时,他会轮换着穿运动装、休闲装和(偶尔)正装。

他喜欢被带出去购物,总是去格拉德温的同一家男装店,那里人人都知道"伊莱休·霍布斯"的名字,人人都认识他的监护人(即他的姑母)露辛达·梅特森夫人。梅特森夫人负责把关,以免侄子兴冲冲买下已经买过的同款衬衫、运动服和鞋子。

玛戈特从梅特森夫人那里了解到 E.H. 的个人私事。她对这些事情十分感兴趣。跟伊莱休·霍布斯有关的所有事情她都感兴趣。

梅特森夫人告诉玛戈特·夏普,伊莱生病前对自己的外表没那么在意,"要知道,他有太多太多的事情需要考虑。"

玛戈特问梅特森夫人,伊莱从前都有哪些事情需要考虑。梅特森夫人表示不解,说道:"像我侄子伊莱休·霍布斯这样的男人,都有哪些事情需要考虑？那你得去问问他自己。"

玛戈特问了个愚蠢的问题。她发现自己的脑袋简直像戴着烤箱手套的手,笨拙得很。

或者说,玛戈特给自己设定的角色跟(她猜测)失忆症患者给自己设定的角色毫无二致。

我们越傻,就越不会对人造成威胁。对我们友善,总不会有危险。把你的秘密告诉我们,反正我们也记不住。

令玛戈特(掩饰得住)失望的是,E.H. 每次都会拒绝跟姑母、玛戈特一起在梅特森夫人的客厅里喝茶。他总是很有礼貌地推辞,抱着素描本消失在楼梯上。

太令人沮丧了！这简直就是翻版的"残酷的握手"实验，只不过，这个实验中，玛戈特·夏普成了糊里糊涂的被试，而伊莱休·霍布斯则成了"主动加害者"。

每一次玛戈特开车送 E.H. 回家（全程 18 英里），不管他们路上聊得多投机，只要一看到玛戈特把他带到格拉德温帕克塞德大街 466 号都铎风格的老房子，E.H. 就会无比惊讶，立刻忘了谈话的线索，急匆匆跑进去。他们路上聊飘进 E.H. 大脑的生病前的各种事情。E.H. 翻来覆去地讲他在费城和南方城市参加过的民权运动集会游行，每一次，玛戈特都听得津津有味。E.H. 热衷于从头到尾背诵电影《战舰波将金号》的台词，到了戏剧性的时刻，他还会声情并茂地高喊一声"弟兄们！"。

"回家"是被带回到姑母家，而不是位于里顿豪斯广场的自己家，E.H. 会觉得奇怪吗？他从没主动问过这个问题。玛戈特不禁怀疑他是否（本能地）"知道"自己的生活发生了改变。

然而，E.H. 每一次都会彬彬有礼地邀请玛戈特进去跟他的姑母露辛达相见。事实上，玛戈特和梅特森夫人已经"相见"过无数次了。

"你好，亲爱的！很高兴见到你。"

"你好，梅特森夫人。很高兴见到你。"

因为这位失忆症患者的缘故，两个女人装出从没见过面的样子。玛戈特想，这样的角色扮演太容易了——想要悦纳谁，只要顺着他（她）的心意去扮演就行。

作为一种生存技巧，悦纳别人太容易了。玛戈特想，从某种意义上来说，她又未尝不是在悦纳自己。

梅特森夫人很有"气场"——玛戈特一下就能感受到。她是伊莱已故父亲拜伦·霍布斯的妹妹。玛戈特知道拜伦·霍布斯是位非常成功的大商人,是威廉·塔夫脱、托马斯·杜威、巴里·戈德华特和理查德·尼克松等保守派政治家的拥趸者。梅特森夫人说,拜伦·霍布斯总是提醒儿子,小马丁·路德·金牧师是共和党人,不是民主党人,以此"揶揄并激怒"积极投身民权运动的儿子。

(竟然有这样的事?玛戈特十分惊讶。可怜的伊莱!)

露辛达·梅特森年近六十,看上去比实际年龄显老,人很瘦,像最近才减过肥那样皮肤松弛。她的脸上涂着粉,面颊上涂了腮红,稀疏的金发向后梳着,用一把玳瑁发梳固定在颈脖处。她说话的方式让玛戈特不由得(不厚道地)将之与财富联系在一起:声音低沉、嘶哑、近乎耳语,玛戈特必须弓着身子(像个用人?)才听得清。

玛戈特从伊莱的谈话中得知,他姑母很年轻的时候嫁给了一个比自己大很多的有钱人。她身上有股美人迟暮的做派。即使工作日晚上在家里,她也总是一身宽松款名贵服装:下摆很长的连衣裙、羊绒套装,天凉时穿细羊毛裤,天热时穿亚麻布裤子。她每一次都要邀请玛戈特留下来"喝茶",仿佛"喝茶"是这栋老宅的传统,而不仅仅是为陌生人临时造访准备的茶点。露辛达·梅特森每一次都试图哄劝 E.H. 和她们一起喝茶,但他每一次都只在客厅里逗留几分钟,然后带着歉意的笑嘟囔一句"失陪!"就溜走了。

两条瘦削的长腿快速爬上楼梯,活像一个逃避长辈的少年。玛戈特不知道,这种时候,E.H. 是否忘记了他应该继续装扮 37 岁的人。

她猜想,E.H. 一旦回到自己的小天地,准会翻开素描本和放在口袋里的小笔记本去看当天的记录——了解自己这一天发生了什么事、周围有些什么事。

很多时候,玛戈特也是通过查看自己的日志才清楚自己当天发生了什么事情、周围有些什么事情。她经常会感到惊讶,有时也会感动。但她从日志中能够看出自己对伊莱休·霍布斯的微妙感情在加深。

梅特森夫人用她那沙哑的声音说道:

"夏普小姐,感谢你开车送伊莱回家。研究所里每一个人对我们都非常好。我们作为家人永远不会放弃希望,当然,并不是要奢望能够'治好'他,只要有一丝可能'恢复'伊莱的记忆力就好了,他太可怜了……费瑞斯博士说过,伊莱是一个特殊的案例,一直在做各种实验,想找到办法帮助……只是,他这'损伤'也过去得太久了:至少有八年了。"梅特森夫人说得很是伤感,但隐隐带着责备。玛戈特很想告诉这位女人,她侄子已经失忆十年了,不是八年。犹豫了一下,她什么也没说。

玛戈特感到一阵内疚:霍布斯家族仍然相信,他们对 E. H. 的失忆症开展的是临床实验,是为了帮助 E. H.。

玛戈特告诉梅特森夫人,伊莱休·霍布斯在达文公园研究所确实接受着世界上最好的神经学护理。

同时,玛戈特也再一次跟梅特森夫人强调,伊莱的身份务必做到严格保密。

"很多人都想找他合作。各种没有资质的人也都跃跃欲试。一旦泄露,伊莱的生活就会暴露在公众面前,他就会成为媒体噱头。这种事情一定不能发生。"

"'媒体噱头'?那是什么?"

"就是各种曝光。报纸、广播、电视,都想采访伊莱休·霍布斯先生。"

梅特森夫人厌恶地打了个寒战。霍布斯家族绝对不会让这种事情发生。

这个客厅里摆满了维多利亚风格的笨重古董家具：褪了色的软垫沙发和椅子，带流苏灯罩的台灯、落地灯，来自东方的地毯，几乎遮挡住高大的铅制窗户①的深红色天鹅绒窗帘。凸窗上放着一架超大的、黄金比例施坦威大三角钢琴，琴架上摆放着车尔尼练习曲教材，很可能是几十年前的老教材。房顶上垂下一盏水晶吊灯，装着一只只透明的蜡烛灯泡。墙上挂着一幅幅肖像画，画中人面容僵硬，有些装腔作势，应该是这个家族的祖先与家庭成员的肖像，因为从艺术的角度来看，这些肖像画并不具有多大价值。玛戈特突发奇想，如果她用手指划过客厅里任何一个光滑的表面，手指上一定会沾满厚厚的灰尘。

梅特森夫人摆放出来的茶杯和茶碟上也有一层浮尘。这些杯碟十分漂亮、精致，是英国皇室御用的韦奇伍德瓷器②，玛戈特艳羡地打量着。

"谢谢你，亲爱的！你是叫玛格丽特？哦，玛戈特。这些都是家族留下来的东西。我的家族，还有我丈夫梅特森的家族。不过，这栋老宅是我父母留下来的，差不多两百年前，霍布斯家族买下了这里。1961年我丈夫去世后，我就搬回这里住。后来，可怜的伊莱病了，自然就搬过来跟我一起生活了。"

玛戈特入神地听着这个女人用低沉、沙哑的声音讲述她和家族的往事。她不时会提到"霍布斯"三个字，每次提到总会带着无比的欢喜和荣耀。梅特森夫人解释说，她侄子生病后不能一个人

---

① 铅制窗户（leaded windows），由比普通窗户小的玻璃片组成，这些玻璃片被放在一起形成图案。维多利亚风格的装饰中多会使用在玻璃表面涂上颜色或在玻璃中注入颜色的彩色玻璃。

② 韦奇伍德瓷器：韦奇伍德品牌创立于十八世纪，其产品受全世界成功人士及社会名流的推崇，其产品曾为俄国女沙皇叶卡捷琳娜二世专门用作餐具，著名的"罗马波特兰"花瓶现藏于大英博物馆，已成为英国的国宝。

生活在里顿豪斯广场的房子里,于是,祖父母生活了几十年的老宅就成了最合适的选择。这栋房子伊莱曾来过很多次。"伊莱绝对记得这栋老宅。不管怎么说,楼上大部分房间都关着。我们从不使用楼上的客厅,或我父亲的旧书房。伊莱方向感很强,哪个方向是进城,哪个方向是回家,怎么去公园散步,他都记得。他会开车,哦,他还有驾照,但医生不建议他继续开车,伊莱只好同意。如果发生事故,即便不是伊莱的责任,保险公司也可能不会赔偿,要知道,他们那些人都很能耍赖。新的事物让他困惑、不安,但对那些他患病前常做的事情,他几乎不用思考全就能回忆起来。但他在霍布斯联合公司工作的经历,他似乎没有印象了。他们尝试着带他回去过,但显然,没什么效果。"

梅特森夫人语气里透着莫名的轻快。她执意要给玛戈特斟茶,请她品尝一下银托盘里放着的饼干。她经常会笑出声来,似乎是自顾自地笑。玛戈特为她这种安之若素的做派折服,这种自信,不仅玛戈特在密歇根州欧瑞恩瀑布镇认识的那些人中没见过,她自己做起来也不自然。令人十分敬佩。

在玛戈特的记忆中,家乡欧瑞恩瀑布镇像露辛达·梅特森夫人这样独自生活的孀居女性,通常都患有某种妇科疾病,或是刚刚确诊,或是正在接受治疗,还有的刚结束治疗,骨瘦如柴。(或许就是因为这样,玛戈特才会竭力迫使自己不去想念家乡。)她们过得歉然卑微,完全没有自信。

相反,露辛达·梅特森似乎相当健康,或者,至少不受健康问题困扰。她只是没了丈夫,生活并没有太大改变。玛戈特时常想,如果寡妇有钱,失去丈夫不会有什么根本变化。

她很感激露辛达·梅特森多年来照料 E. H. 的生活起居。要是没有这位慷慨善良的姑母,E. H. 的生活将不堪设想……

105

玛戈特心情愉快地喝着温热的茶,小口咬着巧克力饼干,那味道就像烤化了的猪油夹杂着些许焦油。没有什么地方比这栋房子、这间客厅让她更愿意待着,想到这里她不由露出了笑容。

梅特森夫人跟她聊天的时候,玛戈特一直留神听头顶或楼上是否会传来脚步声。心里暗暗想着:伊莱会下楼来道别。我离开前,他一定会想要来看看我。

当然,最好是:伊莱不愿意让我离开。他会抓住我的手,执意让我留下来。共进晚餐……

梅特森夫人突然扑哧一笑,仿佛读出了玛戈特的天真想法,带着责备的口气说:"伊莱经常会让人失望。"

让人失望?玛戈特一脸茫然。

"是的!以前大家都这么说。'要是谁傻到把一颗心交给伊莱,他一准会伤透那个人的心。'"

梅特森夫人告诉玛戈特(脸有点发烫),她这位侄子很小的时候在长辈眼里就是个"问题小孩"。他"理想主义——却极度固执"。他缺少谦恭和克制的意识,"你瞧,60年代那些年轻人都那样。现在全国都那样,个个都那么粗俗无礼。伊莱对那些跟他想法不同,或者跟不上他想法的人,没有一点宽容和耐心。他完全不体恤家中那些比他想法保守的人,任何人!他让他的父亲,也就是我的哥哥拜伦,大为光火。直接导致他父亲心脏病发作。留着披肩长头发,头上绑着红头带,简直不可饶恕!成天哼着'见鬼去吧,我们坚决不去'。伊莱想要去哪里?当然不是去越南打仗!伊莱的行为倒是像贵格会成员,'激进'的贵格分子,可他又不是一个宗教人士。他压根不相信上帝,可他还是偏偏去了纽约协和神学院。家里有人觉得他去那里就是为了挑衅神学院的老师。自然,他没能在那里待太久。伊莱最终还是去了家族企业,那时他都快30岁了。他在金融方面表现出色,只是他的心思不在那上面,他说,'赚钱是灵魂的死亡。'"梅特森夫人顿了一下,一只手压在柔软、起伏的胸脯上,"他真应该结婚的,他至少订过两次婚,都是可爱的年轻姑娘,也都是费城的好人家,可他总不满意。最后那一次,日子都选好了,教堂也定下来了,在自由图书馆附近的一神教教堂,那是座漂亮的老教堂。但是,还没等到1964年10月,从前那个伊莱就不见了……从前那些年,他可真没少惹我们大家生气。他待人不友善,一点儿也不友善。我是说,对女人。要知道,他那个时候非常英俊,可能现在不大看得出来了。他处处断情,被他伤的可不都是少不更事的小女孩。"梅特森夫人笑得上气不接下气,好像她说了什么很大胆的话。她恶作剧般地瞥了玛戈特一眼,似乎在说:我可不希望,你也跟那些可怜的女人一般,对我侄子趋之若鹜。

"伊莱在50年代就积极投身费城的民权活动,他比很多人都早得多。他曾捐钱给有色人种协进会,捐钱给他崇拜的小马丁·路德·金牧师的南方基督教领袖会议。他从前的鲁莽行径吓坏了他的父母:他不仅参加黑人和白人活动家在费城组织的游行,还曾经去南方,去阿拉巴马和密西西比那种危险的地方参加游行。跟他一起游行的很多人都被杀了,他们自称是'自由骑士'。他们全都遭到了殴打,包括伊莱在内,我们后来才知道,他们去南方前都提前立了遗嘱!你就想想,一个年轻人,早早立了遗嘱,明明知道自己可能会被私刑处死,还要去参加游行。一路上,伊莱没少遭受残暴殴打。他的相机被砸坏了,他说是被那些'疯狗一样'的种族主义者砸坏的。他被逮捕,关押到亚拉巴马州某个可怕地方的监狱里。我们甚至都不认为亚拉巴马州是美国的一部分,为什么一个'自由骑士'偏偏要去那里?伊莱那时候偶尔也会给家里打电话,通报家人自己'还活着'!听他语气里的那种兴奋劲儿,好像活着是个天大的幸事。我们从前总担心他什么时候会娶一个民运积极分子回家,犹太人啊,或者黑人……他毕竟最终要回到家里,要接受霍布斯联合公司的职位。对于这一点,他倒是一直都明白。他也不是那种完全不负责任的人。他不愿意住在格拉德温,想住在费城市中心的里顿豪斯广场,住在公园北边的一栋漂亮的老式建筑里。事实上,那栋楼也是他家里人给买的。他自己的钱都捐给了民运事业,捐给了黑人教堂。他曾经资助过那份顶糟糕的激进报纸《费城询问报》。他还在宾夕法尼亚大学和德雷塞尔大学设立'少数族裔专项奖学金'。约翰·肯尼迪遇刺的时候,他感到震惊、沮丧。(感谢上帝,他不知道他景仰的小马丁·路德·金牧师也被刺杀了!当然,我猜想,伊莱肯定'知道',但他记不住,毕竟马丁·路德·金被刺杀是1968年的事。)伊莱从来都不把命当回事:很小的时候,他曾经一个人去阿第伦达克山徒步、露营。天气恶劣的时候,他曾经一个人去游泳,曾经一个人去划独木舟。要知道,乔治湖就是一个内陆海,辽阔无垠。电闪雷鸣的天气里,他曾经一个人在湖上划独木舟,他总是让他可怜的母亲忧心万分。9月初,家里其他人都早早回到城里家中,伊莱还独自留在湖区。要不是执意留在湖边,这种可怕的'感染','大脑发热',也不会发生。伊莱从前固执得要命。"

听着梅特森夫人一口一个"曾经""以前""从前",讲着发生在E.H.身上的事情,玛戈特很不安。甚至感到害怕。在他的姑母眼中,他的一生已经结束了。

"伊莱似乎同时过着几种完全不同的生活。如果你在他的一个生活世界见到他,绝对无法想象他在其他生活世界里是什么样子。我儿子乔纳森曾经告诉过我,他很确信在城里看见过伊莱,看见他在大学附近的一条街上,和一群'疯狂又邋遢'的人混在一起,头发蓬乱不堪,额头上绑着头带,完全就是一副'嬉皮士'装扮。当时,乔纳森开车经过那里,由于街道被部分封锁,他开得很慢,这群人,包括他自己的表哥伊莱·霍布斯,开始猛砸他的引擎盖,高声喊叫下流话,甚至还不停地朝挡风玻璃上吐痰。而现在,伊莱有时候会用完全一样的态度对待我们。就好像他从来没见过我们一样,想对我们挥拳以对,丝毫不知道我们有多为他难过。"

"可是,伊莱从来没有暴力倾向,对吗?从来没有听人说过,以任何方式……"

"不,没有。伊莱确实从来没有'暴力倾向'。当然没有。我只是想说——说他看待我们的方式。或者他瞧也不瞧我们的样子。你如果很早之前就认识我侄子,你就会明白。"

玛戈特注意到这位老妇人手上戴着好几只珠宝戒指。说真的,梅特森夫人一直气呼呼地说着,而玛戈特的注意力却一直被这些戒指吸引着。

玛戈特想,如果我能嫁到霍布斯家就好了!未来的日子,让我照顾伊莱。

"我很想邀请你留下来吃晚饭,夏普,夏普顿小姐吧?——只是我们'不吃晚饭'。那个跟了我20年的管家回菲律宾去了,我暂时还没有找到合适的人替代她。伊莱呢,如果我不提醒,他很少会觉得饿。而且,即便吃东西,他也不愿意坐下来跟我一起用餐,他会拿上一盘子吃的东西上楼去看电视。(那些该死的新闻节目!总能让伊莱情绪激动,烦躁不安,然而几分钟后他就忘了情绪激动的原因,没法跟我解释清楚。)有时我们会吃'电视晚餐'①——说起来有些难为情,我和伊莱最爱吃用鸟眼冷冻公司的冻鸡肉制成的鸡肉奶油蘑菇冷餐,我们一起看老电影,看'经典'老片。《呼啸山庄》和《蝴蝶梦》都看过很多很多遍了,伊莱记得劳伦斯·奥利弗在这两部影片中所扮演角色的全部台词。他特别喜欢跟电影中的奥利弗·劳伦斯同步说台词,伊莱能背得一个字也不错。还有一部关于俄国共产党的影片《战舰波将金号》,那是部一百年前的默片②,那东西我看一遍就够了,可伊莱却能把台词从头背到尾,百看不厌。更主要的是,我现在已经养成了少食多餐的习惯,晚上因此没有太大胃口。哈罗德去世后,我已经瘦了18磅。"梅特森夫人语气中带着伤感。

玛戈特心里暗暗想道:梅特森夫人,其实你还是可以邀请我!我们可以一起去楼上跟伊莱看电视。

玛戈特告诉梅特森夫人,在研究所里,伊莱也得要有人提醒才会去吃东西。

真是奇怪,有些失忆症患者会忘记吃饭,还有一些失忆症患者却会忘记他们刚刚吃过饭:前者会有营养不良的危险,后者则可能罹患肥胖症。

玛戈特没有告诉梅特森夫人,自己在 E.H. 项目中最成功的实验之一就是测试 E.H. 的饥饿容受反应能力。给 E.H. 端来一份套餐饭菜,提醒他该"饿了"——他就会吃下这份套餐。一小时

---

① 电视晚餐(TV dinner),即一人份冷冻晚餐,这个词可以追溯到1953年斯旺森公司(Swanson Company)电视品牌冷冻晚餐(frozen dinner),通常放在一个锡箔纸托盘里,斯旺森方便的电视晚餐让人们可以一起吃顿热饭,而不必错过他们最喜欢的电视节目。1962年斯旺森停止使用该名称后,成为美国通用术语,今天的电视晚餐通常被称为"冷冻晚餐"或"冷冻餐点"。
② 《战舰波将金号》在本书第一次出现的时候,已经查证该片为1925年苏联电影艺术大师爱森斯坦执导的默片,此处梅特森夫人的说法是一种模糊表达,即言其老旧、老套。

之内,再给他一份同样的饭菜,同时告诉他,说他已经好几个小时没吃东西了,E.H.就会再吃这些饭菜,基本上能够吃完,在毫不知情的观察者看来,他吃饭进食的样子"很正常"。

而反过来,如果过了好几个小时,告诉E.H.他刚刚用过餐,他就不会有任何"饥饿"的表现,甚至会非常礼貌地拒绝"再吃一点"的邀请!

玛戈特一直在指导开展类似的实验:由研究生团队开展对E.H.的口渴容受反应能力、疼痛容受反应能力实验;与她最信赖的博士后研究员合作设计一轮关于E.H.睡眠容受反应能力与做梦的关联研究。

玛戈特最近在权威期刊《科学》杂志和《实验神经心理学》杂志上,分别发表题为《记忆缺失与"食欲":基于E.H.案例的研究》和《"食欲"的社会决定因素:基于E.H.案例的研究》的学术论文,文中就相关研究发现进行了报道。但玛戈特决定不跟梅特森夫人说这些,以免有炫耀的嫌疑。她小心翼翼地说:

"要知道,人之为人很大程度上取决于我们的记忆。有些你可能认为是本能的东西,比如食欲,甚至也包括'性欲',事实上并不完全是本能。"

看到这位老妇人露出厌恶和不相信的表情,玛戈特后悔自己说得太多了。

"真是太奇怪了!"梅特森夫人说,打了个战,"你认为,人吃东西是因为感觉到饥饿。而我弄不明白的是,伊莱怎么能持续这么久,持续12个小时,不会感到'饥饿'?他就是这么说的,说自己不饿。可是,一旦他开始吃东西,他就会不停地吃啊吃啊,我必须得看着他,不然他真会把自己给吃出问题来。"梅特森夫人停顿了一下,皱着眉头说,"而且,他喝起东西来也是这样——可一定不能让可怜的伊莱喝酒。"

玛戈特让梅特森夫人放心,研究所里禁止饮酒,吸烟也只能在指定区域。

梅特森夫人仍然带着一丝不赞成的口吻,说:"呃,我们以前养过几只小猎犬,那些可爱的小狗就会一直吃个不停,直到把自己给吃病了。而金鱼呢,会一直吃到肚子爆裂。大自然似乎并不是按照常理设计的。"

玛戈特想从专业知识的角度对梅特森夫人讲,大自然根本不是被"设计"出来的。但这很可能会让梅特森夫人反感,而且也有点卖弄学问的嫌疑。

玛戈特带着幽默说:"跟大自然没有多少'常理'可讲,其实,跟人也一样。"

玛戈特告诉梅特森夫人,在研究所里 E. H. 总是会吃一模一样的午餐:金枪鱼沙拉夹在全麦面包片里,旁边放些生菜、西红柿和炸薯条。

可是,每次点午餐,E. H. 总会认真地研究一遍菜单,每次他都好像是第一次选择金枪鱼三明治。他还会仔细考虑可供选择的面包,每一次都会毫无例外地选择全麦面包,每一次都好像是第一次选择。

玛戈特说这些的时候一直带着热情的微笑,想要拉近与梅特森夫人的距离。可是,梅特森夫人却皱起了眉头。

"是啊,可怜的伊莱就是这样。从前年轻的时候,他最让人揣摩不透,现在却最能够让人一眼看透。哦,上帝啊!"

玛戈特非常懊恼。她的本意是想让梅特森夫人开心地笑笑,她一直希望她们俩能够出于对那个不在场的怪人伊莱的爱,共同开心地笑起来。然而,她却让这位老妇人难过了。玛戈特觉得自己说那些话,真是欠思量。

不过,她还想再问梅特森夫人一些关于 E.H. 交往过的女人的事情。他订了两次婚?她只听过一次。这些女人后来怎么样了?

她们还爱他吗?或者——她们跟除您以外的其他人一样,抛弃了他吗?

玛戈特更想问问梅特森夫人关于 E.H. 素描本上那些令人不安的画,画面上好像是一个淹死在浅溪里的孩子。

到现在已经——有多久了?十年了吗?这些年里,玛戈特与失忆症患者 E.H. 一起工作了数不清多少个星期,每次的测试她都会记录在日志中,每周至少会记录两到三次。在这无数个星期里,E.H. 画了数百次素描。

也可能数千次?

这些素描画有的是用铅笔画的,有的是用炭棒画的。有的画面上的人物很小,有的人物占据了整个页面。这些画让玛戈特想起了英国维多利亚时代插画家约翰·坦尼尔用深色、怪诞风格绘制的(会令小孩子害怕的)《爱丽丝梦游仙境》插图:微型爱丽丝,巨型爱丽丝,爱丽丝被困在一个比她身体小很多的房间里,她的头被紧紧压在天花板下,她必须把手臂从一个小窗户里伸出去……

E.H. 每一次画的景象都一模一样:一个小河床,河面波光粼粼,一个大约 11 岁(一丝不挂)的小女孩躺在水面下,头发漂散着,眼睛睁得大大的,空洞无神,皮肤惨白。

小女孩的上半身总是在画纸的左半边。一缕缕头发隐入左侧边缘空白,惨白、赤裸的双脚,融进右侧边缘的空白。

女孩的裸体若隐若现,并不是十分清晰。女孩的两条腿中间用更深的阴影显示。

玛戈特每一次看到这幅素描,都会感到震惊——这种景象看多少遍都无法习惯。要是她假装不经意地问,伊莱,这画里是什么?——E.H.就会皱起眉头,快速合上素描本。

E.H.的其他画和素描也都高度重复。这些画大多以湖为背景,玛戈特猜应该是乔治湖。

许许多多的湖景画:暮光中的湖景、月色下的湖景;有松树林的风景画,背景是山顶长满了树的阿第伦达克山脉;有河流、小溪、阴影深浓的森林、沼泽地、田野和草地。湖上有帆船,独木舟和划艇用泊绳固定在码头上。湖边有一栋很大的木屋,一定是霍布斯家族避暑时的住处;有(故意擦模糊或原本就不清晰的)人物肖像画,远处还有些(成年)人。有一架小型涡轮螺旋桨飞机,比奇单发活塞式飞机(跟E.H.向玛戈特描绘的那样),有停在地面上的,有在空中剧烈颠簸飞行的,在一些画中,你可以看到一个孩子坐在驾驶舱的前排座位上,他身后的老人在驾驶飞机。这些景象很多都比那个瘆人的溺水女孩出现频率高,却完全没有那幅景象给人的撞击那么强烈。

玛戈特曾设想过这样一个实验:E.H.在研究所接受测试的时候,她(偷偷)从他那里拿走素描本,迅速拍摄一张溺水女孩的素描画,将胶卷显影制成负片①,然后,把负片打印或制成幻灯片,这样显示出来的图像跟E.H.画的则正好相反:女孩的头显示在右上方,赤裸的双脚显示在左下方。之后,玛戈特会把它拿给E.H.看,不作任何解释,观察他会有什么反应……

为了确保得到最佳测试效果,实验者会多准备一些其他图片。

---

① 负片(negative),也就是传统摄影相机的胶卷底片,是经曝光和显影加工后得到的影像,其明暗与被摄体相反,其色彩则为被摄体的补色,因此也叫作"反转片"(reversal film)。

溺水女孩的图片夹在一连串照片中出现。

伊莱,你认识这个吗?

伊莱,告诉我们你觉得这是什么。用一句话描述。

梅特森夫人向玛戈特解释说,她的侄子并非故意失礼——"你知道的,他肯定忘记了你在这里。当然,他并不会忘记我,生病之前,他还正常的时候,他就认识'露辛达姑母'了。"

他还活着的时候。玛戈特不知道梅特森夫人是不是想要表达这个意思。

"梅特森夫人,您的侄子从不失礼。他是我见过的最有绅士风度的人。他友善、体贴、周全,观察力敏锐,他还善于倾听。几乎没有谁能够像他那样真正倾听。"

梅特森夫人非常感谢玛戈特对她侄子的溢美之词。她轻轻握住玛戈特的手腕,说:"玛戈特,你真是太好了。我希望伊莱能够有你这样的朋友!现在,其他人都抛弃了他。甚至他的两个哥哥和妹妹也都抛弃了他。"

"天哪!真让人难过。"

"可不是吗,太让人伤心了。他们非常自私,但他们居然说,看到伊莱现在这个样子会让他们伤心难过。他们说他'像一具了无生气的僵尸'。就连那个女孩,那个姑娘,就是伊莱打算娶的那个好一点的未婚妻也……幸运的是,我会像他母亲期待的那样,一直照顾伊莱。我虽然不年轻,但照顾他很长一段时间应该没问题。我希望能够!我把伊莱当成自己的儿子一样。当然,我有自己的儿子。"梅特森夫人神秘地笑了,"如今,我又多了一个儿子。一个永远不会离开我的儿子。"

玛戈特笑了,自己也说不出原因。她喜欢梅特森夫人轻轻握着她手腕的感觉,似乎顿时有了合谋的感觉。

梅特森夫人又给她倒了一杯伯爵茶,玛戈特接过精致的韦奇伍德茶杯,还有一块略带烟油味的饼干。玛戈特知道,单纯紧张也能刺激食欲。就是那种"肚子不饿嘴巴饿"的现象。

梅特森夫人也像她一样,小口地咬着饼干。"亲爱的,还想再来几块吗?我知道厨房里还有不少饼干,在橱柜的台面上。"

玛戈特婉言谢绝了,转念又猜想,梅特森夫人是否有什么暗示:她可以主动表示去厨房取饼干,借机看看房子里其他地方。她一直希望露辛达·梅特森能够主动提出带她参观一下典雅的霍布斯老宅。她特别想去二楼看看 E. H. 的房间。

伊莱,你好!我是玛戈特——夏普医生。是的,我来……拜访你姑母。

从帕克塞德大街望去,霍布斯老宅所在街区多为砖石结构的小型宅院,英国都铎式府邸格外引人注目。宅院外的大片林地上种着榆树、悬铃木、橡树和各种常青树。

近看,房子经历过岁月的风雨剥蚀,墙面斑驳,散发着潮湿、腐烂的木头味道——是一座久经风霜的老宅。枝叶繁茂的蔓生灌木挡住了一楼大部分窗户,使得楼下的房间白天也采光不足。

玛戈特意识到,这栋房子不能有一丁点改变。否则,伊莱,可怜的伊莱,会迷失方向。

担心道别的时刻来得太快,届时就不得不告辞离开伊莱家,玛戈特于是问起了客厅里那些她欣赏了很久的家族肖像画。梅特森夫人像一位小博物馆管理员一样,兴致勃勃地为玛戈特逐一介绍画像里的人物——确实,他们都是霍布斯家族的祖先(全是男性)——最年长的那位,是霍布斯家族的开创人,伊拉斯谟·霍布斯,内战前赫赫有名的贵格会废奴主义者,1864 年在跟敌视黑人的反战示威者冲突中"殉难"。19 世纪 70 年代,伊拉斯谟的长子本杰明与弟弟在费城布劳得大街创立了全美最早、"最宏伟"的一家百货商店——霍布斯百货商店。玛戈特饶有兴趣地听着:伊莱休·霍布斯与她本人的家世背景竟如此不同! 整部家族历史,E.H.全都能回忆得起来。即便是将来,他也几乎不会遗忘这份家族认同。

"非常有趣,梅特森夫人,所有的画像都是男性。您家族史上就没有出现过杰出女性吗?"——对于这个唐突的问题,玛戈特问的时候尽可能用一种轻快、随和,甚至有点讨好的口气。梅特森夫人只是皱了皱眉头,随后重又绽出笑容,好像对方只是说了句打趣的俏皮话而已。遇到这种场合,最礼貌的回应就是装作什么也没听见。

突然,壁炉架上的陶瓷钟开始报时:下午6点整。"好吧——"梅特森夫人轻叹一声,仿佛在宣布下午茶时间到此结束。

玛戈特去沙发上找她刚才放在那里的沉重的双肩包。伊莱·霍布斯就住在楼上,她多么不愿意离开这栋房子啊! 她多么不愿意回到自己的车上,想到要孤零零一个人驱车回家,她就忍不住觉得头痛。

玛戈特一个人的时候,时常会自言自语,想象着自己是在跟E.H.聊天。她知道E.H.对大部分话的回答,因此她也就不会觉得完全孤单。

"梅特森夫人,很冒昧地问您一下,您的家族中,呃,伊莱生病之前,是否有年轻女孩,在乔治湖溺水?"玛戈特听到这些话不受控制地从自己嘴里冒出来。玛戈特被自己的唐突鲁莽吓住了,却只能硬着头皮问下去。

"也可能是很久以前的事——伊莱小的时候。"

梅特森夫人盯着她,似乎没听懂她在问什么。玛戈特立刻后

117

悔自己的莽撞。她赶紧说:"我——我是想说——伊莱似乎一直被一个——似乎溺亡的小孩纠缠、困扰……"梅特森夫人没有理会她的问题,目不转睛地盯着她,脸上明显有怒意。玛戈特只能尴尬地接着说:"伊莱画了很多张关于这个场景的素描。他似乎——特别感兴趣……所以,我就想,是否……"

您是否认识那个溺亡的女孩。

"我不能直接问伊莱关于那些画和那个小女孩的事情。这似乎会让他特别生气。我不敢冒险,怕失去他的信任。"

"恐怕我帮不了你,医生。"

梅特森夫人爱莫能助地摇摇头,脸上闪过一丝不易察觉的厌恶。一副打发用人走开的神情。

那一刻,玛戈特无法判断,梅特森夫人是说自己根本不知道溺亡女孩的事情,还是说自己不愿意帮助玛戈特了解溺亡女孩的事情。

气氛十分尴尬,两个人谁都不说话。玛戈特只好重复说,她不想让伊莱生气。"他对自己的画护得很牢。他偶尔会给我看他的作品,对此我感到十分荣幸。我绝对不会辜负他的信任。"

玛戈特暗自想道,这下子恐怕自己只能告辞离开了。这时,梅特森夫人突然开口,滔滔不绝地说起来,口气亲昵,似乎想要阻止玛戈特继续纠缠那个问题。

"伊莱对事情——总是有一种执念。这一点他跟他的父亲,我哥哥,很相似。甚至执念到可怕的地步。外人谁都不知道伊莱真正的性情。有些时候,他跟那个,著名的音乐剧演员平·克劳斯贝,一样合群、善交际。但有些时候,他又异常地孤僻、固执。我们家族的男性好像都对乔治湖那个地方异常上瘾。我不是说那是一种'病态'的上瘾——当然,乔治湖非常漂亮。还有那栋 1926 年建成的老房子,也十分漂亮——就是那种典型的阿第伦达克山区木屋。他们都说,那个地方让人有一种归属感。感觉就像——(我哥哥拜伦曾经这么说过)——乔治湖边有块公墓,霍布斯家族的祖先最终都归属了那里,而不是埋在格拉德温……唉,伊莱成年后,真不应该一个人在那里待那么长时间,难怪他会得病。他也不应该让他可怜的未婚妻那么伤心、生气。他病了,却不及时去医治。他去山上徒步旅行,在树林里耽搁很多天,我无法想象他一个人在那里都干些什么。他说他在拍照,在画画,但那些事情非得独自一个人做? 大多数的画,他嫌不好,都扔掉了。我觉得那种'完美主义',简直是一种自寻烦恼。所谓天分,不是你想要就能有,全都是上天给定的。那些年,过了劳动节①伊莱总会跑到乔治湖住上一段时间。他和他的未婚妻,可怜的安柏,马上就要结婚了。1964年10月,我记得很清楚!但不知道什么原因,伊莱竟然一个人去了乔治湖。没有人清楚伊莱和他未婚妻因为什么争吵,也不确定他们是不是有过争吵。伊莱一直很绅士,他会让外人看来,是安柏先提出分手的,而不是他不要安柏了。以前,呃,她叫安柏·麦克弗森。"

安柏·麦克弗森。这个名字听着就很浪漫,有种神秘感。

玛戈特问,安柏·麦克弗森后来怎么样了?

梅特森夫人笑了,表情有些怪。笑容凄然,却又似乎夹杂一丝欣慰。

"亲爱的,这个我就真不知道了。我们两家走动不多。"

玛戈特感到一种巨大的满足,安柏·麦克弗森没能嫁给伊莱·霍布斯,现在也不会跟他结婚。

---

① 美国劳动节(Labor Day),指的是每年9月份的第一个星期一。

玛戈特为自己感到羞愧。卑鄙小人才会把自己的快乐建立在他人的痛苦之上。

她是个非常优秀的科学家,犯不着去忌妒任何人。当然更没有必要去忌妒一个被患有严重失忆症的男人抛弃的"未婚妻"。

至少,她一直都希望伊莱·霍布斯幸福。要是他在患病前结了婚,现在的生活肯定会完全不一样。他会有妻子,很可能还会有个快成年的孩子,他会得到更多的照顾和关爱,而不是像现在只能完全靠姑母一个人。

要想让伊莱休·霍布斯爱上自己,除非玛戈特·夏普在他生病之前就遇到他。对患病后的 E.H. 来说,爱已经成为不可能。

梅特森夫人叹了口气,有些气恼,似乎又有些羡慕地说:"伊莱也许一直想要活成现在的样子,我是说,也许他注定要孤独终生,过一种'悲剧'式的生活。他跟他的贵格会祖先毫无二致:要跟他们这些人一起生活简直太难了!他们追求的是'为正义事业殉道',寻常生活的亲情与责任,他们这些人不会看在眼里。夏普顿小姐,说来你也可能不相信,从前,从中学到大学,甚至大学毕业后,谁也没有伊莱·霍布斯的朋友多,一切对他来说都是唾手可得!女人要是喜欢一个男人,估计那男人除了接受,别无办法。伊莱身上有一种疯狂,这种疯狂导致他离开我们躲进神学院,然而,最终导致他离开神学院的也是这种疯狂。他说,他在'寻找上帝'。哦,可怜的伊莱!有时我也会想起,——霍布斯家族曾有人刻薄地说过,'这下子好了,伊莱终于在乔治湖找到了上帝。现在他可以与上帝同在了。'"

梅特森夫人说这些话的时候,一直竭力克制着自己的情绪。突然,她靠近玛戈特,好像担心被人偷听到似的,低声问:"亲爱的,请你坦率告诉我:他的神经状况有改善吗?还能改善吗?这些年你和你的同事一直在他身上做'实验',你觉得,他的记忆力提升了吗?他还能不能——'正常',或接近'正常'?"

可他的大脑已经切除掉了一部分!您问的事情不可能发生。

玛戈特思忖着如何回答才好。她不是临床医生,不直接跟病人和病人家属打交道,所以,她很不擅长用医学术语对病人和病人家属避重就轻。撒谎违背了玛戈特·夏普的个人原则;然而,肯定有一些场合不得不撒谎,或者出于职业需要不能说实话。

因此,玛戈特告诉梅特森夫人,伊莱在某些方面的记忆力有所"提升"。E.H. 已经不用费力回想就能完成一些任务,这一点已有事实可以证明,比如,如果让 E.H. 不断练习发球,即便他忘记了练习的过程,他的网球技术也会明显提升。如果让他练习钢琴曲,他也会弹得越来越熟练,但他坚持只弹那些早已经学过的作品,那些深深刻印在他(未受伤的)大脑某个部分的曲子,不用调度意识神经那些曲子就能自然流淌到他的指尖。

玛戈特早就注意到并记录下 E.H. 的这些表现,她最近还设计了一个更加大胆的实验,想进一步探索失忆症患者的非陈述性记忆现象。

"但是,亲爱的,伊莱还能成为'正常人'吗?我是不是问得太多了?"

"梅特森夫人,我们永远都不能太绝对。关于人类大脑,每天都会有新的发现。在不久的未来,相信我们能够给大脑拍摄影像,只是目前还做不到。"

玛戈特说得很慢、很镇定。她用的是夏普教授在公开场合回答问题的方式,她总是很礼貌地回答听众提出的各种问题。

"'给大脑拍摄影像!'"梅特森夫人似乎不敢置信,"你是说像拍 X 光片一样吗?"

"有点像拍 X 光片,但又不完全一样。"

"那么,灵魂呢?我们将来也能看见我们的'灵魂'?"梅特森夫人说话时带着一种无知无畏的俏皮。

玛戈特惊呆了。她无从回答这个幼稚问题!

她想握住梅特森夫人保养得很好的手。她想安慰她,同样也安慰自己。

她缓声说道:"梅特森夫人,也许——会有这一天。"

壁炉上的陶瓷钟又开始报时了,声音悦耳,分秒不差。下午茶时间真的结束了。

回到停在路旁的车里,玛戈特回头望了望霍布斯老宅。她一时有些恍然,既疲惫又兴奋,异常兴奋。她后来一遍遍琢磨露辛达·梅特森的这一番长聊,却无比清晰地意识到,梅特森夫人压根就没有回答她关于家族中是否有小女孩溺亡的事情。

伊莱·霍布斯最终也没有下楼来跟她说再见。这虽然也在意料之中,但还是让玛戈特感到难过。

当然,他几乎一进家门就已经忘了她。

她手里拿着车钥匙。(她什么时候把车钥匙掏出来的?她完全没有印象。)

只能离开……

下个星期,她会安排至少晚上开车送 E. H. 回家一次。当然不能惹起其他人怀疑。

米尔顿很可能不会同意。实验室其他同事也不会同意。

玛戈特究竟在对 E. H. 做什么?是不是在私下对他进行测试?

玛戈特该不会爱上了这个失忆症患者吧?

玛戈特不禁打了一个寒战,仿佛听到了无情的嘲笑声。她一直想象着霍布斯家楼上的某个窗户边出现一张男人的脸:E.H.在默默看着她。当然,窗户后并没有任何人。

老宅的木结构主体外墙气势宏伟。任何一扇窗户边都没有人影。石板屋顶上长着成片的苔藓,泛着微弱的绿光。外墙上的灰泥部分有锯齿状裂缝,像闪电划过的形状。

第 五 章

虽然我无意把它视为无知和挑衅,事实上,很多人曾无数遍、不厌其烦地问过这个不仅无知而挑衅,且罔顾科学的性质与实质的问题。针对你的这个问题,我的回答是"没有"。在与失忆症患者 E.H. 共事的三十多年里,我们从来没有利用过他。

失忆症患者被永远困在了现在时里,这些年我们陪着他共同度过。E.H. 很快乐,对生活充满希望。他喜欢做测试,一连几个小时都不会觉得累。在我们的实验测试中,他是一个非凡的被试。自然,从小到大他一直十分出色,赢得老师们的赞誉,取得优异的成绩。事实上,我们主导的这些测试是这位大脑损伤患者所能参与的唯一智力训练。我们已经向 E.H. 详细解释过,我们对他的研究能够帮助无数陌生人:罹患脑卒中(中风)、阿尔茨海默症、痴呆症、脑部肿瘤与病变等疾病的患者。作为一位曾经热心社会事业的公民,如今他虽然因为大脑受损导致记忆缺失,却十分高兴能够参与到这样的研究中来。现在,我可以向各位公布他的名字,他就是"伊莱休·霍布斯"!

没错!没有他,没有伊莱休·霍布斯,我们的世界将会失去很多意义。

就连 E.H. 的"失败的测试",对我们,对科学而言都有价值。

凡是正常人能做而 E.H. 却无法完成的事情,都向我们彰显了极大的研究价值。我们的首席研究员米尔顿·费瑞斯曾提出如下假设:失忆症患者的记忆丧失系由大脑中一个叫做海马体的部分受损所致。彼时,医学界并没有核磁共振成像技术可以扫描大脑。

目前,有些神经心理学和神经科学实验室在灵长类动物的大脑中进行了诱发病变的实验,结合我们的记忆假设,我们已基本可以断定 E.H. 的海马体受到脑炎的破坏,但我们在当时并没有办法对此进行确认。此外,他的大脑内与海马相邻的其他区域是否受到破坏、损伤程度如何,这些也都无法得知。直到 1993 年,我们对 E.H. 的大脑进行了核磁共振扫描,这些问题才最终有了答案。

确实,经常会有人问我那个问题。这是无知的采访者经常会问到科学家的那些最愚蠢、最挑衅的问题之一,尽管我会比我大多数——几乎所有男同事回答得更礼貌一些。没有,E.H. 从没有"表现出性倾向"。至少,就我们所知(回忆),没有。(我们只在医学环境中看到 E.H.,这只是他生活的一小部分时间。他在家里的"表现",我们只能从他的监护人露辛达·梅特森夫人偶尔提供的逸事信息中获得。)核磁共振成像已经证实我们的假设,脑炎对 E.H. 的杏仁核造成损伤,这是大脑中与情感和性活动有关的部分。

也许正是因为这种损伤,使得 E.H. 行为举止看起来像个旧时代的绅士。他从不大声说话,也不与人争吵。他温文尔雅,彬彬有礼。讲话从来没有性暗示,也不粗俗。随着年岁的增长,他开始把女性称为"女士",他把女医护人员称为"护士女士"。我们认为,他是因为自己变老了,在模仿年长的男性亲属。

一个颇为关键的事实是:如果没有 E.H. 项目,这位患者将始终被围困在孤独之中,从他 37 岁开始,一直到他生命的终结。

因此,我的答案是否定的:我们从没有"利用"过伊莱休·霍布斯。

而我,玛戈特·夏普本人,与这位非凡的患者共事的31年中,从未感觉过任何的遗憾、悔恨和内疚。相反,我感到无比感激。

至于我个人对伊莱休·霍布斯还有什么别的情感,那将永远是我的个人隐私。

∩∩

"我不是一个嫉妒心强的人。我是在'调查'。"

她的行为太冒险了!她发现自己竟然在做一些作为玛戈特·夏普教授的她想都不敢想的事情!作为教授的她,是一位有条不紊、恪守规则的科学家,生活中的她(确实)也是一个有条不紊、恪守规则的人。

然而,在这件事情上,她像变了一个人似的:找到伊莱休·霍布斯从前的未婚妻。

当年他没有任何解释就离开了她。这些年,她一定觉得他抛弃了她,拒绝了她。她甚至不知道他们的婚约是否已经解除——因为伊莱·霍布斯从未知会过她。

这件事隐隐地让她感到兴奋。一种卑鄙的兴奋,作为夏普教授的她所不齿的兴奋。

一个曾经爱过伊莱休·霍布斯的女人,一个伊莱休·霍布斯曾经爱过的女人。

据玛戈特了解,伊莱休·霍布斯独自驾车前往阿第伦达克山区。他也许亲口跟未婚妻说了他要去,也有可能托他妹妹代为转告。总之,他没有邀请她一同前往,也没有给她打过电话。

那么,"安柏·麦克弗森"当时如何忍受那种尴尬?或者说羞辱?一种公开的羞辱,一个女人被一个男人拒绝,被一个男人如此粗暴地对待,这个未婚妻是如何忍受、如何坚持下来的?夏普教授很想知道,这个女人在十年后的今天会如何讲述那段"故事"。

夏普教授用有她所在大学抬头的信纸给安柏·麦克弗森写了一封信。她现在是"普雷斯科特·亚当斯太太",住在宾夕法尼亚州布林莫尔巴尔莫拉路28号。没有收到回复,"勤勉的"夏普教授一周后寄出了第二封,等了一个星期,又寄出了第三封信。第三封依然写在有大学抬头的专用信纸上,她在信中郑重地介绍自己是一名神经心理学家,在达文公园大学神经科学研究所工作,与伊莱休·霍布斯一起共事多年。这样措辞,亚当斯太太总该愿意见面聊聊了吧?

我很乐意开车去您在布林莫尔的家。我们的采访不会超过一个小时。

关于信函落款签名,玛戈特想了一下,是签全名玛戈特·夏普教授,还是签 M.J. 夏普教授更好?

她最后决定落款"玛戈特"。没必要用过于正式或闪烁其词的签名让安柏·麦克弗森感到意外、感到不快。如果夏普教授想赢得这个女人的信任,前两种签名方式都不是明智之选。

然而,玛戈特在措辞精确的信中,并没有告诉安柏·麦克弗森她不是一名临床医生,而是研究科学家。她在某些情况下可能被称为"医生",但她不是医学博士。她也没有告诉安柏·麦克弗森,伊莱休·霍布斯不是她的病人,而是她的研究对象。尽管玛戈特感到些许内疚,却也没有刻意去纠正安柏·麦克弗森对她身份的猜测。

"夏普医生,伊莱现在怎么样了?他——有好转吗?我……我感到非常——非常难过。我希望他的家人不会认为是我抛弃了他……"

安柏·麦克弗森两只手紧紧绞在一起。她的一双手很漂亮,手指上戴着戒指。安柏·麦克弗森说话时,声音纤细、柔和。这种说话的声音在50年代被视作优雅女性的特质之一。玛戈特(有些不情愿地)想起,很小的时候,她就很羡慕,甚至隐隐地忌妒这种金发美女的优雅腔调。

玛戈特同情地点点头,意思是让她不必担心。安柏·麦克弗森不可能知道玛戈特听说过伊莱·霍布斯抛弃她的这个说法;而且,也不会有人去苛责一个被未婚夫抛弃的女人。

"想到伊莱还活着,这种感觉很奇怪。这么些年过去了……他还好吗?我的意思是——像大家期望的那样在'好转'?"

玛戈特又一次同情地点点头,意思是让她放心。伊莱休·霍布斯过得很好。

"那时候,我似乎觉得自己成了寡妇。唯一的区别就在于,我和伊莱还没有成婚。"

这句出人意料的话让玛戈特既同情又嫉妒,她竟然鬼使神差地点点头表示认同。呃,是的。

整个职业生涯中,玛戈特一向恪守各项日程安排,鲜少有逾矩行为。如果哪一天上午十点还没有开始全天的工作,她就会从内心感到不安。可是现在,正常工作日的下午,她竟然驱车来到宾夕法尼亚州布林莫尔树木繁茂的郊区,来到位于巴尔莫拉路28号的巨大花岗岩宅院里。这对玛戈特而言,简直是对自我的突破性决胜。

这座房子及其所在的豪华住宅区,让玛戈特想起了梅特森夫人在格拉德温的英国都铎风格老宅。这是他的世界,他曾经试图逃离,却没有成功。

安柏·麦克弗森,也就是现在的普雷斯科特·亚当斯夫人,刚开始说得有些结结巴巴,渐渐镇定下来。显然,她为这次访问预先做了准备。她在桌子的玻璃台面上放着几盒她收集起来的快照和照片,要是玛戈特愿意,可以翻着看看。竟然有这么多照片!玛戈特感到一阵眩晕。

遇到这种情景,玛戈特总会震惊不已,她没办法想象一个人的生活竟然可以和另外一些人如此紧密地交织在一起。怎么可能?玛戈特自己做得到吗?

安柏·麦克弗森非常优雅,身材稍微偏胖,能够看得出年轻的时候十分漂亮。浅金色的头发时尚蓬松,身上穿着名贵的羊绒衫和羊毛长裤。显然,她并不乐意与玛戈特·夏普见面,她用"夏普医生"来称呼玛戈特,有一种恭敬的意味。玛戈特猜测,她是一位有钱人的太太,很可能也是有钱人家的女儿。她说话的时候,昂贵的戒指光闪闪的,在眼睛旁边折射出光晕,似乎要与她眼中的悲伤一竞高下。

"我太抱歉了!我真的特别抱歉。我知道那样做很不好,很自私。我知道,后来大家都希望我能嫁给伊莱,我家里也有人这样想,悉心照顾他。大家总期待他能'康复',能'好起来'。但我知道这不可能——而且,我没有那样的力量,或者勇气。事实上,伊莱并不爱我。在他生病的时候,他其实早就离开我了。知道的人并不多,只有很少的几个人知道,他的好朋友,可能还有他妹妹。他之所以同意和我结婚,是出于家庭原因,为了我们两个人的家族。可是,快要结婚的时候,他解除了婚约,他不愿意跟我举行婚礼。即使我们真的结了婚——甚至有了孩子,不管有几个孩子,他最终还是会离开我的。我知道,我一直都知道。我一直深爱着伊莱,然而,这种爱除了伤心,得不到其他任何回应。他生病之前就这样。所以——"

玛戈特知道,她说的都是事实。伊莱·霍布斯的未婚妻成了布林莫尔巴尔莫拉路的普雷斯科特·亚当斯夫人:另一个男人的妻子,美丽、可爱的孩子们的母亲,这不是她自己选择的命运,而是在1964年夏天伊莱·霍布斯背弃婚约之后,自然降落在她身上的命运。就像无法选择的天气一样。

"我已经很久没有和别人谈起伊莱了。虽然我时常会一个人念着他的名字——'伊莱'。夏普医生,您是说,他现在就像大家期待的那样在'好转'?"她又问起这个悲伤的问题,美丽、憔悴的脸庞因为紧张蹙在一起。

玛戈特让这位焦虑的女人放心,伊莱·霍布斯的病情没有"变坏"。

亚当斯夫人亲自把玛戈特·夏普迎进家里——她亲自去开的门,尽管玛戈特看到她身后站着一位管家或女用人。看到玛戈特,她很惊讶——(她是不是觉得来人应该年纪更老,更威严?或者更像"医生"?)——亚当斯夫人把她领进一个陈设讲究的房间,酷似小"图书馆"(整面墙的樱桃木书柜,一张超大桃花心木书桌,地板上铺着东方风格的地毯,天花板装修设计得十分精致)。旁边紧挨着一间舞厅大小的客厅,装饰得十分华丽。她紧张地端来咖啡、茶和果汁,玛戈特都礼貌地拒绝了;她给玛戈特看她年轻时的照片,说自己那时候不懂事,稀里糊涂地爱上了伊莱休·霍布斯。(玛戈特已经确知安柏·麦克弗森至少比伊莱休·霍布斯小10岁,这一发现让玛戈特心里不舒服。玛戈特一直觉得,自己比伊莱休·霍布斯年轻14岁,在与这位失忆症患者的爱情/性生活中可以算是个得天独厚的优势。)

壁炉上放着一只精致的中国式花瓶,里面插满鲜花。新鲜的、刚刚修剪好的花,无疑非常昂贵。(普通的工作日,亚当斯家里都要摆放花?还是特意为她的到访准备的?)这束花插得十分漂亮,以栀子花、康乃馨和金针花为主,整个房间散发着芬芳馥郁的香味。

"夏普医生,我知道我那样做很糟糕,很不合道理。伊莱生病后,我也尝试过留在他身边,但是——实在太痛苦了。起初,我每天都去看他,但一点用也没有。我和他妹妹罗莎琳一起去看他——我和罗莎琳当时很要好。当然,伊莱'记得'我,但那好像是一位陌生人,假装伊莱·霍布斯,在试图'记住'我。伊莱在冒充自己,拙劣地冒充自己。一切都太讽刺了。每当我触摸他或亲吻他,他都会身体僵硬——他在强迫自己表现得'自然'。他不停地开玩笑,逗每一位来看他的人开心。然而,如果房间里只有一位来看望他的人,他就会不自在。我知道,伊莱还是原来的伊莱,但他的灵魂在萎缩。患病前的伊莱性格多面,有时他刻薄、小气,会出口伤人,可生病后,他好像就只会这些了。我觉得,他是想把我们大家都赶走……

"这场灾难太可怕了!他的生活变得狭小、重复、机械……曾经熟悉他的人看到他这样,都十分心痛。伊莱曾无比关切他所谓的'社会正义'——他对身边的人——比如他的家人(还有我),因为意见相左,往往态度十分恶劣。他在经营家族企业方面表现出色,但他自己瞧不起,鄙夷地称作是'敛财'。我们都觉得他不应该从神学院退学,那样他就有可能成为一名出色的牧师。不是那种有会众追随的传统牧师,而是像贝里根兄弟[①]那样愿意为自己

[①] 贝里根兄弟(the Berrigans),指的是美国反战历史上比较有名的菲利普·贝里根神父(Philip Berrigan)和他的弟弟丹尼尔·贝里根牧师(Daniel Berrigan)。1968年,美国马里兰州巴尔的摩市西郊凯顿斯维尔(Catonsville)曾发生过一次颇著名的针对越南战争的自发性抗议,称为"凯镇九人"事件(Catonsville Nine,简称C9),最为知名者当属贝里根兄弟,他们后来成为美国天主教左派的标志性人物,声誉极高。

的信仰入狱的牧师。(伊莱一定会崇拜贝里根兄弟的!可惜他们的事情发生得太晚了。)不过,我想贝里根兄弟和其他活动家的区别在于,他们是天主教牧师,所以没有妻子和家庭的拖累……"

安柏·麦克弗森讲着讲着,情绪开始激动起来。这个平素克制的中年妇女内心深处住着一个在爱情中被伤害、被毫无理由拒绝的小女孩。

"伊莱总是众人瞩目的焦点。他具有天生的领袖魅力。他对其他人漠不关心,毫无兴趣,除了那些需要他帮助的人,比如穷人和黑人。他渴望被人崇敬,我想这是伊莱的秘密。当然,这也是伊莱跟别人不一样的地方。像我,像他的家人——他的妹妹、两个哥哥、表弟,因为我们的出身,都没办法得到伊莱的关注。"

白色的栀子花,香味浓郁。玛戈特吸了一口花香,微微有些发晕的感觉。

玛戈特安慰着安柏·麦克弗森,她非常理解。她真的很理解。

玛戈特竭力克制着,不让自己太嫉妒伊莱·霍布斯生病前挑中的恋人,至少他想过要和她结婚。到现在,玛戈特不得不承认,即便从前有机会,伊莱也几乎不会选择自己。

她一点也不性感,毫无疑问。尤其是跟身边这位体态丰腴、面容姣好的女士在一起。

"呃,医生,也许他们,霍布斯家的人,告诉过你,大约十个月后我就不再去看望伊莱了。我实在无法继续忍受。那个时候,他刚刚出院,情况已经'稳定'——显然,他再也无法回到从前的状态。我觉得我自己要崩溃了,我情绪低落到极点。我不停地扯自己的头发,拒绝吃东西……坦率地说,我当时根本不在乎自己是死是活了。到现在,我有时还会梦见那段可怕的时光。他们后来传话告诉我,说伊莱经常问起我——他仍然记得我——还提起过

'安柏'——后来,他就确信我死了,说我发烧,死于脑炎……"

安柏·麦克弗森痛苦的声音越来越小。她一直在掐指甲旁边的一块皮肤,好像要掐出血来。

玛戈特想——她曾经想过去死,为了他,为了爱情。

这一点再次激起了玛戈特·夏普的强烈嫉妒。妒忌。

隔了好一会儿,玛戈特问安柏:伊莱·霍布斯生病后,在哪些方面发生了变化?最显著的变化是什么?能否描述一下?

"医生,在哪些方面发生了变化?"

安柏·麦克弗森望着玛戈特·夏普,好像对方问了一个特别愚蠢的问题。

"在哪些方面?所有方面。"

"你刚才说,他还认识你?他认出了你,记得你……"

"哦,是的。伊莱'认识'我们。他的家人,他的朋友。然而,他又好像根本不认识我们——我们对他来说是陌生人。他试图表现得认识我们——就像演员在表演。但是,似乎伊莱身上的每一个细胞都发生了变化……他甚至看起来不像他自己。"

玛戈特一直在翻看安柏摊在桌子上的照片。这些是她的失忆症被试早期生活的印记,对她具有极大的吸引力。确实,人到中年的伊莱·霍布斯,在某种程度上跟五六十年代的他不太一样。那个时候的他,年轻、体格健硕、充满活力,头发乌黑浓密。然而,安柏·麦克弗森容貌的变化好像更加明显。

玛戈特认真地看着一张宝丽来快照:安柏身材苗条,淡金色的齐肩短发,身旁的男伴高大英俊。安柏还在一旁紧张地说个不停。玛戈特心里想,如果自己是个临床心理医生,还真不知道该如何照顾一位喋喋不休讲个不停的病人;她更喜欢一个寡言少语的病人,要言不繁。话一说得太多,信息就多得让人无法选择;心理学家必须自己进行选择。

"我们在一起很快乐——我是说,似乎很快乐。至少,我觉得我那个时候很快乐……一旦出了这样的事情,你被人拒绝,就会回过去看,想弄明白到底发生了什么事情。然而,我们俩之间,只有伊莱才知道发生了什么事情,我始终不明白。"

拍立得快照都是这对情侣的合照:绿油油的草地,奢华的河畔花园;在网球场,每个人手里拿着一只球拍,每个人都穿一身洁白、耀眼的网球服;在一只长长的、看起来很笨重的独木舟里,高大松林中的登山步道,白沙的海滩(在加勒比海?)。有些照片中,伊莱·霍布斯皮肤晒得黝黑,戴着一顶帆船帽;有些照片中,他的头发很长,像嬉皮士那样的长发,额头上绑着红头巾。伊莱和安柏都穿着短裤,或都穿着时尚运动服,或都穿着"时髦"的晚礼服。伊莱搂着安柏的肩膀,把她拉向他身旁,安柏踩着高跟凉鞋,身体明显失去了平衡。他们对着镜头开心地笑着,他们显然是在"恋爱"——至少照片上看起来是这样。

有几张照片中,伊莱微微蹙眉凝视远方,玛戈特在研究所里曾注意到他的类似表情。在高强度的测试中,失忆症患者偶然会目光涣散。你望着他,而他好像不在这里,就像照片中的表情那样。

伊莱?霍布斯先生?你好……

在大多数照片中,他就站在金发未婚妻身旁,像是要保护她。

"呃,你看——这么多照片……可这么多照片又能说明什么,我不知道。"安柏·麦克弗森笑了,神情凄凉。

但是,不管怎样,这些照片让安柏·麦克弗森很骄傲。玛戈特猜想,在她现在的生活中,作为普雷斯科特·亚当斯夫人的生活中,应该没有什么能像这样引起她关注,激起她内疚和遗憾的吧。

"这些照片中,你是那么漂亮!"玛戈特用一种天真的口气夸奖道。幸亏她没有冒失地脱口说出"过去"二字。

玛戈特发现,安柏年轻的时候,就是二十多岁的时候,编织着麻花辫,十分引人注目。在好几张快照中,安柏编了一根长长的发辫,垂在脸的左侧,格外迷人。这一定是那个时代的流行风格——受黑人的影响。不同于黑人那种又紧又密的玉米辫,她编着一根细长的麻花辫,向后垂落在肩上。玛戈特不知道,安柏是否是为了吸引伊莱,才模仿黑人的性感发型。玛戈特不知道,是否是伊莱建议她束这样的发辫,如果是的话,伊莱是否觉得浅金色麻花辫性感、有诱惑力?

有一些照片可能是在乔治湖拍摄的——岩石岸边的小路,独木舟上的人,无垠的水面反射着灰色的天空。码头最远处,身穿白衣的情侣在一艘白帆船旁合影。玛戈特问安柏·麦克弗森是否去霍布斯家族在乔治湖畔的度假屋玩过很长时间?是否听过很多伊莱小时候在乔治湖边避暑的故事?那里似乎对伊莱非常重要。

安柏·麦克弗森擦了擦眼睛。是的,她夏天去那里玩过很长时间。乔治湖旁的木屋是一个很大、类似家庭旅馆一样的大房子,有许多房间,很多人都去那栋房子里度过假——整个霍布斯家族,还有他们的亲戚朋友。伊莱带她去过那里,至少十几次。伊莱对乔治湖有一种非常特殊的感情。他对自己从小长大的格拉德温的家反而没有太多感情,但漂亮的乔治湖大木屋,对他来说十分特别。木屋是用经过处理的松木原木和散石建成,有好几个大门廊和许多附属建筑。"伊莱说,他总是梦见自己'在那里'。即便有时梦境并不清晰,但伊莱知道他是在乔治湖。"

"在乔治湖的时候,有没有发生过什么事情?"

"'发生在他身上'——?我想,肯定有,很多事情,毕竟有那么多年。他被家人带到博尔顿兰丁——乔治湖附近一个小镇——

那时他还是个小婴儿。"

"你知道——你是否能回忆起——他有没有发生过什么特殊的事情？或者说,是否发生过家庭事件或者事故？比如死亡、溺水……"

安柏·麦克弗森不情愿地说"是的",她确实记得——那样的事情。

不清楚具体是什么。但她猜,应该是家里死了一个人。

"伊莱从来没说过,是他妹妹罗莎琳告诉我的,说是一个堂姐在树林里失踪了,后来在一条很浅的小溪里找到了她的尸体——也许并没找到……罗莎琳当时还很小。也可能当时她还没出生,只是后来听说过。"

"伊莱从没说起过？"

"没有。"

安柏·麦克弗森皱了皱眉头。玛戈特想,这条线索的问题让她不舒服,因为关注点从她和伊莱身上偏离到别的事情上去了。跟照片有关的一切才是她愿意回忆的事情——那是她和伊莱·霍布斯在一起的珍贵时光。除此之外,伊莱更早时期的经历,她根本不感兴趣。

每个女人都希望——他的情感历史是从我开始的。

安柏·麦克弗森带着责备的口气说："伊莱从来都不把命当回事。在一次民权抗议活动中,我们都以为他遇难了,或受了重伤。我们甚至认为,他盼着自己遇难。但是……伊莱出了另外的事,另一种形式的灾难。"她的声音突然不再结结巴巴,变得沉重、森然,"因为爱伊莱,我们想过,如果当时真死了,对他会更好。"

在一张照片里,阳光斑驳地洒落下来,这对年轻情侣,穿着T恤、短裤,笑容满面,靠在门廊的栏杆上,身后是波光粼粼的湖面——应该是乔治湖。

玛戈特看到,快照的背面,有一行潦草的日期:1963年7月。

1963年7月,此后仅仅一年时间,他作为伊莱·霍布斯的有记忆的人生就戛然而止了。照片中的男子,皮肤黝黑,年轻英俊,脸被墨镜遮住了一部分,手臂揽在笑意盈盈的金发未婚妻肩头,丝毫不知道灾难即将来临,他的笑容里充满了自信。

虽然没有一直在听她说话,玛戈特还是捕捉到了安柏·麦克弗森这句令人震惊的话。玛戈特听见了,但不想去评判。真死了对他会更好。

不是这样。玛戈特想反驳说,不是这样。

这位被拒绝的未婚妻现在仍然爱着伊莱·霍布斯。爱着她以前认识的伊莱·霍布斯。那是她的秘密。

安柏口气急切地说:"医生,您一定会觉得我很可怕。竟然说出这样的话。但是,如果您认识从前的伊莱……"

"当然。我理解你。"

玛戈特十分感激安柏·麦克弗森的慷慨,自己来这里并不是要对她进行评判。尽管她对安柏的话感到震惊——真死了对他会更好?也许对你和他的家人来说,会更好。但对伊莱,不会更好。对我也不会。

"谢谢你,亚当斯夫人。你真是太好了,很有帮助。"

"是吗,医生?我不知道怎么……"

"见患者生病前认识的人总是对我们很有帮助。"

玛戈特下意识地用了"患者"这个词。这样,她就可以让安柏·麦克弗森无形中相信玛戈特·夏普确实是伊莱·霍布斯的"医生"。

这样算不算欺骗?是不是不道德?她的同事们会不会感到惊讶,质疑她的动机?玛戈特不愿意去想。

安柏·麦克弗森不愿意玛戈特·夏普只记住她那些直率、绝望的话,所以,在这次拜访的最后几分钟,安柏向玛戈特展示了她生活的另一面,作为妻子和母亲的她生活"非常丰富,非常充实"——她还担任布林莫尔历史协会的联合主席,工作"很有挑战性,很有价值"。为了抵消刚才给玛戈特看的那些自己年轻时跟伊莱·霍布斯的合照,她给玛戈特看了她几个孩子的照片——"托德、艾米丽和斯图尔特。他们很漂亮吧?"她笑起来,第一次露出了她那珍珠般洁白无瑕的牙齿。

玛戈特说,是的,孩子们很漂亮。她端详着安柏长子托德的照片,想要分辨是否有一星半点的地方像伊莱·霍布斯——但是,没有,完全没有相似之处。

离开房间,朝气派的前门走去,玛戈特看到门厅里有一尊七英尺高的落地式大摆钟,基座框架由抛光、名贵老木料制成。钢化玻璃后面,笨重的黄铜钟摆酷似一只暴露在外的心脏。

自然天性与后天教化,使得安柏·麦克弗森处处礼数周全,在这位"医生"访客离开时,她突然给了玛戈特一个拥抱,附在她耳边,真诚地跟她道别,期待"很快再见"。

玛戈特回到车里,一时没有回过神来。玛戈特驱车离开后,仍能感觉到身上留着另一个女人的柔软印记,还有那种浓烈、令人眩晕的栀子花香。她开到半路,突然意识到安柏·麦克弗森并没有请她代向伊莱休·霍布斯"问好"。

她认为他已经死了。现在活着的不是他。

∩∩

他倒了,他被人仰面摔倒在地。摔得很重,喘不过气来。

粗硬的手指抓着他的脚踝,把他拖到泥里。他喘息着,号叫着。(他的哥哥们在哪里?他们怎么不过来帮他?)刺耳的讥笑声中,有人拿门廊椅子上的坐垫用力压在他脸上。

喘不过气,无法尖叫。喘不过气。垫子压得更紧了,攻击他的人把全身的重量都压在垫子上,压在伊莱脸上。

后来肯定会有人说——阿克塞尔不是故意伤害,只是玩笑开过头了。

后来肯定会有人说——伊莱胆子太小。得鼓励他去跟其他人玩,鼓励他去游泳。这个夏天他一定要学会游泳。

在他藏身的门廊下,他看到女孩子们的腿,她们穿着短裤和吊带衫,身材苗条。其中一个是他的堂姐格雷琴。

格雷琴把双手拢在嘴边,大声呼喊——伊莱,你在哪里?伊——莱……

他听到她的声音——伊莱,伊——莱……像他脑袋里的回声一样。

伊莱,哦,伊——莱……

试图解释。这是一种徒劳的努力,就像西西弗斯将那块巨石推向山顶,一次,一次,又一次……①

起初,他认为这个年轻女人是他的亲戚,因为看起来很面熟。后来,他认为这个年轻女人是他小学,也有可能是后来中学时候的同学。

---

① 西西弗斯是希腊神话中的人物,因触犯众神,遭受惩罚把一块巨石推上山顶,而由于巨石太重,每每未上山顶又滚下山去,于是他就不断重复、永无止境地做这件事,西西弗斯的生命就在这样一件无效又无望的劳作当中慢慢消耗殆尽。

她不是他的未婚妻。不是那个金色头发的,也不是之前那个。

她似乎是个医护人员。应该不是医生,因为她没穿白大褂,她的黑色外套翻领上也没有姓名卡牌。

她向他做过自我介绍,他握过她的手。他还记得握手时的温暖,但他忘记了她的名字。

"我的记忆有些问题,我想。"

"是吗,伊莱?什么问题?"

"我只是——呃——我不知道……好像是一片雾或者一片沼泽,我走进去,它就——消散了……"他笑了,有些尴尬。他想让这位年轻女士知道,向人描述自己的健康问题不是伊莱·霍布斯的风格。当然,张口闭口都是自己,好像没有什么别的重要话题可谈,也不是他的风格。

"我觉得自己像这样,有一段时间了——我患上了记忆'缺失'。"

"伊莱,你觉得,你像这样有多长时间了?"

"呃——6个月,至少6个月。好像我遭遇了什么意外,撞了头,或者,有人故意打了我的头。后来,我住院的时候,感染了,头脑里开始'着火'……"

"大约6个月前?"

"也可能更长。我不确定。"E. H.不自然地笑了一声,眼中闪过痛苦,"我想就是因为这个原因,我才会在这家医院的吧。或者,这是家诊所?我看到穿白大褂的人,还看到护士,但没有看到床位——也许我是门诊病人?"

"是的,你是'门诊病人'。就是说,你今天早上来到这里,过几个小时就可以回家了。霍布斯先生,你刚刚被接到这里——你没有住院。"

"呃,这是个好消息!有一阵子,我都开始认为自己不仅住院了,而且死了。"

玛戈特·夏普轻声笑了。她受过社交方面的教育,知道应该对一些想引人发笑的话题作出回应。人人都得遵守这个准则。

玛戈特本想告诉 E.H.,他没有"生病",只是出现了"慢性神经系统问题"。但她不想用这些信息把他绕糊涂,他此刻似乎没有往常那么和善、放松。他刚刚完成一轮测试,是他几年前所参与实验的重复测试,以便和过去进行分数对比,并绘制出变化图。当然,E.H.不会记得这些测试,他今天的表现也没显示出他对这些测试有任何残留记忆。快速浏览一下上一次的分数,玛戈特诧异地发现,E.H.今天的表现与他过去几年的表现几乎没有差别。

"你也和我一样情况吗?——'玛—歌丽特'?"

(玛戈特很感动,E.H.记住了她的名字——基本准确。)

"跟你一样是'门诊病人'?"

"我是无名之辈!/你是谁?/你,也是,无名之辈吗?"

E.H.突然欢快地背诵起这些句子,令人有些害怕。玛戈特相信这是一句诗,很可能是艾米莉·迪金森的诗。

"伊莱,我不是'门诊病人'。我是这所大学的教授。"

提到"大学"这两个字其实没有什么意义,E.H.压根就不知道她指的是哪所"大学",就像他不知道他们是在达文公园研究所一样。

"你是'正常'人,教授?"

"'正常'——没错。"

"不是'平常'人——对吧?"

玛戈特微笑着,不知道怎么接话。这种调情意味的戏谑令她有些窒息。E.H.经常站在离她很近的地方,好像在闻她的味道——(她确信这是他的一种习得的、无意识的方式,帮助他识别她);继而,玛戈特也忍不住闻一闻他的味道。她总能透过医院的浓重味道,辨出他身上特有的男性味道,微苦而清新的味道,可能是古龙香水、剃须膏、发油或者香皂……玛戈特从 E.H. 的姑母露辛达处得知,E.H. 的皮带和鞋子用料都是上好的意大利软牛皮。(玛戈特认为)她和露辛达已经成了朋友。

在研究所的门诊病人中,至少玛戈特在神经心理学科室接诊的病人中,伊莱·霍布斯穿着最讲究,也最有品位。他今天穿着一件淡紫色羊毛衫,里面是白色棉衬衫,下身穿着深色灯芯绒长裤和软帮皮鞋。他的左手腕上戴着一块帅气的手表。(当然不是电子表。E.H. 十分厌恶电子表和电子钟的"丑陋外观",最好不要让他看到那一类东西。)灰白的头发最近才修剪过。他的牙齿看起来异常地白。他——现在多少岁了?——玛戈特似乎不愿意去算他的年龄,因为这也会牵涉到她自己的年龄。年龄这东西她可不愿意去想。

很快!很快就会实现,很快。

我一直在期待。

有时候需要下意识去回想,才能意识到 E.H. 是科学研究的被试,和平常人并不一样。

"伊莱,每个人都会有记忆问题。"

"每个人!就是说也包括——你。"E.H. 笑了,有些暧昧。

这句话很奇怪。好像 E.H. 知道玛戈特·夏普前几天经历的一件事——那件跟记忆有关的不愉快的事。

玛戈特不确定自己是否想跟 E.H. 分享这件事,担心可能会让他对自己产生不好的判断。尽管 E.H. 喜欢开善意的玩笑,有时候也会表现得很幼稚,但从他的言谈举止中能够明显感觉到他身上强烈的道德感。加之,在他新近受损的大脑皮层下,深深刻印着他家族的贵格会渊源和他本人的活动家背景,这些都使得他有种清教徒式的善恶观。即使 E.H. 会忘记玛戈特告诉他的事情,她还是担心在他脑海中会有一些记忆残余,一些不好的记忆,会让他对她产生负面印象。她特别想让这个男人认可她。

她小心翼翼地说:"最终,如果我们都能活得足够长的话,伊莱,我们都会有短时记忆缺失。但是,我们可能会记得我们的幼年和童年,直到生命的最后一刻。这是件好事,我想。"

"为什么那是件'好事',教授?你认为我们所有的童年记忆都是'快乐的'吗?"

E.H. 的语气突然变得犀利、尖刻,玛戈特吃了一惊。

他为什么叫她"教授"?——他知道她的名字。

看到她脸上的表情(玛戈特自己并没意识到),E.H. 语气缓和下来,说道:"当然,我想这是件'好事'。我们都希望,我们最早的记忆全都是快乐的。"

E.H. 说话时带着一种坚忍,仿佛站在悬崖边上。

他笨拙地抓住玛戈特的手,紧紧握住,似乎想要保护她。

玛戈特想——他的手记得另一只手。我的手可能被当成了那只手。

安柏·麦克弗森的手?不会。

安柏·麦克弗森在伊莱·霍布斯的生活中并不那么重要。不然,他也不会抛弃那个年轻女人!

"亲爱的伊莱!和你在一起的时候,我总是很快乐。"

玛戈特很谨慎地把手从 E.H. 掌中抽出来,以免被其他人发现。

143

事情的经过就是这样。太不公平了!

玛戈特知道自己遭到了残暴而愚蠢的评判——遭到恶意评判。

她不会告诉 E.H.。她不会告诉任何人——其实,除了 E.H.,玛戈特·夏普的生活中也没有其他人可以倾诉。

从大学回到家中,玛戈特在昏暗的厨房里,惊骇地听着电话留言里她哥哥内德肆意的指责——该死的玛戈特,你为什么不回电话?从星期一开始给你打了五六次电话,留下该死的留言,你不在吗?——哥哥的怒吼声把玛戈特吓坏了,她不知道他都说了些什么,快速把留言删除了。

后来,玛戈特发现前面还有内德和其他亲戚的电话留言——玛戈特,你在哪里?我们一直在等你——你妈妈在等你——出了什么事吗?是不是出了什么事?请回电,我们大家现在都很担心。你可怜的妈妈一直想要给你打电话,你从不打电话回家——玛戈特?

玛戈特浑身颤抖不已,她没有给哥哥内德打电话——(她一直害怕内德,不喜欢他,他就是个恶棍)——而是拨通了艾迪姨妈的电话。艾迪是她母亲的妹妹,也是玛戈特最喜欢的姨妈。她隐隐地希望艾迪不会接听她的电话,这样她只需留言就可以了。然而,艾迪几乎在第一声铃响后就接了电话——"玛戈特!感谢上帝。"

听说母亲"情况不太好",她心里十分难过——她母亲一直在问玛戈特在哪里,她一直期待玛戈特去医院看她——"玛戈特,你答应过上周尽量赶回来。你答应过我们。我们一直在等你。"

玛戈特既震惊,又生气——试着解释,说她肯定没有答应过欧瑞恩瀑布镇的任何人,说自己会在上周或近期回家——她也根本没有接到他们的任何电话,如果有的话也是好几个星期以前的事了,那时候妈妈刚做完手术,"情况很好"。无论内德说了什么,怎么指责,都不是真的。绝对不是真的,这太不公平了。

玛戈特的声音在发抖,因为惊吓和愤怒,她的眼里噙满泪水。

"我——答应他了?我答应您了?这不可能,艾迪姨妈,这中间一定有误会,我不可能答应任何人说我近期会飞回家,我最近太忙了——忙到完全不可能因为私事请假离开几天——我也许没有跟您说过,我现在是达文公园大学神经科学研究所一个非常重要项目的负责人——这里的情况也十分紧急,我们正在对一个严重脑损伤患者进行实验研究,而我——我必须在场——必须……"

玛戈特又说了一遍,否认她答应过任何人要回去一趟。不记得做过任何这样的承诺,也不记得与哥哥内德在几个月内有过任何电话沟通。她依稀记得——是的,但非常模糊——与姨妈通过电话,关于妈妈的检查、医疗诊断,还有妈妈的手术以及放疗、化疗安排——她记得姨妈告诉她,妈妈"情况很好"——"情况非常好"——但她不记得后面还有过什么电话,当然也不记得答应过尽快回家——"那根本不可能,艾迪姨妈。请您帮我跟妈妈解释一下,好吗?求您了。"

电话不欢而散!艾迪姨妈毫不松口,坚决不承认自己弄错了,也不承认家里任何人弄错了,这太让玛戈特震惊了。——显然,她已经成了夏普家的"异己",全家一致与她反目了。这通电话让玛戈特异常痛苦,因为她知道自己没有错:她没有答应过欧瑞恩瀑布镇的任何人,潜意识里也没有答应过,如果答应过,她一定会记得,而她确实不记得。

这通电话让玛戈特非常痛苦,因为她不再是一个小女孩,一个可以被人肆意教训、责骂和故意误解的小女孩;她已年届四十,早就是成年人了,作为一名职业女性,她已经习惯于人们的认可与安慰;她已经是学校的神经心理学教授,被(著名学者米尔顿·费瑞斯)任命为神经科学史上一项最了不起的研究 E.H. 项目的首席研究员,不再有人会质疑她、反驳她。无论是在研究所还是在整个大学,玛戈特·夏普教授都广受尊重。她的本科生和研究生、她实验室的助理、她系里的同事、研究所的全体人员都很尊敬她、崇拜她。她那些在密歇根州欧瑞恩瀑布镇的亲人竟然如此漠视她的事业成就,竟然如此不尊重她,这一点让她格外震惊,格外愤怒。玛戈特简直语无伦次,只能愤愤地为自己辩护。"艾迪姨妈,您指责我的那些话,只是在重复内德那些愚蠢的指控。——达文公园眼下实在有太多的事情要做,我抽不出时间。我希望我可以——当然——可您也说了妈妈只是在医院里住院,并没有送到临终安养院——您刚才说的——所以,情况也没有那么紧急。妈妈会理解的,您帮我解释一下。您知道我对工作向来认真,做不到放任不管。等到圣诞节放假……"

"前年圣诞节之后,你就再也没有回来过。你从来不打电话,也不写信。"

"事实上,我全都做了。我给妈妈打过电话,我也写过信。"

"玛戈特,你到底在说什么?这根本不是真的。你妈妈伤透了心,我们全都无法理解。你当年读大学,费用可都是我们帮助出的,你应该没忘记吧——对吗?"

"您就是在重复内德对我的指责。您和内德——您竟然在重复他那套愚蠢的假话!纯粹是子虚乌有!我没必要听这些,我挂电话了。"玛戈特喘不开气,她感到伤心、愤怒、憎恨,竭力憋着不让自己哭出来。他们一直都嫉妒她的成功,他们一开始就没有同意让她去密歇根大学读书,这是玛戈特和夏普家族之间一个痛苦的老话题。

玛戈特挂断电话,把听筒狠狠砸回座机上。电话铃声没再响起,她长长地松了一口气。

当然,玛戈特也不会告诉 E.H. 另外一个更令人震惊和意外的电话。那是在几个月后,她在 1984 年 1 月第一个星期接到的电话。

玛戈特,我需要私下和你谈谈。

跟 E.H. 项目有关。

是心理学系主任打给玛戈特的电话。要求她"私下"去见他。

夏普教授镇定地走进系主任办公室,在他办公桌对面坐下。和米尔顿·费瑞斯一样,系主任也是一位杰出的科学家。由于他的专业领域是临床心理学而非神经心理学,因此他与玛戈特·夏普联系并不多。

玛戈特有些害怕。她暗暗想道——有人举报我开车送 E.H. 回家。有人举报我跟 E.H. 单独在一起。有人妒忌我、讨厌我。

玛戈特紧张得耳朵里嗡嗡作响,差点没听清系主任压低声音告诉她的那个令人吃惊的消息:好几个人通过保证邮件①向他这位系主任、学院院长和大学校长寄送了正式的书面指控,不过,不是关于夏普教授与失忆症被试的失当行为的指控,而是有关米尔顿·费瑞斯教授"作为记忆实验室首席研究员有长期、多次学术不端行为"的指控。

系主任问玛戈特,关于米尔顿·费瑞斯这方面的情况,她有没

---

① 保证邮件(certified mail),指次于挂号邮件的一级邮件,寄件时得到收据,收件时须签字,保证送到,但不保价。

有什么要说的,此事会高度保密。

"请不要有任何隐瞒。我知道是有些让人震惊,但是——我想我们也已经看到了……"

玛戈特目瞪口呆,心跳得非常快。她原本认为,那些是对她本人的指控,她有些怀疑自己的耳朵。

她紧紧攥住座椅的扶手,以免自己瘫倒在地上。她感觉到热血从脸上涌出。

"需要给您倒杯水吗?我非常抱歉,让您如此难受……"

哈利·米尔斯虽然不是玛戈特·夏普的朋友,但也从不诋毁她。这么多年来,他和系里其他人一样,对耗资巨大、备受瞩目的E.H.研究项目有过微词。他也发表过对那位著名同事米尔顿·费瑞斯教授的批评意见。盛传(并非造谣,有确凿证据)那位著名同事过去20年来从不过问本科生,把博士研究生当奴隶用,他的博士生通常都要熬八年才能完成学位,他扣留他们在实验室充当义务劳动力。有人指出,费瑞斯的失忆症研究室在系里"独占鳌头",遮蔽了其他同样需要关注的研究领域。他们说,米尔顿·费瑞斯利用个人影响力将自己的弟子安插到人人景仰的学术岗位和著名的学术期刊,像一位广施恩惠的文艺复兴王子。还有人说,米尔顿·费瑞斯之所以能够在过去15年里一直是其所在领域诺贝尔奖的"主要竞争者",可能就是因为他在记忆方面的开创性研究。

米尔斯再一次询问玛戈特,她是否还好?是否需要喝杯水?或者一张纸巾……

(玛戈特哭了吗?一种酸性液体刺痛了她的脸颊。)

玛戈特慢慢摇了摇头,她的心脏开始平稳下来。她不会晕过去,尽管成年后她从未受到过这样的惊骇。

玛戈特稳住声音,礼貌地谢绝,她没事。不需要喝水。

米尔斯主任感到非常歉疚。他显然没有料到玛戈特·夏普会有如此激烈的反应。

"玛戈特,我认为您应该听说过这些指控——都是您认识的实验室前同事提出的。"米尔斯停顿了一下。他是否犯了个愚蠢的错误?指控者的身份应该保密,不是吗?趁着玛戈特没来得及回应,米尔斯急忙改口说,自己多年来对米尔顿的"不正规的"研究方法一直有所耳闻——"由于您与他密切合作多年,此事您应该最了解。"

"不,我不了解。"

玛戈特顿了一下,重申道:"不,我不知道……"

尽管米尔斯不会透露指控米尔顿·费瑞斯的那些人的具体身份,但他告诉玛戈特,指控的人都曾在过去12到15年间跟费瑞斯做过博士后研究;离开费瑞斯实验室后都已晋升教授职称,且多数都已获得终身教职。

玛戈特暗想——是柯普朗?是他吗?

恩宠加身的儿子背叛了父亲。这不可能。

系主任十分严肃地要求玛戈特就这个问题"毫无保留,尽量详细"地发表自己的看法。系主任向她保证,她的话会绝对保密;除非她本人披露,否则,任何时候,任何人,包括费瑞斯本人,都不会知道她的证词;没有她本人的允许,她的名字不会出现在任何文件上。

"哈利——您录音了吗?我们的谈话?"

"当然没有,玛戈特!除非你授权,否则我不会录任何东西。"

米尔斯看上去非常生气,显然受到了冒犯。玛戈特心想,米尔顿·费瑞斯很可能也会这么想——我能相信你吗?我怎么能相信你的话?

"玛戈特,如果您想换个时间讨论这个问题,也绝对没问题。但是——请务必记住——我们的谈话必须保密。"米尔斯停下来,思考了一会儿,"当然,米尔顿·费瑞斯不能知道。"

"你是说,他还不知道,现在还不能告诉米尔顿?"

"是的。除非证据确凿,否则永远不能告诉米尔顿。此次调查为非公开的保密调查,就连调查委员会成员的身份都不能透露。"

"您知道他们是谁吧?——'调查委员会'?"

"不——不知道……"

米尔斯似乎意识到什么,突然打住。玛戈特怀疑他在撒谎。至少,没有告诉她全部真相。

(米尔斯很可能是想表达:他知道谁被邀请担任调查委员会成员,但不确定谁会同意参与调查。所以,从技术层面上讲,他并没有对他的同事玛戈特·夏普撒谎。)

"他们指控米尔顿什么?——'长期、多次学术不端行为'?具体指什么?"

"并不是指控费瑞斯在发表的成果中伪造数据。没有人指控这一点,至少到目前为止没有。主要的指控是,在长达数年的时间内,费瑞斯'盗用'实验室年轻同事的研究成果,那些年轻同事包括他指导的研究生。他名下的多篇论文,都不是他本人的研究成果,那些年轻同事哪怕用最温和的方式质疑他,都一定会受到他的'惩罚'。他从前的一位博士后,把在他身边的那些年称为'恐怖时期',说'没有人敢抱怨或反驳他,害怕遭到惩罚'。"

你就到西伯利亚去待着吧。或者到偏远西部的什么普渡大学待着。

玛戈特仍然感到身体有些摇晃,头重脚轻。她一直在想,是否系主任与院长合谋,旨在共同对付她。

那些对米尔顿·费瑞斯的指控会不会只是个幌子？或者——在对她导师米尔顿·费瑞斯的指控之外,也有对她玛戈特·夏普本人的指控？

哈利·米尔斯盯着她的样子,那个男人抿着嘴竭力掩饰讥笑的样子,让玛戈特揣摩不透。有那么一瞬间,她理不出谈话的线索,也记不得有哪些指控。

伊莱休·霍布斯跟我之间,没有任何不妥。

诚然,我们的关系特别融洽——正如其他人(可能)看到的那样。我与被试之间绝对没有不道德的地方。如果有人指控,我一定要起诉。

当玛戈特终于能够清楚地讲话时,她说自己对米尔顿·费瑞斯的学术不端行为"一无所知"。她第一次听到这样的指控,很生气,也很震惊。

"在我协助米尔顿·费瑞斯研究的这么多年里,他从未'盗用'过我的任何东西。我刚到这里,就受邀参与 E. H. 项目研究——一个千载难逢的好机会。我甚至都没意识到这是一个多么好的机会,多么大的荣耀。我当时只有 23 岁。"

玛戈特说得很慢,很镇定。玛戈特说得十分清晰,仿佛她相信谈话会被录音。她多次重申,米尔顿·费瑞斯从未盗用过她的任何成果,也没有盗用过当时在实验室工作的其他任何人的成果,对此她十分确定。"在项目启动的早期阶段,我和艾尔文·柯普朗一起帮助督管实验室工作。我们与其他同事密切合作。我们共同整理数据,大家通力合作。从各个方面而言,米尔顿始终都是项目的'首席研究员'。他设计实验,他帮助开展实验,他帮助收集数据——大部分时间都是如此。当然,米尔顿有时也会出差;经常要去参加学术会议,要基于项目的研究发现提交重要学术论文。18年来(我想已经18年了吧?),我从未发现米尔顿教授有过任何不道德或不专业的行为。非但不应该怀疑米尔顿有什么学术不端行为,反而,应当把他奉为科学品行端正的最高典范。"玛戈特停了下来,呼吸急促。她感觉自己脉搏加速,瞳孔放大。

"哈利,听到这些指控,我很难过。我……非常气愤!一定是有人为了发泄私愤,蓄意中伤米尔顿·费瑞斯。我知道,学术圈子里很多人嫉妒他。再加上米尔顿经常在电视上公开亮相,成功的'公众人物'总是最容易招人忌恨。哈利,您应该保护您的杰出同事,绝不能姑息纵容此事。要是米尔顿知道这件事,他很可能要提请诉讼……"

米尔斯博士立刻向玛戈特解释,他这么做正是要保护米尔顿·费瑞斯的声誉不受侵害。这就是为什么他和院长要开展这些问询,目前只能采取这样的预备性措施。

"玛戈特,请一定不要告诉米尔顿,你知道的,那会违背伦理道德。"

"当然,我不会告诉米尔顿!我压根不齿于重复那些起诉的内容,更不齿于将内容重复给米尔顿听!他知道后会受不了的,他会暴怒。我认为,他一定会起诉,控告这些人对他的恶意诽谤和中伤。"

米尔斯没有想到玛戈特·夏普会有如此激烈的反应。如果他听说过玛戈特与导师的关系,或者听说过一些诸如此类的事情,他肯定也会知道玛戈特·夏普和米尔顿·费瑞斯之间已经没有任何瓜葛;玛戈特没有理由捍卫费瑞斯,也许她还应该趁机报复他。但是,很显然,她没有那么做,这一点给系主任留下了特别深刻的印象。

"我想——我想我现在应该走了,我不想再讨论这个问题。"

玛戈特起身离开系主任的办公室。她行动僵硬,好像一下子苍老了很多。她踉踉跄跄,差一点跌倒,米尔斯跳起来扶住了她。

玛戈特像梦游一样,回到自己的办公室——我要去找米尔顿。我要提醒他!他会知道我有多爱他。他会重新爱上我。

她没有给米尔顿·费瑞斯打电话。

她不会给米尔顿·费瑞斯打电话。

她不敢设想听到那个男人惊讶的声音。一成不变的低沉声音,毫无热情,佯装的和蔼与愧疚——哦,是的,玛戈特。你好……

玛戈特已经很久都没跟米尔顿·费瑞斯有过私下联系了。有相当长一段时间,出于自尊,玛戈特抵触给他打电话。当然,米尔顿主动给她打电话则是更久远之前的事情了。

那天晚上,她给艾尔文·柯普朗打了电话。她喝了一杯威士忌,给自己鼓气,然后,抓起电话。

柯普朗一听到玛戈特的声音,立刻就明白她为什么给自己打电话。

"艾尔文,你怎么能这么做!我的上帝。"

他们的交流不顺畅,也不愉快。柯普朗像个犯了错的孩子,佯称自己并没有参与对米尔顿·费瑞斯的指控。但是玛戈特坚持认为他参与了,这一点她十分笃定。继而,柯普朗开始为自己辩护——"他该死,他剽窃我们所有人的成果,甚至包括那些研究生!玛戈特,拜托你清醒一点,他也剽窃你的成果,他从一开始就在利用你……"

柯普朗愤愤不平地讲着,玛戈特把听筒放在离耳朵几英寸的地方。她听得受不了！她想,他们当然都知道,我那个时候爱他。他们都知道。他们私底下肯定笑话过我,但他们也同情我。他们恨的人不是我。

她提醒柯普朗,如果没有米尔顿·费瑞斯,他们俩都不会有如今的事业。

"玛戈特,你怎么能这么说？简直荒谬。你和我都是一流的科学家——很抱歉,这么说听起来很狂妄,但这是事实。我们肯定会跟着其他人一起读书和工作。我们也可能会去其他大学,我们也可能遇不到 E. H. 项目,但是,我们也许——很有可能——我们很有可能在专业领域做得同样出色。"

"艾尔文,说出来你自己都不会信的！你怎么能这么说！米尔顿把什么都教给我们了。"

"没错,米尔顿教会了我们很多东西,米尔顿是,或者说曾经是,一位杰出的科学家。但他后来对研究失去了兴趣,这一点十分明显。他对工作失去了兴趣。所以他只能盗用我们的成果,堂而皇之地装成是他自己的东西。有了伊莱休·霍布斯,他就像坐在了一个金矿上。与我们的失忆症研究有关的一切都成了米尔顿的黄金。E. H. 在神经科学史上是独一无二的,而米尔顿却将他完全据为己有。我们从来不敢挑战米尔顿。而那些……"

"我不明白你在说什么。我不知道什么人'挑战'过米尔顿。那个人是谁？谁在指控他？"

柯普朗说出一位以前在大学里担任过助理教授的人的名字,玛戈特无比震惊,坚决不肯相信。这个人现在在华盛顿特区的国家卫生研究院任职,玛戈特跟他非常熟悉。

"我要给他打电话！他肯定不是当真的。"

"你不能给他打电话,玛戈特！我求你了。"

"你是什么意思？你在'求'我？米尔顿被人构陷学术不端，我怎么能够袖手旁观？他会受不了的，他会感到羞辱。他的名誉会被毁掉。他 70 岁了……"

"那是因为他十多年来学术品行不端。因为他毁了一些科学家的声誉，毁了他们的生活。那些年轻女性的生活。"

"太荒唐了！那不是真的。"

"你一直不想去看、不想去面对。你一直不想知道罢了。"柯普朗顿了一下，毫不留情地说："玛戈特，他从来没有像对你那样对待其他人。他向来偏爱你——而对其他女人，他却只是利用。你今天这么做并非出于职业判断，而是出于虚荣。"

玛戈特被饿得说不出话来。虽然柯普朗看不见，她的脸涨得通红，一半是因为羞愧，一半是因为兴奋。向来偏爱你——她会记住这一点。

她结结巴巴地说："但是——我们不能伤害米尔顿。有时候——他的行为可能不道德——但我们要有'良心'——我们不能伤了一位老人的心。"

不能伤了一位老人的心。很像玛格特从来不会看的那种电视情景剧台词。然而，玛戈特是发自真心的。她浑身发抖，泪水顺着滚烫的脸颊流下来。

柯普朗刻薄地说："他提名任命你担任 E. H. 项目负责人，你自然要对他感恩戴德，自然要捍卫他。"

"他帮你找了洛克菲勒大学的工作！他本来是要提名任命你担任项目负责人的，然而你却想要离开。"

"我没有'想要'离开，我是被催着离开的。被米尔顿。"

"被催着离开？为什么？"

"为了提拔你，还会为了什么？他向来偏爱你。"

155

手足之争，必有一伤。玛戈特能感觉到这种伤害，还有伤害背后的愤怒。

"但事实是，艾尔文，如果没有米尔顿推动，你就不会获得洛克菲勒的职位，也不会获得那么多的项目资金。"

"那就是个侮辱。玛戈特，你那么做不值得！"

"而你这么做不值得，艾尔文。"

柯普朗的口气渐渐弱下来。玛戈特知道，他一定也感到了内疚和耻辱。竟然背叛那个成全了他们的事业和生活的人！背叛他们共同的父亲。

柯普朗提到其他六七个人，说他们决心要揭发米尔顿，看不惯他的"清白"名声，也看不惯他在科学界继续呼风唤雨。这些人中有几位是玛戈特认识的，虽然不熟。（果然，其中一个是现在普渡大学任教的前同事。玛戈特料到会如此。）柯普朗还告诉她米尔顿的其他一些失当行为，包括在女同事那里"占便宜"；在这个敏感话题上，柯普朗很注意分寸，没有一一列出那些女同事的名字，以免玛戈特难堪。然而，他要让她明白，费瑞斯利用年轻女科学家的天真、无知，在性和研究成果方面都占了她们的便宜，他在这方面的行为可谓"人尽皆知，臭名昭著"。柯普朗承认，"当然，米尔顿确实很好——是个好人。他为人宽厚，有魅力，所有的奖项和基金，只要申报就能拿下。他是国家研究院委员会主席。如果他听说了今天这件事，而我们却没能成功指控他，将他至少从国家研究院委员会中除名的话，他有生之年都不会放过我们。"

"'如果他听说了今天这件事'，你是什么意思？我从来没有指控过他——我一直在为他辩护。我去过米尔斯的办公室，为他辩护，我会出具书面声明，我向你保证。"

"你不能故意妨碍这次调查，玛戈特。你很清楚，米尔顿·费瑞斯该尽快退休了。"

"我告诉过你,那不是真的。我永远不会站出来做证,说那是真的。"

玛戈特情绪激动地说,她才没有任何兴趣要去当选国家研究院或任何其他专业组织的委员。她是一名科学家,绝不会一心想着向上爬。

柯普朗对她的话嗤之以鼻。她当然在乎,她会在乎。因为他在乎。

玛戈特再次重申:她不会背叛米尔顿·费瑞斯。她不会——永远不会——背叛米尔顿·费瑞斯。

"他很快就要退休了。没有必要现在毁掉他。"

口干舌燥地在电话里沟通了一个多小时之后,柯普朗终于同意不再指控了。或者说,似乎同意了。玛戈特感谢他,因为激动,声音颤抖不已。他们挂断了电话,两个人都很激动。

不久以后,玛戈特从哈利·米尔斯那里得知,对米尔顿·费瑞斯的调查工作"暂停"。她讲的话都可以从记录中删除,如果她想这么做的话。

"是的,全部删除。包括这次谈话。晚安!"

这场胜利让她筋疲力尽。玛戈特自言自语道——我永远不会对你做这样的事情,米尔顿。我们曾经那么相爱。

米尔顿·费瑞斯教会了她喝酒。教会了她爱上他最喜欢的威士忌——尊尼获加黑方威士忌[①]。

灼热的液体顺着喉咙滑下去,她整个身体像着了火。她跌跌

[①] 一种高级威士忌。

撞撞地走进漆黑的卧室,衣服脱到一半就倒在了床上。快速沉入最香甜、最惬意的睡眠,她不会像平时那么容易惊醒。

第 六 章

伊莱？伊莱！

他站在低洼沼泽地的木板桥上，两腿微分，脚后跟用力蹬地，以抵御突如其来的狂风。

他站在木板桥上，四周风景秀丽，却十分陌生。他想这里应该是乔治湖——但他不是很确定。他以前从没见过这个地方——这一点他很确定。他似乎知道自己必须站稳，双手紧紧地抓住桥栏杆。

站在这个陌生、风景秀丽的地方，他不敢转身去看。在他身后，桥下清浅的溪水中，躺着一个溺亡的小女孩。

……全身一丝不挂，大约11岁，尚未发育。两眼圆睁，空洞无神，在水中泛着光。水波晃动，看上去像小女孩的脸庞在抖动。小女孩浑身发白，身材瘦长，两条腿在水中颤动，光着双脚。阳光斑驳，水黾的影子放大了数倍，投落在女孩的脸上。

他们用力摇醒他，对他说：伊莱，你没有看到。你没有在树林里见到过你堂姐。那天你根本没有见过格雷琴，你弄错了。

他们使劲、使劲地摇晃他。他们会对他说：天哪，你又做噩梦了。伊莱，你不能总是这样做噩梦，会让我们急死的。

"霍布斯先生？"

他转过身来。他惊奇地发现,有个人悄悄走到了他身后,也没准儿已经在他身后站了一会儿了,他说不清。

"我们现在得回去了,霍布斯先生。您一点钟有个约会,记得吧?"

"对,没错。"

他轻描淡写地应了一句。脸上浮现出笑容。

这个突然出现的女孩,让他很困惑。她不是自己脑海里一直浮现的那个小女孩——不是他一直看见的那个小女孩。她年龄要大得多,应该有二十多岁了。小麦色的皮肤,头上梳着黑色发辫,编得很紧,式样也很复杂。上身穿着浅绿色棉罩衫,下身穿着深绿色棉布宽松裤,脚上穿着绉胶底白鞋,衣服左边翻领上别着一枚白色姓名卡牌。很可能是个医务工作者,护士助理或护工。他用视力好的那只眼睛瞄了一下她的名字——尤兰达。

他感到十分困惑。他竭力掩饰住自己的惊恐。(他知道)他身后有什么东西,他们不让他看,就在木板桥的栏杆外侧,一条浅浅的小溪从桥下流过。眼前的景象让他害怕,但尤兰达一直对他微笑,表明这里完全没有什么问题。她认识他——称他"霍布斯先生"。她脸上没有惊讶或惊愕的表情,也看不出惊恐。她不知道溪水里的那个小女孩。

"霍布斯先生,在这里走路很开心吧?这里很美,嗯不?① 这块儿是我最喜欢的地方。"

"是的,我也喜欢。"

他的声音听起来像个成年男人的声音。听到这个声音——自己喉咙里发出的低沉男中音——他突然意识到,自己现在不是小

---

① 本文中的拉美女孩尤兰达在此处用了地方土话发音,后文亦会提及。

孩,不是那个时候的自己,那时他5岁。现在他比5岁大多了,现在的身体像一件超大号外套挂在他身上。

不管发生了什么事,都是在另一个时间里。在另一个地方。

"霍布斯先生?您忘了您的——您的画本……"

小麦肤色的姑娘指着桥栏杆上靠着的一本素描本,那本子像是被人心情不好扔在那里似的。素描本是合着的,他手里没有炭棒或铅笔,但他又有一种手里握着些什么东西的愉快记忆——事实上,他上衣口袋里装着一支炭棒。显然,他刚才一直在照着桥那边水草丰美的沼泽地写生,那里有成群的红翅黑鹂和燕八哥飞过。

"谢谢你!我可不想把这个落下。"

"没错,霍布斯先生。上次您把画本落下,我找了好半天才找到。"

"尤—兰达——你也喜欢在这里散步?你家在这儿附近吗?"

"不,霍布斯先生!离这儿可不近啦。"

女孩笑了,露出珍珠般的洁白牙齿。她的口音柔和、软糯。听口音,他猜,她"来自岛国",应该是多米尼加共和国。

"我迟到了吗,尤兰达?希望不会迟到。"

"没有,霍布斯先生!我来这里——就是为了保证您不会迟到。"

"我有时会迟到吗?所以你需要到处跟着我?"

女孩又笑起来,仿佛伊莱休·霍布斯在逗她玩儿。"霍布斯先生,我不是'到处跟着您'——我是陪您一起散步。"

"确保我不会走丢。"

"没错,确保您不会走丢。"

"看护像我这样的人,确保不走丢,我希望他们给你丰厚的报酬。"

这是一种试探——像我这样的人。伊莱休·霍布斯想从这个年轻女人的反应中判定,有很多"像我这样的人",或者他是否"独一无二"。

要是"独一无二",那就太可怕了。他担心自己会是后一种情况。

但尤兰达走在他前头,不清楚她是否真在听他说话。与陌生人说话就像打网球:要想确保球打得好,不落下来,就得有联结,快速跑跳着去接住球,一旦联结断了,就只能胡乱挥舞着拍子,然后丢了球。

他已经忘记了那个木板桥,忘记了桥下的小溪,忘记了他们不准他看的波光粼粼的水面——他已经忘记了他们不准他看的告诫。他转过头。

他转过头,却什么也没看见。刚才是什么东西让他那么惊恐?他感觉到自己的心跳开始慢下来,因为危险已经过去了。

他搓着手,想把两只掌心的汗搓干。

他回过神来:他们正走在一条软木屑铺就的小路上。他不是在阿第伦达克山区或其他荒野,而是在一个类似公园的地方。前面,透过一大片树林,隐约能看到一栋闪闪发光的玻璃幕墙大楼。

财富之地,他的心向下沉。富裕是一种伪饰,伪饰吞噬灵魂。

他的身后是一片沼泽地,上面长满丰茂的芦苇和香蒲,水波粼粼,像被打碎了的玻璃镜。成群的黑脉金斑蝶和红翅黑鹂。水面的涟漪上,水生昆虫不停地飞来飞去,像闪闪发光的神经元。

木板桥和浅浅的小溪,已经被他遗忘在身后。

这里的小路都有标识,但都是软木屑铺就的路面,走四五百米就像回到了原地,跟迷宫一样。他很失望,自己不是在乔治湖——显然,也不是在乔治湖附近的地方。这里有的是精心维护的小路,镌刻着已故捐赠人姓名的花岗岩长椅,五颜六色的鲜花——百日菊、万寿菊和翠菊。

他猜想,沼泽地应该是这里天然就有的。后来,有人想出个主意,围绕沼泽地建成公园。财富流入自然,改变自然,也就改变了自然的形象。

奇怪的是,尽管他以前从未来过这里,但他似乎知道他们要去的地方该怎么走。软木屑路出现分岔时,小麦色皮肤的姑娘和伊莱休·霍布斯都不假思索地走上左边的岔路。

那个姑娘——(他忘记她叫什么了,只记得是个好听的外国名字)——在前头大步走着。斑驳的阳光像光闪闪的硬币一样洒落在他们头上。他突然很想伸手去碰她,去触摸她——去摸摸她浅绿色罩衫下纤弱的肩膀,摸摸她脑后紧紧编织的发辫。但他知道——你不能。你不应该这么做。永远不能。

这不是一种冲动。不是性冲动。但他渴望去摸摸她。他太孤单了。

不应该。永远不能。

姑娘仿佛能读懂他的这些渴望,转过身,笑着问他:"霍布斯先生,您能再告诉我一遍那些鸟的名字吗?好像,我又把它们弄混了。"

他们站在一个大池塘边上,池塘四周种着柳树。水面上有绿头鸭、大雁、白天鹅等水禽。一些形体小一些的鸟在岸边欢快地啄食撒在地上的谷物。

他指着那些鸭子逐一介绍——蓝翅鸭、绿头鸭、北美赤颈鸭;又指着那些大雁说——加拿大黑雁、雪雁;他指着天鹅说——小天鹅。小一点的那些鸟是"北美雀"、灰蓝色灯心草雀、黄昏锡嘴雀、歌雀、原野春雀。好像他的手指有一种神奇的魔力,随处一指,这些鸟和它们的名字随即就出现了。那位姑娘笑得合不拢嘴,仿佛他在大变戏法。

"不过,"伊莱休·霍布斯说,"这些鸟并不知道自己的名字。只有我们知道,因为是我们人类给它们起的名字。"

小麦色皮肤的姑娘又笑了,脸上有些犹疑。她崇拜地望着伊莱休·霍布斯,她对研究所其他那些中年男性病人也时常会有这样的崇拜感。

"那是什么云,霍布斯先生?"

他迅速抬头向上望。天空非常神奇,变幻莫测——云层像陡峭的大峡谷,人好像会跌入那个深不见底的峡谷中去。更远处,是一片像被雨水冲刷过的淡蓝色玻璃。

"大部分是卷积云——鱼鳞天①。远处地平线上的是层积云——也叫雨云。"

这些名字也是自动跳到伊莱休·霍布斯的脑海中。他能感觉到,这个姑娘以前问过他这些问题,因为他的回答并没有让她太惊讶;她以后还是会记不住,因为她对这些并不真正感兴趣。

他想告诉这个小麦肤色的漂亮姑娘:我之所以告诉你这些东西,是因为我爱你。不管你是谁。

他暗自笑了。要是她知道自己的这个念头,一定会很吃惊。

"霍布斯先生,您是——当老师的?是教授吗?"

"不,不是。"

"您是律师?"

"不,也不是。"

---

① 鱼鳞天是一种常见的自然现象,是指布有大量卷积云或细小高积云的天空,一般出现鱼鳞天预示着坏天气。

"那就是商人。"

"'那就是商人'。说对了。"

当他试图想要回忆自己做过的工作,文书工作、办公设备、电话、数据列表、数字运算——当他试图想回忆父亲急切地跟他商讨霍布斯公司的事务——脑子里似乎就有什么东西卡住了。最后就像裂冰一样崩塌了。怎么也想不起来那些工作。什么都想不起来。

"研究所的公园很漂亮,嗯不,霍布斯先生?"

"对吗?"

"您觉得不漂亮吗?"

"对我来说,太没趣儿了,尤兰达。"

他(又)看到这个姑娘的名字是尤兰达。他装作很随意地说出这个名字,好像他早就知道这个名字一样。

他现在对听话人的反应超级敏感,能够通过观察对方最细微的面部肌肉变化,来判断自己说的话是合理可信的,还是荒谬可笑的,来判断是否自己的回答让听话人觉得:这个人有问题。

尤兰达突然大笑起来,好像伊莱休·霍布斯说了什么不堪入耳的话。

"太没趣儿了?那您喜欢怎样的地方,霍布斯先生——野性的?"

"是的,尤兰达。野性的。"

伊莱休说得有些伤感。尤兰达看上去很苦恼。他意识到她一直毕恭毕敬地称他"霍布斯先生":他不知道是否霍布斯这个名字跟她有什么关联,她是不是来自费城,以前在某些显赫的场合遇到过这个名字;又或者,很有可能,"霍布斯"对她来说只是一个名字,一个奇怪的名字,就好像伊莱休·霍布斯本身就是一个奇怪的人,一个"脑子不正常"的人。

他快速看了自己一眼:熨烫整齐的卡其裤,亚麻衬衫,牛血色软帮皮鞋。伊莱似乎并没有穿医院里的那些衣服,所以他不是个"病人"。

然而:他可能是个"门诊病人"。

(尽管他并没有感觉到身体"不适"。他的触痛感、体内痛感等似乎变得迟钝、麻木。似乎他身体的某些部分进入了睡眠状态。)

他想问尤兰达他们现在在什么地方,为什么要——但没找到合适的、轻松诙谐的词来表达。

"我们马上就到了,一分钟也不会迟到,霍布斯先生。"——尤兰达让他放心,好像她能读懂他的心思。

他们走出了小公园。沿着一条砾石路走到那栋光闪闪的灰玻璃大楼后门,他快速数了一下,总共八层楼高。

医院?医疗中心?

他一见到东西就有一种快速数出来的冲动,数出来的数字却没有什么实际用处(他知道会这样,说不出原因),数东西的兴趣很快就会随之消失。

他将视线移开,以免自己去数停车场里那些该死的汽车数量,这次换成了另一种计数方式:每一排有多少辆车,总共有多少排,然后相乘。

"您好,霍布斯先生!散步愉快吗?"

"嗨,伊莱。是尤兰达陪你去的吧?"

突然冒出几个满面笑容的陌生人。两个女人,一个男人,都穿着工作服:浅绿色罩衫,深绿色宽松长裤,绉胶底白鞋。他们似乎认识他,喜欢他,也尊敬他——这是件好事。他没有刻意去看他们的姓名卡牌,因为(他觉得)自己应该知道他们的名字。

被人喜欢和尊敬是一件好事,因为这样你就不太可能受到伤害。

他曾经被人打过一次,很多次。他一闭上眼睛,就能想起当时被打,被人拳打脚踢的场景,他们高声骂他——骂他是黑鬼狂!骂他是该死的犹太人!他被人一下子打倒在地,一旦倒下,就只能被动挨打。竭力护住头,竭力护住脸,竭力护住肚子。他清楚地记得担心自己快死了的恐惧,周围静悄悄的,似乎他身体的一部分,也许是灵魂,紧紧蜷缩起来进入自我保护状态,一种灵魂出窍的感觉。

这些记忆,就像黑暗的沼泽地里猛不丁冒出的岛屿。他并不会纠缠在这些记忆里,他已经学会了让这些记忆自然升起,然后归于遗忘。他已经学会了不在徒劳无益的事情上耗费精力。该飘进脑子的东西,总会毫不费力地飘进他的头脑;不管你怎么努力,那些东西还是会再次消失,会飘散。

他不确定自己是否记得疼痛,或者是否记得别人的疼痛。一具身体被人用脚踢,被人沿着马路拖拽,发出尖叫声和痛苦的呻吟声,那具身体被人穿着靴子猛踹,发出可怕的声音。但是(很可能)那具身体不是他的。

"嗨,伊莱!天气不错!"——又一个陌生人微笑着从他身旁走过。这个人穿着白大褂,应该是个医生。

"是啊,天气不错——活着真好。"

奇怪的是,尽管不知道自己要被带到哪里去,他似乎知道哪儿有电梯。走进电梯间,小麦色皮肤的姑娘按了其中一个按钮,伊莱看到了,瞬间就又忘记了。在其中一个楼层,有人走进电梯,碰碰他的肩膀,他扭头去看。笑容就像一张面具,扭头太快就会滑落,来人很可能看到了他眼中闪过的恐慌。

"伊莱?你还好吗?"

"很好,谢谢。你呢?"

"我很好。"

电梯停靠四楼时,小麦色皮肤的姑娘领着他走了出去。他记住了这个数字:4。

通常情况下,4是黄色。不是他祖父的小飞机那样的明黄色,而是一种暗黄色。

因此:如果他能记住黄色,他就能记住数字4。

"跟我来吧!来得非常准时。"

一位精力充沛的青年男子把他接引过去。男子友好而自信,熟稔地跟伊莱休·霍布斯聊着天。刚才陪他乘坐电梯的人不见了。他想要转过头热切地寻找她,但他知道肯定找不到。她早已没了踪影。

一个他爱的人。一个他爱上的人。消失了。

穿过旋转门:神经心理学实验室。

白色的墙壁,灰石板瓷砖地面,日光灯——他以前从没来过这里,但有一种熟悉的感觉,让他不由得放松下来。

现在,有两个人——两个穿着白大褂的男人——陪着他往前走。一位在右边,一位在左边。他突然恐慌起来——他们是神经病学家和神经外科医生。他们会在我的头骨上钻一个洞,我会闻到烧焦的味道。

在神经心理学实验室,他似乎是"伊莱",而不再是"霍布斯先生"。他的感觉越来越强烈,他觉得自己马上就能揭晓谜底。

让他感到奇怪的是,虽然他从没来过这个地方,却又一次本能地穿过一扇敞开的门,进入另一个房间。

如果他闭上右眼,有时候一半的幻象都会消失。而当他重新睁开右眼时,一切都恢复了,除了——(有时)——他身边会突然多了一个人,从没见过,也不知从哪里冒出来的人。他知道,最重要的是,不要让人看出自己有任何惊讶或困惑的表情。

在一个阳光照射的房间里,坐着几个人。他们在等他吗?为什么要等他?——想到这一点,他开始不安。其中一个是女人,带着期待与害怕交织的复杂表情望着他。女人快速起身来迎接他,开心地叫起来:"伊莱!哦,伊莱。"

她似乎被他的样子吓住了,脸上闪过焦虑。她笨拙地想拥抱他,或扑进他怀里——但他僵硬地站在那里,一动不动。"伊莱,你好吗?我是罗莎琳……"

罗莎琳是伊莱的妹妹。但这个女人不是罗莎琳。

"你认得我,伊莱——对吗?你好……"女人幽怨的声音渐渐飘走了。

这个女人站得离伊莱·霍布斯太近了,让他感觉不舒服。她抓着他的胳膊,恳切地望着他。她的眼睛里泪光闪动,眼神有惊恐,也有责备。

"伊莱,你快说句话吧。我们听说,现在是来看你的最佳时间……"

他礼貌地挣脱这位情绪激动的女人。

"哈——啰。见到你很高兴。"

他的声音平淡、机械,就像程控语音。虽说不十分相信,但他知道:如果你对一个人没有感觉,也不知道她是谁,很难装出见到她很高兴的样子。

就像扭伤了脚踝打网球。除非有超级强大的意志力,否则很难做到。额头汗珠直向外冒,疼痛达到极点。

"哦,很高兴见到你,伊莱!——你的精神状态看起来比上次好多了……你一直还在画素描吗?能给我们看看你画了什么吗?"

女人的声音非常急切。这个女人在恳求他,有一种孤注一掷的绝望。怎么反应才算得体?怎么回答才对?进入这个房间,他的招数突然失灵了,他像个木头人,待在原地一动不动。旁边的两个男人站起身,犹疑地望着他笑,脸上同样带着期待与害怕交织的复杂表情。

我妹妹的名字,但她不是我妹妹。

我两个哥哥的脸,但不是我的哥哥。

"你不认识我了吗,伊莱?我是你的妹妹,罗莎琳——罗茜。哦,快说你认识我!"

"'罗莎琳'。'罗茜'。"伊莱轻轻叫出这两个名字,很快就忘掉了。

这个女人紧张的面容确实让他感到熟悉,有种令他不安的似曾相识感。但这张脸跟他记忆中妹妹的脸相比又老又胖,也没有那么漂亮;没法让他相信。她的眼中含着泪水,眼距很窄,带着责备的神情,这不是罗莎琳的眼睛。她刚才想要亲吻他,唇上的口红在他脸颊上蹭泅了,看上去脏兮兮的。

"伊莱,你肯定能认出我。我的发型没变,还是你生病前的样子。还有这件毛衣,我相信你记得这件毛衣……"

伊莱确实记得。伊莱确实记得那件毛衣。他记得柔软的紫色羊毛,木头纽扣。

但她的发型,他不记得。她的脸,他也不记得。

他有一种被人围堵的感觉,对方一个劲地穷追猛打。建立线索(比如钉着木头纽扣的毛衣),直接把他的注意力引到那些线索上,迷惑他——如果让你看出了我们是在欺骗你,那还怎么能骗成功?

"伊莱,说你认识我。说一声——'嗨,罗茜。'"

"'嗨,罗茜。'"

"我是你的妹妹,我爱你!你听懂了吗?"

"'我是你的妹妹,我爱你。'"

伊莱机械地重复着这句奇怪的话,怎么都理解不了。他知道说这句话的女人不是他妹妹,但他不清楚这个女人是否明白她不是他妹妹,或是否明白她自己犯糊涂了、弄错了。

"你真的对我没有感觉吗?"

"'你真的对我没有感觉吗?'"

他突然想要安抚一下这几个人:这个女人,和那两个笑着(笑容里有警惕和戒备,却没有亲人相认的幸福)朝他走过来的男人,这两个男人的脸他也似乎熟悉,有种让他愤恨的似曾相识感。

他警觉地意识到自己犯了一个错误。他让这些冒名顶替者发现自己知道他们是冒牌货,很可能会招致危险。曾经,在他找不回来的那段生活里,他经常因为我行我素、不妥协的性格激怒他人,不受人待见,而他处于弱势,必须谨慎行事才行。

他热情洋溢地问候道——"哈——啰!"

他知道他的两个哥哥分别叫"埃弗利尔"和"哈利":埃弗利尔比他大两岁,哈利比他大五岁。对伊莱来说,要弄清楚两位冒名顶替者分别冒充他哪个哥哥很有难度,他完全不清楚(他压根不愿意盯着他们看)哪位年长一些,哪位年轻一些。

伊莱陡然变得热情洋溢,让二人十分惊讶。他握住他们的手——"埃弗利尔!"——"哈利!"压根不管握住的手和叫的名字是不是对得上。如果叫错了,他就等着对方来纠正他。

另外一个冒名顶替者,冒充他妹妹的那个,挨着他们站着。三个人都在说话——争相说话。伊莱一句话也不说,看着他们三人吵吵嚷嚷。

他在想,眼下的情形很像划独木舟。一条长长、木条榫接的独木舟。很重,也很漂亮。但很危险,遇上恶劣的天气很容易倾覆。

在波涛汹涌的水面上划着独木舟,四个人,每人一把桨。但他们配合得不协调。只有伊莱·霍布斯一个人技术娴熟,其他三个人全都笨手笨脚、不断犯错。他们都是冒名顶替者,始终怀着戒备。

"伊莱,你认识我们——我认为你一直认识。"

"如果我们今天离开这里,伊莱,我们就不会回来了。这是最后一次。"

最后一次。但伊莱知道,他们以前并没有见过,如果见过,他就能想得起这几个狡猾的人,而他想不起来。

伊莱有些结巴地说:"但是——我的确'认识'。我刚才告诉过你们了。'埃弗利尔'——'哈利',还有'罗茜'。"

年长的那位,冒充哈利的那个男人,刻薄地说:"是的,你认识我们。但你一直都在假装你不认识。"

"我没有假装。我努力想让你相信,我没有假装。"

冒充埃弗利尔的那个人说:"简直是胡说八道。"

冒充罗莎琳的那个女人带着哭腔说:"但是——伊莱病了!他记忆力被损伤了。"

"他认识我们,瞧瞧他。他从来就是个傲慢的混蛋。"

然而,这些冒名顶替者并不确定:伊莱·霍布斯认出了他们却不想相认?还是没有认出他们,却骗他们以为他认出了他们?

这时,伊莱发现场景也已经安排好了。他和冒名顶替的妹妹以及两位哥哥被要求坐下来,"聊天"——"联络"。场景好像是在一个休息室里,医院或诊所的休息室;伊莱觉得这并不是一个"自然"场景;当然也不是在谁的家里。他坐下来,其他三个人——罗莎琳——埃弗利尔——哈利——在他对面坐下。几英尺开外,一个年轻人正架着一台摄像机对准他们。

问题是:这几个人,这几个陌生人,伊莱·霍布斯并不认识。

他会尽量不去激怒他们,他不希望给自己惹麻烦。(他一直紧紧抓着他的素描本。他知道,绝不能让它离开自己的手,他们会把它拿走。)事实上,他并不认识这些人。他们跟他讲话,装出很亲密的样子,像是在教育一个被怀疑私下行骗的兄弟,他没办法用同样的方式跟他们说话。他做不到。

有人给出指令——请忽略摄像机。尽量不要去看摄像机镜头,要看着对方,就像是在自然交流。

可这不是自然交流。有该死的摄像机,屋里还有陌生人在观察,这不是自然场景。

"伊莱,看着我们!你总是不看我们……"

"你听出了我们的声音,对吗?"

"没用的,他不认识我们……"

"他当然'认识'我们——他只是'记不住'。"

"他认识我们!拜托!"

"那他以前为什么要假装不认识?"

"见鬼!你问他啊。"

听着他们讲话,他火气噌噌向上蹿:他们怎么敢这样谈论他?当他不存在?还是不拿他当人?

"该死的!去你妈的!"——他突然挥舞着拳头冲向他们,三个人十分震惊。

冒充哥哥的两位赶紧向后退。冒充妹妹的那位吓得赶紧逃，撞上了一把椅子，差点摔倒。

他对他们大叫。声嘶力竭地大叫。

他们是一群捕食性动物，而他是他们的猎物。只不过——猎物开始反击捕食者了。

其中一位冒充哥哥的人试图安抚他，想要拉他的胳膊，被他一拳打中了脸，打得很重，似乎传来让他听着很高兴的骨头"咔嚓"声。

他痛得直咧嘴，而那位冒充哥哥的捂着脸，跟跟跄跄向后退，撞到了桌子上。

"伊莱！霍布斯先生！快停下！"

场面极度混乱。旁观的陌生人冲过来，十分惊骇。

他们向他围过来。他们把他团团围住。（那几位冒名顶替的哥哥和妹妹早已离开；几秒钟之内，他已经忘记了他们。）他用力吮吸右手指关节，感觉好像骨头被打碎了。他不知道谁伤害了他，或者说，他伤害了谁。他的心脏跳得很快，但感觉心情很好。

"伊莱？跟我们走吧……"

"霍布斯先生，我们是您的朋友。您认识我们。"

这不是真的。他没有朋友。但他很聪明，他知道人要想生存下去，必须得假装有朋友。所以，他乖乖地让他们把自己带到一个角落里。他想让陌生人觉得他已经平静下来了。

他从口袋里摸出一样东西——小笔记本。他下意识地翻着本子。他根本不需要看，就能背出来：

"无途即无路，无智亦无得。世间本无无。"他停顿了一下，接着背道："这是东方佛祖的智慧。没有智慧，就没有佛祖。"背完，他莫名其妙地笑起来。

一艘小船。他紧紧地闭上眼睛。记起他父母在跟他说再见。他在一艘小船里,这不是他们家在乔治湖边船库里锚着的船。他独自一个人在船里。长这么大,他从来没有独自一个人待在船上过,这种感觉很奇怪,也很意外。小船被推离岸边,他的父母在向他挥手再见。他的母亲——十分年轻! 他的父亲——也十分年轻! 他们是不是弄错了,这么小就把他送走? 他哭得很凶,让他们别把他一个人送走;可怕的是,船上没有桨。更可怕的是,船的后面是黑乎乎的脏水。他坐在船上瑟瑟发抖,把膝盖抱紧在胸前。周围一片瘆人的寂静,湍急的水流推着小船一路向前。这里不是乔治湖,是一条大河,河面很宽,几乎看不到对岸。他的父母沿着岸边快速走着,起初还能跟得上船的速度,渐渐地就被水流抛在后面了。

水太深了,他没法跳进去,蹚水回到岸边。他也不敢跳下船,游回去。

伊莱,再见!

伊莱宝贝,再见了!

恋人间的争吵。"霍布斯先生——伊莱——你好! 今天早上感觉怎么样?"

"很好。你好吗?"

"非常好,伊莱。你记得我?"

"是的,我记得你。"

(真的吗? 伊莱·霍布斯并不确定,但他是个绅士,知道应该怎么回答。)

"我的名字叫——"她故意停了一下,仿佛在鼓励伊莱休·霍布斯说出她的名字;她一直微笑着,以消除失忆症患者可能感到的任何不适,同时也暗示他,他们关系亲密、友好。等了好一会儿,最后还是她自己报出了名字——"玛戈特·夏普。"

"是的!玛—歌·夏普,哈——啰。"

他跟她握手。握着她纤细的手指。俯身靠近,去闻她头发的味道,她的头发乌黑亮泽,夹杂着几根白发。

她是医生吗?在这家医院或者诊所里工作?可是,她没有穿白大褂,衣领上也没有姓名卡牌。

他确信,以前从未见过这个女人。她脸上有一层光,看不真切她的长相。我们之间彼此重要。我们之间有联系,某种联系。

他又忘记了她的名字,于是她又告诉了他一遍:"玛戈特·夏普。"

"对。玛—歌·夏普。"

"我知道,我很像你的一位小学同学——'玛果·麦登'?——或'玛格丽特'……"

她笑了起来,伊莱休·霍布斯虽然并不明白原因,也跟着笑了起来。

"你说你像'玛—歌·麦登——或者'玛格丽特'——其实,你意思是说,你知道,你不是她。如果你是我的老同学,你长得也会很像她。对吗,亲爱的?"

"对,霍布斯先生。很正确。事实上,我不是你在格拉德温走读学校的老同学。我不了解她。我的名字是——"

"对不起,你的名字我记得十分清楚:玛—歌·夏普。"

伊莱觉得,这样的对话有点调情的感觉。他既困惑又好奇:这位女士他以前并不认识——(他确信)——但她似乎认识他,而且好像自己也该认识她,但他以前从未见过她,而且确信她以前也从未见过他;即便她能接触到自己的(医疗?)档案,她又怎么可能知道小麦登——自己多久没见过麦登了? ——也许25年了吧。

这位女士很郑重地介绍,说自己是大学的神经心理学家,已经和他一起工作好多年了。

神经心理学家!好多年!他惊呆了。简直不敢相信。

他笑了,有些不以为然。"教授,我看未必。"

"你不记得我了,伊莱?"

"不记得。也许。我记忆出了问题……"

"你记忆出问题多久了,伊莱?"

他不喜欢,也不信任这个女教授。神经心理学家——什么意思?神经这个词他听得太多了。他希望能听到跟神经无关的东西。

"我不确定。我刚刚说过了——我有时候记忆有问题。可能——六个星期了。"

"六个星期?"

"六个月。可能六个月更接近一些。"

"是什么引发的记忆问题?"

"我想,因为我生病了。我发烧了,受到感染。我想,我是在飞机失事中受伤的,但我不确定那是什么时候的事。我想——我想,我还记得是救护车把我送到这个医院,从乔治湖送来的。但我也不记得是什么时候。"

"你生病的时候多大年纪,你还记得吗?"

"37岁。"

"那你现在多大年龄了,霍布斯先生?"

"多大年龄了? 呃,37岁。没过多久呀——我刚才告诉过你,六个星期。"他突然笑起来,开始感觉不耐烦了。

他发现,这位女士一直看着他,充满同情与好奇。她皮肤很白,白得有些不健康。她的头发乌黑亮泽,有点像亚洲人的头发,留着跟年龄不相符的齐眉刘海。她看起来四十出头,比他年龄大;穿着黑长袖套头针织衫、黑裤子,或者是黑紧身连衣裤。(像个跳舞的?她是舞蹈家吗?)她的嘴唇很红,眉毛修得很浓。他发现她是个性感的女人。一个好奇心重的女人,一个善良的女人,一个意志坚强的女人。一个只需瞥一眼就能大致判断的女人——职业女性,未婚。对自己、对他人都很苛刻。还算受同事和下属尊重。

她问了他一个关于年龄的问题,他回答了她。他确定自己是37岁,因为他不可能更年轻,否则他不会扛不住那场无来由的高烧,身体脱水、走路蹒跚、精神错乱,连打电话求助的能力都没有;发烧的时候他37岁。他不可能超过37岁——如果超过了,他自然会知道。

他有些困惑,于是反问那位他已经忘记了名字的女士,"你认为我多大年龄?"他有点不怀好意地强调你这个词。

那位齐刘海黑头发女士看着他好一会儿,没说话。她的眼睛很漂亮,但目光过于深邃。虹膜颜色很深,几乎无法跟瞳孔区分开来。女人犹疑了一下,说:"我想,我猜不出,霍布斯先生——伊莱。我们每个人都跟自己感觉到的年龄一样大。"

他神秘地笑起来。他们为什么会有这种奇怪的对话?——寡淡无味,莫名其妙。房间里有其他人在观察这一切吗?(有没有摄影机镜头对着他们?他们为什么总要拍摄他呢?)

"你现在住哪里,霍布斯先生?"

"我——现在住哪里?"

这是个让人头痛的问题,像一把大锤突然砸在头上。他有点蒙了。他现在住哪里;或者,如果现在他还活着,他在哪里生活?

发问的女士看出自己把伊莱休·霍布斯问糊涂了,后悔不该这么问。她又一次用手指轻轻碰了一下他的手腕。似乎想说——我会照顾你。我会安慰你。我是你最亲密的朋友,请相信我,伊莱!

但是,接下来她吃了一惊。伊莱冷静地回答道:"我住在费城。住在里顿豪斯广场44号。从1959年起我就住在那里,我一直一个人住在那里。不介意的话,我想,我现在该回家了。"

"伊莱——霍布斯先生——可我们才刚刚开始……"

"不,我们已经结束了。"

他站起身来,气势逼人。他的样子让她吃了一惊,感到害怕!他几乎想动手掐住她纤细白皙的脖子——不是要掐死她,也不是要弄痛她,而是要告诫这个女人,他,伊莱休·霍布斯不会任人随意摆布。如果他是门诊病人,就说明他现在依然年富力强。

"但是,霍布斯先生——请等一下……"

"'协议规定'我必须在这里吗?还是说,我被'拘留'了?"

"当然都不是,伊莱……"

"我被逮捕了吗?"

"当然更不是。"

"那么,再见。"

"请等一下……"

他没有等。他不需要等。没有协议规定他必须在这里,他也没有被逮捕。没有正式的逮捕令,任何人都没有权利逮捕他,把他拘禁在这里。这里没有人知道他堂姐格雷琴的事,没有人知道他当时可以救却没有救她的事情;没有人知道他没去救堂姐,任她惨死的事情。所有这些都被抹去了,没有人记得。

他听到那位女士在身后请求他——"伊莱!霍布斯先生!请

您回来……"

"去死吧,你们所有的人!"

他一把推开旋转门。头也不回地走了。他感到无比喜悦,快乐得浑身发抖。

当他离开神经心理学部,乘电梯到达一楼时,他之前的自信、坚定开始消失了。他不知道自己身在何处。他能清晰地感觉到,之前大脑里类似拼图的东西消失了。周围都是陌生人,没有人注意到他。有的穿着医护制服,有的穿着便服。有的在正装长裤、衬衫和领带外罩着白大褂——他们是医生。他看见这栋光闪闪的大楼外面挂着一块牌子——达文公园大学神经科学研究所——他记得达文公园是费城的一个郊区,离他父母和祖父母住(过)的格拉德温大约20英里。而他自己,现在是住在——费城市中心的里顿豪斯广场吧?但他为什么会出现在达文公园的医疗中心,是谁把他带到这里的?是他自己开车来的吗?但他不记得自己开车来了这里,他也不知道自己开的是哪辆车,大车还是小车?

他竭力回想着——他是通过旋转门离开那栋大楼的,那扇门似乎一下子把他吸了进去,然后就把他甩了出来。他知道接下来应该去停车场找到自己的车,然而,一想到要在那么大的停车场找车,他就无法忍受。那感觉就像大梦一场,醒来筋疲力尽却什么也没有。

口袋里没有车钥匙。还有一样东西也不见了——是什么东西?

应该是他经常带着的一样东西,很大,口袋里装不下。

他的手指不由得抽搐起来。他感觉很不安。

那感觉犹如无数小蚂蚁爬过下体。

他发现自己走在从大楼出来的一条砾石路上,通往一个风景优美的公园。这里有一个大池塘,池塘四周是栽种整齐、漂亮的垂柳和悬铃木;天鹅、绿头鸭、加拿大黑雁和雪雁在波光粼粼的水面上游弋。

他突然有一种抑制不住的想法——(但他必须遏制这种冲动!)——他觉得自己(似乎)找到了通往乔治湖,通往另一个时间的路。他沿着一条小路往前走,越走越快,这里可不会有什么人观察他。不一会儿,他就来到一片沼泽地,沿着一条木板栈道来到一座木板桥上,他站在栏杆前,望着沼泽地。这块地方是天然形成的吗?在博尔顿兰丁离湖不远的地方吗?有一条浅浅的小溪从桥下流过。水流速度太慢,让人无法确定水流的方向。他松了一口气,也许那件事还没有发生。

他的堂姐格雷琴还活着。他还没有听到大人们窃窃私语,也没有听到姑母的尖叫声。他还没有被匆忙送走。

水生昆虫在浅水滩上飞舞。他被这些虫子投在几英寸下方的河床上的影子吸引住了。

要是他能把这些画成素描该多好!如果能画出来,他会感觉好多了。但他紧紧攥着的手中什么也没有。

没有炭棒,没有铅笔。没有素描写生板。

这块水草丰饶的地方,生机勃勃。黑脉金斑蝶、蜻蜓。红翅黑鹂、燕八哥、乌鸦。高大的芦苇和香蒲。就连那些枯树干也呈现出一种奇特的苍凉之美。然而,他却有一种不安的感觉。总觉得发生了什么事,或者要发生什么事。他两只手紧紧抓着栏杆,似乎在迎接即将到来的狂风。可是,没有风,一丝风也没有。这是要有什么事情发生的预兆吗——为什么会如此平静?暑热未消,天空阴沉,灰蒙蒙的。他的眼前出现恐怖的景象:颜色从他看到的一切东西中渐渐消退——黑脉金斑蝶变成了蝙蝠蛾。

一种彻底绝望的感觉,像麻痹的感觉一样从腿部向上,快速传遍全身。他好像遭到了《圣经》诅咒,被变成了石头。

○○

想象未来。他做不到。

玛戈特·夏普问,为什么?为什么失忆症患者不能想象未来?是因为他失去过去了吗?

测试。"霍布斯先生,那个位置坐着舒服吗?"

他正在接受心跳加快的心理测试。他不喜欢这种感觉,但似乎又很渴望这种感觉。

有一个主测试人,还有三个年轻助手,很可能是研究生,旁边还有一位年轻助手在拍摄这场测试。他们都把自己的名字告诉过他,可是他没记住。

主测试人是一位迷人的女士,皮肤异常白皙,乌黑亮泽的头发已开始夹杂着些许白发。她正拿着一组照片让他辨认。伊莱觉得,她很引人注目,看不出她的具体年龄,但可以确定并不年轻。是一位成熟女性,一身黑衣服,骨架很小,十分干练。她的声音很柔和,但语气坚定,不容置疑。她在桌子上摊开一堆照片:都是很小的小女孩,不到10岁,其中一个头发乱蓬蓬、眼睛睁得很大的小女孩——是他妹妹罗莎琳,大概5岁的样子。当然,伊莱一下子就认出了她。"这应该是1930年左右。"

还有一些女孩子的照片,大多数他都不认识。伊莱抽出了妹妹罗莎琳长大了一些的照片:11岁、15岁、18岁。他毫不犹豫,一眼就能认出罗莎琳。他以前很喜欢他的漂亮妹妹。他意识到,自己有一阵子没有见到她了。

"那是我们在乔治湖避暑的地方。我们的码头。"

哦,天哪。伊莱的心好像被什么东西击中了。

测试员一直在做着记录。录像机也在同步拍摄他的出色表现。伊莱很有点扬扬自得的感觉。

除了他们的负责人,那位头发乌黑亮泽的女士有时会称他伊莱。其他人都称他霍布斯先生。

她从另一个相册中抽出一些小男孩的照片。同样,大多数的孩子伊莱都不认识,但这些照片中夹了几张伊莱的哥哥埃弗利尔与哈罗德(哈利)的照片。

他同样一眼就认出了他们。大约8岁、11岁、13岁、17岁的时候。在格拉德温父母家后院草坪上拍的。还有在私立高中毕业典礼上拍的——十几岁时候的埃弗利尔戴着学位帽,穿着学位服,对着镜头咧开嘴笑。还有一张是在祖父母位于帕克塞德大街的家中过圣诞节时候拍的,照片里埃弗利尔、哈利、伊莱休三兄弟站在一棵修剪漂亮的高大常青树前。

他又一次感觉到心头被什么东西击中了。他的哥哥们,还有他。

这是多么久远之前的事情啊!他和他的哥哥们因为政治和个人问题上的见解不同,早已分道扬镳了。

"这些呢?"

测试人在桌子上摊开十几张各种各样的照片。这些都是大人和孩子的家庭快照,照片上孩子们的姿势大多十分随意。一开始,看上去似乎都是不认识的人;后来,伊莱慢慢认出了他的家人——母亲、父亲、祖父母、几位姑母和叔伯。这些照片都是什么时候拍的?几十年前?其他照片上都是一些不认识的人,伊莱很确定。

可是,他们为什么要给他看这些照片?他不记得原因了。

他尽可能多地认出了一些面孔。这一次,他感觉没那么得意了。

"有什么不对吗,霍布斯先生?需不需要休息一下,我们再继续?"

"没什么不对!我感觉——感觉……"

耗尽了。用光了。被掏空了。什么都没了。

测试仍在继续。越来越多的陌生人照片,开始时还有一些像霍布斯家族的亲朋好友的照片,后面照片中的人他完全不认识;伊莱皱着眉头,盯着这些照片,不明白他们为什么要给他看这些陌生的面孔。时间一分钟一分钟过去了,他已经完全忘记了整个程序是什么。他似乎模糊地记得,很像他以前做过的某个噩梦:大脑外科手术后的视觉感知测试,梦里的他(或一个像伊莱休·霍布斯的人)说话不利索,走路不稳,手连一些最基本的抓握动作都完成不了。

请不要难过,伊莱。请不要哭。

我们是来帮你的。我们会帮你的。

"伊莱,这些人你都不认识?确定吗?"

成年男人的面孔,他全都不认识。他很确定。

有一些是单人照,照片里的男人面带笑容,或看着镜头;有一些则是男人跟女人、孩子的合照。他们是家人。

他突然感到有些分不清是嫉妒还是生气的感觉。

"我家人都不在了。"

"伊莱,什么?你说什么?"

他烦躁地摇摇头。本来不想说出声的。

摄像机把他说的每一音节都录下来了。

那位皮肤白皙，留着黑色齐刘海、长着一双杏核眼的女人——应该是名位医生，或心理学家——又摊开一组照片在桌子上，让失忆症被试辨认。

这些都是"知名"人物的照片，跟一些看起来"不知名"的人物照片混放在一起。伊莱·霍布斯以一种不可思议的速度快速辨认出了这些"知名"人物——德怀特·艾森豪威尔总统、演员卡门·米兰达、诗人埃德加·爱伦·坡、理查德·尼克松总统、黑人运动领袖布克·华盛顿、小说家赫尔曼·梅尔维尔、喜剧演员巴德·艾博特和卢·考斯坦罗、演员马龙·白兰度、演员伊丽莎白·泰勒、林登·约翰逊总统、小马丁·路德·金牧师、前第一夫人杰奎琳·肯尼迪、广播电视记者爱德华·默罗、作家欧内斯特·海明威、职业拳击手乔·路易斯、职业摔跤手"华丽的"乔治①、电影英雄人物独行侠和唐托、《猫和老鼠》中的汤姆猫与杰利鼠、《米老鼠和唐老鸭》中的米奇与米妮。还有其他一些人物，面部风格奇特、有识别度，肯定是公众人物，但他认不出。然而，他一直在想——这是个骗局。我认识这些人，他们就认识我。

"伊莱，这一组没有你认识的？确定吗？"

"是的！我确定。"

他烦躁地把照片推开。他明白了这些测试员是如何看待他的。女负责人和那些年轻助手。想到他们是在检测他的大脑，他就毛骨悚然；他们正在用某种方式剖析他的大脑。目前并不能直接介入大脑，只能用这种错综复杂的间接手段——伊莱·霍布斯死后，他们才能对他的大脑进行解剖。

---

① "华丽的"乔治，指的是美国摔跤历史上有名的选手乔治·瓦格纳（George Wagner），以其华丽的舞台个性著称，通过给职业摔跤运动带来了大众的吸引力而在历史上占据一席之地。

有一组照片让他感觉格外异常、格外紧张。具体原因,伊莱说不清楚。他盯着那些陌生人的面孔,发觉这些面孔看上去有些不自然。

"为什么会有这种感觉,伊莱?你能解释一下吗?"

不,不能解释。

"仔细看看。也许你能说出为什么。"

他仔细看了看。心里想——他们是镜面人像。

但是——如果这些是陌生人的脸孔,伊莱·霍布斯怎么会知道那是镜面人像呢?

(他开始冒汗了。汗水顺着脸颊流下来。)

(很明显,这个测试中包含了引起错觉或记忆紊乱的东西。这是个实验,而他是实验对象,这些东西是想让他上当。他们再一次让他看家人的照片——是家人吗?他的家人和亲戚朋友都已经变老了,超出失忆症患者的记忆范围。)

"他!看起来像我哥哥哈罗德。"

"你哥哥哈罗德?你是说这是你哥哥,还是说他'看起来像你哥哥'?"

"都有可能。"

但是,伊莱并不确定。事实上,他完全不确定。

"不,我觉得这是我姑父尼尔斯·梅特森。而这位女士——是我姑母露辛达。"

同样,伊莱并不确定。他把照片推开,感到一阵恶心。

"伊莱,要不要停下来一会儿?需要的话,我们休息10分钟。"

这么多张脸!这简直是个天大的谜,人为什么必须要有脸;为什么人的身份跟脸有这么大关联。伊莱惊讶于这种不公平。为什么人类不像许多动物那样容貌相似;这种身份特征进化的优势是什么?如果人类容貌长相更近似,人与人之间的性格特征差异也会缩小。某种极度的渴望与痛苦也可能会随之消失。

他忘记了她的名字。那位头发乌黑亮泽、眼睛和善的女士。

要不是有她在,伊莱·霍布斯就会忘记自己在做什么。

她正在给他看从另一本相册中取出的另一组照片。照片里的人是成年男人,陌生人。中年白人男子。给人的第一印象是都受过良好教育,衣着讲究,非常有风度;照片里的男人多数情况都是在朝着镜头微笑,不张扬、很友善的笑容,笑的时候眼角有皱纹。奇怪的是,他们赭褐色的头发发际线全都从额头向后移,他们的耳朵都很长,形状很接近。伊莱像破解谜语一样认真端详、打量着这些照片。他耸了耸肩说:"他们毕业于同一所大学。在同一个大学生联谊会。"

"还有吗?"

"他们——有关联。也许他们自己不知道。"

"再仔细看看,伊莱。"

当然,这是个骗局。可问题出在哪里呢?

随后,他发现:每一张照片中的人都是同一个人,是同一个人在不同场景、不同光照条件下拍的照片。伊莱·霍布斯不认识这个人,但又有些隐隐的不安,不知道这个男人是不是某个生活在费城地区、有可能认识自己的人。

看到伊莱烦闷地盯着这些照片,那位乌黑亮泽头发的女士说:"伊莱,照片中的人是你。这些照片是你在过去两年内拍摄的。"

伊莱大笑起来,突然愣神。接着,一句话也不说。

伊莱盯着这些照片,看了好长时间,一张张看过去。是他?——他自己?他感觉自己好像失去了什么,生了病似的。

"这个人——是'伊莱休·霍布斯'?"

"是的,伊莱。你本人。"

迷路的人。她看见他,站在木板桥上。

他沿着一条木板栈道,逃到研究所后面的沼泽地里。他站在木板桥上望着沼泽地,一动也不动。

她不想惊吓到他。轻声叫道:"霍布斯先生?"

他转过身。他看上去心烦意乱,她松了一口气。

他认识我。他没有被我吓到。

"伊莱!我一直不知道你去哪儿了。"

他确实受到了惊吓。但他本能地知道要掩饰恐惧。

一位身材苗条的黑发女士正朝着他微笑,他以前从未见过她。她轻轻地触碰他的手腕,仿佛她认识他。

他能够看出,她是个有权威的人。一个美丽的女人,皮肤白皙,眼睛和善。

"哈——啰!"

护理。"霍布斯先生?——伊莱?你弄伤自己了?"

"弄伤——谁?哪里弄伤了?"

"这儿看起来像块瘀伤……"

"看起来像只小蝙蝠。"

他心情很愉快。玛戈特却开心不起来。

他笑着把衬衫袖子扯下来。(他的衬衫很漂亮,上等的浅紫色埃及长绒棉,上面的花押字是他姓名首字母缩写 EMH。)玛戈特注意到,这位失忆症患者手臂上有各种怪状的青紫色瘀伤。在网球场上,他穿短裤的时候,玛戈特注意到他健硕的腿上也经常有瘀伤。

　　研究所的医务人员让玛戈特放心，确认他们定期给伊莱·霍布斯做了身体检查。由于霍布斯患有严重的记忆缺失，他的健康状况必须由专人监测。他们告诉她，他的健康状况良好——至少，健康状况"过得去"。尽管玛戈特不是他的直系亲属，也不是他的法定监护人，她却一直坚持要求查看他的体检表。为此，她没少跟研究所的医务人员据理力争，甚至发生争执，最终获得许可。她反复跟医务人员强调，她是 E.H. 项目的首席研究员——"需要随时了解这位失忆症患者的健康状况。"

　　实际情况是，伊莱休·霍布斯现年 56 岁，开始出现高血压和双腿关节炎疼痛。自从几年前患过一次严重的支气管炎，他经常会呼吸道感染。

　　最常见的情况是，他刮胡子时把自己割伤。他每天早上都要刮胡子，从不间断。

　　这些小伤口会出血。E.H. 的血凝固得很慢。然后，他再次割伤自己。他的手臂、小腿、大腿都会有些莫名其妙的淤青——他记不住这些淤青是怎么造成的。看到玛戈特一脸忧虑，他笑起来——"像个'事故频发'的人，对吧，医生？也许这个可怜的家伙哪天一头栽到地上，就再也起不来了。"

　　他吹嘘说自己没感觉到有多痛。他有一颗牙齿长了脓疮，他自己丝毫没有察觉，在一次例行牙科检查中发现了，医生给他做了紧急根管治疗。胳膊、小腿、大腿上的瘀伤——E.H. 笑着说，这些对他来说都不算什么。E.H. 的神经科医生弗林特博士跟他的法定监护人露辛达·梅特森夫人了解情况时，梅特森夫人总是用一两句话就把他给打发了，说她的侄子伊莱休"身体没有问题""健康状况非常好"。

在研究所,他们定期给伊莱休·霍布斯安排身体检查。至少,他们是这么告诉玛戈特的。

玛戈特坚持要 E. H. 把衬衫袖子卷起来,以便她仔细检查那些"小蝙蝠"形状的瘀伤。

胳膊上还有其他几处瘀伤。青紫色的瘀伤,衬在苍白的皮肤上。"这个疼吗?这个呢?"她轻触着这些瘀伤的地方,让她想起很小的时候爷爷的手臂。爷爷的手臂上经常会出现类似的瘀伤,似乎不知道从哪里冒出来的,过不了几天又会自动消失。

她非常爱她的爷爷,看到那些瘀伤吓坏了。她爷爷似乎也感觉不到瘀伤的疼痛,经常会嘲笑他的"小护士"……玛戈特将自己从过去的回忆中拽回来,那些回忆对解决眼下的问题没有帮助。

玛戈特拿来一支蒙大拿山金车舒缓软膏①,涂在 E. H. 的瘀伤上,轻轻按摩至皮肤吸收。玛戈特的细心照顾让 E. H. 非常感动,同时也有些难为情。他抓起她的小手。与她十指相扣。紧紧地。

"医生!我爱你。"

他在学习看着镜子里自己的手画几何图形。

她设计了一个独特的实验,让这位失忆症被试通过重复来"学习"一项技能:看着镜子里自己的手握笔;学习通过镜子握笔画出一个八角形。

起初,E. H. 感到沮丧、恼火——"该死!我就是做不到。"

"慢慢来,伊莱。活在世上,我们有的是时间。"

"真的吗?"

玛戈特注意到:病人并没有问为什么。

---

① 一种治疗瘀伤的药草膏。

我为什么要做这个?你们为什么要折磨我。

这是我的生活,我唯一的生活吗?我就是通过这种方式确认自己还活着?——努力讨好你们,而我压根不认识你们,从你们那里我也得不到任何东西。

但是,E. H.身上有良好的"运动员精神"。你能够看出,E. H.在生活中一直都是名运动员:不言放弃的运动员。

E. H.顽强地尝试,尝试,失败;再尝试,部分成功;尝试,尝试,再尝试,直到最后,通过在镜子中观察自己的手,成功画出一个八角形的轮廓,一气呵成。他画了一遍,又画一遍;接着休息了20分钟,这段时间里他忘记了自己刚才在做什么。但是,在玛戈特的督促指导下,他尝试再次画出八角形的轮廓,他完成得出人意料地好;又画了几次,他的进步非常大。

E. H.笑起来,满脸困惑。"这很奇怪,医生。我似乎知道如何通过观察镜子里的手,画出这个该死的东西。这里有什么诀窍吗?"

玛戈特告诉他没什么诀窍。玛戈特还告诉他,她不是"医生"——她是神经心理学家。

玛戈特对实验结果非常满意。玛戈特将在下周和下下周再次对E. H.进行实验测试。玛戈特将会发现,失忆症被试能够"记住"复杂的技能,尽管他意识上已经"忘记"了。

尽管E. H.并不清楚具体原因,他还是为自己感到十分骄傲。通过在镜子中观察自己的手来勾勒八角形?他的测试员是认真的吗?

他想放声大笑。他可曾经是费城家族企业的股票经纪人,曾经以最优等成绩从阿默斯特学院毕业……

玛戈特·夏普将在《实验神经心理学杂志》上发表她的最新

研究成果,题目是《失忆症患者的替代性记忆环路》。

❞

扑面而来的标题,让她吃了一惊——

米尔顿·费瑞斯,73岁——

(看到标题,她脑子里第一个跳出的想法就是:导师去世了,这是他的讣告;而她还不知道)——

诺贝尔生理学或医学奖获得者。

米尔顿·费瑞斯荣获诺贝尔奖!《费城询问报》头版单栏标题上方登载着他的照片。照片里的科学家是位英俊潇洒的中年男人,充满自信,白头发梳得一丝不苟,白胡子短而齐整。至少是20年前拍摄的照片。

玛戈特十分惊讶,一遍又一遍读着这篇报道,泪水模糊了她的双眼。这消息让人意外——不过,也许是在情理之中——米尔顿·费瑞斯因其45岁之前取得的成果被诺贝尔委员会授予荣誉。他与加州大学伯克利分校的另外两位神经心理学家共享60多万美元的奖金,奖励他们在20世纪50年代对人类大脑的感官认知、推理、记忆和解决问题等所开展的研究。

第三遍读着这篇令人瞩目的报道,包括报纸内页上的续篇部分,她慢慢冷静下来。不过,她仍能感觉最初的那种震惊,以为自己的恋人去世的震惊。

当年父亲去世,她在事后得到消息时——(玛戈特一天半时间没有接听电话留言)——她有过类似的震惊与惊恐。她当时感觉头轻飘飘的,摸索着抓了把椅子让自己坐下来。她当时脑子里想——我的生活失去了意义。我从此孤零零一个人了。

后来,她很快从那种感受中走出来了。就像她很快也会忘记在报纸头版看到米尔顿·费瑞斯年轻时候照片的那种悸动,她痛楚地意识到,作为他的女人和女儿的时代已经结束了。

玛戈特心情逐渐平复后,步履不稳地走到电话机旁。玛戈特要给从前的恋人打个电话,她从来都没有停止过对他的爱。尽管她已经多年没给米尔顿打过电话,还是十分熟练地拨了一串号码。听筒那头传来一段毫无生气的录音;那不是米尔顿的声音,是机械合成的语音。玛戈特结结巴巴地留下一条祝贺信息。

米尔顿,我太为您开心了!

没有人比您更值得……

她还想说些什么,但喉咙哽住了。她哭了,一种硬生生的痛,她整个人像被撕成了两半。

她没能说出来——米尔顿,我们原本可以幸福地在一起。

我们原本可以一起工作,彼此相爱。

我原本可以一心一意只爱您一个人。

后来,她按捺不住激动的心情,忍不住给米尔斯博士打了个电话。

米尔斯接到电话,有些戒备。他立刻就听出了玛戈特的声音。他告诉她,自从当天一大早路透社和美联社相继发布了费瑞斯获奖的消息后,系里的电话就一直响个不停。

玛戈特说:"你不为当时没有伤害米尔顿感到庆幸吗?有这样的结果,你是不是也很宽慰?"她很兴奋,听上去咄咄逼人。她完全没有意识到自己的语调,她的心跳得太快了。

"是的,玛戈特。有这样的结果,我们都非常'宽慰'。"

"米尔顿知道那件事吗?那些'指控'?"

"不,我想,他不知道。"米尔斯顿了一下,直言不讳地说,"玛戈特,只要你没有告诉过他,他就不可能知道。"

"那他就不知道。我从没告诉过他。"

"玛戈特,谢谢你。至少为了那件事。"

"谢谢你。"

玛戈特猛地放下听筒,非常激动。她也不明白自己为什么会那么激动,脉搏跳得那么快。

她会独自庆祝米尔顿获奖。没有一个人可以跟她一起庆祝。一杯威士忌,或者两杯。

不要为我感到难过,我不后悔爱过您。

我不后悔您利用我,抛弃我。

我现在爱上别人了。

我爱上了我生命中的挚爱,他永远不会背叛我。

第 七 章

相爱的人。他说他记得结婚时的情景。他说他记得跟她结婚时的情景。

"我想,我们举行过婚礼?我生病以前。"

聪明的玛戈特·夏普换了发型:将乌黑亮泽夹杂些许银丝的头发从额前向后梳,编织成一根细细的马尾辫,从脸左侧耷下来,垂到脖颈。在研究所里,在整个大学里,那条编织紧致的马尾辫吸引了无数欣赏的目光——玛戈特心里这么认为。

其中就有 E.H.。那天早上一见到玛戈特,他就目不转睛地盯着她,盯着她的马尾辫。

"真漂亮!"——E.H. 轻轻拽着她的辫子。他在跟她开玩笑——或许也不是。

玛戈特心头涌过喜悦,脸颊发烫。很久没有人对她做过这样亲密的小动作。很久没有人这样拉扯过她的头发。

"亲爱的,是去我们的老地方吗?"

"是的,伊莱。老地方。"

玛戈特发现,每次只要她带这位失忆症被试走出研究所,来到毗连的人工公园里散步,E.H. 跟她说话态度会变得更严肃认真,声音也更平和。惯常的嬉笑逗乐会从他身上隐去,他的目光贪婪地在她身上游移。

"我亲爱的妻子！我从前不该离开你,我已经受到了惩罚。他们用棒球棍砸我的脑袋——我听见骨头裂的声音。他们骂我'黑鬼狂'——"

玛戈特发现,每当这个时候,E.H.情绪就会很激动,会想要去抓住她的手。他紧紧抓着她的手,放在自己身侧。

玛戈特也发现,在研究所后面的"绿色殿堂"散步,让她自己也十分兴奋。与E.H.在那里散步的时光,宛若她黯淡生活世界中漂浮着的光之岛。

玛戈特从不正面回答E.H.,既没有承认从前是他的妻子,也没有说现在是他的妻子。然而,她从不阻止E.H.认为他们结过婚的想法。

E.H.一直不停地说着,语气急切而又温柔。玛戈特不禁想：E.H.这是在跟他自己说话。

"我一直努力回想'结婚'是一种什么样的感受。我觉得,结婚应该是一种安全、温暖的感觉,就像现在一样。会有个人一直陪在你身边。你会跟她一起睡觉,她会躺在你身旁,握着你的手。如果你感到孤独和害怕,她会给你拥抱。我想我都记得。"E.H.说话的神情就像人进入梦境的时候,那么坦率,那么不设防。他紧紧攥住玛戈特的手,"'妻子'——就是那个一直陪着你的人。我以前不小心,把我的妻子弄丢了。我害了她。她得了高烧,死了。那高烧本是该我得的。就因为那样,你才来陪我的,医生？"

玛戈特心里有些受伤,E.H.已经忘记她是他的妻子。

玛戈特照例像往常那样纠正E.H.："伊莱,我不是医生。我有医学博士学位,理论上我是个'医生',但不是你指的临床医生。我是教授——我在大学里研究神经心理学——我在达文公园的大学神经科学研究所工作,就是我们在的这个地方。"

"我们在的地方!"

"我们正在研究所后面常来的小公园里散步。我们称作'流动测试'。"玛戈特笑了,想到这一点她特别开心。

"你说得对,医生。你是医生。"

两个人同时哈哈大笑起来。玛戈特觉得,笑声轻快得像开了瓶的香槟酒一样从喉咙里止不住地迸发出来。

玛戈特不想被研究所里认识他们的人发现,因此十分谨慎。每次都要离开研究所很远,走进静谧的松林深处,走到秋天依然水草丰茂的沼泽地,她才敢让 E.H. 攥着她的手。

知道自己在冒险做一件不合常规的事情,玛戈特心跳得特别快。虽然她认为,自己这么做并没有欺骗谁。她没有误导 E.H.,因为她的内心深处确实爱着伊莱休·霍布斯。假如他们没有真正结过婚,那只是个意外——"是一个将来能够补救的意外"。

他们走下砾石路,走上一条软木屑小路。他们手牵手走过沼泽地的木板栈道,朝一座小木板桥走去。E.H. 每一回都会坚持在桥上停下。他眼神热切地望着沼泽地;他会打开素描本,开始画画。玛戈特在旁边看着他,看着他专注作画,忘了她的存在。她知道,最后他会彻底忘记她。

每当发现他变得迷茫,无助地四周张望,玛戈特就会轻轻触碰他的手腕,将他的注意力引回到自己身上。E.H. 会诧异地盯着她。他认不出她,但玛戈特确信他大脑的某一个区域存有熟悉感。玛戈特一直在研究 E.H. 无法在视觉测试中有效识别东西,却能够在完全没见过的东西中明白无误地区分出"熟悉"东西的这一现象。

玛戈特总能够为 E.H. 设计出各种测试。设计测试似乎成了接近他、爱他的一种方式。每一次他握住她的手,温柔地揉捏她的手指,轻言细语地跟她说话,玛戈特的大脑就一刻不停地构想新的测试与实验,以便更好地定义这个了不起的男人。当然,她也会仔细听他跟她说的每一句话。如果她录下这位失忆症患者所说的话,那一定不是为了实验研究,而只是为了她个人的私心。她一个人的时候会一遍遍重放他的这些话。E.H.跟她的这些亲昵话绝不会出现在任何学术论文中。(玛戈特发誓。)

玛戈特几乎没谈过恋爱。她曾交往过少数几个异性朋友,如果她能多给他们一些鼓励(要是她没有用自己的智商和成就把他们吓跑的话),也许会发展成为恋人。

E.H.的话对她来说无比珍贵。从来没有人像 E.H.这样跟玛戈特·夏普说话。

米尔顿·费瑞斯当然没有。米尔顿大多数时候都在谈论他自己,偶尔会非常隐晦地谈及他对她,对玛戈特·夏普的"复杂"感情。米尔顿·费瑞斯是那种不敢正视自己的情感,且不愿意对别人产生情感依赖的男人。米尔顿从来不会像 E.H.这样欣然表达强烈的爱与信任。

"医生,你是我亲爱的妻子吗?我觉得你长得很像她。你老了——变老以前,像她。"

"变老——什么意思?"玛戈特大笑起来,再次受伤,"亲爱的伊莱,我还没有你老呢。"

"当然,当然——我知道。我们都会'老',都会'变老'——谁都一样。"

即便没人挑衅,这位脑损伤被试也会突然恶狠狠地说话。不管 E.H.大脑哪一个区域被高烧损坏了,具有抑制功能的那部分肯定也受到了影响。多数情况下,E.H.彬彬有礼,很有绅士风度,但偶尔也会像扮演闹剧的格劳乔·马克斯①那样无理放肆。(格劳乔是 E.H. 最喜欢的一个演员;E.H. 能够惟妙惟肖地模仿,能够一边模仿格劳乔的样子狂抖眉毛和[实际并不存在的]胡子,一边重复他那些不堪入耳的台词。)

事实上,伊莱休·霍布斯已年近 60,玛戈特比他小 14 岁。然而,在 E.H. 的记忆中,他被"冻在了"37 岁。玛戈特猜测,他照镜子的时候,"看见"的应该是比实际年轻的形象。

同样,玛戈特·夏普每次对着镜子,眯起眼睛,她"看见"的也是一位顺滑而又乌黑亮泽的头发中不掺一根白发的年轻女人;她看不见白皙面庞上眼睛和嘴唇边的皱纹。人类的知觉通则是:我们看见想让自己看见的东西,而不是呈现在面前的东西;我们看东西的时候,只看允许自己看见的东西。

E.H. 无心的一句话刺痛了玛戈特的自尊心。尽管她承认自己身上完全缺乏女人的性感韵致,还是忍不住感到受伤和恐慌。

老了! 她还没有做好准备,怎么能够允许自己变老。

"伊莱,我喜欢拉着你的手。你的手宽大——有力……"

她自己的手,柔软、纤弱。

她下定决心,要让 E.H. 跟自己在一起感到舒服、安全。见面的一个小时里,玛戈特一直在设法引导他对自己产生信任。

"设法引导"另一个人并不难。尤其是当对方不知道你要做什么的时候。

"伊莱,你记得,你很小的时候,你妈妈牵着你的手。有很多

---

① 格劳乔·马克斯(Groucho Marx)是 20 世纪著名的喜剧演员,家庭喜剧团体"马克斯兄弟"的一员,秉持让喜剧和生活混在一起,笃信没有恶作剧就不算完整的一天,对混乱的情况和清晰的侮辱有着敏锐的天赋,浓密的眉毛和小胡子、大眼睛和雪茄是他的标志性风格。

人——我们很多人——都爱你……你永远不会孤单。"

"医生,我爱你。"

玛戈特·夏普是否不该这样鼓励、引导失忆症患者?她不愿意去想——(她不允许自己去想)——她跟 E. H. 私下相处时的行为,可能会被一些(心胸狭隘、有嫉妒心的)人视为科学失当行为;因为 E. H. 在她面前就像个小孩,很容易受到引导和影响。(在其他测试员,特别是男性测试员面前,E. H. 经常表现得唐突无礼。他不像 E. H. 项目启动初期一致公认的那样配合与听话了。)

正走着,E. H. 突然停下来。他依旧握着玛戈特的手,紧紧地扣着,玛戈特痛得几乎要蹙眉。他朗诵起来:

> 啊,爱人,愿我们彼此真诚!
> 因为世界虽然
> 展开在我们面前如梦幻的国度,
> 那么多彩、美丽而新鲜,
> 实际上却没有欢乐,没有爱和光明,
> 没有肯定,没有和平,没有对痛苦的救助;
> 我们犹如处在黑暗的旷野,
> 斗争和逃跑构成一片混乱与惊怖,
> 无知的军队在黑暗中互相冲突。①

玛戈特被他的朗诵深深吸引了。E. H. 声音低沉、炽烈,微微颤抖着。E. H. 经常会朗诵诗歌,但像今天这样充满激情的朗诵并不多见。生平第一次有人给她朗诵爱情诗歌。

---

① 原诗为英国诗人阿诺德(Matthew Arnold)最著名的哲理诗《多佛海滩》(*Dover Beach*)中的片段,记录了诗人携新婚妻子在多佛海滩欢度蜜月时的随感;中文版援引使用飞白译作,特致谢。

不知道该说点什么，玛戈特竟然愚蠢地叫道："哦，伊莱！太美了！是——莎士比亚的吗？"诗歌使用现代语言，其实她也觉得不会是莎士比亚的。

E.H.耸耸肩。不是莎士比亚的。

（玛戈特让他失望了吗？她感觉到他松开了手指。）

"也许是我自己写的。你被打动了？"

"是的，我被打动了。"玛戈特笑起来，E.H.显然是在开玩笑。但他开玩笑的语气让人难以捉摸——忧郁？讥讽？还是仅仅开玩笑？

玛戈特感觉自己失去了什么。她犯了个愚蠢的错误。她已经不止一次觉得，她配不上伊莱休·霍布斯。如果相信有"灵魂"的话，他的灵魂比她的宽广得多。

他们继续向前走，手指扣得没有刚才那么紧，E.H.重新回到他最喜欢的话题——"博弈论"。他的声音不再像刚才那么温柔、炽烈，他说得很快，还有些嘲讽的味道。E.H.对博弈论有自己的一套看法，说起来滔滔不绝，如果玛戈特试图想要问个问题，他很可能毫不理睬。在心理学系的研究生专题研讨课上，玛戈特曾学过一点博弈论——但只是非常粗浅的了解，因为博弈论本质上属于数学领域，与玛戈特研究的心理学分支学科没有太大关联。当E.H.陷入这个话题的时候，他对博弈论持拥护还是怀疑态度，又或者是他有自己的"理论"，想要拿来跟其他人辩驳，就不得而知了。

玛戈特料想，E.H.一定很失望她没能回应那首爱情诗（如果真是爱情诗的话）——可她眼下已经没有办法绕回那个话题，因为E.H.已经忘记自己背过那首诗，而她也只记下了那句最原始的吁请——"啊，爱人，愿我们彼此真诚！"

她会对伊莱休·霍布斯真诚。即使没有一个人（包括伊莱休本人）知道。

E.H.仍然纠缠在博弈论的盘根错节中，不时爆发出大笑，露出满口牙齿。他又退回到半公开场合的嬉笑状态，以此让别人无法走近。玛戈特相信，她对E.H.而言很特殊，他不会用这样的方式拒斥自己。

他们走向小公园树林深处。这里十分幽静，似乎人迹罕至。玛戈特用尽可能礼貌的口气建议E.H.在这里停下来画素描——"伊莱，你带了素描本——对吧？"

E.H.腋下一直夹着素描本，口袋里有铅笔和炭棒，可他已经全忘记了。玛戈特的提醒让他很高兴。

接下来的半小时里，E.H.忘我地用铅笔和炭棒画着素描。玛戈特找个地方坐下来，她没有挨得太近，生怕让这位艺术家分神。

玛戈特从小挎包里掏出随身携带的笔记本，记些东西。这不是实验室日志，是她的私人笔记。她会记下日期和地点，把能回想起来的E.H.说的话都记录下来。（她会努力找到那首诗的出处；会发现那是一首19世纪的诗歌，是马修·阿诺德的《多佛海滩》。她猜测，伊莱休·霍布斯在阿默斯特学院的某个文学课上背诵过这首诗。她不会在本子记下E.H.特意为她背这首诗的推测。）

如果玛戈特觉得有一些显示她与失忆症被试E.H.亲密关系的重要东西需要记下来，她会用一种隐晦的方式，比如，缩写关键性的词语，或使用只有自己能懂的代码。

那些可能显示她与E.H."亲密"关系的记录，让玛戈特心中泛起无所畏惧的骄傲。尽管她也会有些顾虑——万一这个笔记本被研究所里的人发现怎么办？或者更糟糕，被大学里的其他人发现怎么办？万一被她的对手发现了呢？万一——（玛戈特荒唐地自我迫害假想)——她突然死亡,系主任侵占了她所有的论文、研究数据、笔记本、她的秘密和隐秘的自我,怎么办?

万一将来玛戈特·夏普被人揭露行为失当、有违伦理怎么办?万一她死后因为跟失忆症被试的关系被人谴责科学学术失当怎么办?

然而,她不会割断她对 E.H. 的感情。在她狭小的生活世界里,没有人比 E.H. 对她更重要。

她看着 E.H.,喃喃说道——"'啊,爱人,愿我们彼此真诚!'"诗中的其他内容,以及凄美的诗歌语言,对她来说都不重要。

E.H. 听到这句诗十分感动,他不记得自己一个小时前刚刚背过这首诗。他转过来温柔地抚摸玛戈特的脸颊——"我的爱人,愿我们彼此真诚——是的。"

E.H. 接着转身继续作画。E.H. 开始变得注意力不集中,情绪烦乱。他也许是专注地画了太久,手指酸痛;做着手指屈伸动作,伸展手臂。他毫无征兆地陡然合上素描本,把它靠在桥栏杆上。玛戈特不知道,他在想什么?是什么样的东西,像光束一样划过他的脑海?人的思想是一种光,还是神经元的一次跳跃?或是一种电流?思想栖居何处?始于何处?兀自站在那里,仿佛立在深渊边缘,玛戈特心中涌起对这个勇敢男人的强烈的爱。她看到他双手紧紧抓住桥栏杆,仿佛要抵御狂风——然而周围并没有风。他望着沼泽地,皱着眉头。玛戈特猜想,如果她现在走近他,鼓起勇气打断他,一定会发现他表情严肃、紧张焦虑。她会发现她根本不认识这个男人。

此刻,玛戈特早已退出了失忆症患者的视界。感觉到自己正渐渐飘出他的意识,玛戈特不由得感到伤心,但也夹杂着甜蜜和不可自拔。就像月亮,消隐在月食中的月亮!尽管玛戈特从他的记忆中消隐了,她却不会停止存在。或者说,她只是处于暂时搁置的状态,等着这个男人看见她。

"霍布斯先生?伊莱?你好。"

E.H.转过身。他吃惊地看着她,也许有一瞬间的困惑甚至惊恐,但他很快流露出热切而充满希望的笑容。

"哈——啰。"

她给他带来一件礼物。

她给他带来一件礼物,一份必须保密的礼物。

当他们离开研究所很远,走到木板桥上,玛戈特确信周围没有人,从小挎包里掏出两件小饰品:两枚戒指。

银制的结婚戒指。并不昂贵,但很有品位,很漂亮。银匠告诉她,是凯尔特纹饰。

"亲爱的伊莱,这只给你。这只给我。"

她测过E.H.的指围,所以买来的戒指大小合适。她的这枚对戒也很合适。她将戒指套在E.H.左手第三指上;伊莱从玛戈特手中取过另一枚戒指,套在她左手的第二指上。

E.H.亲吻玛戈特的手心。他激动得浑身颤抖,激起了欲望。玛戈特亲吻E.H.的手心和手背。他的指关节上长着浅棕色的汗毛。

"医生,你真美!我爱你!我们现在结婚了吗?"

"是的,伊莱。我们现在结婚了。"

她用力亲吻着他紧紧握着她的手。她亲吻他的嘴唇,他贪婪地回吻她。男人用力拉扯着她的衣服,发出痛苦的呜咽声。他被激起了强烈的反应。玛戈特感到小腹深处涌起一股强烈的欲望,小火苗即将迸发出强烈的快感。玛戈特胡乱地引着这个男人,穿过潮湿泥泞的沼泽地,走向树林更深处。她找到了一个地方,两个人笨拙、急切地交合在一起。旁边是一棵高大的白桦树,斑驳的阳光透过树叶洒落在地上。

接下来很长一段时间,两个人完全沉沦了。玛戈特听到自己的喊叫声,嘶哑粗嘎的叫声,几乎不像人的声音。男人的叫声柔和一些,像咻咻的喘息声。耳畔咻咻的喘息声,像灵魂逃离身体的声音。一道影子闪过玛戈特的大脑,她的脑袋像被劈开,被清空了。她无法言语,脸上沾满泪水。她的下半身依然燃烧着性欲,她的两腿虚弱、发软。她必须理押 E.H. 凌乱的衣服,整理好自己的衣服。她必须理顺他的头发,也收拾好自己的头发。他们像两只饥渴的动物,双手在对方身上胡乱抓摸。他们从隐蔽处走出来,两个人都气喘吁吁,像是在逃命。笑声卡在他们的喉咙里像在呜咽。

天哪,我们都做了什么。我们这是怎么啦。

这不是哪一个人的错,绝对不会再发生了。

当然,它还会再发生——一次,又一次……

E.H. 心里激荡着对她的爱,但他忘记了她的名字。玛戈特心里默想,这个男人太可怜了,爱上一个人,却不知道她的名字。

"等等。请等一下。回来。快回来。"

"不行,伊莱。不能再等。"

"为什么不能?你是我的妻子,不对吗?"

"伊莱,只能私下是。不能让任何人知道。"

"对!不能让任何人知道。"E.H. 突然顺从起来。任由玛戈特从他手上摘下戒指,跟她自己的那枚一起放回她小拎包的拉链口袋中。

"对,不能。伊莱。我们现在该回去了。"

"对。'现在该回去了。'"

玛戈特理抻他的衣服,梳理好他干枯、稀疏的头发。她打趣伊莱说以前他的头发要长多了——"亲爱的,你从前是个嬉皮士。戴着红头巾。但你不拿自己的命当回事。"她亲吻着他手臂上和胸前的多处瘀伤。她带来了一支蒙大拿山金车舒缓膏,轻轻按揉在瘀伤处。

她从挎包里取出一把小发刷整理好自己的头发。那条编得很紧的发辫滑到眼睛上,有些刺痛。她衣服上粘了很多荨麻刺,糟糕!——她的头发里也有。得用细齿发梳梳很多次,才能把这些荨麻刺给弄干净。

玛戈特领着 E.H. 快速回到木板桥,走上软木屑路。时间过得很快,突然就临近傍晚了,研究所的同事肯定要想他们到底在哪里。(玛戈特最近一直告诉他们,她带 E.H. 在另一层楼进行测试,在一个符合测试要求的康复学习实验室。但她一直没有告诉大家确切的地方,希望不会有人追问。)

"伊莱,快点!我们必须回去了。"

"回去——回哪里?我们现在住在费城吧?在里顿豪斯广场?"

"不,伊莱。不是里顿豪斯广场。"

"我们以前在那里结的婚?那是我们俩的家?"

E.H. 开始变得困惑、烦躁。玛戈特强烈地爱着这个男人,但她担心他们俩的秘密会被人发现。她心里暗想——总有一天,我会带他回家。我们会正式结为夫妻,我现在所做的一切都会得到补偿。

去四楼的电梯里只有他们俩的时候,玛戈特壮起胆子又亲了 E.H. 一下,轻轻把舌头伸入他口中。他想要抱紧她,却被她推开了。"不,伊莱,我们不能这样。他们会发现我们,会把你从我身边带走。"看到他脸上的失望和困惑,她心软了。她壮着胆子抓起他的双手,放到自己的腹部和乳房上,彼此都沉浸在巨大的激情中。

快到四楼了。几秒钟之内,门就会打开。

"医生,你是我亲爱的妻子吗?我爱你。"

"伊莱,我爱你。"

做爱不需要语言。不需要语言,不需要记忆。

事后,她一定不会忘记取下两人的戒指。

我们之间发生的一切都不会被记录下来。它将从记忆中消失。

然而,玛戈特·夏普忍不住把这个秘密告诉了一个人。

"我想——最终——我恋爱了……"

她必须告诉他。这样他就不会继续为曾经那样待她感到内疚,不必像一直以来那样躲避她。

"是吗,玛戈特!这真是个好消息。"

他的声音中有惊讶,却没有玛戈特预想的如释重负。

"是我认识的人吗?是我们大学的吗?我想——不是我们系里的。"

他们同时笑起来。他们从前在一起的时候没少八卦系里那些搞笑的、令人气愤的和近乎丑闻的事情。

在他们短暂的私情中,米尔顿·费瑞斯特别喜欢聊那些著名老科学家的逸闻,喜欢看着年轻的玛戈特·夏普吃惊的样子。米尔顿·费瑞斯向她讲述自己年轻、刚入职时候的学术界逸闻。父亲在给纯洁的女儿灌输他们共同领域的历史,他的纯洁女儿几乎一无所知的历史。

"呃,玛戈特!你们会——结婚吗?"

(她发现米尔顿偷偷瞥了她的左手。那只手的第三指上并没有戒指。)

"我们正在规划着这个事情,是的。很快,我希望。"

"很快?有多快?我还在吗?还可以帮着你张罗。"

玛戈特望着米尔顿,不确定地笑了。还在吗?——有一瞬间,她以为米尔顿指的是他自己的年龄——他的死亡。继而,她意识到米尔顿指的不是那个,赶快掩饰住惊恐的表情。

"恐怕不在,米尔顿。我想您很快就要离开……"

沐浴着诺贝尔奖的巨大荣耀,米尔顿·费瑞斯在一片赞誉声中荣休了。他在接受采访时说,已经把著名的记忆实验室"传给"了年轻人;在有些场合他还直接宣称玛戈特·夏普是他在大学里的接班人,这让玛戈特既感激,也有一些被高抬的惶恐。在米尔顿的荣休纪念文集中,有学者亲热而不失揶揄地打趣说——米尔顿·费瑞斯就是神经心理学领域的成吉思汗,他的基因——他的传人,遍布神经心理学帝国。

这位伟大科学家的职业生涯已近黄昏。米尔顿已经接受了华盛顿特区国家卫生研究院的兼职工作,有传言说,他很快会被总统委派到某著名国家科学委员会任职。还有传言说,他会在华盛顿特区乔治城的联排别墅和佛罗里达博卡拉顿市的海景公寓轮流居住。他那年迈、多病的发妻一直住在博卡拉顿,离他们的女儿女婿家很近。

玛戈特·夏普很难接受米尔顿·费瑞斯已经"退休"的事实。她不能接受她导师的职业生涯已经到了"黄昏"。当年跟着米尔顿的那些年轻同事,现在已经成了玛戈特·夏普的手下。在他们看来,玛戈特·夏普是米尔顿·费瑞斯的"女儿"。

有时候,她会感到特别内疚!她也说不清为什么。

她曾经捍卫米尔顿,反驳对他学术不端行为的不实指控,但也许她的态度不够坚决。她一直没有勇气把这件事情告诉他。

他一定会勃然大怒!他一定会伤透了心。即便我不再爱他,我也不会对他做那样的事情。

玛戈特从不知道,米尔顿是否听说过他被自己信任、提携的学生和同事联名指控。玛戈特猜测,凭着米尔顿·费瑞斯的人脉与关系网,他一定知道或怀疑过一些事情。如今,有了诺贝尔奖这件盔甲护身,肯定有人,比如他从前的那些忠诚学生,为了仰仗米尔顿·费瑞斯打击自己的竞争对手,一定会告诉他当年的指控事件。然而,曾与他无比亲近、对他无比忠诚的玛戈特·夏普,却无法亲口告诉他这件事情。当然,那位爱戴他,也曾背叛过他的艾尔文·柯普朗,肯定没有告诉过他。

最后,那些指控显然证据不足。除了玛戈特·夏普,费瑞斯的另一位(女)学生,哈佛大学的杰出心理学家,也拒绝指认费瑞斯有过任何不当行为,明确回敬说如果调查不终止的话,她会将自己的反控告"公之于众"。玛戈特知道她是谁,这个女人的忠诚令玛戈特十分钦佩,却也十分难受。她想到米尔顿很可能也跟她发生过关系,在他与玛戈特发生关系前一两年,内心无比煎熬。但她不想去知道细节。

她也不想让米尔顿·费瑞斯知道太多自己新恋情的细节。

她对伊莱休·霍布斯的强烈、癫狂、宿命般的爱。

所有爱都是疯狂的,否则就不是爱情,只是感情。

玛戈特微微笑了。耳朵里传来微弱的嗡嗡声。米尔顿·费瑞斯疑惑地望着她。

（她发现,他老了。他的左手在轻微颤抖,眼皮会出现不易察觉的颤动。他的手上有老年人常见的明显淤青,说明他在接受抗凝药物治疗。）

（但他还没有老得太厉害。她松了一口气！）

"他是——不是——科学家？"

"不,不是科学家。"

玛戈特轻声回答。忠贞的女儿总是声音轻柔。

"当真！玛戈特,你让我很吃惊。"

吃惊是好,还是不好？玛戈特发现,年迈的导师皱了眉头。他的白发稀疏了,能够依稀透过头发看到头皮；他的牙齿白得不可思议,像陶瓷一样。

额头蹙起表明他并不赞同。轻松打趣的气氛消失了。玛戈特看得出,她让米尔顿·费瑞斯失望了,辜负了他的期待——显然,如果一位（女）科学家选择普通人而不是另一位科学家做伴侣,那简直是件可怕的事情。

玛戈特心里暗想——见鬼去吧,我不会因为爱上 E. H. 道歉！

"玛戈特,我希望你幸福。你才华出众,诚实正直——你是一位值得被爱的女人,我没有能力带给你幸福。我一直非常抱歉。"

米尔顿·费瑞斯语气凝重,像是要祝福她,却又临时改了主意。米尔顿的话未必真诚,然而——他看上去像是在忏悔,让人几乎会相信他说的是真话。

玛戈特听到传言说,米尔顿·费瑞斯身体出了问题。诺贝尔奖宣布前夕,他被安排到大学附属医院做核磁共振检查。往日的激情豪迈已被慈祥和善取代。曾经密匝匝的白胡子也稀疏了,露出松弛的下巴和脖子。他的手不自觉地抖动——玛戈特不愿意去看。

我爱过你,你知道。

我会永远爱你。

米尔顿·费瑞斯会理解吗?很可能,米尔顿发表过多篇关于元语言心理学的重要学术论文,读懂玛戈特·夏普对他来说并不难。

是想起身离开——是吗?玛戈特感到特别惊愕。

米尔顿起身离开前,玛戈特再次祝贺他荣获诺贝尔奖——跟其他人一样,她已经无数次祝贺过他了。赞誉声凝聚成震耳欲聋的合唱。这些赞誉有股惊人的力量,将这个重大奖项之外的一切都冲刷掉了,似乎科学家其他重要的、有影响力的工作都不曾存在过。这个奖本身就有一种盖棺论定的意味,由于仅诺贝尔奖科学评审委员会才知道的某种原因,米尔顿·费瑞斯获颁此奖是对他30多年前与其他两位(如今年事已高的)科学家合作完成的"原创性、突破性研究"。

"好啦,亲爱的玛戈特!将来,也许——因为你在 E. H. 项目中的卓越成就——你也会获得这份奖项。"

这是一份美好、大胆的愿望。不停微微颤抖的眼皮,让米尔顿·费瑞斯看起来有些狡诈。

临别时,他们突然有些难为情。(有人在看他们吗?他们在一个半公开的场合。)但玛戈特知道,如果自己愚蠢地退缩了,她会后悔。米尔顿似乎与她有同样的感受。他双手紧紧攥着玛戈特的一只手,俯身用冰冷的嘴唇快速亲吻了她的脸颊。

"再见,亲爱的玛戈特!恭喜你——不管怎样,你都值得拥有。"

他知道了吗?当然不会。他能猜到吗?永远不能。

E.H.——他的失忆症被试。

尽管米尔顿·费瑞斯不可能知道玛戈特·夏普爱上了伊莱休·霍布斯,但他知道玛戈特·夏普仍然爱着他。

玛戈特微笑着,若有所思。她不后悔,有什么可后悔的?生活已经在她面前展开。

她小口抿着威士忌,直到抬不起眼皮,她该睡觉了。

失忆症被试 E.H. 的性　在来自竞争机构的心理学研究者向米尔顿·费瑞斯提出的大量研究建议中,让玛戈特·夏普最愤怒的是,一位来自某著名常春藤高校的临床心理学家竟然申请对脑损伤被试 E.H. 的"性冲动""性幻想"和"性能力"进行测试与评估。费瑞斯很困惑地把这条建议读给实验室成员听,当时年仅30岁的玛戈特·夏普格外愤怒——"这是对伊莱休·霍布斯的可怕利用!他信任我们,他的家人也信任我们。他是一个人,不是一只实验动物。"

这位年轻同事的激烈反应让米尔顿·费瑞斯十分惊讶,玛戈特·夏普在他面前一向安静,为人谦和。她的正直与激愤,给他留下了深刻印象。(后来在他们短暂的私情中,米尔顿告诉过她。)

当时,这位年经科学家的直率和愤慨逗得他开怀大笑。实验室里所有人都笑了。他可从来都不会邀请任何竞争对手来研究"我们的失忆症患者"——当然不会同意。

现在,米尔顿·费瑞斯已经退休离开学校,玛戈特·夏普成了 E.H. 研究项目首席研究员。随着"E.H."在神经心理学领域的名气越来越大,玛戈特需要面对大量跟从前那个提议一样可怕,甚至更无耻的研究建议。她担心如果自己不保护 E.H.,不知道会发生多么可怕的事情。她担心他年迈的露辛达姑母,会像霍布斯家族的其他人一样,根本不了解竞争激烈的科学研究界是多么错综复杂,又会有多少(可能的)陷阱,很可能会稀里糊涂地授权给那些心怀叵测的人。她确信,如果没有她一直以来的高度警惕,"伊莱休·霍布斯"的身份早就可能尽人皆知,那些心术不正、寡廉鲜耻、沽名钓誉之徒早就会蜂拥着来到达文公园研究所,或者更糟糕的是,蜂拥着去侵扰那栋位于宾夕法尼亚州格拉德温的英国都铎风格老宅。而这位短时记忆时长不超过70秒的失忆症患者,若非随时记在笔记本或素描本上,根本记不住他们对自己做过些什么可怕的事情。

有一次,跟米尔顿·费瑞斯在一起,玛戈特当时心情很低落,激起了费瑞斯的父爱和保护欲。玛戈特向这位年长的科学家诉说,自己有时候会担心他们所做的事情——对脑损伤患者进行测试实验,可能会违背伦理道德。患者可能并不清楚发生在自己身上的事情,他"同意"接受测试这件事情本身是有问题的。

"甚至,有时候,动物研究——也会让我担心——让我不安。灵长类动物也会有——情绪……要是你了解它们就会知道。"

"亲爱的玛戈特,不要去了解它们。"

那位髭须花白的情人用一个霸道的吻堵上了她的嘴唇,粗鲁地笑了。那是一种任性攫取、居高临下的吻。

然而,玛戈特每次回忆起这个吻,总会涌动着幸福的悸动。

那个时候,生活对她来说多么简单。她是米尔顿·费瑞斯出色而有前途的年轻同事,还没有取代他的位置。

她的同事们说,她过于敏感了。她对 E. H. 过度保护。

(她知道,他们有些人在背后嘲笑她。甚至她的年轻同事、实验室助理和论文指导学生也会。其他一些人会当着她的面嘲笑。)

事实上,夏普教授原则性极强,从不会妥协。随着年龄增长,她在快速发展的记忆研究领域名气越来越大,她对其他人的缺点就越发不能容忍。她会对那些人的"粗鲁""无耻"的野心大光其火。她跟她的导师米尔顿·费瑞斯一样,鄙夷地将那些野心斥为"懒惰的科学"——"糟糕的科学"——"伪科学"。她是系里收入最高的三名教授之一。她的研究资金极大充裕,每一家研究基金会都想要资助记忆/脑损伤研究,神秘的"E.H."是最著名的失忆症被试。玛戈特·夏普像米尔顿·费瑞斯当年一样频繁在权威期刊上发表学术论文。她的学术述评立足心理学历史,因观点机敏、公正、锐利而闻名学界。她是实践派科学家,同时也是神经心理学史学研究者。美国实验心理学家协会在给玛戈特·夏普的颁奖词中对她作了如下评价:大多数科学家对自己所在(学科)领域的历史认识模糊,玛戈特·夏普则在其学术综述和论文中表现出"对学科领域历史文献的惊人知识"。

刚届中年的玛戈特活成了一个传奇式人物:青春永驻,面容与举止仍然像个少女;乌黑亮泽的头发散落到肩上,有时会优雅地束在脖颈处,留着齐眉刘海。尽管已出现些许白头发,细小的皱纹也爬上眼角,但玛戈特·夏普依然打扮得像个跳芭蕾舞的女学生:黑色紧身套头毛衣,黑外套,黑色长裤或紧身裤,黑色平底鞋。她为人友好、真诚。走起路来利落、轻盈、优雅——像舞蹈家那么优美。(她是个舞蹈家吧?常会有人疑惑。)在学术聚会场合,大家一眼就能认出她;她经常听到有人在身后小声感叹——那位就是玛戈特·夏普。天哪,她看起来可真年轻。

玛戈特刚刚40岁出头,就已经构建起自己的精英学术圈,早年毕业的学生已在各自竞争激烈的领域获得长聘职位和各种荣誉。继他们的师祖诺贝尔奖得主米尔顿·费瑞斯和他们的母系玛戈特·夏普之后,他们已经成长为学术第三代。如果有需要,玛戈特会像所有家长一样,倾力保护自己的这些学生。

她对 E.H. 的保护更是不遗余力。稍微提及一个可能会让她的被试"不适"的测试建议,都会让玛戈特大动肝火。她广为人知的一句俏皮话是,"伊莱休·霍布斯是神经科学领域唯一的绅士。"

传言说,十个同事提出要与 E.H. 合作,玛戈特·夏普基本上就会拒绝十个。

玛戈特断然拒绝与本系部之外的其他同事合作,对待来自本单位同事的合作意愿,她自有一套虚与委蛇的做法。大学里的神经生理学家卡尔·皮尔斯教授,专注研究大脑中的海马体和杏仁核,他想要研究 E.H. 大脑中疑似被脑炎损伤的这两个区域,玛戈特没有理由拒绝。她于是就采取拖延策略:拖延做决定,拖延与研究人员见面,然后,尽可能拖延研究人员与被试见面。

"真见鬼!E.H. 不是她玛戈特·夏普一个人的!她并不是他的监护人。"

她的那些(资深、男性)同事会在一起嘀咕。这些抱怨有开玩笑的成分,但更多是不满。

玛戈特·夏普间接地了解到,除了钦佩她的成就和工作毅力,大家对她本人很有看法。他们是怎么说(嘲笑?)她的:夏普嫁给工作——工作就是她丈夫。

累透了!他的头骨上被钻了一个洞,一块头骨像玩拼图板游戏似的被移开,易碎的硬脑膜被刺穿。他想不起他们为什么要给他做这个可怕的脑部手术,只知道一切都无法改变了。

大脑被一群陌生人摸来摸去。强光照进他的灵魂深处。他像只被人用过的橡胶手套,被翻过来丢掉了。

紧闭双眼。女孩(他的堂姐格雷琴)的尸体刚刚找到。(绝不能再叫她的名字。不能让任何人听到。)为了不被人发现,他偷偷爬到门廊木板底下,一直藏在那里。此刻,父亲正盯着他,眼中流露出羞耻和蔑视的神情。

伊莱,你什么也没看见。你是在做梦。

快回床上睡觉,儿子。这里没有你的事。

"霍布斯先生?您现在有力气站起来吗?您能下来走动一下吗?……"

他被人扶着站起来。他之前被人平放到一个光滑的金属棺材里,现在,他又被扶着站起来。

他两腿发软,感觉大脑里像被注入了空气——空气越来越多,气压越来越强。

别看。你什么也没看到。

没有什么可看的。

玛戈特从没料到,伊莱休·霍布斯不在身旁,她会感觉如此孤单,如此寂寞。

寂寞的感觉,排山倒海一般。像刺骨的寒风直侵骨髓。平时包裹在繁忙的工作中,像被激流裹挟着一路向前,玛戈特很少感觉到这种孤独。她每次接受采访时,都会用轻松、快乐的口气说:科学家的生活就是一个持续不断的冒险。要不断地去发现,去探索。我们的失败也是一种冒险。

她会说:我是否会遗憾没有个人生活?——她会笑着说道——这就是我的个人生活!我的事业,我的工作,我的科研,这就是我的生活。

他仍然固执地认为自己37岁。

尽管在镜子里看见——(怎么可能看不见?)——一个年龄大得多的人。

"霍布斯先生,你是怎么认为的?"

"'认为'——什么?"

"镜子里的脸不是37岁人的脸——你认为呢?"

玛戈特·夏普不会这样提问。她在指导一位年轻同事跟失忆症被试E.H.的谈话。她从不像年轻人这样直截了当地发问,但她不会出言干涉。玛戈特·夏普的原则是不要像导师米尔顿·费瑞斯那样动辄就(当面)批评年轻同事或助手。

结果,很多人都怨恨米尔顿·费瑞斯。泰斗最终因为态度招人记恨。

玛戈特·夏普知道,作为科学家,自己很优秀,也许算得上非常优秀,但绝非伟大。她为人谦恭,不与泰斗一争高下。她非常幸运,继承了E.H.这座"金矿"(借用艾尔文·柯普朗的说法)。她唯一希望"泰斗"能继续用某种方式罩着她,保护她。

E.H.不情愿地望着镜子。这件事做起来确实很不自然——在众目睽睽之下认真看自己的脸。人们一般都是私下里独自端详自己的脸庞,这是个很私人的行为。

玛戈特很同情他,暗想——如果能够避免,他不会去看自己的脸。这不再是"自己"的脸。

E.H.带着点强横,对年轻教授说:"有什么问题吗,医生?那是我的'镜像'——并不是真正的我。"

"那么,你觉得你的脸很熟悉——看见你的脸一点也不吃惊。"

这句话措辞十分别扭。既不是问句,也不是陈述句。然而,玛戈特依然没有出言干涉。

年轻人继续说:"那么,你觉得自己的镜像很熟悉?但在某种程度上,如你所说,它不是'真正'的你。"

"医生,你的镜像是'你'吗?"

年轻人被问得措手不及,一时答不上话。他瞥了玛戈特·夏普一眼,微微皱起了眉头。

"我的镜像是我长相的——映象。当然,并不是我。"

"那么,我也一样。"E.H.笑起来,抚摸着自己的下巴,"医生,我们的对话真滑稽,嘚不①?"(E.H.喜欢上用一种奇怪的,听起来有点土的口音开玩笑。玛戈特发现,他最近总是把"对不对"说成"嘚不"。她不知道这是从哪儿学来的。)

过了一会儿,似乎想要给这位皱着眉的年轻人找个台阶,E.H.开口说道,"说说这里的镜子吧——嗯?"

"镜子?研究所里的镜子?"

"是的。'研——究——所'。"

E.H.耸耸肩,仍旧一副强横的模样。他向旁边瞥了玛戈特·夏普一眼,似乎希望这位在旁边观察的女士会站在自己这一边。

(E.H.已经忘记了玛戈特·夏普,他不记得她的名字,也不知道她为什么要观察自己,但他似乎记得她能给自己安慰。能这样,玛戈特已经很知足了。)

"这里有很多'滑稽'镜。看起来像在海底,在洞穴里。这里的人都不是真实的自己。所以他们才要一直测试我——想知道他们是不是骗到我了。"E.H.轻蔑地笑了,"有时候,我让他们觉得

---

① 此处使用前文中尤兰达的口音。

自己骗成功了。有时候,我告诉他们全都是胡扯。"

"霍布斯先生,'他们'是谁?"

"'他们'就是那些也给你做手术的医生。"

"你知道他们给我做了什么手术吗?"

"额叶切除手术。用冰锥。"

看到年轻人脸上错愕的表情,E. H. 爆发出嘲弄的笑声。

(玛戈特觉得非常有趣。40 年代末 50 年代初美国最早的一些额叶切除手术是用普通冰锥野蛮、快速地完成,E. H. 怎么会知道? 如果是从最近阅读到的有关精神外科学历史获知的,E. H. 不可能记住这些知识。如果他确实知道这个鲜为人知的事实,肯定是生病前阅读过相关资料,或者听说过,用大脑中未受损的那个区域"记住"了。——但是,玛戈特不明白,为什么伊莱·霍布斯竟然记住这样的信息?)

这是一个十分关键的测试:失忆症被试和"镜像自我"。

很显然,被试既看见又没看见他在镜子里的映象;或者说,他很清楚地看到了那个映象,但没有产生关联,因此不认为那映象是"他的"。

这样一来,他同时代的人在他身旁渐渐变老,而伊莱·霍布斯则始终是 37 岁。

玛戈特·夏普就是这样在他身旁变老。

E. H. 也顽固地拒绝预见未来。

玛戈特的一位同事拿日历给 E. H. 看,让他推测在一周、十二天或一个月后的某一天最可能在做什么,他会出现明显的"注意脱离"。

例如,通常每周三 E.H. 会被接来研究所进行一整天的测试。但如果问他下个月的第一个星期三他会(可能)在做什么,他的眼神就会开始躲闪,避免去看日历。他不情愿地嘟囔着:"我猜测,在做需要去做的事情。"

"伊莱,你能更具体一点吗?"

"我会做——有什么事,我就做什么事。或需要被我做的事。"

玛戈特在笔记本上记下:被试选择使用被动结构。需要被他做的,不是他去做。为什么?

"伊莱,请试着说得更具体一点。"

测试人继续加码,但 E.H. 开始显得茫然。人怎么能对还没发生的事情说得更具体一点?

"或者——告诉我们这一天你想要去做什么?"

看得出 E.H. 在挣扎着,似乎想要把一段麻绳牵引着穿过大脑中的迷宫。

"我——我想我——我将要——将要……"

玛戈特发现,"将要"这个词给 E.H. 造成困难。她发现,正在进行测试的心理学系的年轻同事开始变得沮丧、迷惑。她决定悄悄介入。玛戈特引导 E.H. 去想一些"最有可能"发生的事情,三个星期后的今天,比如说,他会做一些常规且熟悉的事情:(很可能)他会吃几顿饭,会在笔记本上写东西,(或者)会在素描本上画画;晚上他肯定会感到困倦,会在固定的时间上床睡觉——"我想会在 11 点半,晚间新闻之后? 在你格拉德温帕克塞德大街的家里?"

"是——是的。"

但 E.H. 似乎很犹豫,很迷茫。玛戈特不知道为什么会是这样。

在日常交谈中，(正常、没有脑损伤的)人们经常会轻松谈论自己打算做什么；将来时的时态弹性很大，也不需要验证。尽管未来并不具体存在，然而人们谈起未来，就好像那是一个真实存在的地方，可以无拘无束地自由出入其中。就像人们也可能压根不相信有"天堂"，却经常会随口说起"天堂"。然而，对失忆症患者来说，未来无法想象——很难想象。

他们似乎陷入了困境。无论怎样变换提问方式，E. H. 似乎都无法回答。平时善于表达的他开始变得结巴。玛戈特推测，失忆症患者无法思考未来，是因为他大脑中受损的区域同时也负责"规划"——对于正常人来说，规划未来必然会牵涉到对过去的回忆；一个人如果不能回忆过去，也就很难预测未来，因为生活中的许多事情都是循环的、重复的。E. H. 唯一能回忆起来的过去是几十年前的事情，但这无法成为他思考未来的刺激物。

E. H. 受损的区域是——同时负责回忆与规划未来的脑回路？

玛戈特兴奋极了！她激动万分，那感觉就像抓住了一缕梦想，最终成功把它拖进了现实。

当然，进行这样的理论探索需要很长时间。需要好几个月的测试，不仅要对 E. H. 进行更细致的实验，同时还要找来一些失忆程度比 E. H. 轻的患者作为实验对照组。(幸运的是，研究所痴呆症和阿尔茨海默症部，有几位长期在院接受治疗的患者。)

玛戈特·夏普将以《论失忆症患者的模拟"未来"定位与情景提取》为题撰写创新性学术论文。她将投稿给学界最权威的新期刊《神经心理学和神经生理学》杂志。在未来数十年中，夏普教授的这篇论文将会成为该领域引用率最高的论文之一。

拓展深化以后，这篇论文将会成为她广受瞩目的专著《记忆的生理学研究》的重要章节。

所有这些未来的成就——未来的成功——玛戈特都能够预见,就像人们能够预见浮云背后的山峰一样。对玛戈特·夏普来说,迈入未来一点也不困难——只要她不把步子迈得太大。

此刻,她希望能够抚摩着 E.H. 的手,去安慰他。她发现这位被困在现在时态的朋友变得焦躁不安。他脖子上的筋腱开始暴凸。

的确,将要是一个奇怪而玄秘的词。发生某个动作的时间并不(尚未)存在,人怎么能够理解自己在那个时候将要做什么?这是一个生存的困境。正常人不会对此多想。也许正如弗洛伊德观察到的那样,反复思考生存的困境就等于承认自己不正常——神经质。

玛戈特·夏普用温和却不容置疑的声音宣布:

"很好!谢谢大家。霍布斯先生一直十分耐心地配合我们,他的测试强度太大了,今天就到这里吧。"

没容其他人主动提出,或者也没容那个小麦色皮肤、长相狐媚的助理护士走上前来,玛戈特快速宣布,伊莱休·霍布斯需要呼吸一些新鲜空气。在这个凉风习习的深秋的日子里,她要带他到户外好好走一走——"去他最喜欢的地方,沼泽地。"

"我爱你。"

"我也爱你。"

他们之间有一团被孤独激发的绝望的火苗。

在这样的时候,玛戈特总是容易被对方的身体吸引。对方就是眼前这个男人。

爱,做爱——既不是什么观念,也不是科学理论。是一种身体行为,纯粹的身体行为。

她在伊莱休·霍布斯脸上看到一种原始的、毫不掩饰的饥渴。那张脸不再光滑,不再年轻,但确实是他的脸。

玛戈特怎么可能拒绝这种饥渴?不可能。

当然——这样做不对。这样做有违伦理。

这是——典型的——"科学失当行为"!

她想,她愿意冒着被人检举揭发、职业生涯蒙羞的危险。她愿意为他冒险。

两个人的兴奋快速提升,都有种眩晕的感觉。走进小公园,来到树林深处,两人似乎都已丧失了语言能力。

玛戈特紧紧箍住这个男人,任由他进入自己的身体,他炽热的脸颊埋在她的颈间。他们衣服只脱了一半——这一切发生得太快,无法阻挡。每一次的肉体撞击都让她为之一震,她会感到疼痛,身体上的不适和疼痛,男人的那里那么粗大,那么有力。

玛戈特感觉自己像被硬生生劈开了。然而——这个男人的怀抱,他的热切的吻,又是那么温柔。玛戈特渴盼的正是这份温柔,是她灵魂的滋养,她在日常生活中竭力克制着不去想。

身体的撕裂中体验到合二为一的感觉。幸福的感觉。她知道,在这快速、疯狂的交合中,她让这个男人感受到极度的快乐,他将不再孤独,她也不再孤独。

当她终于能够思考的时候,脑子里骤然迸出一个念头——我会怀上他的孩子吗?我会生孩子吗?

爱情让她变得幼稚,也让她失去了判断力。她不再是一位科学家,也不会理性地思考。爱情如同巨大的暖流将她淹没。

她紧紧箍着这个浑身汗湿透的男人。他也紧紧抱着她。令她吃惊的是,自己竟然抱得跟他一样猛烈,她从来不觉得自己是一个有肉体欲望的人,更不是一个耽于肉欲享受的人。

我已经成了一个新的自己。但只在此处,只在此时。

只跟伊莱在一起。

渐渐地,两个人急促的喘息均匀下来。渐渐地,外面的声音能够传进来。

一架飞机从头顶飞过。不远处,是令人不快的嘎嘎的链锯声。

"亲爱的伊莱!我爱你……"

"……宝贝,我爱你。"

毫无疑问,他忘记了她的名字。要不是退后一点看着她,很可能也忘记了她的脸。

她不知道,他是否记得他们以前做过爱——跟这次不完全像,当然,也像这一次。她不知道,他的身体记住了什么。

不过:他们已经在一起。他们已经十分亲密。她永远不会忘记。

我体内有他的精子。这是无可改变的事实。

玛戈特整理好衣服,梳好头发。她仔细清理掉头发上的碎树叶和叶秆。她一直都很在意自己的着装打扮。她知道,在这样的时刻想起其他任何男人,都无比粗俗、下流、可耻。她知道不应该,却又情不自禁想起米尔顿·费瑞斯,带着一种满足、一种略带自责的满足想起自己跟他从没像跟这个男人这般亲密。

渐渐地,她已经忘记多年前自己是多么绝望地爱着米尔顿·费瑞斯。多少年了?——15年,还是20年了?她现在不会去想这个。现在去想从前的情人太不应该了。她跟眼前的这个男人如此亲近,她几乎不需要叫他的名字,也不需要看着他。他的心跳,离自己那么近!巨大的幸福让她眼中噙满了泪水。

如果因为伊莱·霍布斯,我毁了自己的生活,好吧——那也只能如此。

如果我生了他的孩子——人生就足够了。

E.H.热切地问:"你是我亲爱的妻子吗?你来带我回家的吗?"

玛戈特听得出 E.H.声音中的怅惘,似乎他事先知道答案,只是忍不住问一问。

玛戈特犹豫了一下说是的,她是他的妻子。

玛戈特告诉他,她会开车送他回家,回格拉德温的家。但她还不能跟他待在一起。

E.H.问,如果你是我的妻子,为什么不能?

他的声音突然提高,像是害怕,又像是在耍性子。

他们现在必须回到小路上——回到那条宽宽的软木屑路上。有可能——非常有可能——会有人在公园人比较多的这条路上看到他们。E.H.并不了解,对有没有人看到他们完全没概念。可玛戈特十分清楚这一点,她得在他察觉不到的情况下,跟他保持一定的距离。

E.H.一把拉住她的胳膊肘。他抓住她的肩膀,让她面对着自己。"如果你是我的妻子,为什么不跟我回家,为什么不跟我在一起?"

玛戈特说,"我——我会跟你回家的,伊莱。很快。我向你保证。"

"'很快'——?很快是什么意思?"

"就是——过一些时候。我还不确定什么时候。"

"几个星期?几个月?还是几年?"

"几个星期。或者——几个月。"

E.H.很受伤,他生气了。他们正走在环着池塘的软木屑路上。好几次,E.H.抓住了玛戈特的胳膊肘。玛戈特必须把他的手指掰开,力气不大,但很坚决。

E.H.声音激动,让玛戈特十分紧张。

"伊莱,求你了!霍布斯先生!不能让陌生人听到我们在说什么。"

"我们为什么会在这里?我为什么要在这里?我想回家——我可以开车带你回家。"

"呃,呃——我会开车,伊莱。我可以开车。我已经做好安排今天开车送你。我猜——你不记得了——今天早上那位很好的年轻司机把你接来这里——他是多米尼加人——他想去医学院读书。可我会开车送你回姑母家里。"

"我们住在里顿豪斯广场。我不想去别的地方。"

"伊莱,你只是暂时跟露辛达姑母住在一起。住到——"

"'暂时',你是什么意思?我为什么要跟那个老女人住在一起?我要跟你一起住。我有权利跟我妻子住在一起。"

"可我们还没有结婚,伊莱。我们就要结婚了——很快——过了元旦——在费城的单一神教教堂……"

伊莱·霍布斯脸上布满怀疑。"'费城的单一神教教堂'——那是很久以前的事了。我现在不认识那些人。我不相信你。我甚至不知道你的名字,医生。"

伊莱·霍布斯的脸因为愤怒和悲痛变得扭曲。他的眼睛里满是泪水。玛戈特吓住了,十分害怕。两个在池塘边吃午饭的医务人员没有注意到他们,而且也似乎并不认识伊莱·霍布斯或玛戈特·夏普。玛戈特松了一口气——也只能说稍微松了口气。

她握住男人躁动不安的手,抚摩着,像在安抚一只被激怒了的动物,给予安慰,同时施加控制。

她感觉到一阵眩晕,心快速向下沉——伊莱·霍布斯会把手快速抽回去,挥拳打她。

玛戈特压低声音,温柔、关切、亲昵地跟他说——"不,你知道我的名字:'玛戈特'。亲爱的伊莱,我走进你的生活,是想要爱你,照顾你。你知道——你的记忆出了问题吗?知道自己做过神经外科手术吗?"

"做过手术?"

"你感染了恶性病毒——脑炎导致大脑水肿,最后去奥尔巴尼做了急诊手术。"

"是吗?我猜,这么说我就明白了。医生,那到底是什么时候的事?"

"1964年夏末。"

E. H. 掰着指头数——(玛戈特不知道他在数什么)。"那是——去年?"

"不是。是好几年前。"

和往常一样,遇到这种艰难时刻 E. H. 会突然不说话。这位失忆症患者没有能力进行心理上的时间旅行。玛戈特觉得,他就好像:打开一扇门,正准备抬脚迈进去,却突然发现那扇门竟然是堵砖墙。这是一种身心双重打击。

玛戈特继续温柔地鼓励他:"伊莱,如果你再想想,一定能记得自己生病的过程。感染了病毒——引起发烧。病得最严重的时候,你发烧到103.1华氏度①。在湖边的那些日子,你给自己量体温,还做了记录。"

真是这样吗?玛戈特也记不清楚了。

玛戈特认为,基本属实。这一点她很确定。

E. H. 努力思考着。他看向旁边,皱着眉头,表情痛苦……虽

---

① 约39.5摄氏度。

然说不清楚,但玛戈特几乎能够感觉到这个男人的思考过程。

损伤的大脑努力重新建立连接——努力充电。玛戈特心中交织着同情、心疼和不切实际的幻想。然而,电路已经断了,神经元无法正常"点火"。这种努力就像截瘫病人努力想要行走一样——仅有行走的记忆和行走的意愿是不够的。

可怜的伊莱!玛戈特又想要拥抱他,但是在这个公共场合她不敢。

E.H.结结巴巴地说:"我的记忆出了问题——我想。我忘了以前知道的事情——我想就是这个问题。"但他说得很犹豫,似乎希望对方来纠正他。

"伊莱,你觉得,你这个问题出现多长时间了?"

"我觉得——也许——6个月吧?"E.H.回答得很迟疑,眼睛紧紧盯着玛戈特。他快速捕捉到她脸上的表情,马上纠正道,"也许更久,大概18个月。我想一定有那么久,医生。对吗?"

玛戈特解释说自己不是医生,是一名神经心理学家。玛戈特让E.H.放心,她今天会一直陪着他。

"亲爱的伊莱,请你相信我。我永远不会抛弃你。"

E.H.只需要听到这个就行了。尽管这句话不是事实,但玛戈特觉得她说的是真心话:在我心里,我永远不会抛弃你。

E.H.情绪似乎稳定下来,神情仍然戒备。看到面前的研究所和通往研究所入口的路,他并没表现出惊讶。

进研究所的时候,E.H.习惯性地走到一旁,让玛戈特·夏普在他前面穿过旋转门。他很有绅士风度,举止彬彬有礼。当他离开小公园,走进这幢有很多落地玻璃窗的光闪闪的高层建筑,他就变得规矩起来,脸上看不出情绪,举止有些玩世不恭。

他的衣服板板正正。他的头发——(已经稀疏、花白、干枯)——一丝不苟。玛戈特不知道他——他的身体——是否还有情欲的记忆。(玛戈特知道,女人肯定有"情欲记忆"。)但在 E.H. 身上看不出任何痕迹。他头也不回地走进大楼;如果你看到他,肯定会认为这是个自信、坚定的男人。他身姿挺拔,身形线条在同龄人中非常少见。

跟玛戈特·夏普以及其他几个人(陌生人)一起乘电梯上楼的时候,他从口袋里掏出小笔记本,在上面急切地写起来。电梯门在 4 楼打开时,E.H. 已经做好准备要出去。(玛戈特知道)如果她问他在哪一层出去,他肯定不知道。

带着点甜蜜俏皮,E.H. 殷勤地等着女士先出电梯。玛戈特不知道,他在这些场合的举止是模仿年长的男性亲属,还是回忆起从前的自己。

到了实验室,他乖乖地任由玛戈特微笑着把他交给几位年轻同事。他们已经准备好了一轮复杂的测试,测试失忆症患者的信息编码、存储和检索能力。他似乎很高兴见到这些"陌生人",跟他们握着手。

"你们是——医学院的学生?是'实习生'?"

玛戈特站在附近,一直在观察。他的注意力已经转移到测试上了。70 秒之内,伊莱·霍布斯就会忘记她。对伊莱·霍布斯来说,当个优秀的被试,获得这些友好的年轻人的表扬和喜爱,才是他最重要的事情。

玛戈特做着记录,她将推出两篇关联论文——《失忆症被试 E.H. 的记忆缺失与记忆幻觉[①]》和《严重逆行性失忆并部分顺行

---

① 记忆幻觉(Déjà Vu),也称"幻觉记忆",是一种生理现象,一般指既视感,是"似曾相识"的意思,指没有经历过的事情或场景仿佛在某时某地经历过的似曾相识之感,也叫海马效应。

性失忆患者的记忆错觉与记忆幻觉》。

我怀孕了吗？如果怀了，我会生下他的孩子。

第 八 章

玛戈特·夏普将会成为伊莱休·霍布斯所有档案的管理者。她已下定决心。

当然——玛戈特·夏普不希望 E.H. 死：她爱他。然而,玛戈特能够理性地面对现实：E.H. 总有一天会死去,当然她肯定比他活得久,因为她比他年轻。

E.H. 去世后,人们会在这位失忆症患者的遗物中,发现数百个同样大小的笔记本,还有数百个素描本。

(E.H. 去世时还会跟姑母住在一起吗？或者,他会住在别的什么地方？玛戈特想,最关键的是,露辛达·梅特森要提前安排好她的残疾侄子如何安度余生。她决定尽快跟梅特森夫人谈谈。)

玛戈特·夏普将带领团队编辑完成《E.H. 笔记全集》——《E.H. 素描全集》——将由宾夕法尼亚大学出版社推出这两套卷册浩繁的文集。

存量巨大的《E.H. 项目档案文件》将包括被试接受访谈、接受测试的所有音视频文件。1965 年以来,他们做了成千上万次测试！各种 CD 和 DVD。研究人员会使用核磁共振仪对伊莱休·霍布斯(死后)的大脑进行长达十个小时的扫描；他们会把他的大脑保存好,放入明胶中冷冻起来,将其从后到前制成 2000 片超薄切片;这些切片最终将被数字化并组装成三维图形,以便开展持续研究。这个宝藏产出的神经心理学和神经科学博士数量,会像培养器皿上的细菌一样难以计数。正如米尔顿·费瑞斯教授早就预言过的那样:这是一个科学历史上被研究最多的失忆症患者大脑——这个大脑是我们的!

获奖了!夏普教授已得到确认。

消息是系主任告诉她的。她将被授予国家科学基金会的一项重要大奖。来得太快了!她想。她竭力不让自己表现出惊愕和惶恐。

她记得米尔顿·费瑞斯也曾获得过这个奖,但当时他已经五十多了。玛戈特·夏普这么早就获得了这个奖项。

"玛戈特?有什么不对吗?这可是个非常好的消息,你知道。对你,对系里,对大学和研究所,都是特别好的消息。对 E. H. 项目更是如此。"

她暗想,这个奖来得太早了,米尔顿会恨我。她感到一阵晕眩。

她转念又想,米尔顿·费瑞斯是这个基金会的顾问理事会成员,在奖项评比时一定帮了自己。

他们会知道,米尔顿·费瑞斯从前爱过我。知道他后来抛弃了我,他这么做是承认自己内疚。

玛戈特迟疑地向系主任解释说,这当然是个好消息——但也会带来不好的后果,会吸引更多科学家和伪科学家关注到 E. H. 项目;研究所会收到铺天盖地的研究提案,这些提案都会提交给玛戈特·夏普来定夺。

"我们必须保护 E. H. ,不能让他的身份公开。我们不能让他被人当作——当作一个怪胎看待。我不得不拒绝提交到我这里的几乎所有提案,一年有数百份……"

玛戈特说得结结巴巴。她也不知道自己到底想要表达什么。

大学里的同事惊羡玛戈特·夏普获此殊荣,但也会善意地嘲笑她。玛戈特还没有50岁呢,竟然这么早就变古怪啦!

让其他科学家欢天喜地的获奖,竟然令玛戈特感到惶恐与害怕。对她卓越成就的公开肯定,竟然让她觉得像是威胁。

对玛戈特·夏普来说,工作的时候最幸福。在学校里,她是位优秀、忠诚、可信赖、负责任的教师,但她与同事和学生的关系都有些疏离。她真正的生活是在实验室或在研究所——测试失忆症被试E.H.。

她把一生都奉献给了E.H.,千真万确!这是她的事业。

整理事实和数据。提取结果。

构建理论。设计新的测试。

"当然——我非常感激。我也非常——荣幸。"

纷至沓来的祝贺。连绵不绝的赞美与恭维。

不停地有人和她握手。但这些都不是E.H.的手,他才是她唯一的幸福。

她接到(学院院长)通知,要她必须,务必接受这个奖项。而且,她必须自己去领奖。绝对不能派年轻同事代替她去领奖。

玛戈特心想,如果我没有"自己"该怎么办——没有"自己"我会怎么办?

其他人讲话的时候,即使他们谈论的是她的神经心理学领域,甚或他们谈论的是跟玛戈特·夏普相关的话题,她也经常会觉得难以集中注意力,觉得无比厌烦。她发现自己很难跟着别人的话题思路。

她会走神,会去琢磨他们皮肤下的头颅,头颅中的大脑。她几乎能够观察到他们大脑工作的过程,就像是在进行脑部扫描。

语言和思想给大脑注入能量,将大脑内部照亮。神经元快速、无意识地"点火",像一个个电火花。目的是什么?

这样的火花,除了美并无其他任何功能。

她拍摄过高倍放大的脑细胞照片。颜色、形状和肌理都十分漂亮。将来,她会仔细研究伊莱休·霍布斯的大脑超薄切片。

哦,亲爱的。我无法忍受没有你的生活。

她只能忍受。她只能过没有他的生活。E.H.不在身边的日日夜夜,她必须过没有他的生活。

她心里知道,跟 E.H. 在一起——她从不会——失去彼此间的联结。

跟 E.H. 在一起,他们的关系总会重新归到零。他们的每一次见面都是第一次见面,都是第一次相互发现。这是任何其他恋人无法给予她的感觉。

"——我为我们所有人感到高兴。但颁奖仪式的时间太不凑巧,我有太多的工作要做……我们要带 E.H. 去大学附属医院,做功能性磁共振成像检查……"

她的声音带着奇怪的浓重鼻音。她已经将密歇根中部抛在身后,她已经抛开这么多年了,这怎么可能!

伊莱,我希望你在这里。希望我们能够在一起。

我想念你抓着我的手。你的爱人。

除了工作,她没有时间安排任何事情。但是——尽管她不情愿——还是接受了采访。他们告诉她,研究所主任强调要把采访发在《费城询问报》上。

似乎告诉玛戈特·夏普采访者是位科普作家,就能够让她平复怨气似的。

带着愚蠢的微笑/假笑,采访者问道:"夏普教授,作为一名科学家,你相信我们有'灵魂'吗?"

这个问题不过是想诱发争论。虽然这位(女)记者在笑,但笑得并不友好。

夏普教授很慎重地说:"'灵魂'这个概念本质上属于神学,不是科学。所以,我无法回答你的问题。"她很有分寸感地微笑着,不失礼貌。

"也许我可以换一种问法——"

"呃,我不确定是否听明白了你的问题。你是想问:作为一名科学家,我是否相信我们有灵魂?还是想问:当上了科学家,我是否相信我们有'灵魂'?"

采访者笑起来,好像夏普教授问得很幽默,一点儿都不尖刻。

"怎么回答都可以,请吧!我相信我们的读者会十分感兴趣。"

"作为一名科学家,我甚至不相信我们是'我们'。"

"请问,夏普教授——那是什么意思?"

"什么意思?就是字面意思。"

"我们是——'我们'?"

"我们每个人都有独特的、可定义的、恒久的身份。从某种意义上来说,'我们'是一种存在。"

"但是,如果我们不是我们自己,我们是谁?"

"我们是谁?你最好问我们是什么。"

"我们是什么?"

"没错。科学界刚刚开始探索这个问题。神经科学是切入这

235

个问题的唯一路径——但也只是切入路径。"

采访者满脸困惑,十分尴尬。要不是夏普教授措辞礼貌,语气温和,态度真诚,采访者一定会感觉受了冒犯。

"伊莱?霍布斯先生?你——你怎么啦?"

她把凯尔特纹饰戒指套在右手第三指上。她知道 E. H. 不会看到,或者,即使他看到了,也不会认出来。然而——在大学和研究所里,戴上它总会让她心情愉悦。

"伊莱,如果你不想马上开始测试——我们就等等。想要等一会儿吗?想不想坐到窗边,在笔记本上写点东西?画画素描?伊莱,你想做点什么?"

今天早上,他似乎不喜欢她。他似乎没有"认出"她。

他对她的感觉,他对她的性吸引——似乎消失了。有这种可能吗?

他不再是个年轻人。他"老了"——医务人员都称他老绅士。

玛戈特很担心,也感到害怕。二十多年来——她从来没想到过——(也可能想过,但她忘了)——这位超级配合的失忆症被试有一天会拒绝与研究人员合作。她确信,米尔顿·费瑞斯从没想到过这种可能性。

他眼睛望着她,没有任何情绪。很礼貌,也很冷淡。

他不认识她。他以前从未见过她。

他手指上没有戒指,却下意识地在左手第三指转了下(并不存在的)戒指。

"谢谢你,医生。"

医生。他为什么称呼她医生!她没穿白大褂,也没戴听诊器。按理说,他应该知道研究所里对他进行实验测试的心理学家和医务人员之间的区别……

当然,除非伊莱休·霍布斯没有办法知道。

玛戈特不知道接下来该怎么办。也许只能等待——一个小时,或者几分钟——等待事态发展。当然,她并不会就此放弃,回家休息。

她已经计划了这个星期的一轮重要测试,需要连续三天跟 E.H. 见面。她正带领几位年轻同事跟大学里的一位副教授合作。她跟这位副教授共同设计的新测试基于古典制约①中的两种具体形式:"延宕制约"和"痕迹制约"。这些测试非常复杂,牵涉到大量重复和交叠进行的测试,以测量记忆活动中最细微的层级划分。如果失忆症被试不配合,或者因情绪问题分心,测试就没有办法开展。

(伊莱休·霍布斯是因为情绪分心了?玛戈特不知道这意味着什么。)

玛戈特发现一位助理护士带着明媚的笑容走近 E.H.。玛戈特看见了 E.H. 的反应。一看见她,他的脸上就像有一团闷住的火突地燃烧起来。

"霍布斯先生,您想出去走下吗?去您喜欢的地方?我来带您,霍布斯先生。"

小麦肤色的外国姑娘,年轻漂亮。油亮的黑发编织成紧紧的玉米辫贴在头上。

玛戈特·夏普看在眼里,心情烦闷地挪开了视线。她不停转动着自己手上的凯尔特纹饰戒指。

---

① 古典制约(classical conditioning),又称经典条件反射(巴甫洛夫制约、反应制约、alpha 制约),是一种关联性学习。

测试。手眼协调。反应速度。

E.H.的手眼协调和反应速度出人意料地好,毕竟他从小到大运动能力都很棒。但是,如果指导他学习一项可能与先习得的某种技能存在冲突的新技能,即便这项新技能更"简单",他也很难掌握。

玛戈特在对重复测试的间隔时长进行试验。她发现,如果有3到4个小时的间隔,运动技能学习体验似乎可以固定成失忆症被试的非陈述性记忆;不足这个时间长度,该体验处于不完全巩固状态。而时间间隔太长,该部分记忆则会减弱。

因此,要求E.H.在几个小时之内学习第二项技能时,他对第一项技能的"掌握"就会中断,这也就不奇怪了。第二项技能有可能被保留下来,而第一项技能则会被忘记。

然而,如果被试再次接受第一项技能的训练,他可以更轻松地重新掌握。尽管被试完全不记得之前的训练,但他的手眼协调能力会立刻提高,而且在技能学习过程中,会表现得很轻松,这表明他确实在"记忆"。

玛戈特·夏普和她的团队重返8个月前对E.H.进行的"词汇补全启动效应"测试:准备将该测试重新做一遍,隔8个月间隔,再做一遍。他们高兴地发现,根据给定的前几个字母提示回忆整个单词,E.H.跟正常人表现得一样好,但实验指令不能要求他"记忆",而是告诉他"伊莱,不要思考,直接说出来!",让他说出脑海里浮现的第一个单词。

如果问E.H.以前是否参加过这类启动效应测试,或者是否参加过给一系列未完成的草图,让他辨认完整图画的测试,他的回答永远都是:"没有!我没参加过。"

然而,只要给他一支铅笔,E.H.就能把一个八角形、一棵有很多分权的树、一颗钻石、一个被分成4份的橙子或一座尖顶教堂的未完成草图补充完整。随着测试不断升级,草图变得越来越不完整,但E.H.还是可以画完整大多数的图形,就像一个梦游者睁着眼睛缓慢而坚定地前进着。最后,提供的图形轮廓不超过完整图形的十分之一,在正常人看来,不过是些杂乱、毫无关联的虚线,E.H.仍然可以用铅笔连出完整的图形。

E.H.惊奇地看见一个图形在他指尖慢慢显现出来,"嘿!这是——这是什么?——'是个菱形。'"

玛戈特打趣道:"伊莱,你以前从来没有做过这类测试吗?你做得这么好——你怎么解释呢?"

"你来解释。"

得知其他被试都没有像他那样完整画出图形,伊莱感到更开心了。

E.H.看起来像因为秘密知识喜形于色。似乎心里却在说——我当然知道怎么画完整啦,我以前学过那么多次。

可玛戈特知道E.H.是装出来的秘密知识。失忆症被试希望能够在测试者面前做出正常被试那种符合社交期待的反应;E.H.的这种情况属于虚构症①。

玛戈特已着手研究E.H.的虚构策略。这位失忆症被试对她而言,(可能?很可能?)酷似人类信仰、神话的源泉,令她无比着迷。玛戈特会问E.H.为什么把表戴在右手腕而不是左手腕上,E.H.会一本正经地回答:"因为——我总是把手表戴在右手腕上。"(事实上,当天早些时候,玛戈特的一个助手曾要求E.H.把

---

① 虚构症(confabulation),是指患者将过去事实上从未发生的事或体验说成确有其事。

表换到右手腕上。)

假借实验的名义,玛戈特把凯尔特纹饰戒指套到 E.H.手指上。她告诉他这是"朋友送给他的礼物"。一小时后,她再向 E.H.问起这枚戒指,他直勾勾地盯着戒指,好像从来都没有看见过似的。(事实上,他确实从未看过。)他很可能会说,"这是一枚家传戒指。我一直都戴着。"

还有一次,E.H.回答说,"这是我的结婚戒指。我妻子戴着跟我一样的戒指。"

"那——你妻子现在在哪里,伊莱?"

"她就会在我们里顿豪斯广场 44 号的家里。她就会在等我。"

E.H.回答时使用了表达虚拟的"就会"二字,引起了玛戈特的兴趣。

然而,听到她的爱人讲这些,玛戈特感到十分受伤。好像他用手背轻轻抽了她一巴掌。

"那——你妻子叫什么名字,伊莱?"

她问得很支吾。E.H.露出一口牙齿,咧开嘴笑了。

"医生,你觉得能叫什么?她是我的妻子,自然就叫'霍布斯太太'。"

尽管 E.H.是 E.H.研究项目的失忆症被试,玛戈特·夏普和她的团队时常也会对研究所里的其他脑损伤患者进行测试。他们还会找来一些"正常"人——学校里的大学生志愿者,参与测试。这些"正常"人就是他们的实验对照组。

"语义性"知识,"事件性"知识。前者是真实、客观、非语境化的知识;后者是个人、主观、语境化的知识。

E. H. 在 1965 年 7 月患病之后获得的所有"记忆"都消失了。也就是所有的陈述性记忆。

E. H. 患病之前已经巩固下来的一般性记忆几乎未受影响,他的这部分记忆相当了不起。他受过很高的教育,智力超乎常人。但是,玛戈特发现,他的个人记忆开始严重衰退。这位失忆症被试现在已年过 60 岁,他对自己患病之前较早时候的记忆开始不太确定了,有时候还会有梦幻般的感觉。(E. H. 会问:"那件事真发生过吗?是不是我梦见过的?")每隔两年 E. H. 会接受一轮测试,调取他大脑中的童年记忆与少年记忆,记录退变情况。为什么会有这种情况发生?E. H. 的大脑并未受到进一步损伤,为什么会发生退变?玛戈特据此作出理论推测:E. H. 无法像正常人一样巩固早前的个人记忆,因此会出现记忆衰退或记忆碎片情况。即使 E. H. 能清晰地记起一个人或者一件事,但他不能有意识地把这个记忆保存起来以便日后检索,因为他没有现在时间的记忆。

E. H. 能够准确无误地记得一些历史事件:珍珠港事件,日本广岛原子弹爆炸事件,日本 1945 年 9 月 2 日投降,肯尼迪与尼克松竞选总统、肯尼迪当选。古巴导弹危机。但这些事件与他个人生活之间的联系纽带似乎在减弱。他谈论这些事件的时候,仿佛它们是无意识出现在他脑海中的。他自嘲地说:"就像一个拙劣的填缝工作。要崩溃了。"

专门研究睡眠的心理学家对 E. H. 开展一种不同类型的测试,监控记录他的睡眠形态。用脑电图记录他大脑中神经元的电活动。玛戈特·夏普观察到,E. H. 表面看来"正常"的睡眠,实际上时常受到干扰。(她在研究所的睡眠实验室里陪在 E. H. 身旁好几个小时,一丝不苟地做着记录。这几个小时让她特别心满意足——一种难以言说的亲密。)睡着了的 E. H. 磨牙,来回扭动身体,浑身颤抖,四肢乱动。他口齿不清地嘟囔着——用一种玛戈特从未听过的声音咒骂着,让她心疼,也让她毛骨悚然。测试者把他从 REM 睡眠①中唤醒,询问他梦见了什么,E. H. 会困惑地眨眨眼睛,说道——我很小的时候,有一年圣诞节……我们要去祖父母家……那是在山里的什么地方,那里有马……我们玩得很开心,遇上了暴风雪…… 不像在结结巴巴地回忆梦境,却像是在描述一个非常熟悉的场景。

睡眠实验测试员将 E. H. 的反应作为对梦境的描述记录下来,但玛戈特·夏普认为这些只是 E. H. 的虚构性记忆。这位失忆症被试 E. H. 被唤醒几秒钟后就无法记起自己的梦,所以,他整合过去的某个模糊场景,编造了一个听起来比较可信的梦。从脑电图监测仪上能够看出,E. H. 似乎像正常人一样做梦,但他的梦要比"正常人"的梦消失得更快。伊莱休·霍布斯出于一贯的友好与绅士,为了安抚这些测试员,快速编造了一个梦。玛戈特曾试验过在 E. H. 睡前对他进行心理暗示,观察他的梦是否会受到影响,结果表明,他的无意识大脑和有意识大脑都没有对这些暗示的记忆。

玛戈特有一个激动人心的发现:失忆症被试 E. H. 饱受强迫记忆的困扰,因为缺乏评估这些记忆的现在时能力,他无法将这些记忆存储起来或驱除出去。(对检查者以及对他本人来说)尚不清楚:是否这些真实记忆、准记忆或完全虚假记忆磨蚀了他对患病前那个自己的身份认同。因此,就会有他素描本里的那些强迫性

---

① REM 睡眠,即快动眼睡眠(Rapid Eye Movement),又叫快波睡眠、失同步睡眠或异相睡眠,是睡眠的最后一个阶段。眼球在此阶段会呈现不由自主的快速移动,大脑神经元的活动与清醒的时候相同,多数在醒来后能够回忆得栩栩如生的梦都是在 REM 睡眠时发生的。

画作。在玛戈特对他开展研究的这些年里,E.H.画完了无数个素描本。

玛戈特在失忆症研究日志本中记录了如下推断:

如果我们不知道现在的自己,如何知道过去的自己?

如果我们不知道过去的自己,如何知道现在的自己?

玛戈特陪伴 E.H. 从研究所一楼睡眠实验室回到他更熟悉的四楼。他们一起走在公共场合的时候,E.H. 似乎喜欢走在前头——从他阔步往前走的样子,你绝对猜不出他压根不知道自己在哪里或自己要去哪里。但他对走在自己身旁的这位女士的动作十分敏感,能够预测她要在哪儿转弯。他看到电梯厅,会毫不犹豫地走进去。玛戈特注意到,电梯停靠 4 楼的时候,E.H. 会本能地做好出电梯的准备。然而,如果你问 E.H. 要去哪一层楼,他会不耐烦地耸耸肩——"谁知道呢?停哪一层我就去哪一层。"

或者,他会语气友好地说:"医生,你是医生。你知道。"

玛戈特把自己纤细的手放在 E.H. 关节粗硬的大手旁边。

"伊莱,你看!我们戴着一样的戒指。"

一天的测试结束了。到了一天中最幸福的时刻。

E.H. 非常高兴。仔细端详着两枚戒指。

"就是说——你是我亲爱的妻子?我亲爱的妻子是这个医院的医生?"

"我不是医生,伊莱。我是——是的,我是你的妻子——但这是个秘密,不能让任何人知道。"

"可是为什么?为什么'不能让任何人知道'?"

"亲爱的,因为我们想晚一些时候再告诉他们。因为我们现在还要保密。"

"但是——为什么要保密？我不明白。"

"因为你的家人不同意。"

玛戈特想不出别的理由。这一刻,她后悔自己说得太草率;她还(有一些)后悔,给 E.H.和自己都套上戒指。

E.H.倨傲地耸耸肩。他手指快速抽动,像要去打什么人。

"我的家人？——'霍布斯家族'？他们全都死了,去地狱了。"

玛戈特很诧异。"伊莱,为什么？为什么——'去地狱了'？"

"他们在那里建造很大的百货商店。地狱大百货。"

E.H.语气很凝重,玛戈特突然醒悟过来他是在开玩笑。她像妻子一样呵斥他。

"哦,伊莱！不能拿这个开玩笑。"

终于,1993年2月,E.H.的大脑被"绘制成图"。研究所添置了一台核磁共振扫描仪,E.H.成为首批接受核磁共振检查的神经系统损伤病人。

玛戈特·夏普陪着 E.H.来到放射科。等待多年,终于等来了这一刻。终于能够知道 E.H.的大脑哪一部分出了问题,她感到特别兴奋,但也为心爱的人感到担心害怕:她害怕脑成像显示的结果。E.H.将经受30多分钟的烦琐扫描检查,玛戈特只能等候在屏蔽室外。她特别想陪在他身旁,握住他的手,安慰他。他身上会用带子捆上,被像尸体一样塞进机器里,躺在那里听着刺耳的轰隆隆的声音。

在冰冷、阴森的放射科,没人认出玛戈特·夏普。似乎也没人知道 E.H.是谁——没有人知道这位身材高大、彬彬有礼、脸上带着茫然的微笑的银发绅士是一位多么著名的病人。

E.H.每一次都会问这是要把他带到哪里去？——玛戈特每一次都会告诉他,不是要离开研究所,他只是去另一层楼"扫描"大脑。

每一次,E.H.都会拍拍自己的脑袋,说:"好吧！希望他们扫描以后能在这里发现点什么。"

扫描结束后,E.H.被送出核磁共振室。他脚步踉跄,茫然地眨着眼睛。他们给他戴着耳机,保护他免受粗暴的噪音干扰。玛戈特不禁想到,她亲爱的朋友多年来一直都被保护着免受极端意外的干扰——他的生活一直被她和露辛达·梅特森太太悉心照顾着。

玛戈特迅速走上前挽住他的手臂。他不知道她是谁,但能看出她非常关心自己,就像妻子那样,她也没有像其他人那样穿工作装。

他很兴奋地称她"亲爱的"——"宝贝"。他很兴奋地告诉她,他去了很远的地方旅行——"我在时间里旅行！糟糕！我忘记把相机带回来！"

后来,上楼回到神经心理学部,E.H.抱怨说头痛,觉得脑袋里"有东西"。再后来,他完全忘了核磁共振扫描的折磨,跟玛戈特开玩笑说:"医生,你知道吗——我想他们今天给我做'绝育'手术了。我觉得我没有签署过弃权声明,我要去起诉这帮混蛋。"

累透了！他的头骨上被钻了一个洞,一块头骨像玩拼图板游戏似的被移开,易碎的硬脑膜被刺穿。他想不起他们为什么要给他做这个可怕的脑部手术,只知道一切都无法改变了。

大脑被一群陌生人摸来摸去。强光照进他的灵魂深处。他像只被人用过的橡胶手套,被翻过来丢掉了。

伊莱,你什么也没看见。你是在做梦。

快回床上睡觉,儿子。这里没有你的事。

"霍布斯先生?您现在有力气站起来吗?您能下来走动一下吗?……"

他被人扶着站起来。他之前被人平放到一个光滑的金属棺材里,现在,他又被扶着站起来。

他两腿发软,感觉大脑里像被注入了空气——空气越来越多,气压越来越强。

别看。你什么也没看到。

没有什么可看的。

功能性磁共振成像结果与米尔顿·费瑞斯教授1965年的假设一致:失忆症患者大脑中的海马和海马旁回(包括嗅周皮层和内嗅皮层)受到严重损害;杏仁核和部分颞叶也受到一定损害,但程度稍轻。E.H.大脑的其他区域(大脑皮层、顶叶、小脑)看上去相当正常。

知道 E.H. 大脑中真正关键的区域都还正常,和所有妻子一样,玛戈特·夏普极大地松了一口气。

多年来,玛戈特一直把她对 E.H. 的实验研究建立在海马体严重受损的假设之上;但一直不清楚杏仁核可能受损的程度,该部分被认为是与情感和性感知密切相关的区域。现在,杏仁核受损的程度已经明确。很显然,尽管失忆症患者大脑中至少有一半的海马体未受损伤,但向这部分海马体输送信息的通道断了——没有神经活动能够进入该区域。一切真相大白!——终于破解了人类大脑与记忆的未解之谜。

一轮轮新测试——视觉刺激、听觉、嗅觉、触觉、"潜意识"等的复杂程度;涵盖中断、分心、冲突、延迟和目标提前等的多项测试;千差万别的识别和辨认程度——所有这些测试都要做,都需要去设计、去实施。数十年来对灵长类动物大脑的实验将被人类被试——失忆症患者 E.H. 的实验所取代。

玛戈特·夏普异常兴奋,似乎揭开 E.H. 记忆之谜的研究才刚刚开始。

她好像重新回到了 23 岁,回到第一次踏入米尔顿·费瑞斯实验室的日子!回到了第一次伸手与"伊莱休·霍布斯"相握的时候。

她要学会分析功能性磁共振成像扫描图。她要像研究精致的、谜一般的旷世艺术珍品一样研究 E.H. 的大脑扫描结果。她要日日夜夜沉潜其中,连做梦都要想着它们。

这个感觉就像在引导伊莱·霍布斯进入她的身体,跟做爱时一样。她警觉、饥渴的大脑摄入这个男人诡异的大脑——他的整个灵魂。

伊莱,我越来越爱你了。我永远不会抛弃你。

玛戈特·夏普在 90 年代发表的系列论文很快成为神经心理学领域的经典:《海马体严重损伤病例中的熟悉性与回想》——《幻觉记忆和识旧如新①的理论构建:失忆症患者 E.H. 的感觉刺激与回想》——《杏仁核功能的理论构建》——《潜性记忆的理论构建》——《重度失忆症病例中的迷宫学习与躯体识别》——《空间记忆、视觉感知与海马体》。玛戈特·夏普在职业生涯中第一

---

① 识旧如新(Jamais Vu),来源于法语,意为"从未见过",即见到熟悉的事物或文字时却一时间什么都回忆不起来的感觉,通常被认为是另一种现象"记忆错觉"/似曾相识/既视感(Déjà vu)的相反情况。

次同意与实验室外的一位同事合作。这位大学神经科学家,基于 E.H. 的大脑功能性核磁共振成像扫描图,精准复制 E.H. 的神经系统损伤情况,对卷尾猴大脑进行了多次手术实验。——《人类大脑和灵长类动物大脑的形态辨识、迷宫表现与躯体记忆》(1994)系两人合作发表的第一篇高水平论文。

玛戈特对"记忆幻觉/潜隐记忆"及其相反情况"识旧如新"(认为自己从未见过而事实上见过,甚至有可能经常见的东西)这两个现象格外感兴趣。她对此展开了全面研究,撰写了多篇跟 E.H. 相关的论文:E.H. 经常会觉得似乎从前见过某样东西,但记不起来了;同样,他也经常会笃定地说自己没见过某样东西,事实上他确实见过。

玛戈特因此考虑:这些奇特的心理现象是否与(隐藏的)记忆有关?对它们作出反应的神经元在大脑中的位置是否紧邻储存这些记忆的神经元?抑或是如一些研究人员所认为的那样,它们纯粹是神经元随机点火的结果,是毫无意义的大脑神经兴奋,就像天空中出现的热闪电[1]。

然而,玛戈特并不认同"记忆幻觉"与"识旧如新"毫无意义的说法。唯一的可能是,人们目前还不知道它们的意义。

难以解释的感觉现象一:认为我们以前经历过,却无法想起是什么时候、在哪里。

难以解释的感觉现象二,认为我们以前从未经历过,然而我们确实经历过。

---

[1] 热闪电是由风暴引起的一种出现在地平线附近的闪电,通常不伴随任何雷声。

"霍布斯先生？请描述一下你看到的东西。"

在一间昏暗的测试室里，E.H.坐在他喜欢的那把舒适椅子里，盯着屏幕上玛戈特·夏普和她的同事准备的各种图片。一定程度上，这是 E.H.以前做过的一个测试，一组他很容易就能识别出的"熟悉的"——"著名"——人物的照片（如果拍摄时间早于1964 年的话）。他认出了亚伯拉罕·林肯总统、富兰克林·德拉诺·罗斯福总统和德怀特·D.艾森豪威尔总统，但看到吉米·卡特、老乔治·W.布什、比尔·克林顿却很困惑；他毫不费力地认出《绿野仙踪》中多萝西的扮演者朱迪·嘉兰，但完全不知道《星球大战》的主要演员有哪些。他一眼就认出了职业拳击手乔·路易斯，却认不出拳王穆罕默德·阿里。

他能认出成功研发脊髓灰质炎疫苗的医学家乔纳斯·索尔克，却认不出研究所多年为他诊治的神经科医生理查德·布劳尔。

在 E.H.不可能认识的陌生人照片组中，玛戈特插入一些霍布斯家族成员、亲戚和 E.H.可能认识的熟人的照片：如果这些人的照片是 1964 年之前拍摄的，他就能认得出，否则他就会不确定——"我觉得这位是我的叔叔埃米特，但显得很老、很不真实。图片上的是个老人。"

还有，"这个人看起来像我表弟乔纳森·梅特森，只是他好像出了什么可怕的事。我从来没见过乔纳森那个模样。"

他脱口叫出来："那个——是我吗？我 20 年后的样子？"

E.H.大笑起来，玛戈特强装着跟他一起笑起来。事实上，屏幕上的照片是伊莱休·霍布斯 50 岁的时候，那时的他面容有些清瘦，带着熟悉的淡淡微笑。照片是 16 年前在研究所给他拍摄的。

突然，E.H.坐着一动不动，死死地盯着。屏幕上意外地出现一张令人震惊的图片。在一系列的黑白照片中，出现一幅印象派艺术作品:一幅炭笔素描画。画着一个大约11岁的小女孩,全身一丝不挂,皮肤惨白,似乎已经死了,躺在很浅的小溪里。小女孩双眼紧闭,嘴唇微张,乌黑的头发漂散在头周围。水面有微微的波纹,小女孩赤裸的身体隐约可见。整幅画色调昏暗,模糊不清。画作采用的是空中视角,仿佛有人站在溪流上方大约10英尺的高度向下看。

E.H.似乎停止了呼吸。玛戈特不敢朝他看。

"霍布斯先生?伊莱?你认得这幅画吗?"

"不——不认得。"

有一次测试过程中,玛戈特趁他不注意设法拿走他的素描本,把一些有代表性的画拍下来,制成幻灯片。制作这张幻灯片时,玛戈特颠倒了图中的画面,给E.H.看的是原始画作的镜像。

在这幅镜像图中,溺水小女孩的头在画面的右上角,纤细惨白的双脚在画面的左下角,和原来的画面相反。

"伊莱,你从来没有见过这幅画吗?"

"没有。"

E.H.的情绪变了。因为自己准确认出了前面的很多照片,他原本兴致勃勃,现在一下子变得焦躁不安,呼吸也开始加重。

"伊莱,你能描述一下这幅画吗?"

"描述?我为什么要描述?"

"你能看清楚吗?"

"医生,我的两眼都没瞎。"

"你觉得背景是哪里?"

"背景是哪里?这是幅炭笔素描——背景是一张羊皮纸。"

"炭笔素描?你怎么知道?"

"嗯,难道不是?我就是知道。"

制作成幻灯片,很难看出是炭笔素描。原画上面的污迹翻制出来就是一片阴影。

"伊莱,你能描述一下这幅画吗?就用第一时间出现在你脑中的词语。"

E.H.摇头拒绝了。屏幕的微光映照在他脸上,面容苦闷、苍老。

"伊莱,如果让你围绕这幅画讲个故事,你会怎么讲?你就——即兴编一个。"

E.H.坚定地摇摇头。玛戈特轻轻碰触他的手腕,被他猛地甩开了。

"伊莱,你觉得那幅画画得好吗?你知道是哪位艺术家的吗?"

"艺术家?可怜的爱德华·蒙克①吧。"

"是哪一位——?"

但 E.H.拒绝重复自己说过的话。他坐在那里,双臂交叉紧紧抱在胸前,眼睛眯起来,嘴角不停抽动。玛戈特感到非常不安,好像面对着一头惊怒交加,随时可能发动袭击的野兽。

"好吧——那我们继续。"

继溺水女孩图片之后,玛戈特换了一些 E.H. 很容易识别、没那么令他恐慌的照片。虽然情绪仍然很激动,他认出了熟悉的阿尔伯特·爱因斯坦画像,熟悉的帝国大厦剪影。E.H.情绪渐渐平复下来之后,玛戈特重新回过去给他看他本人画作的翻拍照,这次是一些较为中性的情景——林中湖泊、山麓沼泽、山坡上的白桦

---

① 爱德华·蒙克(Edvard Munch, 1863—1944),挪威表现主义画家,擅长通过主题来表现他切身经历的对生存和死亡的感受,画作中充斥着迷途的欲望深渊和无法逃脱的死亡阴影的怪圈,生命的焦躁和无奈交织在一起。

林。玛戈特觉得这些景物画得十分精致,翻拍时完全复制原作,没有刻意颠倒位置。E.H.出神地望着这些照片,看了很久。

"伊莱,你认得这些画吗?"

"认——认得。但我不知道为什么。"

"你知道画的是什么地方吗?"

"乔治湖。"

"你怎么知道是乔治湖?"

"我——我知道。我就是知道。"

"这些是炭笔素描吗?"

"可能吧。"

接下来一幅图片是一栋巨大的木屋,俯瞰着一片湖,湖周围是茂密的常青树。房屋的一楼和二楼都有供人憩息的有木制平台,屋顶矗立着高大的鹅卵石烟囱。斜屋顶,其中一个屋脊上装着公鸡形状的避雷针。远处是一个伸入湖中的码头,几只船锚定在岸边柱子上,其中有一只帆船。阳光斜斜地洒在暗黑、荡动的水面上,看不出是日落,还是日出。

"嘿!那是我们家在乔治湖的房子。那是我们的码头。还有我们的船库。"E.H.像小孩子一样兴奋地叫起来,声音里似乎有恐惧,"独木舟上的那个小男孩,可能是我。"

"伊莱,你和谁一起在船上?"

"医生,我没说独木舟上的人是我。我说可能是我。"

"你小时候经常去乔治湖划独木舟吗?"

"当然。我父亲教我的——特别认真。"

他突然情绪高昂地说了一大通:"医生,我现在还去乔治湖划独木舟呢!我上个月刚去过那里,再过几个星期还要去。等到——我这个什么病——等到我一好起来……"E.H.的声音变得飘忽不定起来。

"你去乔治湖的时候,还是住在那栋家族木屋里吗?"

"我跟你说了,我刚刚去过那里。如果不会有暴风雪,再过几个星期我还会去。霍布斯家族木屋建于1926年。从我出生到现在,整整37年,我每年都会去。博尔顿兰丁——就是那个小镇——没有太大变化。我们请了一位非常忠诚、可靠的当地人阿利斯泰尔·莱尔德帮着打理。事实上,我得给阿利打个电话——他需要知道我什么时候去度周末,好提前准备……"

说到这里,E. H. 又不说话了。他准是又想起了什么——玛戈特没有打断他。

"我猜——他们都死了。他们都离开了。我最后一次去那里——就我一个人。"

"最后一次去那里,你是去森林里远足,还是宿营?"

E. H. 耸耸肩,似乎记不起来了,又或者,想要回避这个问题,似乎不愿意回首那段悲伤的往事。

玛戈特展示的下一幅图片是一架泥土跑道上的小型单发活塞式螺旋桨飞机。与其他那些画作的黯淡风格不同,这幅画色彩明快——黄色。飞机颜色鲜艳,有些夏加尔①画作的抽象风格,将古怪可笑与不祥的预示巧妙融合在一起。在这幅画中和他为数不多的几幅画中,E. H. 混合使用了粉彩笔和炭棒。

"看起来像我祖父的比奇飞机。坠毁前的样子。"

"里面有人吗?你能看到吗?"

"是我祖父驾驶的。前座上有个小男孩——可能是我。"

---

① 夏加尔(Marc Chagall, 1887—1985),马克·夏加尔,白俄罗斯裔法国画家、版画家和设计师,游离于印象派、立体派、抽象表现主义等一切流派的牧歌作者,以其梦幻式、奇特的意象且色彩亮丽的帆布油画闻名。

"前座上的小男孩是你,伊莱?"

"嗯,可能是的。但我看不清楚他的脸。"

"你祖父的飞机是这种亮黄色吗,伊莱?"

"坠毁前,是这种黄色。"

"那坠毁之后呢?"

"嗯——坠毁之后,就没有什么飞机了。我祖父再也没有上过飞机了。"

"他受伤了吗?"

"没有。呃,也许算吧。他的'运动反射'——'手眼协调'能力……他不相信自己还能驾驶飞机,所以那架飞机后来也就没有修理过。"

好一会儿,E.H.没再说话。E.H.陷入了深深的忧伤,眼睛里闪动着泪光。

"飞机坠毁之后——他们死了。过了那个夏天,他们都走了。不知道去哪里了。"

接着又插进其他几张较少感情色彩的幻灯片。E.H.毫不费力地认出了动漫角色兔八哥、爵士乐大师路易斯·阿姆斯特朗、诗人罗伯特·弗罗斯特;然后,重又回到那张画着溪水中的小女孩的炭笔素描画。玛戈特注意到E.H.急促吸了一口气,坐着一动也不动。

"伊莱,你认得这幅画吗?"

"不——不认得。"

"以前见过吗?"

"没有。"但E.H.回答得并不确定。

"你确定——以前从来没见过?"

"没见过这张'图画'——没有。是炭笔素描吗?"

"是的。是——'炭笔素描。'"

E.H.爆发出刺耳的笑声。"我觉得,画得不太好。"

"不太好?为什么不太好?"

"'为什么不太好?'——就是不太好。画家,画这幅画的人——在恐惧着什么东西。"

"恐惧——恐惧什么?"

"好像很恐惧夏天在阿第伦达克山小溪里看到一个淹死的女孩。这是——我们说是——浪漫屁画。"

"但也许这位艺术家想要凸显一种印象?一种氛围?或一种情感?"

"因此我们才称之为'浪漫屁画'。艺术家应该摒弃情感,要敢于去看。"

玛戈特轻轻把手放在伊莱·霍布斯胳膊上,发觉他在颤抖。"伊莱,请你尝试着描述一下。我们在测试你的视觉和语言能力——想要看看你的进步。"

"'进步'——听起来多么乐观!作为一个美国人,像你我这样的美国人,一定要保持乐观。"E.H.再次爆发出刺耳的笑声。玛戈特认为,他是在努力让自己忘记。这中间不仅仅是失忆——信息无法找到通道进入受损的海马体的问题,这里面还隐藏着意志力的问题。没有哪种测试能够测知这种意志力,但有经验的神经心理学家可以判定。

玛戈特不准备让E.H.这么快就忘记。

"关于画中的那个人,你能不能即兴编个故事?"

"医生,我是股票经纪人,不是编故事的。我为什么要即兴编故事?"

"伊莱,因为我在要求你编故事。"

玛戈特发现,E.H.始终不再看屏幕。他闭上双眼,拒绝看屏幕。她能感觉到他在发抖,好像冻得浑身哆嗦。

"如果——如果这幅画背后有故事,伊莱——只是如果——那会是什么故事?"

玛戈特非常熟悉关于催眠的文献。只要暗示得当,人类大脑非常容易被催眠。她发现,伊莱·霍布斯绝不是个"可催眠"的对象。他意志力非常强大,可以说强大到执拗的地步。只有他自己想讲故事,才会愿意讲故事。

他开口结结巴巴地说,"他们一直在找她,但是找不到。没有人知道,她在哪里。"

"有人把她带去那儿了?"

"是的。"

"是谁?谁把她带那儿去的?"

"……他们不让我们看她。我躲在门廊底下——就是木屋底层那个半敞的走廊。他们没有告诉我们她在哪里,也没告诉我们她出了什么事。从一开始,他们出去找她,我们知道他们找她,但不知道为什么要找她,什么时候找到了她,他们不允许我们知道。我们全都知道——但他们不允许我们知道。如果我们问起,他们就会说,'格雷琴走了。'我的父母,我的祖父母。还有格雷琴的父母。所有的大人——都说'格雷琴走了'。我们回到城里的家中,他们始终都是说,'格雷琴走了。'有一天,只有我们几个人在的时候,我哥哥埃弗利尔说,'你们知道格雷琴怎么了吗?她死了。'我问他,'她现在在哪里?'他嘲笑我说:'她去了死人去的地方,笨蛋。还能在哪里?'"

E.H.说话声音很轻,不停地用手揉搓着下巴。他的脸上因为痛苦有些扭曲。

"有时候,我觉得我想要去杀死——什么人……我那该死的哥哥总打我、嘲弄我,另一个哥哥从来不保护我。还有一个年龄大的男孩子,在我们家附近避暑,也是费城来的,他爷爷是麦克尔罗伊主教……"

"这几个男孩伤害你?他们嘲弄你?"

"没有!但他们试图那样做。"

"伊莱,格雷琴是你的亲戚吗?她是你姐姐——堂姐吗?"

E.H.又开始一句话也不说,也不再看屏幕。他浑身颤抖,脸上满是伤心的(愤怒的)泪水。

"伊莱,要停下来吗?我们可以过一会儿再继续。"

E.H.无精打采地耸耸肩。他的眼睛快要睁不开了,似乎随时要睡着了。

玛戈特和其他测试员都注意到,失忆症患者 E.H.有时会在测试过程中进入浅睡眠状态。(这种现象是一种嗜睡症,E.H.研究项目关联研究的其他中风引发失忆的患者中发现过该症状。)玛戈特猜测,E.H.可能会有失眠问题。他在睡眠实验室的睡眠并不连续,也不深,意味着他的快波睡眠时间可能不充足;但她没有办法确切知道。E.H.想不起自己睡得好不好,就像他无法回忆自己做过什么梦,因此很难获取关于 E.H.睡眠的客观数据。

他不在研究所——不在玛戈特·夏普身边的那部分生活——对她来说是一个谜,就像月食现象中月亮的背面,完全看不见。

E.H.看上去疲惫不堪,情绪焦躁。他的注意力严重分散,无法继续进行测试。玛戈特相信,他已经有一段时间没喝水或吃东西了,随时有脱水的危险。

玛戈特给 E.H.拿来一小盒苹果汁,他接过去,冲她礼貌地笑笑——"谢谢你,医生。"

玛戈特离开实验室,去日志上做些记录。她查看了上一个星期的测试结果。过了40分钟,她回来继续对E.H.进行测试,惊讶地发现他仍然坐立不安,脾气暴躁。他已经不记得她是谁了。他朝她礼貌地(戒备地)微笑,像一个有钱的房东接待来家中看房子的人一样伸出手去——"哈,你好! 哈——啰。"

"你好,伊莱——霍布斯先生。"

换作是别的场合,玛戈特能够想象出伊莱·霍布斯在乔治湖畔霍布斯宅院迎接她的派头。她对霍布斯家族在阿第伦达克山的老宅有所了解——那栋原木避暑宅院价值数百万美元——其华丽、辉煌远胜密歇根州上半岛有钱人的避暑山庄。

"你是——?"

"伊莱,我是玛戈特·夏普。我们以前见过面,我们一起做过大量重要的工作。现在可以开始了吗?"

"我还有别的选择吗?"——E.H.语气俏皮,没有丝毫危险预兆。

玛戈特特意从一些一般的、非感情化主题开始,(她)希望不要给他造成情绪波动。一组安塞尔·亚当斯、爱德华·韦斯顿、伊莫金·坎宁安、卡蒂埃·布列松等著名摄影师的标志性照片——莫奈、戈雅、毕加索等著名画家的画作——洛克威尔·肯特的几幅版画作品。所有这些,E.H.都能快速辨认出来,只是在洛克威尔·肯特的版画前稍微迟疑了一下。玛戈特并没有刻意挑选,但巧合的是,这些版画描绘的全都是阿第伦达克山区风光。

她已经决定不再冒险展示那个溺亡女孩的照片。但她给E.H.看了他的其他一些画作——月光下的乔治湖,神秘燃烧着的松树,看起来像玩具大小、倾斜着一只机翼俯冲向地面的两座小飞机。E.H.迟迟疑疑地认出那些图片是乔治湖风光,但似乎认不出是他自己的画。

"该死的混蛋。"

玛戈特正准备把飞机的图片换成别的图片,E.H.突然愤怒地转向她。这位平时性情温和的男人抓住她的手腕,用力摇晃。不停地摇晃她。他的眼里喷着火,无比憎恶地怒视着她,玛戈特害怕他那双有力的大手会把自己手腕扳断。

"你——该死的混蛋!你对——对'伊莱·霍布斯'——干了什么……"

玛戈特竭尽全力让E.H.安静下来。测试室里只有他们两个人,她很担心有人听到他那么高的声音会进来。

"怎么啦,伊莱——出了什么事?"

E.H.告诉玛戈特,他已经聘请了一位律师——霍布斯家族有很多律师——他要起诉"你和这家混蛋医院制造医疗事故"。他说,他们给他大脑做手术的时候,向里面塞了——东西。"手术电极,还是磁铁——还是什么东西!你们损坏了我的大脑,损坏了就一直牵着我的鼻子走。我可不是一个任人牵制的实验动物。"

突如其来的情绪爆发。玛戈特瞠目结舌。

可你就是一个任人牵制的实验动物。

E.H.用玛戈特从没有听到过的愤怒声音,继续指责:"你!你们所有人!我明明是个怪胎,你们却奉承我,说我独特。但是,我这样的怪胎,活着的目的也不是要成全你们的事业。"

玛戈特竭力辩解说,伊莱误会了!说他发了高烧——是脑炎——奥尔巴尼的一家医院给他做了急诊手术,减轻他的脑部水肿,救了他的命——不是神经外科手术。医疗干预救了他的命,没有伤害他。

"胡扯!我一个字也不会信。我要看我的医疗报告。我要换医生——我不相信你们这帮人。你们把我变成了——"E.H.神情冷漠,四处张望,想要找个东西来直观表达他的意思。他快速俯身从垃圾篓里抓出一团揉皱了的纸巾——"变成了这个。'一团垃圾'。"

玛戈特惊骇极了,说不出话来。

她太震惊了,她能感觉到眼泪在眼眶里打转。

这么说——这位失忆症被试一直都知道?一直都知道自己的大脑损伤无法修复?

那一刻,望着E.H.,就像看着一个人在一点一点地消失。那张脸,正在慢慢消失。曾经叫"伊莱休·霍布斯"——或可能叫"伊莱休·霍布斯"的——躯体的残余部分——正在望着她,孤独凄凉。

请帮帮我!如果你们还有一点人类的怜悯心,请帮我摆脱这一切。

请帮助我去死。

解决的办法很简单:走开。

快速从情绪失控的失忆症被试身旁走开,但决不能快到像在逃离。

玛戈特定定神,喊来一名助理护士。助理护士小跑着过来安抚情绪激动的病人,玛戈特趁此机会赶紧离开。护理人员对所有病人可能出现的突发情绪失控,行为异常,都已司空见惯,不会惊慌失措。年轻女助理很快跟E.H.聊开了,声音里传递出安慰、日常常识和管教约束。玛戈特早就逃掉了,逃到所在楼层的女厕所里躲起来。

"再也不能了。永远不能。"

她发誓:她再也不会给 E.H. 看他自己画的小溪中的溺亡女孩炭笔素描。永远不会。

玛戈特等了好几分钟,才重新回到实验室。透过平板玻璃窗,她看到 E.H. 已经平静多了,似乎在跟助理护士说笑。

她给这位失忆症被试端了一杯橙汁。糖分会让他恢复活力,可以再进行几个小时的测试。再见到玛戈特·夏普,他又会热情洋溢,像对待所有友善的迷人女性一样。

"霍布斯先生——伊莱——你好!"

"你好?哈——啰。"

玛戈特·夏普读遍了所有关于失忆症和脑损伤的重要文献,当然也包括记忆力障碍和选择性记忆的相关文献。她读过亚历山大·鲁利亚①的经典作品《破碎的人》,是第一次世界大战中遭受脑损伤的一位苏联老兵的痛苦的准自传。她还读过鲁利亚的《记忆大师的心灵》,讲述了一位有超常记忆力的人,其实也是一种不同的、更微妙的大脑损伤。当然,她也读过米尔顿·费瑞斯和他从前那些最优秀的学生发表的关于记忆和失忆症的著述。

将来有一天——(不是现在,如果她想要继续在事业上有提升,还得仰仗导师的评价。)——玛戈特希望自己也能够师法鲁利亚的"浪漫科学",创作一部手记式的散文作品,不单纯只有科学性,还要有推理性,甚至还要有"诗性":她要把自己的日志拓展成为对 E.H. 的综合、全面的探索,但并不仅仅局限于科学研究视

---

① 亚历山大·鲁利亚(Alexander Romanovich Luria, 1902—1977),俄国心理学教授、神经科医师,毕生致力于研究神经心理学,到了晚年转而发展"浪漫科学",写下两部特殊的神经学纪实小说:《破碎的人》(*The Man with a Shattered World*)和《记忆大师的心灵》(*The Mind of a Mnemonist*)。

野,而要尽最大可能了解他的个人生活,至少要了解 E.H. 个人生活中的"情感地标"。

她写信给阿第伦达克山脉乔治湖地区的多家报刊社,查询30、40年代小女孩死亡的事件——"女孩可能是费城霍布斯家族的亲戚"——但毫无结果:要么报刊社不存在了,要么就是拆启玛戈特·夏普来信的人觉得没有义务回复。她花费很多个小时,试图通过电话联系沃伦县治安官员办公室和该地区其他执法人员;她还多次打电话、写信给沃伦县地方法院卷宗部。她的电话无人接听,她发出的信函基本上石沉大海。只剩下一个办法了——找时间亲自开车去阿第伦达克山区。但这个想法莫名让她感到孤独和恐惧。

要是伊莱·霍布斯能跟我一起去就好了!就我们两个人。

我在"燃烧"——那场大火后来持续闷烧了很多天。我的骨髓烧化了,我能闻到那股像牛奶变质发出的臭味。

我现在还能闻得到。我还能感觉到火在身体四周和大脑里闷烧。树全都烧起来了。松树林火光冲天。祖父的飞机在着陆时失事并引发大火。因此,这儿的走廊里才拦上黄色屏障,阻止大家进入起火区。因此这儿才会有一股东西烧过的焦臭味。但我现在恢复得差不多了。我的头发已经从被剃光的地方长出来了。我父母下个星期就会来接我回家——他们说我还需要一段时间才能"康复"。

我想,他们没有找到格雷琴。她还在乔治湖的树林里,我身体好了以后会去找她。

令玛戈特·夏普不安的消息。

她接到通知,说达文公园有消息称,他们的失忆症被试"行为反常"——"有时候,非常危险。"

玛戈特·夏普也有自己的消息。身体的消息,其他任何人都不知道的惊天消息。她呼吸急促,像刚刚爬完一段很陡的楼梯。系主任满是忧虑的声音传到她耳朵里成了嗡嗡一片,她几乎什么也没听进去,会谈全程她都在不合时宜地微笑着。她心里一直在说——我还在乎你们什么!我终于怀孕了!我怀了伊莱休·霍布斯的孩子。

她把手放在肚子上,那里仍然平坦、硬实,不会泄露她的秘密。她抬起眼睛,故作天真地望着新系主任亨德里克·拉塔关切的目光。

拉塔。米尔斯。米尔斯现在怎么样了?玛戈特从来都不喜欢也不信任米尔斯,但她认识米尔斯;玛戈特并不认识这个比自己年轻的拉塔。他主攻神经科学家(公开)瞧不上的社会心理学。

夏普教授接到通知,说这个人想跟她约谈。约谈就是要让她像听话的小狗一样跑过去,她一连很多天都没有理会这个约谈。她现在要去取信箱里塞着的信,似乎碰巧来了系办公室。"哦,你好!你之前是要找我谈话的吧?"——她口气催促,没有一点想要聊下去的意思。她从上到下穿着一身黑衣服——黑色长裤,黑色丝绸衬衫,黑色棉外套。除了左手第三指上有一枚可能是婚戒的窄条银戒指,她身上没有其他珠宝。她紧张地来回转动着那枚戴着有些松的戒指。

玛戈特很害怕,却又十分兴奋。她虽然很吃惊,却并不感到意外。冷静下来,玛戈特暗想——我们有了孩子。你们谁也不能阻拦我们。我们会住在乡下某个地方,也许在阿第伦达克山区。那里没有人认识我们,也没有人会评判我们。我将保护父亲和孩子——我用我的生命保护他们。

透过心里的这些杂音,玛戈特听到耳畔传来拉塔的声音。她必须得听。

"玛戈特,"——这个爱打听别人隐私的男人竟然熟稔地称"玛戈特",这让她十分反感——"我们接到达文公园传来令人不安的消息,说 E.H. 有时会变得'粗暴'——'难以控制'。他对护士助理大喊大叫,而且伤到了你,他把你的手腕弄伤了。这些是真的吗?"

玛戈特快速把袖口拉下来遮住手腕。玛戈特很快笑起来,嗤之以鼻地说:"不!这不是真的。"

耳朵里嘈杂的声音让她分心,她不确定自己说了什么。于是她提高声音,又说了一遍:"我是说——没有。没有的事。"

拉塔邀玛戈特坐下来。玛戈特不愿意坐下,她不想被困在这个男人的办公室里。他语气严肃地说:"我一直听说你的这位失忆症患者 E.H. 没有以前那么配合了。听说他的身体出现了问题……"

玛戈特不知道是不是实验室里的年轻同事在传播这些谣言。她最近一直都没让他们接触 E.H. 了,由她自己单独对他进行测试。E.H. 的"情绪"几乎不会让她担心——玛戈特知道 E.H. 信任她。

如果是研究所的工作人员散布关于 E.H. 的谣言,玛戈特·夏普就没什么办法。但如果是她实验室里的某个人或某些人,她可以采取措施制止。

"今年冬天,伊莱的呼吸系统确实感染过。他打网球的劲头也没有以前那么足了。他不像以前那么听话,那么配合。毕竟,他年纪大了——他 65 岁了。"

65岁！可怜的伊莱。

事实上，E.H.不久前已经满了66岁。但玛戈特无法让自己说出他66岁了。

玛戈特否认那些说E.H.变得喜怒无常或很执拗的谣传。她说，尽管E.H.年纪大了，他的心态还很年轻；他很在意自己的衣着，每天早上都会刮胡子；他对从前喜欢的话题——民权运动和多数白人的种族偏见，小马丁·路德·金牧师，经济学和"博弈论"——依然激情不减；他还能流利地背诵最喜欢的诗歌、歌词或演讲段落。他依然保持看到东西就如实记录下来和画素描的习惯——"E.H.是位了不起的艺术家。我认为，过去这些年，他已经重新捡回了最初的、一度失去的某些天赋。"玛戈特说得很令人信服，语气也很平静，谁也猜不出她心跳得多么剧烈。她无意识地转动着手上的戒指。

拉塔又问，E.H.是否让记忆实验室的人看他的笔记本和素描本。似乎这是个十分愚蠢的问题，玛戈特想也不想，语气生硬地说，"不会，通常不会。但是，他有时会给我看。"

"你经常单独跟这位被试在一起吗？"

"不。不'经常'——我不这么认为。"

"通常会有别的人跟你一起？"

"亨德里克，研究所神经心理学部人人都很忙！"——（注意：她称他亨德里克。玛戈特慎重地选了敬称，希望他不要继续纠缠下去。）

但亨德里克·拉塔继续用关切的眼神看着玛戈特，"他没有伤害过你吗，玛戈特？"

"'伤害过我'？怎么伤害？"

"呃——身体上的。无意地，或——故意地。"

"当然没有!伊莱·霍布斯是位绅士。"

"他没有威胁过你?"

"伊莱·霍布斯怎么可能会威胁任何人?这个可怜的人完全没有未来的概念。"

玛戈特笑起来。转动着手上的戒指。

她的回答很特别,不太符合逻辑,但玛戈特并不打算收回。

"他没有,"——(拉塔停下来,有些尴尬,他在考虑如何措辞,要用怎样慎重的表述才不会惊吓或激怒玛戈特·夏普,她可是出了名的易怒)——"用任何方式——暗示过——表现出——触碰你——性方面的威胁?"

"绝对没有。"

"我很抱歉,玛戈特。但我不得不问。我一直听说……"

"伊莱·霍布斯不是一个有'性能力'的人——这一点,我们已经观察到了。他的脑损伤似乎让他失去了'性'和'情感'方面的关联能力。因此,对于您所有的问题,亨德里克,我的答案都是——没有。"

玛戈特腰板笔挺,大步走出系主任办公室,头也不回。

你知道什么,你这种傻瓜什么都不知道。

(她遮住手腕,以免被人看出手腕瘀伤。她从不仔细检查手腕,要是查看了,发现瘀伤,就涂抹上蒙大拿山金车舒缓膏。有一两次,他情绪沮丧,因为大脑损伤又不知道该如何表达,抓住玛戈特的上臂死命摇晃,臂上的淤青很容易隐藏,因为她从不穿短袖。)

(她发誓永远不再惹恼他。尽管测试结果具有重大意义,令人兴奋,但这件事情本身太残酷。)

（她发誓永远不再惹恼他——然而,有时候,她必须冒险去刺激被试。没有刺激,没有冒险,测试就不会有进展。她会再次给E.H.看那张小溪中的裸体女孩的炭笔素描画,让他辨认画中的人物和场景。）

（对于失忆症被试而言,每一次测试都是第一次。每一次都是独特的,不可重复的。对于科学家而言,每一次独特的测试都为证明实验累积了精确的数据。）

夏普教授是某种意义上的狂热分子。我在哈佛大学获得博士学位,却从没见过任何一位像她这样的科学家。她全身心扑在——记录E.H.的工作中。"揭开人类记忆之谜"——她经常这么说。任何事情都不能打断她的工作,据我们所知——经常有电话打来,宣布她又获得了一个奖,或者又得到了一笔研究经费——玛戈特会礼貌地感谢打电话的人,挂断电话,继续工作。有时候她甚至不会告诉我们她获得了什么奖项——我们后来看到报纸才会知道。她是我们所见过的最谦虚、最无私的人,不只是在科学上。对她来说,工作以外的任何事情都会分散精力,她要求她的学生和同事要有同样的专注与奉献精神。在这个以男性为主的研究领域,她作为女性表现得同样出色。她对女同事和男同事同样苛刻。很有可能,她并不区别对待,因为她根本没有注意到这种区别。与玛戈特·夏普一起工作并不总是十分愉快,但却总能获得启迪,我们每一个人都因她而改变。遇到玛戈特·夏普之前,我几乎不知道成为科学家意味着什么,可以说,我今天取得的一切都要归功于她。

是的,她确实对E.H.——他当时的代号——有一种异乎寻常的依恋。有人观察说,她对他有着"病态的"依恋。但我确信,那仅仅只是职业兴趣。玛戈特·夏普具有绝对的职业精神,要求她周围每一个人都要做到这样。我到玛戈特实验室工作的时候,可怜的伊莱·霍布斯已经六十多岁了,与他年迈的姑母一起住在费城郊区——大多数时候,都是司机开车去把他接到研究所。他对发生的事情毫无概念——周围的一切对他来说都是一个谜,过不了一个小时,他就会认不出我们。当然,他从来都认不出玛戈特·夏普,他称她"医生"。他也称我"医生"——他总把我跟他很久以前在费城认识的某个人弄混。

他姑母去世后,E. H. 的生活遇到了麻烦,我不清楚玛戈特·夏普是如何解决的。那时我已经离开研究所,在加州理工学院创建了自己的实验室。我所知道的一切,都是玛戈特·夏普教给我的。玛戈特·夏普也总是说,她所知道的一切,都是从米尔顿·费瑞斯那里学到的。

从代际关系角度而言,费瑞斯是我的"祖父"。玛戈特·夏普是我的"母亲"——她是我见过的最不像母亲的女性。

她告诉他——"伊莱,我想我怀孕了。"

她告诉他——"亲爱的伊莱,我想——我想我怀孕了。"

她告诉他——"最亲爱的伊莱,希望你不会生气,也不要震惊,但——我想——我想我——我可能……"

她什么也没告诉他。她说不出口。尽管此刻他们俩单独在一起。尽管 E. H. 很开心,一直称她为他亲爱的妻子。

当然,她没有怀孕。她从来没有怀过孕,也永远不会怀孕。她依稀记得自己还不满 50 岁,实际上她已经 53 岁了。

53 岁!这个数字令她大吃一惊,她心里感觉自己依然是那个纯洁的女儿,从来没有让年龄进入过自己的意识。

此外,玛戈特·夏普一直非常苗条。进入青春期以来,她始终体重不足,也许是有意在控制;体重不足,她的月经频率就会远低于正常体重的女性。因为,她一直告诫自己:做女人,意味着软弱和浪费时间;做女人,不是人生的上上选择。因此,多年前她就已经没有了怀孕的可能。

即便如此,玛戈特还是会走神想到怀孕的事情。

她的乳房小而硬,不像孕妇的乳房。然而,乳头仍然很"敏感"——黎明时分醒来,冬日的冷雨敲打在窗户上,伊莱·霍布斯在数英里之外,并不记得她,她会频繁感到恶心。

玛戈特当然知道癔病性怀孕。她知道(半)意识心理的错觉。她知道有些人的催眠易感性高。她腹部平坦,躺下来实际上还会轻微凹陷。她感觉自己的骨盆就好像(打个譬喻)感恩节火鸡身上的许愿骨①。然而……

最终,她还是预约了大学附属医学院的妇科医生,确认自己到底有没有怀孕。

刘医生是她的私人妇科医生,但玛戈特已经6年没来看过刘医生——这个时间简直不能更长了!毕竟,玛戈特·夏普是位科学家,应该知道不能回避身体检查。乳房X光检查、子宫颈涂片检查、宫颈癌和直肠癌筛查——智商这么高的女人对自己的健康

---

① 许愿骨(wishbone),是鸟类脖子上形状像Y的一根骨头,吃鸡的时候会吃到。有一个古老风俗,吃到这根骨头时,两个人要比赛,一人一头一起扯,扯到长一点骨头的,就会有好运气,可以许下一个秘密愿望。所以wishbone被叫做"许愿骨",或"如愿骨"。这个风俗的历史已有千年,可上溯到罗马时期,人们用鸡的这根锁骨来占卜以消灾祛魅。近代英国人把这项传统带到美洲新大陆,美国人现在用火鸡来当"许愿骨",拉扯火鸡锁骨(lucky break)成了火鸡大餐上的重头戏。

竟然如此不放在心上!

"怀孕?你是——问怀孕吗?"

刘医生几乎没有掩饰她的惊讶。毕竟,玛戈特·夏普已经过了生育年龄——不是吗?(刘医生清楚地知道她53岁了。)玛戈特又羞又恼,感到脸发烫。

"是的,医生。我——我需要知道,今天就得知道。"

刘医生做了个非常简单的测试,结果跟玛戈特预料的一样:阴性。

但是,刘医生并不太确定,这个结果对夏普教授来说是好消息,还是坏消息?躺在检查台上,张开修长的双腿,身下的白色垫纸皱巴巴的,玛戈特闭上眼睛,努力不让泪水流出来,但泪水还是抑制不住地从脸颊滑落。

"夏普教授,你没有怀孕。希望这是个好消息。"

刘医生压根没工夫考虑"没怀孕是坏消息"背后可能的情况,直接快言快语地告诉夏普教授,子宫颈涂片检查结果将在下周一送到她办公室,如果也显示为阴性,她就不给夏普教授打电话了——"没有消息就是好消息。"

玛戈特几乎没听她在说什么。如果刘医生想用那句陈词滥调逗个乐,玛戈特显然没理会。她木然说道:

"是的。好消息。谢谢你,医生。"

她的心脏剧烈跳动,似乎在嘲笑她。就像安柏·麦克弗森灰色石头房子里那座精致落地摆钟的铜钟摆,只不过她的这颗"钟摆"动得更疾速,更残酷。

怀孕!教授,你就是个笑话。

一杯酒下肚。她的瘦高个、留着两侧铲青发型的同伴也喝光了一杯。

没有什么可聊的。他们谁也没说话。

那么多年过去了,玛戈特放在小实用厨房高柜架子上的那瓶颈口黏糊糊的尊尼获加黑方威士忌快要见底了。这瓶酒是她曾经的恋人带过来跟她共饮的。那个名字就像大脑中的一个小尖刺,如今提起只有伤痛。现在不能再想他了,可怜的米尔顿在博卡拉顿中风了,应该会在那里终老,他年迈的妻子竟然比他长寿。

玛戈特曾经幼稚地想象过——呃,她想象得太多了。

亲爱的玛戈特,我在此指定你为我的遗产执行人。我需要有你在我的生命中。

当然这并没有发生过。她的生命中,太多事情都没有发生过。

再来一杯?再来一杯!

灼热的火焰,滑下去。感觉真好!

她笑起来,用手捂住了眼睛。她特别想告诉这位年轻同伴:你相信吗,我这个年龄竟然还在想自己可能怀孕了。一个连我都记不住的失忆症病人父亲,怎么可能会记得我们生的孩子?

海驹——(玛戈特·夏普从来都读不准他的韩国名字)已不是第一次把这位资深科学家从大学实验室送回家了。她常常一个人工作到很晚,目光呆滞迷离,像是被人施了麻醉。有一次,他发现她跌坐在灯火通明的房间角落里,误以为是一堆废弃的衣服或抹布——竟然是玛戈特·夏普,大学里最杰出的教授之一!

教授?嗨,让我扶你起来吧。

好的——不要打911。

很可能,她一整天都忘记吃东西了。也忘记喝水了,导致脱水。海驹猜测,夏普教授患上厌食症了——可能早就有厌食症——只是她自己不知道。如果有最关心她的同事指出来,她一定会很生气地否认。

海驹认为,她意识不到自己的身体状况,就像失忆症被试E. H.意识不到自己的身体状况一样。

今晚也不是夏普教授第一次坚持邀请海驹留下来喝上一两杯——或者三杯——请他吃冰箱里能找到的随便什么东西:原味低脂酸奶、干硬的杂粮面包、变了色的奶酪皮、啃剩的哈密瓜、盖碗里的剩米饭,粘连在一起的意大利面。

海驹会留下来陪着玛戈特·夏普,直到确定她没事才会离开。确保心神错乱的可怜女人不会有意或无意伤害到她自己。

海驹不会去猜测到底什么事让教授那么心烦意乱,知道太多对自己没有什么好处。当然——他知道——夏普教授对米尔顿·费瑞斯有过绝望的爱恋,也知道那段恋情早已结束。他也知道夏普教授对伊莱休·霍布斯有着无望的爱恋,但不去想这段恋情将来如何结束。

想让自己镇静。这是玛戈特·夏普饮酒的唯一理由。

(这在系里是个公开的秘密吗?玛戈特·夏普独自饮酒?海驹觉得大家都知道,就像追随玛戈特·夏普的他不会跟任何人提及一样,从来也没有人在他面前提起这件事。)

海驹已不再年轻。不再是系里那个踌躇满志、准备师从米尔顿·费瑞斯的年轻研究生了。

这也不是海驹第一次陪着玛戈特·夏普到凌晨。

海驹不会脱掉自己运动衫和脏硬牛仔裤外面罩着的大学校服卫衣。海驹只会帮助玛戈特·夏普脱下鞋子,不敢解脱她的衣服,甚至不敢把她后颈脖处汗湿的头发撩开,虽然知道那样可以让她头垫在皱巴巴的枕头上睡得更舒服。

细细的麻花辫从玛戈特·夏普左边脸颊垂下来。这根辫子已经成了她怪诞的风格标志,系里同事说"令人费解,怪诞程度简直超越漫画想象"。

可怜的玛戈特·夏普!然而,为什么要替玛戈特·夏普感到难过,她过着自己想要的生活。他转念想道。

今天晚上,两个人的交流仅限于含混不清的几个字。

海驹面容干瘦,长相仍然像小孩。令人(主要是海驹本人)震惊的是——他竟然已经43岁了。他很瘦,腰上的肉开始松弛。乌黑的两侧铲青发型,像个朋克歌手,戴着金属边框眼镜。他的皮肤和牙齿都是茶黄色。海驹曾是米尔顿·费瑞斯最信任的实验室技术员。这位韩国年轻人知识过硬,为人可靠,玛戈特·夏普很感激能把他继续留下来。

再来一杯?不来了?呃——为什么不来?

海驹让教授知道他认为不能再喝了。他并没说话,但表达了这个意思。用金属框眼镜后面无比关切的眼神。

大家也都听说过,一些原本势头良好的准科学家,莫名其妙地没能发展起来。没能离开培养他们的系部,没能离开赖以安身的实验室。

最可靠的实验室技术员海驹,缺少个人创新思想的天分。如果把他一个人留在房间里,给他一个记事本、一支铅笔,一个小时以后,你会发现他的笔记本上仍然一片空白,铅笔即便动过也压根没用过——米尔顿·费瑞斯很多年前就是这么批评他的。

1977年,他师从费瑞斯教授,准备开展认知心理学博士项目研究。但很多年过去了,他始终没能写出学位论文。费瑞斯教授退休的时候,系里想要开除他,但玛戈特·夏普设法把他留了下来,定期给他续签3年聘期合同,让他忠心为自己效力,一如过去十多年他为米尔顿·费瑞斯效力那样。

玛戈特·夏普和海驹在未来很长的时间里，会始终在一起合作。在目前很有名的"记忆"实验室，一茬又一茬研究生、博士后和研究人员来了又去了，只有海驹忠心耿耿地留下来。离开玛戈特的实验室，他也不知道自己能干什么。

玛戈特·夏普一直保护着海驹，海驹也一直守护着玛戈特·夏普。既不是死心塌地的奴隶，也不是某种意义上从技术层面助力神经心理学家的高级技术人员。

他早已放弃攻读认知心理学博士学位。意味着他放弃了去重点大学，甚至二、三流大学心理学系谋取全职工作的希望。

（是不是海驹爱上了夏普教授？——有人猜测。）

（是不是夏普教授爱上了海驹？——更多人倾向于这种猜测。）

海驹从不认为他是玛戈特·夏普的"奴隶"——或是其他任何人的奴隶。海驹很自豪，他的工资收入是系里所有实验室技术员中最高的，而且很多教授级别的研究人员经常向他寻求建议和帮助。

只要玛戈特·夏普在大学里工作，海驹就愿意一直做她的研究助手。玛戈特·夏普已经决定永远不退休。

海驹从来不会对他的"女主人"说不敬的话。他从不谈论他的"女主人"，除了偶尔表达景仰。即便表达，也很简短。

事实上，海驹从来话都不多。他早已学会将自己隐藏在"外国人"的身份之后——修炼成了"沉默大师"。

不过，海驹也知道，和之前的米尔顿·费瑞斯一样，玛戈特·夏普只消给系主任办公室打个电话，或者敲击一下电脑键盘，就随时能够毁了他。她完全依赖他，但只要她觉得不再需要他，随时可以训练其他人。他们之间，无须（显见的）了解，就能理解；无须

(显见的)连接,自有联结。

昏暗、凌乱的卧室里堆满了书、杂志和报纸。躺在那张似乎很久没有换洗过的窄床上,玛戈特·夏普啜泣着,打着一连串嗝,接着,就像从墙式插座里扯出来的电源插头一样,陡然陷入了无梦睡眠。

在这漫长一天的凌晨2点10分——(海驹不知道的是,这一天,玛戈特·夏普明白无误地知道她没有怀孕)——海驹确认玛戈特·夏普终于睡熟了。他拿走她手中快见底的酒杯,放在床头柜上。他看到,廉价的枫木床头柜上,沾满像微弱的木星环一样的酒杯、茶杯印渍,但他心底从不会对她进行任何评判。

多年以来——(事实上,自米尔顿·费瑞斯之后)——只有海驹进入过夏普教授距心理学大厦半英里、位于北雷丁大街上的两层楼褐砂石联排别墅①。这么多年,也只有海驹一个人进入过教授一张单人床占据了大部分空间的卧室。

房间墙壁上贴了六七张硬白纸上画的铅笔画和炭笔画。房间里光线昏暗,画上是一片模模糊糊的阴影。

海驹当然能认出这些画。但海驹从不会发表任何评论,更不会问玛戈特·夏普为什么要把这些画贴在她家中的墙壁上。

"教授?打扰您……"

海驹犹豫着,握起教授那只冰冷无力的手,测她的手腕脉搏。凭着眼观耳听,他能知道教授呼吸湿重、不平稳。他发现,她的眼

---

① 褐砂石联排别墅(brownstone),褐砂石是一种褐色的三叠纪侏罗纪砂岩,石头独特的红棕色来自岩石中溶解的氧化铁。在19世纪逐渐成为一种流行的建筑材料,广泛应用于美国东部上层地区。Brownstones的典型建筑细节是一个陡峭的楼梯从街道上升到入口,几乎相当于二楼的高度。很长一段时间,用"褐砂石"来形容联排别墅(townhouse)社区已成为一种时尚。

皮一直在抖动。

海驹非常郑重地说他要离开了——"教授,祝您晚安。"

海驹关掉房间后面的灯。海驹把那瓶颈口黏糊糊的昂贵威士忌酒放回厨房高柜架子上,仔细关好橱柜门。

把水槽里的杯子冲洗干净。海驹有条不紊地处理好——即便夏普教授夜里发生什么不测,也不会有任何指纹和 DNA 样本指向他。

海驹准备悄悄离开教授的房子。拉好窗帘。门上的室外灯似乎烧坏了。

凌晨 2 点 18 分,他正准备关锁房门,突然听到黑暗里传来微弱但不容置疑的声音——"海驹?明早 7 点 45 分实验室见——别迟到了。车子留在这里。我们 8 点半之前要赶到达文公园。"

第 九 章

程序。猎刀。他为什么紧紧抓住木板桥的栏杆？他为什么必须立稳身体抵御狂风？

想起在乔治湖,那些步枪和猎枪全都锁在储藏柜里,严禁孩子们触碰。但还有一个很少上锁的储藏柜——柜子里放着各种刀。

猎刀、鱼刀和锚刀等。

等到大人们全都上床睡觉。整栋房子飘荡着呛人的木柴烟味和烟草味。

楼下是浓烈的威士忌酒的味道。

手里的猎刀很重。一只小孩子的手,一把成年人的刀。

他举起来。沉重的、锋利的猎刀。

朝躺在床上的人捅下去,一刀,两刀,三刀……醉醺醺的人立刻清醒过来,极力想逃,却让被褥缠住了。

我恨你！你该死。

只有我知道你有多该死。

父亲的脸,因为恐惧、吃惊,扭曲变形。看清楚了,趁着黑夜偷偷溜过来的是他的亲生儿子。他的亲生儿子要杀死他。

房子后部壁炉背面潮湿的小卧室。爸爸喝得烂醉,爬不上楼,有时会睡在那里。

流血致死,死定了。胸口、脖子上中了几十刀。肚子、大腿根也都中了刀。陷入疯狂的仇恨中,一直捅,一直捅。

没有人会怀疑一个5岁的孩子。

事后,仔仔细细地清洗了猎刀。在厨房旁边的小盥洗室。

放在储藏柜架子上的沉重猎刀被仔细洗好、擦干,放回到那些刀中间。

程序,猎刀:光着双脚,颤抖着从漆黑的楼梯上下来,用孩子式的细心数了15个台阶。等到摸黑上楼的时候,他必须数够15个才行。

打开储藏柜的门——没上锁。

他选的刀不是最大的,也不是最重的。不是宰鹿刀。也不是剖鱼刀。然而,都比他预想的要重得多,他担心它会从手上滑落,割破自己的手指。

无论父亲的哪把刀,他举起来都比自己预想的要重。

光着脚,他颤抖着穿过漆黑的房间。他穿着法兰绒睡衣,裤子总往下垮,他太瘦了。木屋里总有一股木柴烟味道。

人影让床褥缠住了,惊恐万状。惊讶得忘记大声呼救。刀捅得太快、太熟练,来不及呼救。一刀就刺中了喉咙,血从嘴巴里汩汩流出,来不及喊叫。父亲根本无法反抗来杀他的儿子,两只手都被砍了。

锋利的大刀,无数次举起、落下。一刀,两刀,三刀……

继而,到了早上,一切如常。

醉酒的人已经不醉了。醉酒的人是爸爸,正朝他眨着眼睛。

伊莱,咱们今天把那条大独木舟拖出去。你该学划桨了。

"霍布斯先生?——伊莱?打扰您……"

他睁开眼睛,惊恐而戒备。发现他并不在自己认为的地方,非常惊讶,但他迅速收起惊讶的表情,不让人看出来。

小麦肤色的年轻姑娘,乌黑油亮的玉米辫。她眼睛很漂亮,姣好的身材裹在暗绿色罩衫和长裤里。脚上穿3码白色护士鞋。看他好半天都没有反应,她笑着拽起他的胳膊。

因为恐慌,他刚才一直紧紧抓着木板桥栏杆。尽管四周没有什么——没有危险,心跳过快且不稳定。

他不确定自己是在哪里,但很快意识到不是在湖区。不在阿第伦达克山区。

他很失望。他不害怕了。

这是沼泽地里的一片树林。软木屑小路,一切看着都不熟悉。没有他熟悉的登山小路。也没看见白松树。沼泽地,潮湿的味道。远处也看不到山。

"霍布斯先生——我们往回走,好吧?"

"好!好。"

"别忘了拿你的画本……"

"好的,伊娃。谢谢你。"

微笑着掩饰自己的困惑,他看见姑娘的姓名卡牌——伊娃。

外国名字。他猜来自加勒比海岛国。

她是个护士,或助理护士。他喜欢听她的声音——不管她说什么。

伊娃很矮,但这个高度让人舒服。她的身高不超过5英尺1英寸或2英寸。[1]

---

[1] 5英尺1—2英寸,约为154—157厘米。

然而,她的身体散发着成熟女人的魅力。穿着暗绿色的宽松工装,也能看出丰满圆润的臀部和乳房。

护士,或助理护士。身材小巧——肩和腿——肌肉紧实。他盯着她凹凸有致的身体。她脸上笑盈盈的,很漂亮,眼睛漂亮、和善,没有丝毫评判的意味。

他忘了什么?——素描本。

他迅速抓起素描本。当然,他刚才肯定在画素描——他手指上沾满了炭灰粉。他要等到只有他一个人的时候,再去翻看检查刚才画的素描。

"拿好了,霍布斯先生!不想忘东西,对吧?"

从伊娃的举止,他知道她很熟悉他,喜欢他。因此,他应该也熟悉她。

漂亮的耳朵上戴着金嵌红宝石耳钉。皮肤温润光洁,完美的下颚线,好看的嘴唇——性感的丰唇,非常适合接吻。

她左手第三指上戴着一枚细细的银戒指。伊娃结过婚了?很有可能,还生过孩子。

他心里顿时充满巨大的失落,差点绊了一跤。

"伊娃帮帮我,我一个人很孤独……"

说完,他笑起来。笑比哭好。

"不要这么想,霍布斯先生——那么多人关心你,知道吧?现在就有很多人在测试室等我们过去呢。"伊娃还告诉他,医生对他比她见过或听说过的其他患者都更关心,他应该感到高兴,感到骄傲——"他们一直在写你,你都成'名人'了。他们对你很好很好。"

然而,他今天上午一直走不稳。两条腿抽痛,尤其是右腿。会是关节炎吗?

这么年轻就得该死的关节炎。他才37岁,正该身强力壮。就在几个星期之前,他还独自去白山国家森林公园步道背包旅行呢,12英里小径上到处有散落的岩石。

害怕孤独。但他从不会在孤独面前退缩。

记忆岛突破黑色的糊浆,在他的脑海中升腾。黑暗中浮动着光之岛。他神思恍惚地跟在这个穿着暗绿色工装的迷人姑娘身后。他(暂时)已经忘了她的名字。她带他沿着软木屑小路向前走。她似乎知道要去的地方,很熟悉那里,他也应该知道要去的地方,也应该很熟悉,因此,他一定不能露出苦恼的表情。

他冷静地想——他们不会抛弃我。我的家人会来接我。他们已经原谅我了。

这栋高楼并不非常熟悉,但被带到后门,穿过快速旋转的大门,他也没感到惊奇。如果要思考,他就会感到恐慌;不思考的话,只要助理护士指尖轻碰一下引路,他就能转到电梯厅的方向。

上楼,4楼。电梯门打开、出电梯,他同样不觉得惊奇。

陌生人在等着他。总有满脸微笑的陌生人,很高兴见到他。

他似乎确实是个特殊人物。为什么特殊,他不清楚。

"霍布斯先生?——伊莱?你好!"

"哈——啰。"

他快速回应。快速微笑。伸出手等人来握,热烈地回握。

他猜想,这些人是医生。他在一个类似医院的地方——尽管没看到病床——尽管自己很幸运,不用穿病号服,而是照常穿自己的衣服和鞋。

医生很热情地跟他打招呼,他们很了解他。尽管他压根不知道他们是谁,他也很热情地回应他们。

"伊莱,你好!你好吗?"

"我很好,谢谢你们。你们好吗?"

他从他们的眼神中看出对自己的态度,他暗想——他们同情我。

他又想——也许这是在来世。感觉像——来世。没办法辨识。

在这些面带微笑的陌生人中,看上去年纪最大、很有权威的是一位中年妇女,皮肤异常白皙,目光深邃,满脸堆笑。她长得不漂亮,对他来说年龄也太大——至少快50岁了——可他却发现自己不由自主地被她吸引着。她讲话声音舒缓,他在听,又似乎没在听。她说的话,他听到就忘记了。这位他从未见过,有着独特气场的女人,让他感到慌乱。她站得离他很近,好像要逼他退后,她紧紧握着他的手。他很不高兴她喊他伊莱——好像他们俩很熟悉似的。

他的生命中曾经出现过无数女人。他年轻时放荡不羁,一个个女人像流水一般从指缝间溜走了。

不知为什么,他没有娶她们其中任何一位。他没有那么爱她们。一旦发现她们爱上自己,他就会轻蔑地拒绝她们、逃离她们。

恰好,安柏死于那场差点要了他性命的可怕高烧。她死在乔治湖,他只好安排把她的尸体空运给她的家人。他害怕安柏会像堂姐格雷琴一样,在来世等着他。

还有很多遭他背叛过的灵魂。

"霍布斯先生?伊莱……"

奇怪,这位肌肤白皙的女人激起了一股令他恐惧的欲望。性的渴望,像蜷缩在腹股沟的蛇一样苏醒过来。

他通常对比他年龄小的(小得多的)女人感兴趣,而这个女人显然年龄不小。

但她的声音！——她的声音舒缓、诱惑。

（他觉得）她的声音很熟悉……

那根从脸左侧垂下来的细长麻花辫，编织紧密，有——有加勒比海风情？南费城大街上的夏日风情？

其他人都在认真（尊敬）地听着那位梳着突兀外国发辫、皮肤白皙的女人对他说话。她好像是在解释——很专业、很复杂的东西。没必要听，反正他也记不住。可是，他却发现自己（反常地）被她吸引了。

"霍布斯先生？——伊莱？你在听吗？"

"在听，夫人。"

他是桀骜不驯的少年。他想要跑开躲起来。你他妈离我远一点——他想把这女人一把推开，逃掉。

但他知道必须克制这种冲动，否则就会犯错。

灵魂伴侣。这个女人是灵魂伴侣？

但是，伊莱·霍布斯是那么敏锐，那么谨慎，他教养丰富，深知晚期资本主义那套虚假、自欺欺人的噱头，压根不会相信灵魂伴侣这种幼稚说辞。

马克思主义原理。杀死你们的阶级敌人，把他们的尸体抛到峡谷里，压根没什么天真或柔情可言。抹灭他们的历史，因为敌人不配拥有历史。

此外，他还担心：他们用脑部 X 光机器，会发现他大脑中过风。阿拉巴马州副警长的警棍砸过他的头骨，导致颅骨骨裂，当时没有谁发现。过了很多年，每一个骨裂处都有"中风"点。被塞进这样的机器里，无处可躲。胳膊和腿都被绑住。脖子上还会用一根带子固定住。

他们会剃光他的头,(再次)给他做脑部手术。这次肯定会要了他的命。他们会用戴着橡胶手套的手指去摸他的灵魂。

灵魂就是神经末梢。神经末梢无法反应了,灵魂自然也就不存在了。

那几位陌生人被介绍给他,仿佛之前没有见过面,没有握过手似的。他有一种强烈的感觉——那种叫作"似曾相识"的感觉。他们应该不是医生,因为他们都没有穿白大褂,那个扎着性感辫子的白皮肤女人也不是医生。他们喋喋不休,声音就像晃动的玻璃碎片一样刺痛他的脑袋。

"伊莱,你可能不记得我了——我的名字叫'玛戈特·夏普'。"

"'玛—歌'——是的。我怎么可能记得你呢。"

该死,他说错话了。他不耐烦地笑了一声,纠正自己:"'我怎么可能不记得你呢。'"

他语气礼貌而殷勤。尽管他双腿疼痛,但还是站得笔挺。尽管他觉得这个女人举止令人生厌,他对她还是很友好——这是霍布斯家族的人际交往准则。

这个自称叫玛—歌——(他忘了她的姓氏)的女人——表示对他的炭笔画很感兴趣。他听了很受用,但也很困惑——玛—歌怎么会知道他一直用素描本画素描,莫非她在监视自己?

"伊莱,能给我们看看你的画吗?"

他发现,他确实带着素描本,就夹在腋下。但他不愿意当着陌生人猎奇的目光打开画本。

他心想,他们一直在等着自己犯错误。这些年来,他们一直在寻找杀害他堂姐格雷琴的凶手,而凶手的身份就隐藏在炭笔素描中。

"不,不行。我画得不好,不值得任何人看。"

"太谦虚啦!你画的画——你拍摄的照片——都非常出色。伊莱,你的作品曾在费城艺术博物馆展出过。这足以说明你画得有多好。"

这倒是真的。他想起来了,很吃惊。

真奇怪,他在博物馆唯一的一次摄影展,这个白皮肤女人竟然知道。他不知道,这是否意味着她也知道他的其他许多事情。

杀人容易救人难。但是,要想把这个女人单独弄到哪里,用手掐住她白皙的脖颈,这一点并不容易做到。

"伊莱?霍布斯先生?我们很想看看你的画。我以前看过几幅,都特别好……"

他对白人种族主义者就是这种感觉。在民权运动中,大家提及白人种族主义者,总是会这么说。

杀人容易救人难。

多年来,他曾经有过很多次杀死敌人的机会。还是个小孩子的时候,他的杀人计划就耻辱地失败了。他太弱了,没能杀死四仰八叉的酒鬼父亲。他太弱了,没能杀死主教的孙子。面带讥讽的白人种族主义者,仇恨让他们面目狰狞。在阿默斯特学院念本科时,读过奈特·特纳领导的美国黑人奴隶起义,感受到灵魂深处的痴迷,感受到割断奴隶主以及白人妇女和白人小孩喉咙带来的快感。白人小孩,面对正义之刃不断发出尖叫声。

"伊莱?可以吗?"

面带微笑的女人做了个从他手中拿走素描本的动作。

然而,他的反应更敏捷。紧紧地抓住素描本,绝不松手。他看到她脸上惊愕的表情。

她知道谁是淹死格雷琴的凶手。这些年来,她一直在追踪你,等着你自己露出马脚。

"不可以,医生。不许碰!这是我的私有物品。"

看到他们脸上的表情,他忍不住大笑起来。像狗一样露出沾着口水的锋利牙齿,不停地喘着粗气。

他掏出自己的小笔记本,搪塞一下,想要转移注意力。他郑重其事地吟诵道:

"无途即无路,无智亦无得。世间本无无。"他顿了一下,接着吟诵道,"这是东方佛祖的智慧。没有智慧,就没有佛祖。"

亲爱的丈夫,我曾以为我会——怀孕。

亲爱的伊莱,现在看来——是我弄错了。

是的,我们曾经多么幸福!我们结了婚,住在——里顿豪斯广场。

哦,伊莱,别这么伤心!我们很快又会幸福起来!我向你保证。

只要测试一结束,我们就离开这里——去阿第伦达克山区。我们会住到你们家族在乔治湖边的漂亮房子里。

我会开车带你到那里跟我一起生活。在(我们的)有生之年,我会永远爱你,照顾你。我发誓。

"霍布斯先生?伊莱?你好⋯⋯"

她站在门口观察他。她下定决心不让自己生气。嫉妒是一种最可耻的感情。性嫉妒更会让人难以启齿。

助理护士伊娃。非常迷人,身材娇小。一套暗绿色的工装衣裤都能穿出满满的自信。

嗯,确实——非常迷人。黑色睫毛膏勾勒出迷人的眼睛,嘴唇粉嫩莹润;尽管个头不高,腿也出奇地短,娇小的身材却凹凸有致。远远看去,伊娃可能只有12岁。到近处看,她可绝不是12岁。

在伊娃之前,有个尤兰达——那个他早已忘记了的小麦肤色加勒比海美女。现在的伊娃,同样是来自加勒比海的小麦肤色美女。

当然,在研究所里,总有护士、助理护士和护工。她们很可能都年轻、友善、娇媚,其中不少都是深肤色,确实非常迷人。

"荒唐。你不能嫉妒。快打住。"

玛戈特·夏普眯起眼睛,仔细打量着洗手间镜子里的自己:自己的皮肤为什么这么白?她一向乌黑亮泽的头发里开始夹杂着越来越多的银发、灰白发,甚至白发。

这个感觉太奇怪了!她一直都是科研会议上最年轻的论文发表人,是心理学系最年轻的正教授,是最年轻的奖项获得者。现在,她不再年轻,已经步入中年;不再被认为是年轻有为,而是功成名就;不再令人羡慕,而是人人景仰。

她光滑白皙的脸庞上,开始出现小细纹和褶皱。凑近了就能发现。

不过,她仍然很有魅力。她年轻时并不漂亮,步入中年后,身上开始散发出一种威严,甚至有些高贵的气质。她每天都会精心打理头发,标志性的细辫子从左侧脸颊垂下;她穿着标志性的黑色衣服,最近有时会搭配黑色亮皮小高跟鞋,显得挺拔一些。她围着她亲爱的朋友 E.H. 送的丝巾和披肩——(她想象着:如果有可能,E.H. 一定会送她这些)。她相信,如果 E.H. 身旁没有像伊娃这样曲线优美的年轻女性让他分心,他对自己绝不会是一种敷衍的感情。

"他爱我。他爱他的'妻子'。这一点不会改变。"

玛戈特觉得,他们和普通的婚姻没什么不同。中年婚姻危机。

如果 E.H. 的注意力从玛戈特·夏普身上移开几分钟,就会忘记她,这并不奇怪。可是,如果是伊娃出现,他立刻就"忽视"她的话,玛戈特就会很受伤。

伊娃带着加勒比海口音,说起话来像唱歌。伊娃的睫毛浓密、漂亮,身材娇小玲珑,走起路来带着弹性。伊娃很年轻,看起来比实际年龄更小。

这让人很受伤,也很让人尴尬。玛戈特·夏普跟 E.H. 讲话时,或想要吸引他集中注意力时,他总是很容易就被周围的其他人吸引;他毫不掩饰对助理护士伊娃的兴趣,目光一直追随着她,眼睛里柔情似水。最后,他会完全忽视玛戈特·夏普的存在,假装已经忘记了她,从她身旁走开,瞥着女孩胸前的姓名牌卡,大声说——"哈——啰!这不是——'伊娃'吗?"

玛戈特·夏普暗想——如果我们真结了婚,这该多难堪!

但他们并没有结婚;研究所任何一个人都(应该)知道,玛戈特·夏普和伊莱·霍布斯之间仅有职业上的关联:她是 E.H. 研究项目的首席研究员,而他是 E.H. 本人。仅此而已。

尽管其他人肯定都注意到了,玛戈特却不愿意拿这位失忆症患者注意力飘忽开玩笑,太让人尴尬。老年患者被护理他的年轻女人吸引,简直太常见了。——老年荒唐,无法可想。

难道他不知道,自己都可以做那个姑娘的爷爷了吗?

玛戈特打算用合情的方式解决这件事。她不是个刻薄的人。她不会对这位助理护士说刻薄的话,但(或许)她会去向这个女人的主管反映,看是否能够把伊娃调到研究所其他楼层。没错,玛戈特一定会去安排好。

"你看,这位姑娘让 E.H. 严重分心。怎么说呢,她跟被试调情——她也不是有意为之。她年轻、迷人——但我们的被试已经60多岁了,容易受到影响。你真的需要把她调走。谢谢你!"玛戈特在心里预演着。

当她不是 E.H. 的唯一关注焦点时,她就无法控制他的注意力。只有他们两个人单独在一起的时候,玛戈特才能吸引这个男人的全部注意力。

事实上,玛戈特·夏普已经就失忆症患者的"注意力"现象撰写了论文——《逆行性并顺行性失忆症患者的多重记忆系统、视觉感知和"注意力"》,即将发表在《实验心理学》杂志上,也将会列入《记忆的生理学研究》著作的附录。

当然,玛戈特并没表现出她的极度不自在。谁也看不出端倪。玛戈特知道大家会在背后怎么议论她。当她逐渐成了受人景仰、受人敬畏的对象,玛戈特就知道大家会在背后议论她。

她知道,这位现年六十五六岁的失忆症被试,想象着自己 37 岁,不会认为自己的行为尴尬——尽管他竭力在微笑,在跟那位姑娘互有好感似的插科打诨,却掩饰不住脸上急切的渴望。

玛戈特回忆起,多年前自己也曾令他分心,令他直接忽视米尔顿·费瑞斯的存在。E.H. 当时被自己深深吸引,紧紧地握着她的手,用力嗅她头发的味道!

那些年。她还是纯洁的女儿,她是那么年轻。

他不可能爱我——不是吗?我现在对他来说太老了。

那天下午,她会带 E.H. 出去散步。她,没有其他任何人。

测试结束后,她会开车送 E.H. 回格拉德温的家中。她,没有其他任何人。

到那时,他就会忘记伊娃。而且,伊娃会被调往研究所其他楼层,他会彻底忘记伊娃。

最后,这位助理护士要离开了。她欢快地跟 E. H. 道别:"再见,霍布斯先生! 你今天很开心,嗯不?"——说完走远了,E. H. 目光追着她,毫不掩饰自己对她的渴望。

这段时间——(可能还不到两分钟)——玛戈特一直在耐心、平静地等着。

直到那姑娘完全走出视线,E. H. 才回头看向玛戈特·夏普,带着一贯的惊讶和感兴趣的表情,脸上闪过胜利的微笑。他不确定她是谁——但十分肯定她比一个小小的助理护士重要。

"哈——啰!"

"会有人失去影子吗? 失去记忆就好像失去了影子。"
"我知道,我就是那个人。"
他大声说道,态度十分审慎。听着自己的声音,他觉得十分陌生。

99

如此信任! 像所有长期习惯妻子在身旁的丈夫一样。

就像在梦中,能感受到存在,却常常看不清人。

(玛戈特一直想研究人类梦中的奇特心理现象——为什么我们梦见熟悉的人或东西,视觉形象却常常不清晰? 尽管已被大脑细胞编码,这些记忆为什么不能精确传递? 与这些记忆关联的梦"存在"大脑的什么地方?"梦从哪里来?"——是她的研究题目。)

全天的测试结束,玛戈特开车送 E. H. 回家,这位失忆症被试很自然地把她当成他的"司机"——在某种意义上,也当成他的"妻子"。

尽管他记不住"玛戈特·夏普",但这些年他渐渐习惯了她的味道,或她身上的香味,一直都是紫丁香古龙水。他会用温柔却又不太确定的声音问:"你是我亲爱的妻子吗?"玛戈特每次都会明确告诉他:"是的,伊莱。当然是。"

只要玛戈特在 E.H. 的意识范围内,他就不会忘记她。也许会忘记她的名字——但不会忘记她。

基于对 E.H. 的一系列测试,玛戈特·夏普撰写了区分"(顺行)回想"和"熟悉性"的学术论文——普通观察者可能会觉察不到,但这个区别十分关键。失忆症患者为了神志正常地活下去,必须构建一个至少自己熟悉的关联之网,消除独特性,从而感觉舒服。

因此,他们开车回家的时候,如果她觉得需要驶离州际公路出口,离开 E.H. 几分钟(例如,去洗手间),回来时就会抚摸一下E.H. 的手臂,提示他们之间"熟悉"。在他患失忆症之前,特别是在童年时期,这种抚摸可能很常见,因此具有"熟悉性"。她也会快速进行自我身份确认,跟他说,"亲爱的,我亲爱的伊莱,我亲爱的丈夫好吗?"

E.H. 会立刻回答:"我很好!我亲爱的妻子好吗?"

这样的对话令人动容,你也可能会觉得,很可悲。

(玛戈特敏锐地想到)失忆症患者如何学会掩藏自己的失忆症状,如何做到不让人看出他知道自己是依赖本能采取行动。

E.H. 的幸福就是玛戈特的(隐秘的)幸福。玛戈特所有的幸福都跟他(秘密)相关。

通过研究 E.H. 几十年前的年书[①]——格拉德温走读学校、格

[①] 年书(yearbook),美国学校每年都会编制的彩图硬壳珍藏书,每一页都是彩页,包含这一年学校里所有学生和教师员工的个人信息和照片,记录这一年学校发生的重大事件和活动。也会收集一些在学校受关注和表现出色的学生的专访照片和留言,还有一些学生的心情故事也会收录其中。

拉德温预科学校和阿默斯特学院——聪明过人的玛戈特·夏普能够顺畅建立起与E.H.的谈话,"相互交流"这些学校的同学情况。她会问:"你有没有联系过——?"接着报出伊莱·霍布斯很久以前的一个同学或队友的名字。

而E.H.就会兴致勃勃地聊起这位同学,生动回忆起跟他/她的事情。在类似这样以E.H.为主导的谈话中,玛戈特确知,她很容易忘记自己的"回忆"纯属虚构这件事实。也就是说,她的"回忆"是谎言。

然而,过一两天,或过一个月,玛戈特与E.H.再继续这个谈话也很容易做到。E.H.可能会说同样的话,带着同样的感情,玛戈特完全能预想得到。("你还记不记得,克劳德·杰维斯圣诞节放假后辍学了,我们大家有多惊讶?"——"斯科蒂跟每个人关系都那么好,毕业后谁也没听到过她的消息,可真是太奇怪了。"——"爱德华兹教授太卓越了——可是,特别喜欢挖苦人……")在这些伪造回忆中,玛戈特·夏普把自己当成跟伊莱·霍布斯关系友好的某个熟人,不是亲密朋友,也不是女朋友;当成伊莱好朋友的朋友,那些好朋友的名字她都能准确无误地说出来。

在格拉德温走读学校图书馆保存的年书中,玛戈特找到了伊莱·霍布斯很小时候的全班同学。她仔细端详伊莱小时候的照片——出乎她意料的是,他那时长得并不帅,但可以认出现在的模样。在10岁或11岁之前,伊莱个头很"矮";不过很快他的个头就蹿成班上比较高的了。虽然稚气未脱,小伊莱身上已经显露出一股轩昂的气度。显然,他是位非常优秀的学生——名字总是出现在光荣榜上;他还是个运动健将——曲棍球、游泳、网球、田径队。担任过班级副班长、班长。

英语俱乐部、拉丁语俱乐部、数学俱乐部、历史俱乐部、戏剧俱乐部、唱诗班和"Hi-Lo"扑克牌俱乐部。伊莱·霍布斯年书照片下面的小号字介绍部分令玛戈特十分吃惊,也令她印象深刻,那里密密麻麻地记录着他参加过的各种活动,篇幅比大多数的同学都长得多。

她还在年书中找到了"玛格丽特·麦登"——"玛吉·麦登"——伊莱·霍布斯的同班同学。她身材瘦小,不漂亮,乌黑的丹凤眼,头发明显左分,嘴巴小,嘴角下垂——是的,我知道我相貌平平,但我很特别,所以,请你爱我吧!爱我吧。

玛戈特也确实发现:如果仔细观察,会觉得这个小女孩跟她长得很像。丹凤眼,浅色瞳孔;下垂的嘴角;小巧的鼻子,窄下巴。看上去很聪明,也很机警。不管成年的玛戈特·夏普和童年的玛格丽特·麦登在普通人眼里是多么不同,在伊莱·霍布斯敏锐的眼中,这两张脸上有某种重要的特质,让她们看起来像姐妹。

人脸识别是人类大脑的特异功能,是一个尚未完全被了解的领域。人脑中有瞬时"记忆"人脸的区域;据说由"人脸记忆细胞"专门负责记忆个体认识的每一张面孔。尽管系里神经科学领域的同事曾试图向玛戈特解释这个现象,但她发现很难理解这个概念。

显然,失忆症患者大脑中不会再形成"人脸记忆细胞"。记忆不再能够巩固。但与很久以前见过的面孔有关的"人脸记忆细胞"仍然活跃。

玛戈特很高兴地发现,看起来跟她一样害羞的小个子姑娘玛格丽特·麦登,几乎和伊莱·霍布斯一样活跃。英语俱乐部、拉丁语俱乐部、历史俱乐部、少女合唱团、"Hi-Lo"扑克牌俱乐部。更令玛戈特吃惊的是,小玛格丽特·麦登还参加了学校女子排球队。

玛戈特笑了。她为这位生活在30年代末和自己长得很像的"姐姐"感到骄傲。

"伊莱,你听到过'玛吉·麦登'的消息吗?你记得——我们跟她在格拉德温同学。"

伊莱大笑起来,好像玛戈特说了什么搞笑的事情。继而,他脸上蒙上一层阴霾。他小心翼翼地问:

"你就是玛吉·麦登——对吗?"

玛戈特摇头说不是,她当然不是玛吉·麦登。

她笑起来,坚决否认。伊莱看着她,满脸狐疑。

"是的,我知道我跟她长得很像——我是说,我们以前长得很像。在学校时,我们俩经常被叫错,尤其是我们的几位老师。但是,我的名字叫'玛戈特·夏普'。"

"'玛格—特·夏普'。好吧。"

伊莱依然满脸怀疑地盯着玛戈特,似乎不知道是否要继续说下去。谈到他的学校往事,伊莱很少会变得这么沉默。

"伊莱,有什么不对吗?为什么这样看着我?"

玛戈特装作很轻松地问,实则她的心跳得特别快。他知道了——这一切都是个骗局。他什么都知道了。

然而,伊莱只是抚摸着玛戈特的手臂,握住她的手。她也紧紧握住他的手。

不,他是我亲爱的丈夫,他什么也没怀疑。他爱我。

"呃,玛果——我一直想要算明白,玛吉·麦登,差不多37岁,怎么可能跟你是格拉德温走读学校的同学。我亲爱的妻子,你很漂亮,但你——显然不止——37岁。"看到玛戈特脸上受伤的表情,伊莱急忙抓起她的手,像要开玩笑似的亲一下。

"别担心,亲爱的妻子——我还是一样爱你。即便你不是她。"

一块地毯,或一条什么东西,我走在上面……那个东西在我身后卷起来了。只有我正走着的那一小条,前面,后面,什么都没有。有时,我觉得非常累——可是没有地方可以休息。

像所有已婚夫妇一样,他们也陷入拌嘴抬杠。

拌嘴抬杠几乎成了一种快乐。有着"熟悉感"。

给一位不配合的丈夫系上安全带,让他坐在副驾驶座位上,对玛戈特而言,一直都是个巨大的挑战,因为这件事情对她的丈夫而言:每一次都是第一次。

她笑着恳求:"伊莱,求你了!别傻了,我们每次开车都是这样做的。"而伊莱说:"胡说!没有人坐汽车需要系'安全带'。坐飞机要系安全带。坐汽车不要。"玛戈特会说:"但是,现在宾州有了新的法规。所有公民都得遵守州法律。"

伊莱对此嗤之以鼻,说:"如果你想'用带子捆上'自己,请随便。别捆我。"

"伊莱,求你了!让我给你扣上这个好吗,就算帮我一个忙?"

"不行。"

"伊莱,你那么聪明,肯定能想明白:如果汽车配备了安全带,那就说明它们应该被使用。而如果它们应该被使用,那么使用它们就是个好主意。"

"真的?这是什么别扭逻辑?"

"伊莱,安全带具有安全功能。你必须知道这一点。"

"我为什么必须'知道'那一点?如果出了车祸,我怎么逃出去?我会被困在起火的汽车里。"

"呃,道理在于——出了车祸,你不会被从挡风玻璃处抛出去。"

"道理在于,我会被困在自己的'安全带'里,活活烧死。烧死在熊熊火灾中。"

最终,伊莱妥协了。俨然一副丈夫做派,气呼呼地让步,博焦虑的愚蠢妻子开心。

然而,有时候,他会对她大发雷霆。无名火像一根突然点着的火柴,噌地烧起来。

这天傍晚,他们正驱车行驶在开往格拉德温出口的州际公路上,伊莱一直在跟玛戈特讲述他的相机如何在亚拉巴马州伯明翰市被一个"疯狗"副警长夺走砸坏了——这个故事玛戈特以前听过很多遍,但这次也仍然听得很入迷。听的时候,她发现每一次都不尽相同,不过全都是只有她才能察觉到的细微差别。讲着讲着,伊莱突然问起他的相机现在在哪里。玛戈特让他放心,说相机"在家里"——"伊莱,你所有的东西都在家里,在你放置的地方。'在家里'完好无损。"

玛戈特发现,"在家里"这个词会让失忆症患者感觉舒服。虽然,对失忆症患者而言,"在家里"的概念可能会像梦一样虚无缥缈。

轻轻抚摸失忆症患者的手臂和手——经常也会有效果。

玛戈特俨然成了 E.H. 的护士。她特别想像尤兰达和伊娃那样——带给他女性特有的慰藉,包括可能的性爱慰藉。

但是,伊莱今晚特别急躁,甩开"护士"的手。伊莱突然大发雷霆,要求知道他的素描本在哪里——他的相机不见了,现在素描本又找不到了——在哪里?

他一直在座位上扭来扭去,但安全带把他困住了。他开始骂骂咧咧,喘着粗气——玛戈特一边开车,一边试图安抚他——她说,她会把车停下来,帮他找素描本,(她确信)素描本通常跟其他东西一起放在后座上了;但伊莱仍然躁动不安,情绪激动;借着迎面开来的车上一闪而过的灯光,她看到他瘦削的脸上满是对她的憎恶,她差点没握稳方向盘。"伊莱,别这样!我确信你的素描本就在你身后……"

玛戈特紧急刹车,停在州际公路路肩上,旁边一辆辆汽车呼啸而过。伊莱嘴里一边咒骂着,一边设法解开了安全带搭扣,气呼呼地转过身去摸索他的素描本——跟往常开车回格拉德温一样,素描本就撑靠在他座位背后。

但伊莱并没有因为找到素描本而平息下来,他狐疑地翻看着,担心其中有几页被人撕掉了。玛戈特让他放心,说没有人动过他的素描本——她从不允许研究所任何人碰他的本子——但伊莱坚持说有些画不见了,说他的画遭到"蓄意破坏"。

玛戈特主动提出跟伊莱一起翻看素描本,确认里面东西没有被动过,伊莱怒气冲冲地把她推开。他怒意不减,抡起拳头砸下来,她毫无防备,他用手死死卡住她的喉咙,厉声说——"你!你他妈的!我不认识你!我不相信你!你他妈到底是谁——'医生'!"

玛戈特用力掰伊莱的手指,但他的手指狂暴、有力,她根本掰不动。庆幸的是,这次攻击只持续了几秒钟。

结束得十分迅速。玛戈特神情恍惚,告诉自己——现在什么也没有发生。这件事情从没发生过。

是闪念而过,不是故意的——是一种意外。它不会出现在玛戈特·夏普的《失忆症笔记:E. H. 项目》书作中。

无论如何,这都算不上人身攻击。应激型暴力,就像溺水的人可能会殴打营救他的人一样。玛戈特没有失去过意识,一刻也没有。她很确信。

玛戈特缓过神的时候,车子里只有她一个人。她呼吸困难,痛得受不住。她眼睛看东西似乎有斑点(她眼睛流血了吗?)。那个男人有力的手指仍幽灵般无情地卡在她喉咙上。

有几分钟时间,玛戈特神志不清,无法理解发生了什么事,自己这是在哪里。

在州际公路的路肩上?一个人在车里?车辆呼啸而过,像雪崩大逃亡?

远处地平线上,薄暮的天空中,太阳像一只巨大的破碎了的蛋黄,淌入脑浆一样虬结的云团中。

她正在州际公路上向南行驶,去格拉德温。她记起来了。

"伊莱?哦,上帝,伊莱——你在哪里?"

她在50英尺外的地方找到了他,他像个醉汉一样在公路边缘踉踉跄跄地走着,似乎想要逃离她的车子。玛戈特壮着胆子碰碰他的胳膊,他转向她,惊慌失措地想要蹲身。惊恐的双眼,在过往车灯的映射下,像野兽一样露出凶光。

他喘着气,呜咽着。疾驰而过的车辆,粗暴地卷起一阵风,把灰尘和干枯的树叶一股脑地吹到他脸上。

他完全不知道自己在哪里。他完完全全迷失了。

他是我的。

尽管玛戈特惊魂未定,但她知道自己必须掌控局面。她必须阻止这位失忆症患者从自己身边跑开——比如说,跑进车流中。她用温柔的声音安抚他,轻轻摩挲他那颤抖的双手让他安定下来。她柔声叫他"伊莱"——"伊莱,我亲爱的丈夫"——终于,这位失忆症患者平静下来。或者,从某种意义上说,他被制服了。他突然感到疲惫不堪,竭力挤出一丝淡淡的、充满希望的笑容——

"哈——啰,我亲爱的妻子。"

99

这么久以来,他们一直飘浮在现在时态。这么久以来,他们俩都忘记了影子,飘浮着。

然而,此刻,1994年10月的一个晚上,在格拉德温帕克塞德大街466号的客厅里,露辛达·梅特森夫人,突然毫无来由地开口讲阿第伦达克山区小溪中溺亡女孩的故事。她的声音断断续续。玛戈特一脸惊讶地听着。

"……那件事太可怕了。简直——太可怕了……她是我的侄女——我哥哥埃德加的女儿格雷琴——那年夏天她11岁……她一直在照看那几个年龄小一点的孩子,包括伊莱和他的两个哥哥。显然还有一个'到家里来玩的人'——接下来的事情大家就都知道了,格雷琴不见了。那几个孩子再也没有见过她。"

玛戈特坐着,一动不动,不太明白自己听到的东西。她和梅特森夫人一起坐在客厅里,房间里飘荡着百合的香味。在这栋庄严的老宅二楼的某个地方,一个玛戈特从来没见过的地方,伊莱·霍布斯把自己藏起来了,忘记了她们俩的存在。

百合花是玛戈特带来的,她给她的朋友梅特森夫人带来一大捧百合花。梅特森夫人照常用伯爵茶和散放在银盘子上的小饼干招待玛戈特。

百合花的香味芬芳馥郁!玛戈特心想,这味道太浓了。她感觉自己像醉了一样——晕乎乎的。

梅特森夫人用沙哑、低沉的声音向玛戈特讲述60多年前发生的那场家族变故,泪水模糊了她的眼睛。

"我们的生活因为那件事情变得黯淡——'蒙上了阴影'。后来发现,我那个漂亮的小侄女是被鼓动着跟一个——也是从费城来的——大一些的男孩子,一起到树林里去。那个男孩家在乔治湖边也有避暑住处,跟霍布斯家交好。这个男孩——'阿克塞尔'——'阿克塞尔·麦克尔罗伊'——17岁,又高又瘦,驼背,爱惹是生非,特别难缠——喜欢跟比自己小的孩子玩,有猥亵儿童的前科,尤其是猥亵女童。报纸上说阿克塞尔是麦克尔罗伊主教的孙子——(你很可能没听说过,但麦克尔罗伊家族当时是费城的名流)——但实际上他是主教侄女领养的孩子——根本没有什么血缘关系。你知道那些报纸的一贯做法,如今的电视更糟糕,只要牵扯到名门望族,他们就极尽可能地大肆渲染。主教——圣公会主教——也被这场灾难给毁了,事情发生后不久就退休了……

"当时我们家族大多数人都在乔治湖,那是在1929年,刚过国庆日。伊莱当时5岁。据说,格雷琴跟阿克塞尔走之前,他是最后一个看到格雷琴的人。他一口咬定说自己一整天都没有看到格雷琴,事实上格雷琴和一个大一点的女孩一直在照看伊莱和他的两个哥哥。伊莱刚开始不高兴,说自己没看到过格雷琴,后来又改口说他看到格雷琴划着独木舟'到湖那边'去了。但阿克塞尔并没有带格雷琴到湖上去……大家赶紧分头寻找格雷琴。除了最小的那几个孩子,所有人都出动了。我的父亲——伊莱的祖父——坚持要驾驶他的小螺旋桨飞机去湖上搜寻,看看格雷琴是否在湖心的那些小岛上。他那个人说一不二。他带伊莱坐他的飞机一起去搜寻,至少带过一次。我哥哥和他的妻子——伊莱的父母——不想让伊莱跟着去,但——我父亲还是带上了他……最后出了点问题,飞机在其中一个小岛上着陆时失事。祖孙俩肯定在荒岛上过了一夜。再加上担心格雷琴,到处找寻她,结果就撑不住了!简直就是噩梦。我不知道祖孙俩在荒岛上熬了多少个小时。

"格雷琴的尸体是在树林里发现的,在一条小溪里,离乔治湖大约两英里。她是被人勒死的,脑袋上有在岩石上划过的痕迹,是被人拖到浅水溪里的。有些岩石上有血迹,她就是在那里遇害的。他一定侵犯了她——侵犯了她的身体——那个丧尽天良的阿克塞尔。他一定对她做了非常残忍的事情,他们没有把具体细节告诉我们。至少,没有告诉过我。家里有些人知道。家里的男人们应该都知道。他们没有告诉家里的女人和孩子,当然,我们也不想知道。

"寻找格雷琴的过程中,阿克塞尔举止一直很反常。他在他们家湖区度假屋里藏了起来,谁也不知道他具体藏在哪个地方。后来找到了,当场就把他逮捕了。他的指甲里有血迹,手臂和脸上都有抓破的伤痕。他跟主教没有血缘关系,但每个人似乎都想把他当成主教的亲孙子。似乎圣公会主教的孙子对格雷琴做了这种事情,比其他人更加十恶不赦。阿克塞尔从来没有真正承认过——他坚持说他'不记得'发生过什么,还说是格雷琴要带他去树林里找'幼鹿'。后来,他的供词就开始前后矛盾,再后来,他又换了一套说辞。其间,他还说格雷琴对他'又踢又抓',他是被迫才'伤害'她的,想要制止她。

"有一些认识麦克尔罗伊家族的人说,格雷琴·霍布斯的死是她父母的错——他们不应该允许那个精神不正常的男孩到我们家,跟孩子们一起玩。这种指责与辩解,持续了很长时间。持续了几十年。

"他们从来没把格雷琴的遭遇告诉过那几个小的孩子。当时他们还太小,不知道该怎么把一切解释给他们听。即使后来长大了,也不知道该怎么告诉他们。哦,上帝呀,能怎么跟他们解释。

"伊莱很多年一直做噩梦。他从来不谈他的堂姐,也不打听她的情况。他父母担心他可能得了癫痫病。他出现过痉挛、抽搐。带他去做检查,却似乎一切正常。他经常也表现得很'正常'——他小学的时候很受欢迎。可是,有一天,他向他哥哥埃弗利尔'坦白'说,自己才是伤害格雷琴的凶手,埃弗利尔把这件事告诉了他们的父母。他们问埃弗利尔,明知道不是这样的,也不可能是这样的,伊莱到底为什么要这么说。埃弗利尔说,伊莱经常会讲一些'疯话',那些疯话有的是完全没影子的事,有的是确有其事,可到他嘴里也变了样。埃弗利尔说,伊莱曾告诉过他'我才是那个伤害格雷琴的凶手,但没有人知道,他们也没有惩罚我'——说完就开始大笑起来……

"那时候,阿克塞尔·麦克尔罗伊已经被关进了一个青少年惩教机构,是纽约州北部一家专门收容'精神病罪犯'的专科医院。

"至于我的侄子伊莱——大多数时间,他似乎都挺'正常'的。他在学校里特别受欢迎。他还成为一名运动健将。尽管他很小的时候很怕水,但还是强迫自己学会了游泳和跳水,他还成了乔治湖地区的皮划艇运动员。然而,在家里,跟家人在一起,他就变得喜怒无常。他父母要是问他关于他说自己'伤害'格雷琴的事情,他就会矢口否认自己说过那样的话。听到格雷琴的名字会让他烦躁不安。当然,我们很少提她的名字——家里谁也不提'格雷琴'这个名字。这一切太痛苦,太可怕了。即使是现在,60年后,我都不敢在伊莱面前说起他堂姐。你可能无法想象得出,在研究所里举止得体、人人夸赞的伊莱,脾气有多暴躁,有多容易被激怒,狂躁不安。我们有的人曾经认为,伊莱去神学院读书,参加民权运动,某种意义上是在为格雷琴的事'补赎'——当然不是说他有什么原因需要'补赎',而是他自己认为应该要这么做。因为他是那个女孩生前见到的最后一个人,除了……呃,除了那个杀她的凶手……

"所以,从某种意义上说,伊莱像现在这样活着,对他自己也许是个好事——没有记忆,也就没有什么让他不开心的了。"

"但是,梅特森夫人,"玛戈特提醒道,"伊莱当然记得过去。他只是记不住眼下发生的事情——这你是知道的。"

楼上,伊莱正在看电视新闻。音量很高,听起来像是远处有人在吵架。伊莱的听力严重退化,但他拒绝佩戴助听器,他不以为然地说,37岁,那么年轻,才不需要戴什么助听器。

"有时候,我觉得我侄子记住自己想记住的东西,"梅特森夫人不依不饶地说,"同样,他也只看见或听见他想看想听的东西。"

玛戈特很想反驳她。如此评论一位脑部严重受损的病人,真是愚蠢而且残忍!典型的"观人如观玉,拙眼喜讥评"。

梅特森夫人继续讲着60年前溺亡的女孩,玛戈特想到伊莱·霍布斯大量关于小女孩的画作。梅特森夫人刚才随口说,伊莱不会深陷过去,这样的说法毫无道理。恰恰是因为他没有现在,没有未来,才会饱受过去的折磨。

玛戈特问梅特森夫人,"阿克塞尔·麦克尔罗伊"是否还在世,梅特森夫人明显打了个寒战,说:"我怎么会知道?我希望不在了。"

这么多年过去了,很可能不在了。是的,玛戈特确信——很可能不在了。

玛戈特曾经告诉过梅特森夫人,她的侄子无数次画过一个"溺亡的女孩",但梅特森夫人从来都不置可否,所以,玛戈特一直认为她对此事毫不了解。然而,今天晚上,梅特森夫人毫无来由地讲起来,表情痛苦,声音缓慢,断断续续。

现在,经常是玛戈特把伊莱从研究所送回家,露辛达·梅特森总会礼貌地招待她,虽说谈不上多热情。很多年过去了,梅特森夫人当然比一开始的时候更信任玛戈特·夏普了,但不清楚梅特森夫人是否知道了玛戈特跟她侄子之间的关系,梅特森夫人除了礼貌,对她更多了一种怜悯。她们一起喝茶时,玛戈特例常都会向梅特森夫人汇报伊莱·霍布斯的"进步",但似乎永远都是那句:"梅特森夫人,伊莱表现得非常好!他在研究所里很受欢迎,谁也没有他受欢迎。"

玛戈特从来不会跟梅特森夫人说伊莱的任何过激行为。当然,她从来没有告诉过任何人,永远也不会告诉任何人。就像忠诚的妻子,不会跟其他人说丈夫一时冲动对自己有了过激行为。玛戈特从来都告诉自己——他爱我。他只有我一个人。

前一个星期,伊莱在州际公路上的失控行为,只是一个极端事件。那次人身攻击——伊莱用手掐她脖子,对她大喊大叫——满脸愤怒和绝望——只是一时失常。是一种不可能有第二次的意外事件。

玛戈特认为,那一整天的测试让伊莱太疲惫了,也让他很受挫。那天做的测试是他多年前在研究所接受过的躯体感觉测试的变体,用核磁共振成像跟踪和记录他的大脑神经活动——是一个非同寻常的实验,结果具有很高的价值。尽管受试者不能"记住"全天的一轮轮重复测试,情绪上还是会变得烦躁、执拗。

尽管玛戈特·夏普不愿意承认,事实上失忆症被试 E. H. 确实不像以前那么乐于配合,那么友善了。他的性格渐渐地已经发生了改变。或者说,有时候会表现出一个"较差"的次人格[①]。那

[①] "次人格"是出自解离症里的说法,现有研究认为,次人格是存在于每个人的人格特征,它更容易存在于潜意识之中,且多被形容为比较差的恶习等。次人格事实上是由某种强烈的情绪、有关自我与身体意象(body image)的感受、一组为数有限的行为模式,和某些与情境有关的记忆等,所组织起来的极度分离的意识状态。

个非真实的伊莱休·霍布斯很可能爱挑衅、叛逆。但玛戈特·夏普相信自己应付得了这样的伊莱休·霍布斯。

在州际公路上的那次意外事件中,伊莱从玛戈特的车里逃出去,沿着公路路肩跟跟跄跄往前走,最后玛戈特平安把他带回车里。她安抚他的恐惧与困惑,紧紧搂住他的腰,让他靠在她身上往回走。

玛戈特知道,低声念着他的一句诗就能让他安定下来——"啊,爱人,愿我们彼此真诚!"有时候,这句诗会激发伊莱把整首诗都背出来;有时候,这句诗就只是让他平静下来,仿佛给了他一种回家的感觉。

回到车上,他变得非常听话。乖乖地任由玛戈特帮他扣上安全带。他已经忘了对素描本的担心——已经完全忘了素描本。素描本被玛戈特小心翼翼地放回汽车后座上。玛戈特继续开车送他回家,在车上他很快就睡着了。

第二天早上,玛戈特吃惊地发现自己脖子上、下巴上有很多难看的淤伤,颜色深得像紫李子。玛戈特穿上一件黑色高领套头羊绒衫,轻松遮住了那个男人的手指印。外面再围上黑白条纹丝巾。

离家前她在镜子里照了照,确保自己看起来一切正常。她对着镜子里的自己笑笑,像是守护着一个珍贵的秘密。

梅特森夫人正在问她:"玛戈特?再来一点茶吗?"

"好的,谢谢。"

"够不够烫?还是——有点太温了?"

"很好,梅特森夫人。伯爵茶是我的最爱。"

其实,玛戈特非常不喜欢伯爵茶。她不喜欢咖啡因,会影响她敏感的神经,让她整个晚上都无法入睡。她非常希望能有一杯葡萄酒,或者威士忌,但梅特森夫人从不提供任何含酒精的饮料。

这些年来，玛戈特与露辛达·梅特森已经成了朋友。经常是她开车把 E. H. 从研究所送回来——对此，她的解释是，想要节约研究经费。大家都知道她以节俭著称，从不像系里某些(男)同事那样肆意挥霍经费。玛戈特并非完全蓄意，当然也不是完全无意地让自己慢慢走进了这位富孀的生活。玛戈特第一次见到梅特森夫人时，她 50 多岁，现在她已经快满 80 岁了。露辛达如今头发全白了，看起来很是优雅，成了玛戈特最羡慕的那种漂亮老太太——怡然自若，不生哀怨，不索陪伴。她脸上每天都会涂粉，凹陷的双颊打着淡淡的腮红——玛戈特看到梅特森夫人依然着意自己的仪容，很是感动。即使只有玛戈特·夏普一人来访，梅特森夫人也会盛装打扮：身穿昂贵而有品位的衣服；脚穿外出的鞋子而非居家拖鞋；搭配长筒丝袜而非短口袜。光闪闪的漂亮戒指套在瘦削的手指上，跟她腕上戴的手表一样，似乎随时会滑落下来。玛戈特望着这几枚戒指，总是十分着迷。

（玛戈特曾多次试着向伊莱问起跟他一起生活了近 30 年的姑母的情况，但他对姑母的了解支离破碎，很不完整：伊莱"了解"的露辛达姑母，是他生病失忆前的样子。玛戈特·夏普曾就这个有趣的现象撰写过论文；失忆症患者似乎能够下意识地把失忆症之后的知识融合到他以前就了解的话题中；与受损区域毗邻的大脑其他区域的神经元一直都在漫无目的地吸收这一类信息。伊莱·霍布斯对回家时迎接他的这位老妇人，从没感到过惊讶，虽然从理论上讲，他认为露辛达·梅特森要年轻得多；就像这位失忆症被试每天早上看到镜中的自己也不会感到明显的惊讶一样。镜中的他即便不算是"老年人"，却也一天天在变老。）

后来，玛戈特从露辛达本人那里了解到更多信息：梅特森夫人年仅五十四五岁就守寡了，此后没有再婚；霍布斯家族在她这一代,事业蒸蒸日上,作为家中的女儿,她只读了一两年大学,大多数时间都在家里。丈夫去世,孩子们离开后,她对外面的世界就失去了参与的兴趣。她经常跟玛戈特说,现在她的生活就围绕着几件事情转:教堂(格拉德温的圣卢克斯圣公会教堂)、维护打理房产和"照顾我那个没有我就会走丢的残疾侄子"。

玛戈特对露辛达·梅特森夫人一直很感兴趣,也希望她能对自己有更多好感。虽说没能够成为好朋友,她们俩却算得上是老熟人。

的确,露辛达·梅特森时常让玛戈特想起自己(已故)的母亲,还有夏普家族那些年长的亲戚。一想到这些,玛戈特顿时就会有负罪感,但她也会立刻为自己开脱——我没有办法。我有工作。我不能逃避自己的工作,我不能总是飞回密歇根。

玛戈特时常会给这位年迈的寡妇带鲜花。她想,一大捧鲜花是慷慨的姿态。这些花让伊莱很心动,常会俯身嗅那些芬芳的鲜花——丁香、栀子花、百合是她最爱买的花。"你是我亲爱的、体贴的妻子——你是我的地狱伴侣。"说这些话时,他有时眼含泪水,有时又会纵声大笑。

不清楚伊莱的话是什么意思。这位失忆症患者经常会突然冒出一些让玛戈特很难理解的话,一有机会,她就把他的这些话都记录到笔记本上。

比如,伊莱最近常说:*毁灭并不可怕。可怕的是过程。*

又比如,伊莱最近会带着揶揄的、自谦的微笑,说:*这就是伊莱·霍布斯,他死了。哈——啰!*

为了能够慢慢融入梅特森/霍布斯家族的生活,玛戈特·夏普不仅开车把伊莱·霍布斯从研究所送回家,她也会根据需要在其他日子开车送他去牙医诊所、理发店、男士鞋服商店。(去男装店的时候,露辛达·梅特森会陪着他们一起,她不相信伊莱和玛戈特的眼光。)

她还自愿提出开车送露辛达·梅特森去赴各种预约——去看私人医生、看牙医、理发、购物,俨然是一位模范女儿。梅特森夫人似乎有一个管家,但这位管家不住在家里,玛戈特觉得,这人也好像不可靠。(玛戈特担心陌生人会欺骗上了年纪的梅特森夫人,伪造支票,偷窃财物,如果发现了伊莱的真实身份,就会利用他。)玛戈特经常会想——伤感地想——如果梅特森夫人邀请玛戈特过来跟她和伊莱一起住在这幢偌大的房子里,该有多明智,不仅切实可行,也能节约时间。

她很孤独。我也很孤独。

除了伊莱,我们都别无牵挂。

事实上,露辛达·梅特森夫人有儿女,他们都已成年,很可能还有孙辈。据玛戈特分析,梅特森夫人与儿女们关系并不融洽。梅特森夫人常常会抱怨说:乔纳森、塞缪尔和洛琳"总是太忙"——"假期总是在旅行"——"需要他们的时候,永远找不到人。"

露辛达对长子乔纳森怨气最大,他似乎一直想把母亲送到协助生活机构——"用以前的说法,直白一点,就是养老院。"乔纳森还催促母亲给他签让委托书——"好像我真会这么干一样!"露辛达·梅特森轻蔑地哼了一声:"我也许是个虚荣、自私、不好对付的老女人,但我不蠢。至少现在不蠢。"

自玛戈特第一次把伊莱·霍布斯送回家,受伊莱邀请进屋见过他的姑母露辛达以来,已经过去很多年了。多年过去了,然而时间似乎未曾流逝。住在这栋老宅子里的人生活作息基本没有改变,就像生活在蜡像馆透景画里一样。

只要玛戈特一走进老宅,伊莱就会消失在楼梯上,去看他的电视新闻和电影——(伊莱喜欢看从前看了很多遍、全都能了然于心的经典老片)——即便现在腿脚上楼不灵活了也照样如此。伊莱不再能跑着上楼梯,他得拖着两条腿痛苦地爬楼梯,痛得龇牙咧嘴。

他的两只膝盖都患上了关节炎。至少一侧臀部骶髂有炎症。伊莱应该要做关节置换手术,但是——如何去跟一位拒绝谈论未来的人解释这么一件重大的事情呢?

很难说服伊莱·霍布斯做他不愿意做的事情,应该说,是完全不可能说服。牙齿根管治疗、佩戴助听器、眼科检查,更不用说结肠镜检查——他统统拒绝。玛戈特一直考虑着跟研究所的医生找个时间设法给他口服加静脉注射镇静剂,给他做个结肠镜检查——她发现伊莱的父亲68岁时死于结肠癌,据她所知,伊莱一生从未做过结肠镜检查。

(这会不会违背伦理?未经失忆症患者同意,甚至在他不知情的情况下,安排他做医学检查?玛戈特对此了解得不清楚,但要是为了救伊莱·霍布斯的命必须这么做,她愿意冒违背伦理的风险。)

作为承担E.H.研究项目的神经心理学实验室首席研究员,所有涉及失忆症被试E.H.的测试决定都由玛戈特·夏普做。但是,她不是他的临床医生。她不是他的法定监护人,她的管辖范围十分有限。她可以否决其他科学家研究E.H.的请求,但她无权过问E.H.的个人生活。她曾小心翼翼地问过梅特森夫人,是否在遗嘱中为E.H.做好了安排,但从未接到过明确的答复。向一位上了年纪的老妇人提这样的问题实在难以启齿,但玛戈特还是鼓起勇气又问了一次。"我一直在想,梅特森夫人——您在遗嘱中为伊莱做好了安排吗?因为——将来当……"

梅特森夫人没好气地回答道:"当然,夏普教授。我已经为伊莱设立了一个信托。事实上,几年前就设立了,远早于你第一次问我这个问题。他自己的哥哥和妹妹连根指头都不会帮他,所以,我必须为他安排好一切。"

玛戈特听到后十分惊讶,也松了一口气。她还有很多问题想问,但又怕过于冒犯这位似乎对她很生气的老太太。

"伊莱的妹妹没嫁对人,她丈夫浪荡、轻薄,败光了她的钱,可能要跟她离婚,娶另外一个有钱的蠢女人。伊莱的两个哥哥接连决策失误,导致霍布斯联合公司亏损巨大。没有人告诉我这些事情——都是我自己想办法查到的。(事实上,我的私人会计师在给我提供信息。萨姆·穆勒给我当了40年的私人会计师,我所有的事情都委托给他照管。)埃弗利尔和哈利娶回家的女人都只知道大手大脚花钱,他们都结过两三次婚,他们的孩子也都被惯得不像样子。

"一个都靠不住,只有露辛达姑母愿意照顾可怜的伊莱。我是唯一爱我侄子的人。"她气呼呼地说,口气里却也不乏骄傲。

玛戈特很想反驳她——不。梅特森夫人,您不是唯一的!

玛戈特一直在等合适的时机,向梅特森夫人提提自己的建议,觉得眼下正是个机会。露辛达·梅特森十分坦诚,关于伊莱今后生活的严肃话题也是第一次被提及。她想大胆提议——提议梅特森夫人委任她玛戈特·夏普为伊莱·霍布斯的信托执行人,这样她就能从财务方面监管他的护理,确保他获得最好的生活条件;如果资金充足,她会以 E. H. 的名义设立研究生奖学金——"由研究所专门设立的受托人委员会管理,仅资助从事失忆症和记忆研究的年轻科学家。"玛戈特没有告诉梅特森夫人,她已经用自己的钱在大学里捐赠设立了一项神经心理学研究奖学金,暂时以"E.H."命名。将来有一天,伊莱·霍布斯的身份无须再对外保密,这项研究奖学金将使用他的全名。

伊莱休·霍布斯神经心理学研究奖学金。

玛戈特最初与系主任讨论这项捐赠时,拉塔博士对玛戈特不以自己的名字设立奖学金表示惊讶;玛戈特蹙眉笑着说:"哦,谁会在意或知道'夏普'?具有重大意义的是'E.H.'。"

得知玛戈特捐赠的具体金额,拉塔再次表达了惊讶,他算了一下,发现捐赠金额是玛戈特过去十几年的大部分收入。玛戈特又说:"哦,我要钱还能有别的什么用?除了最基本的生活,我几乎没有开销。"

这句话在系主任听来,充满了对玛戈特的无比同情,然而玛戈特·夏普本人却笑得很奇怪,好像自己刚承认了特别值得夸耀的事情。

此刻,露辛达·梅特森眉头紧皱,看也不看玛戈特。玛戈特心惊胆战,害怕自己犯了愚蠢的错误——冒犯了这位易怒的夫人,会被赶出这栋房子。(是不是因为玛戈特·夏普没有出身名门望族?霍布斯家族从前是贵格会成员,具有改革思想和自由精神;但后来,除了伊莱·霍布斯,他们在政治上变得保守起来。玛戈特内心刺痛。她感受到了阶级壁垒带来的伤害!)

玛戈特很想大声恳求:"但我会像你那样爱你的侄子。我会更爱他,我会成为他的妻子。我就是他的妻子。没有谁能够像我那样照顾他。"

过了一会儿,仿佛清楚听到了这个不知羞耻的请求似的,露辛达·梅特森叹了口气,缓和下来。她把茶杯放在桌子上。她带着赌博的人痛下决心的神气,说道:

"好吧——夏普教授,谢谢你的建议。我会把这个写进我的遗嘱里——作为遗嘱附录。把你跟伊莱的特殊关联官方化、合法化——不管我儿子乔纳森怎么想。当然,我还打算继续活很长、很长时间——我保证!"

梅特森夫人开心地笑起来;玛戈特也笑起来,尽管她并不完全确定自己获得了什么承诺。

"玛戈特,就你而言,你能否保证永远保护伊莱?永远不会让任何人利用他?——不让你的同事或陌生人利用他?你能保证永远不让这个可怜的人在遗忘的茧中孤独地度过余生?"

"梅特森夫人,我保证!"

玛戈特特别感动,哭了起来。她很想拥抱露辛达·梅特森,但这位老太太爆发出尖锐的笑声,抬起瘦削的胳膊肘把她挡开了。"哦,别这样,别这样。不哭了,亲爱的玛戈特!眼泪不会帮助伊莱。泪水也不会帮助你。一旦任由生活扼住了咽喉,生活就会变得非常残酷,就会挤压你,像可怕的希腊海蛇,最后把那位父亲和他的儿子们都勒死了——就是拉奥孔。这样的事情还没有发生在你身上——然而——已经发生在我身上了,也发生在可怜的伊莱身上了。所以,你一定要保持年轻、健康,帮助我和我的侄子,帮助我们一起撑下去。"

这些话让人十分震惊。玛戈特非常感动,冒着再次被拒绝的危险——双手握住露辛达·梅特森嶙峋的双手,吻着她青筋暴起的指关节,老妇人震惊、错愕不已。

"梅特森夫人——我爱伊莱,我爱您。你们是我唯一的亲人。是我生命中最重要的人。"

站在木板桥上。紧紧地抓住桥栏杆。

尽管预备着迎接狂风,你却永远无法充分准备。
你永远不会得到谅解。

第 十 章

他是我生活的全部。除了"E. H."研究项目,我没有其他生活。

你们颁给我的这项奖,我只能以他的名义接受。

这是一项追认授予他的奖。我谢谢你们。

"喂,教授吗?恐怕有个坏消息。伊莱·霍布斯今天不会来达文公园了。"

玛戈特十分震惊,摸索着找把椅子坐下。说什么?什么?透过耳朵中的喧嚣嘈杂,她总算听明白:伊莱·霍布斯没有死,也没有生病,是伊莱·霍布斯的姑母,他的监护人露辛达·梅特森前一天夜里死了,重度中风,在费城,死在大学的附属医院里。

"死了?梅特森夫人——死了?我不知道——我——我没想到……"

玛戈特无助地念叨着。她的声音虚弱、犹疑。人们对死讯的第一反应总会是拒斥,死亡原本就是一个很难融入生活的概念。玛戈特只是知道伊莱·霍布斯没有死。

大家在研究所等他的时候,就感觉出了问题。这么多年来,失忆症被试 E. H. 第一次迟到:一个小时、一个半小时、三个小时……他们打电话给梅特森家,无人接听,连管家也不在;他们打电话给为达文公园提供接送服务的租车公司,电话被转给调度员,回复说他们的司机跟通常一样早早到了格拉德温帕克塞德的指定地址,要接的乘客迟迟未到;司机下车去按了门铃,但没人应答;显然家里没有人——也没有谁打过电话说要取消约车。

"我们要照常收费的,夫人。不管霍布斯先生有没有被送到达文公园,我们都要收费的。因为,司机按照约定到达了——只好放空车回来了。"

"不必担心,钱会照付。你们所有的服务都根据双方协议付了费,这个钱不会赖!"玛戈特气得发抖,挂断电话。

玛戈特完全回过神来,知道出事了,出大事了。虽然玛戈特上个星期五还开车送伊莱·霍布斯回家,还看望了露辛达·梅特森,当时似乎一切都向好发展:梅特森夫人的遗嘱里增加附录,跟玛戈特·夏普相关。

玛戈特明白,必须掩藏住自己的担忧和陡然升起的焦虑。玛戈特知道,如果学校实验室的年轻同事和研究所的同事看到她面如死灰,看到她坐立不安,一定会大为震惊。玛戈特像旧时代新英格兰远洋船长的妻子,伫立在高高的窗户前,盯着研究所楼下的停车场,等待着那辆锃亮的黑色林肯城市轿车出现,失忆症患者E.H.通常会坐这辆车到达文公园……玛戈特从不会晚于上午7点30分赶到,而E.H.从未超过上午8点。

玛戈特知道周围的人会如何同情她,但她已经全然顾不上了。他们会说——真是太令人心痛了,玛戈特·夏普显然爱上了E.H.。太让人难过了,也让人感动。我们都为她感到尴尬,但我们大家都心照不宣——我们会保护她,我们永远不侵犯她的隐私。

"多年过去了,然而时间似乎未曾流逝"——事后,玛戈特又想起那句愚蠢的话,然而一切都已经改变了。

例行的研究所测试,例行开车送 E.H. 回他姑母家。与年迈、孀居的露辛达·梅特森例行的勉强(对玛戈特而言)而愉快的茶点时间,其间总隐藏着一丝丝可能——期待会有童话中的幸福突然降临——哦,伊莱!你来加入我们啦!亲爱的伊莱,你真好,快坐到玛戈特身边,喝点茶,吃些点心,这么多年我们一直等着你来跟我们一起喝茶。

一直到快下午两点,才终于有电话打过来,解释伊莱今天为什么没有到研究所。电话很直接,完全公事公办。一个陌生人,声音很不耐烦地要找"'夏普教授'——你们那里的一个医生"听电话。

玛戈特心跳加速,恍惚地听着电话里传来的声音,竭力想听清楚。耳朵里传来陌生人的声音——一个男人的声音——不是伊莱·霍布斯的声音。(玛戈特虽然从未在电话里听过她亲爱的朋友的声音,但她能够立刻分辨出来。她不知道,姑母出了这么大的事情,伊莱为什么不给她打电话。)

玛戈特感到她的舌头越来越麻木。嘴唇麻木,发冷。她的四肢——脚趾、手指全都麻木、发冷。简直太不可思议了,身体的反应竟然如此之快——(作为一名神经科学家,她想到了任何杰出科学家都不会相信的灵魂"抽离身体")——也就是说,震惊的消息刚进入意识,就被大脑传遍了全身。玛戈特喘不过气,但强装出笑脸,同事们纷纷过来安慰她——"真的,我很好!我没事!去世的不是 E.H.,是他年迈的姑母——可怜的老太太已经80多岁了。我们很快会再见到 E.H.,最迟下半周……"

一遍遍拨打梅特森家的电话,始终无人接听。玛戈特孤注一掷,考虑亲自开车去格拉德温一趟。

当然,玛戈特想尽快见到 E.H.,安慰他,与他分忧;她不知道这位失忆症患者如何消化姑母离世的事实,但他会确信从此自己的日常生活中少了她——"他会知道某个跟他生活密切相关的人不见了。但他能说清楚到底少了什么吗?"

伊莱会强烈地感觉到他的生活少了什么。他对玛戈特的情感依赖会比任何时候都大。

玛戈特很想开车去格拉德温,参加霍布斯家族为露辛达安排的不管哪种形式的葬礼,但她既不是家庭成员,也没有受到邀请,她被拒斥在整个霍布斯家族联系圈之外。数年前,她曾煞费苦心地跟伊莱的妹妹罗莎琳建立起联系。罗莎琳看起来通情达理,可她已经很久没跟罗莎琳联系过了。玛戈特完全不认识埃弗利尔和哈利——据她回忆,他们一直挺拒斥她的。她也不认识乔纳森·梅特森。

玛戈特打了很多电话,给管家、助理、秘书电话留言。她听见自己一遍遍恳求——我是伊莱休·霍布斯的医生!露辛达·梅特森的好友!你一定听说过我——达文公园大学神经科学研究所的"玛戈特·夏普"。

听说他们为露辛达·梅特森筹备了葬礼,但到目前为止,玛戈特仅仅打探到,将在格拉德温的圣卢克斯圣公会教堂举办一场"私人家庭"葬礼。玛戈特确切得知,死者殁年 82 岁——这个数字比她看上去的年龄要大。玛戈特为梅特森夫人感到悲痛,也为她自己感到难过,她始终没有能够让伊莱的姑母信任她、喜欢她——现在一切都晚了。

时间一天天过去了,没有人给玛戈特回电话,她越来越绝望。她对学校里的其他事情都打不起精神。同事们给她电话留言,她也不回。她忧心忡忡:怎样才能再见到 E.H.?他现在怎么样了?他是否知道姑母已经死了——是否知道她死了就再也回不来了?E.H. 研究项目就这么陡然结束了?30 年来的卓越科学研究,竟然是这般结局?

最后,经过多次失败的尝试,玛格成功打通露辛达的长子乔纳森·梅特森的电话。她想起露辛达·梅特森对这位长子是多么不满,然而现实真是太讽刺了,这位听起来性急、易怒的乔纳森竟成了他母亲的遗嘱执行人。最终,乔纳森·梅特森获得了他母亲金融事务的代表权。

"喂,你好?你是谁——'夏普医生'?不是我母亲的医生,对吧?从没听说过你。"

简直就像在噩梦里一样,乔纳森·梅特森不仅从未听说过她,更没听说过他母亲遗嘱中有任何适用于什么夏普医生或关于他表哥伊莱休·霍布斯的什么"遗嘱修改附录"。梅特森语气冷漠地告诉玛戈特,母亲去世了,他有很多事情要处理,没有时间,更没有兴趣处理他表哥伊莱休的事情;他不打算让他那位"大脑受损"的表哥继续住在他母亲的房子里,他在那里已经住得够久了,"我母亲就像开了一家精神病院,还得自己贴钱。现在,一切都结束了。"

这些直截了当的话让玛戈特十分震惊。她太震惊了,请乔纳森·梅特森重复一下刚才说的话。

"医生——我不管你是谁——这个事情没什么好商量的。你我之间没有什么用得着'商量'的事情。我跟费城遗嘱检查法庭预约好了,清理我母亲的遗产并不容易。她有很多继承人,也有很多遗嘱受益人。遗嘱里似乎有一个供养伊莱·霍布斯的信托,我是那份信托的执行人。我们会给他找个地方——找个辅助生活机构。或者类似'中途之家'①的地方。我表哥伊莱·霍布斯精神不

---

① 中途之家(halfway house),也译为"重返社会训练所",有时候也称为"社区矫正中心"(community correctional center),是为出狱者及离院病人设立的一种过渡性住宿式社区矫正机构。

正常。他不能签订法律合同,没有信托执行人的许可也不能执行跟他相关的法律合同,而他的信托执行人是我。"

乔纳森·梅特森一口气说完,玛戈特有些蒙了。她想问伊莱到底怎么样了,伊莱此刻在哪里,伊莱对姑母的突然离世有什么反应,但她没有勇气问。她听到自己在恳求对方:"梅特森先生,信托中是否有足够的钱确保伊莱独自住在某个地方,有独立的空间和全职护理?"

"没有,医生。抱歉。"

"钱不够吗?可梅特森夫人曾经说过……"

"医生,我已经解释过了:我是这个信托的执行人。这个信托不过是我母亲遗嘱中的一项任务而已,不是最重要的。我已经联系了伊莱的两个哥哥,我们会尽快帮他找到一个合适的地方。帕克塞德的房子很快就会公开出售。现在……"

"但是,伊莱现在在哪里?"

"伊莱现在在哪里?你以为自己是谁?"

"我——我是他的医生——'玛戈特·夏普'。我一直都是他的医生——是医生团队的成员——从1965年开始……"

"从1965年开始!你们到底都对他做了些什么?他的记性跟以前一样糟糕,甚至比以前更糟糕。医生团队!'那群神经生理学家'!你现在为什么还要关心他?"

玛戈特结结巴巴地说,"因为——伊莱是我的病人……"

"这跟我母亲有什么关系?她刚死,失去亲爱的母亲,我们大家都很悲痛。我表哥伊莱跟这有什么关系?"乔纳森·梅特森的声音中流露出明显的不屑,同时也夹杂着某种困惑。玛戈特继续恳求他,想要约他见面,谈谈伊莱·霍布斯的事情。但是,乔纳森·梅特森说自己太忙,准备要挂断电话。

"如果我要——如果——我要买下这栋房子呢?你母亲的房子?帕克塞德大街的房子?这样伊莱就可以继续住在那里,他很熟悉那里的环境……"

"买下那栋房子?你是认真的吗,医生?你知道要多少钱吗?"

"我——我不知——知道……你要多少钱?"

乔纳森·梅特森报出一个数字。玛戈特怀疑自己听错了,但不敢让他再重复一遍。

"而且,房产税每年34 000美元。这只是房产税,不包括维修费。"

玛戈特立刻被这个数字砸晕了,就像人们用石头去砸一条恼人的狗。

"每年34 000美元——房产税?这怎么可能?"

玛戈特通过学校担保的按揭贷款,在学校附近私人住宅小区购置了一栋小房子。她每年的房产税是4 600美元。

乔纳森·梅特森毫不掩饰自己的不耐烦,告诉玛戈特,格拉德温是费城的"抢手"住宅区,而帕克塞德又是"最抢手"的街道。买家很可能购买后,拆除重建现代化的新房子——"我们急于出售,因为家里谁也不想住在那里。"

但我想住在那里!我愿意在那里照顾伊莱。

玛戈特听到自己语无伦次地跟对方争辩:伊莱·霍布斯非常熟悉他姑母的房子,住在那里他会舒适自在。他无法认识其他的住处——他会"彻底迷失"。

乔纳森·梅特森一副早就知道的样子,说他表哥已经"彻底迷失"了30年。是他母亲像个圣人,或者像个傻瓜一样,在照顾他——"但现在一切都结束了"。

玛戈特一只手紧紧握住话筒,另一只手端着一杯尊尼获加黑方威士忌。她小心翼翼地抿了一口威士忌,又小心翼翼地用颤抖的手把杯子放在桌子上。不能让任何人听到。不能让人怀疑。

她一个人待在家里,没人会听到。为了节省用电成本,她家里的恒温器一直开得很低。她在家的时候,全天都会拉着窗帘。她穿着厚厚的毛衣和羊毛袜;有时候,如果房间里冷得能够看到自己呼出的白气,她就会戴上一顶针织帽。房间墙上贴着E.H.的铅笔画和炭笔画,都是这些年玛戈特小心谨慎地从伊莱素描本上裁下来的;有些被她装裱起来,但大多数都是用双面胶贴在墙上。墙上最大的一幅画36英寸×18英寸,最小的只有牌匾大小,这些大小不一的画作都是复制品。玛戈特考虑到有些E.H.决不允许丢失的画作,就找人复制了下来。

在玛戈特眼里,这些画精致、梦幻、美丽,风格酷似挪威表现主义画家爱德华·蒙克,尤其是那些画着溺亡小女孩的作品:阳光洒在浅溪水面,小女孩的黑色头发漂荡在水中;极小、几乎看不见的水黾的影子映在女孩惨白的躯体上。

他从来都没有见到过堂姐死时的样子。一切只是他的想象。

玛戈特很想跟乔纳森·梅特森解释,按照从前的方式照顾伊莱·霍布斯对他有多重要。他不是一个普通人,他能言善辩,具有艺术家的天分。失去姑母会对他造成巨大的创伤,失去熟悉的家会对他造成同样的创伤。她不敢贸然使用俨然是失忆症患者的什么人的立场。于是,她说:"梅特森先生,你母亲为你表哥留下了一份信托,以便他能得到更人道的照顾。她绝对不会同意你把他送到一个'辅助生活机构'或'中途之家'——他不应该跟那些精神或身体有病的人混在一起,那种对而言会是毁灭性的。我碰巧知道——就在不到两个星期前,露辛达曾详细跟我谈过。她承诺说,将指定我担任伊莱·霍布斯的医疗监护人。"

"'医疗监护人'?不,不可能。医生,遗嘱中压根没有这一条。"

"露辛达还没来得及准备遗嘱的附录部分!但她原本打算……"

"没有任何证据,医生。如果你不介意的话,我希望你能称我母亲'梅特森夫人'——而不是'露辛达'。你不是她的朋友,否则我会听说过你。"

"我是你母亲的朋友——多年的朋友!我开车把伊莱从达文公园送回格拉德温,和你母亲一起喝茶,每周两次,有时三次……"

一阵尴尬的沉默。连玛戈特都有些迷茫了,是否这一切都是她自己编造的。

出于自己的渴望,她编造了这一切。

乔纳森·梅特森冷冷地说:"呃——我母亲1987年为伊莱·霍布斯设立的信托,没有做过修正,也没有遗嘱附录。"

玛戈特勉力强撑,继续争辩说:"但是,梅特森先生——你不觉得这样做有愧于你母亲的遗愿?你怎么可以如此残忍地对待一位遭受巨大痛苦的人?伊莱·霍布斯是你的亲人——请你重新考虑下出售房子的决定。"

玛戈特担心自己这个要求太过分,乔纳森·梅特森很可能会立刻挂断电话。这套房产价值连城,让梅特森家族、霍布斯家族同意伊莱·霍布斯继续住在他已经住了30年的房子里,如此奢望真是愚蠢。除了我,没有人爱他。而我没有机会。

"医生,伊莱·霍布斯如何,跟你有什么关系?依我看,E. H. 研究项目已经把这个可怜的人榨干了——你们还准备拿他'试验'多久?"

玛戈特辩解说,E.H.研究项目得到美国国立卫生研究院和国家科学基金会的资助;它是有史以来最重要的神经心理学项目之一。E.H.研究项目的许多发现已经广泛应用于脑卒中后的治疗领域,比如说——大脑中的失忆现象是如何产生的,如何治疗、护理失忆症患者。她告诉他,伊莱·霍布斯一直都充分配合研究人员,而她,玛戈特·夏普,作为项目的首席研究员,密切监督所有测试活动。"你必须明白,伊莱到研究所接受测试是他生命中最有意义的部分。对脑损伤患者进行的测试对他们自身具有极大的好处。否则,伊莱这么多年除了他的露辛达姑母几乎见不到任何人——没什么人来看望过他。他只会成天蜷在家里看电视。"

"简直荒谬!很多人都去看望过伊莱——只是他根本不记得我们是谁,这样的话,'看望'他还有什么意义?真让人沮丧。而且,他能够流畅地阅读,会一遍遍读他喜欢的书——看他喜欢的电影——我母亲说他总是不厌其烦地重复看那些经典老片。如果用那台老相机,他还能摄影。他可以乘公交车去艺术博物馆——在大脑受伤前他熟悉费城的每一条道路。像我母亲那样宠着他,把他当成婴儿,对他没有任何好处——这就是为什么他的情况始终没有改善。事实上,伊莱过着人人羡慕的生活——总有人照顾他。他不用担心未来,也不用担心过去。"

玛戈特反驳道,"伊莱当然会'担心'过去。他能够想到的只有过去。"

"好吧,就算——他'担心'过去。但他无法记住现在发生的任何事情,所以'过去'就会逐渐消失在他的生活中。"

荒谬至极,玛戈特根本不屑于反驳。

"但是,没有了你母亲,他会非常孤独……"

"他会在我们给他找的辅助生活机构发现很多伙伴。跟他一样的'残疾人'——精神残疾、身体残疾都有。他在那里会很好。"

"可伊莱不是精神病患者!那不是他待的地方,他在那里会非常可怜。"

"他会交到新的朋友。我们只需要给他一个机会。"

"他没有办法记住新的环境。他也没有办法记住遇到的陌生人。他只会——迷失。"

玛戈特语气中充满凄凉,这一点似乎让乔纳森·梅特森无法下决心挂掉电话。玛戈特不顾一切地接着说:"我——我可以把你表哥带回家,至少暂时带回家。我可以让他在我那里安家。我是大学里的教授——在校园边上有一栋自己的房子。如果我离家外出,我会雇人来照顾他——24小时护理。如果你要付我费用的话——哦,也只是你付给辅助护理机构的一小部分——各让一步,这样挺好的——你觉得呢?"

梅特森一句话也不说。他感到困惑、惊吓?还是觉得受到了侮辱?

"当然——这一切都会清清楚楚地写进我们的合同……我可以跟你或伊莱的其他亲人见面,我们一起制定方案……"

"天哪,医生!你为什么要背上这样一个负担?我已经很多年没有见过伊莱·霍布斯了,我母亲说他'每况愈下'……我完全不能理解你为什么要这么做。"

"如果——如果你顾虑——钱的问题——如果你不想把信托里的钱支付给我——我可以使用项目研究经费——再不济,我可以用我自己的工资收入维持我们俩……"

玛戈特说得又快又急。她开始浑身发热,拽掉了身上的厚毛衣。她感到身体里涌过一股热流,从大腿根一直涌到脸上。她甚至担心乔纳森·梅特森能够看到她现在的样子:一个中年妇女,乱糟糟的黑发中冒出不少白发,一张娃娃脸扭曲变形,流露着渴望、希望和羞愧。

梅特森似乎替玛戈特·夏普感到难为情。他听出了她声音里原始的欲望。

他又问了一遍,她为什么愿意背上这个负担,照顾一个毫无血缘关系的病人。玛戈特生硬地说:

"梅特森先生,应该这么做!伊莱需要——需要有人照顾他。"

她差一点说成伊莱需要我。

疯狂、绝望、愚蠢。

乔纳森·梅特森似乎在掂量形势。也许他突然为她感到难过。他告诉玛戈特,她的建议太不合常理,他并不认为这是解决伊莱·霍布斯问题的可行之策,但他会再考虑一下——"我明天会跟伊莱的两个哥哥和妹妹讨论一下。我的感觉是,他们早就已经受够了,不愿意再骄纵他们这位'大脑损伤'的兄弟。不管怎么说,谢谢你打来电话,医生——'夏普'医生,对吗?"

"是的。'夏普'。"

玛戈特轻轻地,就像吸气那样小心翼翼地,挂断了电话。她喝完杯中的威士忌,手指上沾得黏糊糊的。她头重脚轻,踉跄着摸到床边,一头栽倒在床上。

饥渴的恋人。她在梦里感受着他。那个男人的抚摸,他的嘴唇,他那燃烧着冲动和欲望的炽热的身体。她用每一寸肌肤感受着他。

她被吓住了,这种感觉太强烈了。她一直都是胆小的女人,恐惧这种感觉,恐惧性的冲动。这种感觉会吞噬掉她,让她倍感绝望、无助。但也正是这种感觉,让她知道自己爱这个男人——这是一种彻底毁灭的感觉。她愿意为他冒险,愿意为他放弃一切。

他比她强壮得多。他的双臂紧紧抱着她,像大鸟的双翼,环起来,紧紧地抓住猎物。

笔从她的指间滑落到地上。笔记本也掉到地上。

我们之间发生的一切都不会被记录下来。它将从记忆中消失。

他叫阿克塞尔。皮包骨头的驼背男孩将伊莱的手臂扭到背后。伊莱痛苦地呜咽着,阿克塞尔·麦克罗伊放声大笑。他从笨重的阿第伦达克木椅子上抓起一只帆布坐垫,死死捂在伊莱的脸上。阿克塞尔讥笑着说,多脏的垫子,屁股坐过的东西。伊莱被强行推倒在地,脸上被捂着帆布坐垫,阿克塞尔用力靠在上面,他害怕自己会被憋死——是在开玩笑(他想让自己相信这只是个玩笑),可这个玩笑持续时间太长了,他的皮肤被蹭破了,鼻子也在流血,他试图尖叫,可是叫不出声。

他们说他是主教的孙子。他讨厌阿克塞尔,也害怕他,阿克塞尔跟他们认识的其他人不一样。他的哥哥们也害怕他,阿克塞尔会背着大人说一些可怕的事情、做一些可怕的事情。他用手做下流动作,比如用手拉扯——自己的裤裆。女孩子们厌恶地扭过头去。伊莱曾试图把阿克塞尔赶走,但他太小,太弱了。他胳膊瘦弱,阿克塞尔一只手就能攥住,他大声嘲笑他。堂姐们也跟着笑起来。堂姐格雷琴别过头去。她也在嘲笑可怜的、丢脸的伊莱——对吗?伊莱永远不会原谅她。他真希望把她弄死。在独木舟上,他要把独木舟弄翻,让她淹死在湖里。伊莱想要从阿克塞尔身旁逃开,却被他一把抓住胳膊,阿克塞尔扯住他的头发,作势要"剥掉"他的头皮。他当时年龄太小,胆子也小。堂兄堂姐他们虽然为他感到难过,但他们也嘲笑他。埃弗利尔也嘲笑他,还有哈利。躲在门廊底下,他们就不会知道他去哪里了。透过门廊的板条缝隙,他偷偷看着他们。女孩子们光着腿,头发扎成马尾辫方便游泳。堂姐格雷琴只有 11 岁,但她长得比同龄人高——"成熟"——家里大人让她照看几个小一点的孩子。粉红色的吊带泳装裹着平坦的小乳房,还有粉红色的弹力泳装底裤。朝气蓬勃的棕色头发在太阳里散发着光泽,马尾辫垂到背上。她的双腿洁白,光着脚丫。他们家刚到乔治湖,还不到一个星期。"伊莱?伊莱?"她大声叫他。他没有爬出来。

格雷琴叮嘱其他小孩子不要跑到码头上玩耍,她很快就回来。也许主教的孙子阿克塞尔·麦克尔罗伊恭维、讨好她了。阿克塞尔 17 岁,留着猫王埃尔维斯·普雷斯利的飞机头。

他没有看见她往哪里去了。也不知道她往哪个方向走了。躲在门廊底下,感到难堪而又羞耻。他恨他们所有人,恨主教的孙子阿克塞尔·麦克尔罗伊,也恨其他所有人——包括格雷琴。

后来,他有更多理由感到羞耻。特别羞耻。简直不知道他有多懦弱,多让人瞧不起。

同样让人感到羞耻的是,他们的父亲总喝醉。格雷琴失踪了,拜伦·霍布斯喝得醉醺醺的,没法跟家里其他人一道去树林里寻找。祖父的铬黄色比奇单活塞螺旋桨飞机。霍布斯家族有个简易机场停放祖父的飞机。他坚信他们能找到失踪的女孩——坚信他们会在哪个树林里找到迷路的格雷琴,用小螺旋桨飞机把她带回家。然而,飞机在湖面上飞行时突然下降,祖父被迫"紧急降落"。他们没能找到格雷琴。

他们在树林里没有找到她。当时没能找到。

他没有看到她死时的样子。他抛弃了她,他对她很生气,再也没有见过她。

祈求上帝,把格雷琴带回来吧。但上帝住的地方太高了,比最高的白松树还高,根本注意不到他。

(这是在什么地方?他为什么在这里?他隐约记得自己在霍布斯联合公司的办公室——透过窗户望着不远处的高楼大厦。亮闪闪的玻璃窗。这些窗户后面,是什么人?)

从这个窗户看出去的风景很不一样。不是费城市中心,是一个更老的住宅区。他觉得——自己是在"医院"或"诊所"。从这个高度,他只能看到外面很近的地方。这里的林木线很乱。他非常后悔自己年轻时候的日子,曾经他可以很容易感受到上帝的存在。因为无所顾忌、自私自利,后来他失去了上帝。现在,一切都太晚了,他受到了诅咒。

作为白人的他,受到上帝的责罚。

他一直想努力把窗户推开。但这是一扇固定住,无法推开的窗户。沮丧而又愤怒,他用头撞窗户玻璃。额头砸在玻璃上——用力砸出血,用力砸下去。

❝❞

她非常害怕。她喉咙发干。

旧金山——她在美国实验心理学协会会议上发表演讲,会议报告厅非常大,一眼望过去,几乎看不见报告厅尽头的墙壁。芝加哥——她在国家认知神经科学研究所做报告,一排排仰着的脸,像在梦中一样模糊不清。华盛顿特区的美国国家卫生研究院——她的脚下爆发出一浪高过一浪的掌声,掌声将她整个人包围。佛罗里达州奥兰多——华盛顿州西雅图——科罗拉多州丹佛——波士顿——纽约——费城——她感觉到耳朵里血液急速流动,心跳剧烈。当她穿过耀眼的灯光走上发言台时,一个身影快速奔到她身旁,她看不清他的脸,他紧紧扶住她的胳膊肘,稳住她的身体——"这边,教授。小心台阶!"

她在做主题演讲。她在接受颁奖。她在宣读论文。她在参加研讨会。她在回答采访者提问。而她的心里无时无刻不渴望着他。

就像一只被长期关在笼子里的实验动物,精神已经崩溃,即使有一天笼子门打开了,它仍然会继续待在笼子里。

被动物权利活动家"解放"的那些实验黑猩猩,仍然蜷缩在笼子里。

(米尔顿·费瑞斯曾经跟他们讲过这些可怜的动物。米尔顿·费瑞斯讲述的时候面带微笑,在他看来这些是十分有趣的事情。)

"夏普教授?"

玛戈特快速抬起头。他们正满怀期待地望着她。他们都是陌生人,不会知道夏普教授已经飘忽到离他们多远的地方,就像波涛汹涌的江河上的一只小帆船。

玛戈特感到胸口一阵剧痛。然而,她决定掩藏住自己的伤痛。她决定不让公众看出一丝一毫真实的自己。

她跟大家讲述自己把失忆症被试 E.H. 介绍给哥伦比亚大学的著名神经科学家的故事。这位科学家专程来研究所跟他见面,E.H. 却一改往日的彬彬有礼,拒绝跟科学家握手,双臂交叉,紧紧抱在胸前,向后退缩。

他说,医生,很抱歉!我可怜的大脑已经不够分配了。这里的医生把最后一小片渣屑都瓜分掉了。

玛戈特笑起来,她觉得她的失忆症被试十分机智。她的眼里闪着泪光。在座的听众主要是神经心理学家和神经科学家,坐在偌大的圆形会场里时不时爆发出一阵尴尬的笑声,他们不知道该不该笑。

"死后的生命。就像通过一根细管子在海底呼吸——虽然艰难,却能够设法做到。"

她就是这样,在死后的生命里,跟自己说着话。她通常都是诙谐幽默的。她经常会被人采访。

她笑得上气不接下气,没有人能看见她两只手握拳夹在膝盖之间。(当然,仔细观察就能发现。女科学家玛戈特·夏普变得如此反常、古怪。关于她的种种传闻会满天飞。那条有异国情调的"性感"发辫垂在脸颊左侧,看上去很可笑,却也令人同情!披着一条夸张的丝绸披肩,几乎盖住了整个后背。)

在对她的隆重介绍之后,潮水一般的掌声向她涌过来,把她淹没。

只有玛戈特·夏普没有笑出声。她的脸上浮现着死亡微笑[①]。

玛戈特·夏普数十年坚持不懈,在记忆生理学领域成就卓绝。她为青年女科学家树立典范,希望所有女科学家在生活和工作方面都要向玛戈特·夏普看齐……

言过其实的赞誉让她意识到,此刻自己身处公共场合。果然如此——她抬起眼睛向上望,看到了灯光,还有舞台。如果她转过头去,还会看到一排排不同级别的座位,像在圆形大剧场里那样。

[①] 死亡微笑(death grin),大约2800年前地中海的撒丁岛上,有些腓尼基人死去时脸上露出神秘而可怕的微笑。研究人员曾怀疑腓尼基人利用有毒气体让人产生这种奇怪的表情,但意大利科学家研究发现,腓尼基人"死亡微笑"是由于岛上一种植物所导致。

她徒劳地寻找着——那张脸。

"人脸识别"——人类婴儿期最早的心理行为。

人类的生存依赖于这种识别能力。这是最基本、最原始、最重要的人类行为。

没错,他们刚才在一家灯光昏暗的木板装饰牛排餐厅享用过高档晚餐。这位享有盛誉的嘉宾本想好好吃点东西,却发现根本办不到。刚把叉子举到嘴边,只好放下。刚把叉子举到嘴边,不得已又放下。把酒杯举到嘴边,也不得不放下。她明白——他们都在观察她,留下关于她的记忆。编出来的故事会流传到我死后。

在这里,她被称作"夏普教授"。没有人称她"玛戈特"。除一位头皮锃亮的神经科学家之外,她成了晚宴上年龄最大的人。那位老科学家早在40年代就已声名鹊起,当时他是伟大心理学家B. F. 斯金纳在哈佛大学的年轻合作者。

她用眼神恳求这位老先生——不要跟我谈米尔顿·费瑞斯!即便出于同情也不要谈。

当然,如果(当)玛戈特·夏普成为话题的焦点,谈话就经常——不可避免地——会转移到米尔顿·费瑞斯身上。

关于他们俩的各种传闻!在宾夕法尼亚大学、麻省理工学院、耶鲁大学、哈佛大学、普林斯顿大学、加州大学伯克利分校和索尔克研究所,一代代年轻神经科学家,没有不知道的。他们听说,在玛戈特·夏普还是一名普通研究生的时候,她第一天走进记忆实验室,风流成性的杰出教授费瑞斯就"看上"了她——费瑞斯一眼就看出23岁的她会成为(能够成为)一位出色的科学家;传说费瑞斯诱惑玛戈特·夏普跟自己保持长达数年的婚外情,在事业和性方面都利用她;传说费瑞斯为自己捞到了诺贝尔奖,却丝毫不考虑玛戈特的贡献;而当费瑞斯诱骗上另一位更年轻的女神经科学家时,断然终止了跟玛戈特的婚外情。或者,还有一个更骇人听闻的版本,传说还只是个普通小研究生的玛戈特·夏普,为了自己的职业发展,设法勾引米尔顿·费瑞斯;传说尽管玛戈特·夏普没能成功分享诺贝尔奖项(有些诋毁玛戈特·夏普的人认为她活该),但她后来以此为要挟,要求米尔顿·费瑞斯提名她担任记忆实验室负责人。同样骇人听闻的传闻围绕着玛戈特·夏普,说她与失忆症被试E. H.有(感情、性)纠葛,这种说法流传了很多年。但这个传言不如费瑞斯—夏普婚外情那么有反响,后者是神经科学和神经心理学圈里最让人津津乐道的(尽管基本上没有得到证实)丑闻。

然而,玛戈特·夏普却又经常被誉为年轻女科学家的典范。她是位狂热的女权主义者;或者,不如说,她是位狂热的反女权主义者。她从前的女学生都尊敬她,毋宁说她们害怕她。她们都爱戴她,毋宁说她们恨她——然而,她们也都承认,在她们的生命中从来没有谁像夏普教授这样,她们都希望自己能够(以某种方式)效仿她。

教授,谢谢您改变了我的生活。
改变了我的人生——谢谢您!

这是在什么场合,哪个城市——玛戈特完全没有概念。
她头晕目眩。她喉咙发干。
舌头、嘴唇和四肢的麻木感一直没有消退。自从接到那个可怕的电话,得到老太太去世的消息以来,麻木感从未消退过。
那个电话之后,她再也没有见到过E. H.。
再也没有见过E. H.。
玛戈特后来知道,梅特森夫人死于重度脑梗。一系列小的梗阻,导致后来的重度发作。重度脑梗就像一道闪电。大脑瞬间就会停止工作,意识随之消失。门突然关上了,里面漆黑一片。

她听到有人在念自己的名字。是她在公开场合使用的名字——玛戈特·夏普教授。

她被隆重介绍出场。一串串文字就像五彩纸屑一样飘落,她几乎什么也没听。她太孤独了,他们把他从她身边带走了。

她站起身。她走得不稳。仔细观察就会发现,她不时停下来,眼睛盯着观众席,仿佛在寻找——寻找什么人?

她耳朵里传来一阵猛烈的嗡嗡声——不是血液涌动的声音,是掌声。

她演讲的题目是《66岁失忆症患者的记忆、感觉登记①和逆行性失忆》——《失忆症患者大脑中的新记忆回路》——《失忆症的记忆缺失和记忆补偿》——《E.H.:失忆症患者的大脑图谱》。随着90年代核磁共振成像技术的出现,大脑研究的材料更为丰富,就连玛戈特·夏普这样的传统科学家也开始与神经物理学家开展合作。

她获选担任北美女科学家协会的名誉主席。她在多伦多一家高层酒店的通风宴会厅做主题发言,收获了长时间的热烈掌声,掌声令她热泪盈眶。从她位于酒店40层楼的房间里望出去,安大略湖面铺满坚硬的寒冰。

"玛戈特·夏普"——一个似乎从远古传来、不断回响的

---

① 感觉登记(sensory registers),又称"瞬时记忆""感觉记忆"。是认知心理学用来说明人的感觉作用和记忆形式的术语。刺激物发出的信息接触到人的感官,得到暂时存贮,这种存贮形式叫做感觉登记,其主要形式是映象记忆和回声记忆,前者保持的时间不超过1秒钟(视觉),后者保持的时间在0.25秒至2秒之间(听觉)。

名字。

"玛戈特·夏普"——一个令人忧伤的名字,一个孤独的名字。

一阵阵掌声。耳朵里一阵阵血液涌动的感觉。

如果他们是在嘲笑玛戈特·夏普,这嘲笑就与最高的赞誉交织难辨。又一个杰出奖项——还颁发了一枚沉重的铜奖章。(该死的奖章太重,无法装进她的手提箱。她只好把它用软纸层层严密包裹好,丢在酒店房间的废纸篓里。)入选国家科学院院士——其中的女性实属凤毛麟角。

美国艺术与科学学会5月份在波士顿举行的颁奖大会上,玛戈特·夏普虽然不是唯一受邀的获奖者,但她获得的大奖分量很重,在她的专业领域分量仅次于诺贝尔奖。

她坐在巨大的圆形会场第一排座位上,身体笔挺,一动不动。她坐得非常直,头仰得高高的,似乎头、脖子和脊柱后面竖了一根铁棍。她下意识地吞咽着口水。她口干得很厉害。"夏普教授?"——她已经忘记了这是在颁奖典礼上。有片刻时间,她似乎被四面八方雨点般从头上落下的掌声弄蒙了。

天哪,这个"奖"确实太重!一尊12英寸高的水晶奖牌,上面刻着她的名字。一位态度恭谨的年轻科学家把奖牌交给她,玛戈特没料到奖牌这么重,差点失手摔在地上,观众席人人都吓得捏了一把汗。然而,她笑了,笑得无比难看,双手用力把奖牌高高举起,她要让颁奖机构因为看到获奖者兴高采烈而感觉由衷的快乐:纯水晶打造的胜利女神雕像,下面是完美的木制底座。

她开始热切地讲起来,有些结结巴巴。继而,她越讲越自信,几乎滔滔不绝。

……是一名年轻的研究生。在伟大的米尔顿·费瑞斯的著名

"记忆实验室"……

突然,她的声音开始颤抖。她似乎无法呼吸,大口大口地喘着气。她似乎在狂风中发抖。她的脸皱起来,像手里团揉过的白纸。她的话结结巴巴、飘忽不定。

她来这里,是为了向大家公开承认——

E. H. 就是我的生命。失去他,我的生活将毫无意义。

作为一名科学家,我所取得的一切成就,那些成就我名誉的一切,一切的一切,都是因为 E. H. 出现在我的生命中。

我丝毫没有夸张。作为一名科学家,一名女性,我说的都是事实。

遭受折磨的人是他——不是我。像其他人一样,我发现了一个机会。科学家就是要能够看到——并抓住机会。我的事业全部建基于那位 1964 年 7 月感染脑炎的 37 岁费城男人。我们的科学正是建基于这样的牺牲和机会之上。作为一种以模仿生命为研究对象的科学,我们的科学无比残酷。

她事先准备的演讲稿被搁置在讲台上。观众席一片寂静。她的眼中噙满泪光。她的脸上容光焕发,或者说激情澎湃。她脸上皮肤白得像日本艺伎一样,眼睛里燃烧着火焰。

他是我生活的全部。除了"E. H."研究项目,我没有其他生活。

你们颁给我的这项奖,我只能以他的名义接受。

这是一项追认授予他的奖。我谢谢你们。

然而,她并没有要停下来的意思。带着一种疯狂,她继续说着。她举起左手,给观众展示她手指上的银戒指。

这枚戒指是我丈夫送给我的礼物,他的那枚是我送的。我们秘密地——结婚很多年了。没有人知道——直到现在……

她的声音越来越小,最终陷入沉默。她一直倚靠讲台站着,好稳住身体,因此大部分的身体重量都落在一条腿上。现在,她想挺直腰,站直身体,才意识到半边的身体已经麻木:右腿从臀部以下到膝盖有一根神经被紧紧压迫住了。她感到晕眩,恐慌。她好像完全偏离了原定的演讲主题——关于持续30年的失忆症患者E.H.实验,从米尔顿·费瑞斯的记忆实验室开始……她跌跌撞撞地从演讲台上下来。有一个人影快速跑到她身旁,扶住她。

"夏普教授!——当心台阶!"

四周模糊一片,嗡嗡作响。这个饱受煎熬的女人像一个不敢醒来的梦游者一样,机械地向前挪动脚步。她几乎没有意识到她的技术助理海驹跑过来护着她。请让一下。我是夏普教授的助手。我会带她回酒店房间。

第二天早上惊醒过来,嘴里有一股热热的胆汁的味道,她发现自己穿着衣服睡在一张陌生的床上,被子盖到脖子底下。她只是把脚上的鞋子踢掉了。一盏灯还在亮着,在白天显得很多余。床头柜上有一尊巨大的水晶人像,像喝醉酒似的侧翻着。

这是什么?她不知道。她浑身像散了架一样,坐不起来,也没有力气拿起那块奖牌去看上面刻着的字。

她曾绝望地恳求:你们把他放在哪里了?请你们告诉我。

那位妹妹很有分寸地说,你只需要知道我的哥哥伊莱现在很安全就行了。

第十一章

一个女人的声音像只欢快的气球飘过来:"伊莱,你好!"

他浑厚的男中音,像气球一样欢快地飘回去——"哈——啰。"

快速交换问候。就像打网球。他不得不快速睁开眼皮。(他睡着了吗?他唯一的确认办法就是望向窗外:如果能清楚地看到物体的细致、复杂轮廓和清晰肌理——很可能就不是在梦中。)在这个陌生而未知的地方,他必须保持警惕。

"伊莱,你姓什么?"

"女士,你在看这个身份辨识环,干吗还要问我?上面不是写着吗——'伊莱·卡斯特'?"

"伊莱,请告诉我你的姓氏。"

"姓氏,就是让我想死的字,那就是'霍布斯'。也就是'火不死'。"

她笑了起来。她是个陌生人,然而她似乎对他很熟悉,也欣赏他的风趣,这一点很重要。

如果他们喜欢你,就不会伤害你。

他们就不会想方设法迫害你。

"伊莱,你的出生日期是哪一天?"

"'出生日期':1927年——4月——18日。"

在她问出下一个愚蠢的问题之前——"女士,你是不是还想知道我的社会安全号码?120—28—1416。我家里的电话号码(215)582—4491。霍布斯联合公司的电话号码(215)661—7937。我们在博尔顿兰丁家里的电话号码(518)301—9928。"

一串串数字不断地从他嘴里冒出来。看到陌生人脸上的表情,他大笑起来。

"谢谢,伊莱——棒极了。但我不需要知道这些,你能告诉我——今天的日期吗?"

他停下来,不说话。他在思考。这是个刁钻的问题,他以前很可能也被问过。如果回答得太快,就会犯错误。所以,他停下来,他在思考。他的一贯策略是按照对方期待的答案来回答。然而眼下这种情况,他不知道这个从未见过面的女人期待他给出什么样的答案。

事实上,"今天"就是——今日。不过,每一个日子都是一个新的今日,在报纸顶端总会印着一个新的日期。

附近的桌子上,就放着一份报纸。从报纸的印刷字体,他能认出来——是《纽约时报》。很可能是"他自己的"《纽约时报》,叠放得很不整齐。报纸内页十分散乱,像是有人如饥似渴地读完后,丢弃到旁边,遗忘了。要是早知道会有人测试他该死的日期,他就会把报纸放得近一些,可现在来不及了。他总不能探过身子去瞟报纸顶端的日期,那位穿着浅绿色罩衫和浅绿色裤子的女护士(他猜应该是护士)正紧紧地盯着他看。

他斜起眼睛,望着窗外。窗外白雪茫茫。这是条线索。

然而,这个地方墙壁上没有圣诞装饰物。也没有新年装饰物。

"一定是"——(他镇定地思考着,计算着,带着绅士般的微笑)——"1966年1月。因为,我觉得自己生病有些日子了。从去年7月开始。"

"您认为今天可能是1966年1月的某一天,对吗?霍布斯先生?"

"我认为可能是,但没有确切的方式可以知道——对不对?我们知道的东西,都是被告知的东西。伟大的英国哲学家约翰·洛克认为,每个人的头脑都是一块白板①。大卫·休谟有过类似的论断。我们所知道的一切都是外部世界呈现给我们的,然而表象具有欺骗性,'展开在我们面前如梦幻的国度'。因此——今天可能是1966年2月的一天,也有可能是"——(他笑起来,他一向很风趣,喜欢逗这些护理人员哈哈大笑)——"1996年2月,我们大多数人都死了,去'天堂'了"。

痛苦,烦躁。为什么不允许他自己走路!他躺在轮床上,被人推着。像个年纪大的病人,被人推着。让他脱掉自己的衣服,换上病号服,为此他闹出不小的动静——"带子系在背后,霍布斯先生。像这样。"

他反复问他们,到底要把自己带到哪里去,他们反复回答他。他问一遍,他们就告诉他一遍。

最后,一位实习生想到了一个好主意,在卡片上用大号字打印:

门诊手术。结肠镜检查。
不到1个小时。

情绪激动的病人收到这张卡片,很快不知怎么就弄丢了。

---

① 17世纪英国哲学家洛克继承和发展了亚里士多德的"蜡块说",他指出,人出生时心灵像白纸或白板一样,只是通过经验的途径,心中才有了观念,因此经验是观念的唯一来源。

尽管他不停地抗议,还是被推着送到了一个地方。他躺在一张嘎嘎作响的轮床上,被人推着。是去停尸房吗?——他是被推去停尸房吗?他不停地抗议,说自己还没死。

他竭力试着坐起来,再次竭力试着坐起来,一次次竭力试着坐起来,但每一次都被护工给按下去躺着。

现在,要在他(左)手臂上找一条静脉。该死的,太痛了,他很生气。

又要在他(右)手臂上找一条静脉。该死的,太痛了,他很生气!

他们努力让他安静下来。让他放心。

只是腔镜检查。不是做手术。他们很有经验的,霍布斯先生。

对不起,霍布斯先生。在这里等一下,好吗?

很快,又回来了,拽了一下他的手腕——您还好吗,霍布斯先生?在这里等着好吗?

很快,只剩下他一个人了,他站起来,嘟囔着、抱怨着。他不知道自己到底在哪里,只知道要逃离。

冷风吹着他的屁股,软塌塌的睾丸和阴茎——该死的病号服罩衫敞开了。太丢人了!

他的大腿肌肉萎缩了。他原本平坦、结实的肚子,变得有些圆鼓鼓。

他们在他手臂上扎该死的针太粗心了,臂弯上还留了根"线"。

然而,他们把他的鞋子脱掉拿走了,瘦骨嶙峋的脚上只剩下可笑的拖鞋袜。如果这是在费城的哪个地方,他能够走路回到里顿豪斯广场,这没问题。之后整理好行李去湖边。他太想念那个湖了。享受独处,恢复理智。湖水轻柔拍打,心跳逐渐平复。他已经有好几个月——(他算过)——没再去乔治湖了,去年夏天他在那里病得稀里糊涂,到现在至少有五六个月了。

走廊尽头有一扇很高的窗户,天花板离地面12英尺高,铁皮天花板,白色的。但不是纯白色。颜色发污,一看就有不少年头了。

他站在窗边。很高的窗户,外面玻璃上有雨水的痕迹。

他在等——在等着什么?一直等着。

如果是牢房,这牢房也奇怪了:天花板那么高,他腿上也没有戴脚镣。臂弯里的针头被扯了出来,血溅到地板上。

黑鬼狂!黑鬼狂!闭上眼睛,无数张面孔浮现在眼前。然而,真正的真相是,他并没有那么爱——"黑鬼"还是"白人"。他爱过什么人吗……

他在想,他想再要一次机会。一个重新生活的机会。

霍布斯先生,您这是要去哪里?瞧瞧,您都把静脉注射管线弄成什么样了,不疼吗?哦,天哪。

霍布斯先生,快躺到这儿。您把针头扯出来了,霍布斯先生。我们需要重新扎针,霍布斯先生。

他的肌肉在抗拒,肌肉在痉挛,猛地把护士推开,用膝盖。他喘着气。他在咒骂——他妈的,滚蛋,都给我滚!你快把手拿开!我要杀了你们。他不再是那个任人欺凌的软弱小孩。这次他一定要保卫自己。

霍布斯先生?你好?

他正在跟他们打斗,但他们太强大了。他们往他的臂弯里注射发热的有毒液体。

该死的针头扎得很痛,他们找到一条新的静脉,毒液正在流进去。他们会将一根X射线管插入他的肠道,顺着直肠,尽可能向里头推进。然后,植入放射性物质,他们当年锯开他的头骨,根治脑炎也植入了这种放射性物质。

他的下巴为什么刮得这么难看。该死的,他的手在颤抖。他还不到40岁,正值壮年,肠道却时常感到难受,发生了可怕的、不可挽回的事情。等着她来接他——他的姑母。

露辛达·梅特森,他父亲的妹妹。她在哪里?自己为什么不在家里?他的家在哪里?

是他发现了她。她像一个皱巴巴的娃娃突然从电视机旁的椅子上摔下来。他不用"看"就能立刻认出她。他已经很多年没"看过"她了。人们能够通过声音识别人,也可以通过言谈举止识别。他用手指触摸她的颈动脉,立刻意识到——脉搏不动了。他拨打911,语气镇定地叫救护车。我觉得我的姑母中风了,地址是格拉德温帕克塞德大街466号。

在门外徘徊,等救护车到的时候,他已经忘了自己叫过救护车,也忘了为什么叫救护车。

领着他跌跌撞撞地离开那栋房子,他的东西一样都没拿。不能一个人继续留在那里了,但是为什么?他反抗着,他的姑母露辛达会不知道去哪里找他。

伊莱,你可以和我住在一起。求你了,伊莱,你认识我——罗莎琳。我是你妹妹罗莎琳。伊莱?

太震惊了,罗莎琳看起来比她年龄老太多了!她还不到34岁,但脸上遍布皱纹,十分憔悴,她生病了吗?得了癌症?他为什么不知道?

她在他怀里哭泣。有人死了吗——是谁?

哦,伊莱,我们会照顾你的。亲爱的,亲爱的伊莱,这真是——真是太让人难过了……

接着,他突然意识到,这个女人是个冒名顶替的。他妹妹早就死了,眼前这个人在冒充他的妹妹。

他猛地推开她——滚!滚回你的地狱里去吧。

现在,站在高高的窗户旁。针头从手臂上扯下来,该死的伤口在流血。

现在,到外面了。灯火通明的大楼后面。雨,刺骨的雨,像冰粒子一样砸在脸上。人行道上有很多水坑,脚上只穿着袜子,全湿了,该死的可笑的拖鞋袜,男人的体面保不住了。然而,他能迅速移动——在恐惧的驱使下,他像被人追捕的猎物一样狡猾。

他藏在门道里。一直向前跑,跌跌撞撞向前跑。呼吸变浅、变快,他的肺一定出了什么问题。细菌感染了,不能深吸气。他寻思着如果能认出一个路牌,一个路标——他就能找到回家的路。

里顿豪斯广场,他的家在那里。14楼。

或者,去博尔顿兰丁。他特别想逃到——博尔顿兰丁——乔治湖。可是,他的车钥匙不知道乱放在哪里了,他无论如何也想不起车子停在哪里,想不起开的是哪辆车,哪种车型。他努力回想着,却压根什么也想不起。

他身上没有钱,钱包也不见了。这双纸做的袜子,已经成了碎片。瘦骨嶙峋的光脚,简直让人想大笑,有钱的白人男子,来自有钱的家庭,全都是报应!霍布斯家族的祖先,早在成为虔诚的费城贵格会成员,早在搬到费城、参与废奴运动之前,在殖民地时期的弗吉尼亚就是奴隶主。如果能认出其中的街道或路标——但他不确定自己在哪里,甚至不确定是否还在费城,如果能找到车钥匙,找到车,找到钱包,他要逃到阿第伦达克山。现在是哪一年哪一月——他到底多大岁数了。

无途即无路,无智亦无得。世间本无无。

没有智慧,就没有佛祖。

他在等待。

第十二章

"伊莱,你好!"

"哈——啰。"

他抬起眼睛望着她,眼睛眯起来。他慢吞吞地握住她伸出的手。她的手指,握在手中,像冰一样冷。

"伊莱,你记得我吗?"

她激动得浑身颤抖。她把车停在宾夕法尼亚州白橡树家园护理中心的停车场,她爬上楼梯,穿过二楼的长廊,走向他所在的房间,脑子里只记着一件事情——他还活着!还活着!一切都不重要了!

她的心脏像一只钟,疯狂敲个不停。她已经有 7 个月 3 个星期零 6 天没有见到伊莱·霍布斯了。这么长时间,她也没有跟他说过话。她发现他用特别专注的神情盯着她,是典型的失忆症病人的表情——你是谁?我认识你吗,你的意思是说你认识我?

这是伊莱·霍布斯吗?这个男人看起来不止 68 岁。他的左臂弯处扎着一根静脉注射管线,有十分明显的淤青。他脸颊凹陷,眼睛下面的皮肤也有淤青。他眼睛湿红,像是发过火之后的疲倦。

"伊莱,你记得我吗?'玛格丽特·麦登'——'玛吉'。"

她给他带来了鲜花——一大捧芬芳馥郁的栀子花,在白橡树一家花店好不容易才买到的。

  他们告诉她,他病得很重。好几个月以来,他们阻止她跟他接触,他们拒绝她去看望他的请求。此刻——她走进昏暗的房间,浑身抖得厉害。伊莱已经完成了为期8周的根治性放化疗①,不久还要进行PET扫描检查,以确知现有治疗方案是否有效遏制了结肠癌三期癌细胞扩散。他静脉枯竭,血小板非常低。他重度贫血。

  她几乎看不到床上有个人影,缩成一团。泪水喷涌而出。

  伊莱正在做《纽约时报》上的填字游戏。他正在费力地握着铅笔,手指僵硬。随着时间的推移,这些嵌入时事素材的填字游戏对他来说越来越困难。玛戈特走进房间,他并没有马上抬起头,无疑认为进来的是护理人员。虽然他看起来很虚弱,也不舒服,他还是把床摇起来,努力找到一个舒服点的坐姿。玛戈特发现,床上和地板上堆满了被他丢弃的报纸——E.H.的标志性习惯。他没有改变,即使生着病也没有改变。

  伊莱此刻露出了笑容。脸上浮现出一片红晕,像个充满希望的小男孩。

  "记得——'玛吉'。亲爱的,我怎么可能忘记你呢。"

  他把报纸推开,把铅笔放到一旁。他攥着她的手,攥得非常紧。玛戈特俯身吻了他的脸颊,竟然十分温暖。他的胡子刮得乱糟糟的,不是他自己刮的。

  她笑起来。全身都在颤抖,她笑起来。

  竟然这么容易,她找到他了!然而,直到她找到他的这一刻,

---

① 根治性放化疗属于一种特殊的化疗治疗手段,通过加大化疗剂量进行治疗,将患者的癌症问题进行消除,以达到根治性的治疗效果。但是由于该化疗的伤害比较大,因此只有在症状比较严重的情况下,患者才需要通过这种方法治疗。

一切都那么渺茫!

E.H.擦拭着自己的眼睛。他的来访者在竭力克制着,不让泪水滑下化了妆的面庞。

"我亲爱的伊莱!你想我了吗?"

"你想我了吗?"

"想了,非常想。"

"那么——你到哪里去了?"

"嗯,我一直在找你。"

"你去哪里找我了?"

"我到处找你!你可不那么容易找到。"

伊莱笑起来,非常开心。玛戈特夸张的话,让他十分受用——他总是很容易被哄开心。

这么多年的测试引导。这个策略玛戈特·夏普从未记到笔记本上。

伊莱露出一贯的热切笑容。他现在知道这个女人了——(他知道吗?)——他感觉到跟她在一起很舒服。(尽管这个女人比自己年龄大很多,肯定不是他的同龄人。年龄问题,他会表现得殷勤,做出似乎不在意的样子。)无论怎样,他和他的小学同学玛吉·麦登一定有过情感上的纠葛。他能看得出,这个满面笑容的女人爱他,而他也有责任去爱她。

伊莱·霍布斯向后挺直肩膀。用手拢拢稀疏、凌乱的头发。真奇怪,他穿着可笑的病号服,带子系在背后!客人的到访简直像给他注入了新鲜血液。玛戈特细小、紧绷的静脉中似乎也能够感觉到他体内的血液涌动。

"我亲爱的丈夫。我一直在找你,我以为他们把你从我身边永远地带走了。"

347

"是啊——我被困在这里了。你能看得出。"

伊莱做了个示意,指的是病房,床边的静脉输液架,以及他胳膊上的静脉注射管线。

玛戈特一直戴着那枚凯尔特纹饰银制婚戒。她从手袋里掏出她丈夫的那枚对戒,给他套在手指上,他的戒指戴在手上松垮了。

"你是不是觉得戒指丢了?"

"没有。我知道在你那里。"

玛戈特给他讲述自己是如何到处找他——告诉他,最终是他妹妹罗莎琳同情她,给了她这个地址。她没有告诉他,自己对霍布斯家族有多么愤怒,对那位名义上担任伊莱信托基金执行者、却犯有刑事疏忽罪责的表弟乔纳森·梅特森有多么愤怒。

她没有告诉他,自己不是以"玛戈特·夏普"的身份,而是打着"玛格丽特·麦登"的幌子接近他的妹妹罗莎琳——她告诉罗莎琳,说自己是"伊莱在格拉德温走读学校的老同学"。

她言之凿凿地告诉罗莎琳·霍布斯,她在几年前遇见过伊莱,他还记得她。现在听说他住院了,非常为他难过——"患了'失忆症'——就像在一块浮冰上漂着。如果我能怎么样帮助他……"

天衣无缝!玛戈特颇为沾沾自喜。

玛戈特认为,一定是因为罗莎琳·霍布斯太绝望,也太内疚,才没能认出玛戈特·夏普——"夏普教授"——虽然她几年前在研究所见过玛戈特。当然,自从上次见面后,也过去了那么长时间:玛戈特现在明显进入中年,她换了发型,不太像以前的那个自己。玛戈特不再留着齐刘海,而是露出了额头。她的头发变成了优雅的银灰色,夹杂着一些白发。那条垂在左侧脸颊,具有异国情调的细长辫子不见了。而且,她不再穿黑色的衣服,换成了——哑光绿、蓝色、米色。她猜想"玛格丽特·麦登"一定会喜欢这些颜色,而不是黑色。最重要的是,她又不是在服丧:伊莱·霍布斯活着呢!

E.H.研究项目突然终止后,玛戈特关闭了著名的记忆实验室。她笔记本里记满的资料,需要她用余生去整理,写进《记忆的生理学研究:我与 E.H. 的生活》中。她只会留用一名助手——忠诚的海驹;她只开设一门研究生课程——记忆的生理学研究。她是学校里的特聘教授,确保她终身享受高薪待遇(她打算永远不退休);她成了著名的心理学系的丰碑式人物(她自己感到困惑不解)——几乎与她的导师米尔顿·费瑞斯齐名。

这样,她就有足够的生活空间——还有其他更多条件——来接纳另一个人,让她亲密无间、心无旁骛地去照顾。

十分怪异,却也很容易理解——伊莱休·霍布斯的妹妹盯着玛戈特·夏普的脸,似乎也没能认出她。玛戈特为自己的欺骗行为感到内疚吗?这很重要吗?她这样做是否不道德,是否(有些人可能会认为)她整个职业生涯中行为都不道德?她并不感觉有一丝一毫的内疚。事实上,她对自己相当满意,因为这是她一生中最有发明创造性的一次实验,唯一不同的是无法预先设计。

有些东西她会写进《记忆的生理学研究》书中,但大部分东西她都不会写。她为什么要写?除了她自己,这些关别人什么事?多年以来,她已经发现,大多数的生活就是一场假面舞会,尤其是性生活。所谓爱,其实是一场最盛大的假面舞会。

为了来见伊莱·霍布斯,她使用了哑光粉彩,紫丁香古龙水,银白的头发上夹着一只银色发卡。她左手第三指上戴着凯尔特纹饰婚戒。

伊莱·霍布斯在 8 周的化疗中经受了难以言喻的痛苦,玛戈特既心疼他,也感到十分揪心。据说——他会有转机……比他情况更凶险的癌症患者都活了下来,更不消说像他这样生命日渐衰弱、身体日趋衰弱的病人。她想约见他的主治医生,看看他的病历。好在伊莱记不住静脉滴注化疗药物的煎熬,也会忘记最初确诊罹患癌症的惊吓。

玛戈特·夏普一直希望,伊莱·霍布斯生命中余下的这些年——月?——都能跟自己在一起。

"如果我们结了婚,我可以带他去阿第伦达克山。没能结婚是我们最大的错误。"

经常,玛戈特会大声说出这句话。她是想说给(不在面前、妄下判断的)露辛达·梅特森所设信托的执行人听,自己曾无数次恳请过他。

家园护理中心是一个提供协助生活护理的现代化机构,兼具疗养院和临终安养院的功能。是一处坐落在小公园里的漂亮石头建筑群。这些建筑很有些年头了,是由位于费城近郊富人区白橡树的前圣母圣心女修道院改建而成。伊莱·霍布斯住在二楼的一个独立套间,还有一个小阳台,可以俯瞰斜下方的人工小池塘,水塘吸引了一群聒噪的绿头鸭和鹅。伊莱与患有轻度精神疾患的病人在一个翼楼——不太严重的痴呆症患者、老年症和抑郁症病人。其他翼楼住着一些精神分裂症病人和妄想症病人,这些患者家里一定是花了高昂代价才得把他们安顿在这里。

家园中心的护理人员都非常友好、热情。来看望二楼伊莱·霍布斯的访客(似乎)非常稀罕。

罗莎琳·霍布斯无比热切,结结巴巴地对玛戈特说,"哦,是的——'玛吉'——伊莱可能还记得你。他对很早以前的人和事记得最清楚。如果你们是小学同学,他一定还会记得一些跟你有关的事情,这肯定会让他很受鼓舞。玛吉,如果你能去看看他,一定会让他很高兴。一定会的!"也会让我很开心。反而似乎是这个妹妹在恳求她。

玛戈特发现,冒充玛格丽特·麦登——一个假想的自己,是一件十分容易的事情。玛戈特感觉她曾见过"玛吉"——她设法找来玛吉成年后的照片。据她所收集到的信息,玛格丽特·麦登已经不在人世了。玛戈特已经习惯了微笑时一侧嘴角上扬;习惯了侧面转向伊莱,似乎她的左耳听力稍有困难。玛戈特的讲话声音没有太多感情色彩,非常适合在演讲厅发表演说,如今也已习惯了玛格丽特的甜美、温和与舒缓。

"我们在格拉德温上小学的时候,关系不像后来那么亲密——后来你去了阿默斯特学院,我考进了布林莫尔学院①。"

"是的,确实如此。"

"我们中学不在同一个学校。但我们没有忘记对方,一直都会再见面……"

"是的……"

"当然——我们谈恋爱的时候年龄还小,我们犯了错误。令人遗憾但并非不可补救的错误。"

"'玛格丽特·麦登。'我们曾经相爱过——对吗?我很高兴你能再回来找我。还给我带来那么漂亮的花——我想,我都记得。"

伊莱说得如此真诚,很明显,他记起了——某些事情。

玛戈特会让护工拿只花瓶来,把她散倒放在桌子上的栀子花插到花瓶里。栀子花很香——有些过于浓郁。

---

① 布林莫尔学院(Bryn Mawr College),是美国的一所女子学院,位于宾夕法尼亚州,距离费城10英里的布林莫尔市。

自从走进这个病房,玛戈特就感觉像踏入了一个神圣的空间,这里有着——深邃的幸福。走过世界上这么多地方,玛戈特·夏普终于来到了自己的所属之地。

"伊莱,等你感觉体力好一些的时候,我们开车去乔治湖。你有那边房子的钥匙,对吗?"

"当然!我当然有钥匙。"

"那儿,湖边,是不是有人在帮你看管房子?等我们确定下来什么时候去那里,我就可以联系他。"

"阿利·莱尔德——阿利斯泰尔。我想阿利还在那里,在博尔顿兰丁。"

"我想,你不久前刚去过那里吧?去年7月你生病的时候,就住在那边的房子里,对吗?"

但伊莱皱起眉头,有些拿不准。他莫名地瞥着自己的手指,他的指甲颜色黯淡,出现开裂。

"嗯。我想可能比去年7月更早。也许是好几年前。我想应该是的。"

"但是,湖边的房子肯定还在。我们可以住在那里,就我们俩。伊莱,你会高兴吗?"

"当然——我现在就很高兴。我以前没有发现自己那么孤独。你是我亲爱的妻子吗?"

"是的。"

"你永远不会抛弃我,对吗?求你了。"

伊莱语气伤感,玛戈特忍不住小声哭着贴紧他。她轻轻投入他怀中,留意不碰到他左臂上的静脉注射针头。她亲吻伊莱,伊莱也热烈、急切地回吻她。

她把手伸进他宽松的病号服里——伊莱骨瘦如柴,肋骨突出,胸脯上的白色汗毛稀疏、粗硬。他把手伸进她桃红色的棉外套里面。"我亲爱的妻子,我亲爱的"——他对她低语着,带着无限爱意。

她会躺到病床上,蜷缩在他身旁。这是一种很奇妙——令她眩晕——的感觉:如此平和地躺在这里。人们躺下的时候,竟然可以这样毫不设防。她想起罗莎琳跟她说的伊莱的病情——他的"身体状况"——此刻成了一种嗡嗡的干扰声。他在接受结肠癌转移扩散的治疗——"根治性的"。她想那不过是罗莎琳听说的情况。在乔治湖,这个确实会是个问题——安排好的医疗护理。如果医生有这个要求,玛戈特可以开车送伊莱去奥尔巴尼接受放射治疗。

即使伊莱病情好转,也必须接受肿瘤专家的定期检查——血液检查、PET扫描。她可以在奥尔巴尼找最好的肿瘤专家,她会为他支付治疗费用——玛戈特·夏普有足够的钱。

玛戈特注意到,伊莱的房间里没有笔记本,也没有素描本。她不知道这意味着什么。她兴奋地告诉他自己的计划:她打算策划一场伊莱休·霍布斯铅笔和炭笔素描展览。她将与费城艺术博物馆取得联系,相信馆长会非常感兴趣——首先,伊莱·霍布斯的画具有无比重要的艺术价值,再者,霍布斯家族一直都是艺术博物馆的重要赞助人。有几百——几千幅——这样的优秀画作,玛戈特猜这些画应该都存放在某个地方。其中很多幅都具有非凡的价值。她已经跟伊莱的妹妹罗莎琳谈过此事,罗莎琳表示"非常支持"。(这件事情是真的。然而,罗莎琳似乎并不知道素描本确切的存放地方。)她要尽快启动这个事情。也许等他们去乔治湖的时候,她会带上一些重要画作,她会为展览宣传册写篇前言——"遗忘中的记忆画展"。

"好的。只要我好一点。医生告诉我,下星期某个时候我可能就会出院了。"

"真的吗?"——玛戈特知道不可能是真的。

"我还需要做一些治疗。'物理治疗'。"

"当然。如果需要用车,我开车送你去诊所。"

"我可以开车。亲爱的,还是要谢谢你。"

玛戈特不知道,伊莱并没有多问关于展览和他"几千幅优秀画作"的事情,这意味着什么。

他们一起躺在伊莱的病床上,姿势有些别扭,却十分温馨。玛戈特说着话,伊莱迷迷糊糊地回应着。是的,是的!玛戈特从没有感到这么幸福,这么满足。可怜的伊莱呼吸中带着一股淡淡的化学药物酸臭味。他的稀疏的头发里也有这种味道。然而,她还是会吻他,告诉自己她不介意。

过了一些时候,她不得不起身离开她的丈夫一会儿,去走廊尽头上洗手间。她尽可能轻手轻脚,以免吵醒他。她出去的时候,关上了门。回来的时候,闻到栀子花扑鼻的香气猛地一振——花的香味太冲了。似乎这些漂亮的白花正在吸走房间里的氧气。玛戈特出去的这一会儿工夫,伊莱拿了只枕头靠在身后,又拿起报纸和铅笔,眯着眼睛看他完成了一半的填字游戏。这是好兆头吗?——还是伊莱难受得睡不着,只能起来做填字游戏?可是,光线这么弱,他为什么不打开顶灯?床边就有开关,他肯定知道怎么用。

玛戈特走到床边,伊莱抬头望着她,惊讶而困惑——毫无疑问,他认为来的是位护理人员,因为他看得出自己是在医院里。令人无比痛苦的是,他显然这辈子从来没见过玛戈特·夏普。

伊莱放下报纸,把铅笔扔到一边。很快,他的表情中又流露出热切和希望。他充满血丝的眼睛似乎亮了。(玛戈特确信)他的这副表情几乎跟1965年初次见面的那天早上一模一样。

即使这位失忆症患者发现他的访客——(一位苗条、迷人的白发女人,苍白的脸上遍布皱纹,眼中充满忧虑)——在哭,他也会很有绅士风度地闭口不提。

"你好?哈——啰?"

致　谢

在构思这部小说的过程中,我受到众多有价值的著作和文章的启发,其中影响最大的是苏珊娜·科金教授所著《永远的现在时:失忆症患者 H. M. 的难忘人生》(2013 年)。同时,我还参考了布伦达·米尔纳、拉里·斯奎尔和尼古拉斯·特克·布朗等人的资料。

此外,我也要感谢亨特学院赫托格研究员克莱尔·塔西奥,感谢他细心通读整部书稿,提出宝贵的建议。感谢格雷格·约翰逊多年来的珍贵友谊,感谢他提出的中肯意见和精准的文学评判。

我还要一如既往地感谢我的"第一读者"——我的丈夫查理·格罗斯。他是一位神经科学家,从小说写作伊始到最终成稿,他给了我难以估量的鼓励、支持与认可。